ଶେଷ ପର୍ଯ୍ୟନ୍ତ

ଜଗନ୍ନାଥ ପ୍ରସାଦ ଦାସ

ବ୍ଲାକ୍ ଈଗଲ୍ ବୁକ୍ସ
ଭୁବନେଶ୍ୱର, ଓଡ଼ିଶା

BLACK EAGLE BOOKS
Dublin, USA

ଶେଷ ପର୍ଯ୍ୟନ୍ତ / ଜଗନ୍ନାଥ ପ୍ରସାଦ ଦାସ

ବ୍ଲାକ୍ ଇଗଲ୍ ବୁକ୍ସ : ଭୁବନେଶ୍ୱର, ଓଡ଼ିଶା • ଡବ୍‌ଲିନ୍, ଯୁକ୍ତରାଷ୍ଟ୍ର ଆମେରିକା

BLACK EAGLE BOOKS

USA address:
7464 Wisdom Lane
Dublin, OH 43016

India address:
E/312, Trident Galaxy, Kalinga Nagar,
Bhubaneswar-751003, Odisha, India

E-mail: info@blackeaglebooks.org
Website: www.blackeaglebooks.org

First International Edition Published by
BLACK EAGLE BOOKS, 2024

SHESHA PARJYANTA
by **Jagannath Prasad Das**

Cover & Interior Design: Ezy's Publication

ISBN- 978-1-64560-513-3(Paperback)

Printed in the United States of America

ସୂଚିପତ୍ର

ଧାର

ଅତ୍ୟନ୍ତ ନିଷ୍କ୍ରିୟତାର ସହିତ ଆଖି ଖୋଲିଲା ମଞ୍ଜରୀ। ଗୋଧୂଳି ବେଳାର ଅତିବାସ୍ତବ ଆକାଶରେ ତାର ଅଳସ ଆଖି ହଠାତ୍ ଆବିଷ୍କାର କଲା ଏକ ବହୁବର୍ଣ୍ଣ ଚିତ୍ରର ରେଖାଙ୍କନ। ଇନ୍ଦ୍ରଧନୁଟିକୁ ସମ୍ପୂର୍ଣ୍ଣଭାବେ ଦେଖିବା ପାଇଁ ସେ କଡ଼ ଲେଉଟାଇଲା; କିନ୍ତୁ ତାର ଦୃଷ୍ଟିର ସଞ୍ଚାରଣ ସହିତ ଚାପର ରଙ୍ଗସବୁ ଧୀରେ ଧୀରେ ଲିଭିଗଲା। ନିଜକୁ ଅତ୍ୟନ୍ତ ଭାରହୀନ ମନେହେଲା ମଞ୍ଜରୀର। ଉଠି ବସିବା ଆଗରୁ ସେ ଘାସର ଆସ୍ତରଣରେ ଶେଷଥର ପାଇଁ ନିଜର ସାରା ଦେହକୁ ଘନିଷ୍ଠ ଭାବରେ ଛୁଆଁଇନେଲା।

ଠିଆ ହୋଇ ଅଳସ ଭାଙ୍ଗି ମଞ୍ଜରୀ ନିଜର ଶାଢ଼ିକୁ ଠିକ କଲା। ଘାସ ପଡ଼ିଆ ଉପରେ ଶୋଇଯାଇ ଆଖି ବନ୍ଦ କରିବା ବେଳକୁ ଚାରିଆଡ଼େ ଉଜ୍ଜ୍ୱଳ ଆଲୁଅ ଥିଲା। ସେ ବେଶ୍ କିଛି ସମୟ ନିଦରେ ଶୋଇ ଯାଇଥିଲା ନିଶ୍ଚୟ, କାରଣ ବର୍ତ୍ତମାନ ବାୟୁମଣ୍ଡଳରେ ସଞ୍ଜ ହୋଇ ଆସିବାର ପୂର୍ବାଭାସ ଥିଲା। ସେ ଅନ୍ୟମାନଙ୍କୁ ଦେଖି ପାରୁ ନଥିଲା, କିନ୍ତୁ ଦୂରରୁ ସେମାନଙ୍କର କଥାବାର୍ତ୍ତାର ହାଲୁକା ଧ୍ୱନି ଭାସିଆସୁଥିଲା। ମଞ୍ଜରୀ ଠିକ କଲା ଯେ, ଫେରିଯିବା ପୂର୍ବରୁ ସେ ଆଉ କିଛି ବେଳ ନିଜର ଏଇ ସ୍ୱପ୍ନମୟ ସମୟରେ ବିଚରଣ କରିବ।

ଟିକିଏ ଆଗକୁ ଯାଇ ମଞ୍ଜରୀ ଝରଣା କୂଳରେ ବସିଲା। କିଛି ସମୟ ସୁଅ ଆଡ଼କୁ ଅନାଇ ରହିବା ପରେ ସେ ଆଖି ବନ୍ଦ କରିନେଲା; ଝର ଝର ବହି ଯାଉଥିବା ପାଣିର ତାଳ ଓ ଲୟକୁ ସେ ଯେପରି ନେଇ ଅନ୍ତର୍ଲୀନ କରିଦେବ ନିଜର ମର୍ମସ୍ଥଳରେ। ଆଖି ଖୋଲି ସେ ଝରଣାଟିକୁ ସେଇପରି ସମାନ ଗତିରେ ବହି ଚାଲି ଥିବାର ଦେଖିଲା। ତାର ଇଚ୍ଛା ହେଲା ପରଖି ଦେଖିବ ପାଣିର ଧାର କେତେ ତେଜ ଥିଲା। ସେ ତଳକୁ ପାଦ ବଢ଼ାଇଲା, କିନ୍ତୁ ପାଦ ପାଣିକୁ ଛୁଇଁଲା ନାହିଁ। ସେଠାରୁ ଉଠିଯାଇ ଅନ୍ୟ ଜାଗାରେ ପାଣି ଭିତରକୁ ଓହ୍ଲାଇବା ପାଇଁ ମନ ହେଲା ନାହିଁ ମଞ୍ଜରୀର। ମନ ଭିତରୁ ଭୟକୁ ସମ୍ପୂର୍ଣ୍ଣ ଦୂର କରିଦେଇ ସେ ପାଣି ଭିତରକୁ ଡେଇଁ ପଡ଼ିଲା।

ହଠାତ୍ ଝରଣାପାଣି ଭିତରେ ଠିଆ ହୋଇଥିବାର ଆହ୍ଲାଦ ସତ୍ତ୍ୱେ ତା ମୁହଁରୁ ଏକ ଅନିଚ୍ଛାର ଚିତ୍କାର ବାହାରିଗଲା। ସେ ନିଜର ଚାରିଆଡ଼କୁ ଅନାଇଲା। ଆଲୁଅ ଆହୁରି ମ୍ଳାନ ହୋଇଯାଇଥିଲା ଏବଂ ଚାରିଆଡ଼ ଆହୁରି କିଛି ଶୂନଶାନ। ତେବେ ତା ମନ ଭିତରେ ବର୍ତ୍ତମାନ ଭୟ ନ ଥିଲା, ଥିଲା ଝରଣାର ସୁଅକୁ ପରଖି ନେଇଥିବାର ସଫଳତାର ଆନନ୍ଦ। ତା ମନରେ କିନ୍ତୁ ସଂଶୟ ଉପୁଜିଲା। କାରଣ ସେ ଠିକ କରି ପାରୁ ନଥିଲା ପାଣିର ବେଗ ଧୀର ନା କ୍ଷିପ୍ର। ସନ୍ଧ୍ୟାବେଳେ ନିଜର ମନକୁ ମନ ବହି ଯାଉଥିବା ଝରଣାର ଗତିର ମାନକ ବା କଣ? କାହାଠାରୁ ଧୀର, କାହାଠାରୁ କ୍ଷିପ୍ର? କିଏ ପରିମାପ, ବେଗ ନା ଆବେଗ? ନଇଁପଡ଼ି ହାତରେ ଆଞ୍ଜୁଳାଏ ପାଣି ଉଠାଇ ନେଲା ମଞ୍ଜରୀ ଏବଂ ସେତିକି ପାଣିରେ ଥିବା ଝରଣାର ଗତିର ସବୁ ଆନନ୍ଦକୁ ନେଇ ନିଜ ମୁହଁ ଉପରେ ଢାଳିଦେଲା।

ଏବଂ ପ୍ରକୃତିସ୍ଥ ହୋଇ ବାସ୍ତବ ପୃଥିବୀକୁ ଫେରି ଆସିଲା। ବିଳମ୍ବିତ ମଧ୍ୟାହ୍ନ ଭୋଜନ ପରେ ସାହିତ୍ୟସଭାକୁ ଆସିଥିବା ସମସ୍ତେ ବାହାରି ଥିଲେ ପାଖର ବନାଞ୍ଚଳରେ ବୁଲିବା ପାଇଁ। ନିଜର ସାଙ୍ଗମାନଙ୍କୁ ପଛରେ ଛାଡ଼ିଦେଇ ମଞ୍ଜରୀ ଏକା ଚାଲି ଆସିଥିଲା ଦୂରକୁ, ଝରଣା ପାଖକୁ। ଦୁଇଦିନ କାଳ ସାହିତ୍ୟିକମାନଙ୍କ ସହିତ ସାରା ସମୟ କଟାଇ ଏବଂ ସାହିତ୍ୟ ଚର୍ଚ୍ଚା କରି ଅତିଷ୍ଠ ହୋଇଯାଇଥିଲା ମଞ୍ଜରୀ। ଯାହା ହେଉ, ଏଇ କିଛି ସମୟ ଅନ୍ତତଃ ସେ ନିଷ୍କୃତି ପାଇଥିଲା ସାହିତ୍ୟର ଉତ୍ପୀଡ଼ନରୁ।

ଏଥରକ ସେ ମନଦେଲା ପାଣି ଭିତରୁ କୂଳକୁ ଉଠିବା ପାଇଁ। କାମଟି ଅସମ୍ଭବ ନ ଥିଲା, ଥିଲା ସୌଷ୍ଠବହୀନ। ଯଦି କିଏ ତା ଆଡ଼କୁ ହାତ ବଢ଼ାଇଦିଅନ୍ତା, ସେ ତାର ହାତଟିକୁ ଧରି ଅନାୟାସରେ ଉପରକୁ ଉଠି ଆସିପାରନ୍ତା। ଏଇପରି ଭାବୁଥିବାବେଳେ ଅତି ପାଖରେ କୋଳାହଳ ଶୁଭିଲା। ଅପ୍ରତିଭ ହୋଇ କୂଳ ଆଡ଼କୁ ଅନାଇ ସେ ତାର ବନ୍ଧୁମାନଙ୍କୁ ଦେଖିଲା। କୂଳରେ ଛିଡ଼ା ହୋଇ ସେମାନେ ମଞ୍ଜରୀର ଅସହାୟତାକୁ ଦେଖି ହସୁଥିଲେ। ମଞ୍ଜରୀ ସେମାନଙ୍କ ଆଡ଼କୁ ନିଜର ହାତ ବଢ଼ାଇଲା ଏବଂ କାହାର ହାତ ଆସି ତାକୁ ଟାଣି ଉପରକୁ ଉଠାଇଲା।

ହାତଟି ଥିଲା ଅପୂର୍ବର। ମଞ୍ଜରୀକୁ କୂଳକୁ ଉଠାଇ ଆଣିବା ପରେ ଅପୂର୍ବ ପୁଣି ନିଜର ବନ୍ଧୁମାନଙ୍କ ସହିତ ଅଧା ରହିଯାଇଥିବା କଥାମାନଙ୍କରେ ମନ ଦେଲା। ଅନ୍ୟମାନେ ମଧ୍ୟ ମଞ୍ଜରୀ ଆଡ଼କୁ ଦେଖି ଥରେ ମନବୋଧ ହସିନେବା ପରେ ତାକୁ ଭୁଲିଗଲେ ଏବଂ ସମସ୍ତେ ପାଦ ବଢ଼ାଇଲେ ସନ୍ଧ୍ୟାର ସଭାକୁ। ନିଜ କୋଠରୀକୁ ଯାଇ ଶାଢ଼ି ବଦଳାଇବା ପାଇଁ ସମୟ ନ ଥିଲା ମଞ୍ଜରୀର। ସେ ଆଣ୍ଠୁ ପର୍ଯ୍ୟନ୍ତ ଓଦା ହୋଇ ଯାଇଥିବା ସେଇ ଶାଢ଼ିଟିକୁ ପିନ୍ଧି ଯାଇ ସଭାର ସବା ପଛ ଧାଡ଼ିରେ ବସିଲା, କିନ୍ତୁ

ସଭାର କାର୍ଯ୍ୟକ୍ରମରେ ତାର ମନ ଲାଗିଲା ନାହିଁ। ସେ କିପରି ଏଥରକ ଏଇ ସମ୍ମିଳନୀକୁ ଆସିଥିଲା, ସେଇ କଥା ଭାବିଲା।

ମଞ୍ଜରୀ ଆଗରୁ କେବେହେଲେ ଏଇଭଳି ଆୟୋଜନରେ ଯୋଗ ଦେଇ ନ ଥିଲା, ତେବେ ତାର ବନ୍ଧୁମାନଙ୍କ ପାଖରୁ ପ୍ରତିବର୍ଷ ହେଉଥିବା ଏଇ ସଭାଟି ବିଷୟରେ ବିଶଦଭାବେ ଶୁଣିଥିଲା। ଆଗେ କୁଆଡ଼େ ସେମାନେ ଅନାମଧେୟ ଛୋଟ ସହରର ସ୍କୁଲ ଘରେ ଭେଟୁଥିଲେ। ଯେଉଁ ବର୍ଷ ସଂସ୍କୃତି ବିଭାଗର ମନ୍ତ୍ରୀ କବିତା ଲେଖିବାର ସ୍ପର୍ଦ୍ଧା କଲେ, ସବୁ କିଛି ବଦଳିଗଲା। ଏଥରକ ବଡ଼ ସହରରେ ସମ୍ମିଳନୀ ହେଲା, ତାରକା-ଚିହ୍ନିତ ହୋଟେଲରେ କବିମାନଙ୍କର ରହିବାର ବ୍ୟବସ୍ଥା ହେଲା, ଯିବା ଆସିବା ପାଇଁ ଏୟାର କଣ୍ଡିସନ୍ଡ ବସ ରହିଲା ଇତ୍ୟାଦି ଇତ୍ୟାଦି। ଏ ସବୁରେ ସାହିତ୍ୟର ଉନ୍ନୟନ ହେଉ ବା ନହେଉ ଅନ୍ତତଃ କବିମାନେ ଏଇ କେତୋଟି ଦିନ ପାଇଁ ନିଜକୁ ସମାଜର ଅନ୍ୟ ଉଚ୍ଚବର୍ଗର ଜୀବମାନଙ୍କ ସହିତ ସମାନ ଭାବିବାରେ କୌଣସି କୁଣ୍ଠା ରଖିଲେ ନାହିଁ।

ଏଥରକ ସମ୍ମିଳନୀ ହେଉଥିଲା ଏକ ସରକାରୀ ପର୍ଯ୍ୟଟନ ସ୍ଥଳର ମନୋରମ ପରିବେଶରେ। ସହରରୁ ଦୂରରେ ଥିବା ଏଇ ବଣ ଜଙ୍ଗଲ ଝରଣାଘେରା ଜାଗାଟିରେ ଅତିଥିମାନଙ୍କୁ ସ୍ୱର୍ଗର ସମସ୍ତ ଆନନ୍ଦ ଯୋଗାଇବା ପାଇଁ ସମର୍ଥ ହୁଅନ୍ତୁ ନ ହୁଅନ୍ତୁ, ବିଭିନ୍ନ ବ୍ୟବସ୍ଥାର ଉପଯୁକ୍ତ ନାମକରଣରେ କୌଣସି କାର୍ପଣ୍ୟ କରି ନ ଥିଲେ ସରକାର। ଜାଗାଟିର ନାଁ ଥିଲା କୁବେରଙ୍କ ଉଦ୍ୟାନ ଅନୁସାରେ ଚୈତ୍ରରଥ। ହୋଟେଲର ନାଁ ଥିଲା ଅମରାବତୀ, ରେସ୍ତୋରାଁର ନାଁ ଥିଲା କାମଧେନୁ ଏବଂ କବିମାନେ ବର୍ତ୍ତମାନ ଯେଉଁ କକ୍ଷରେ ବସି କବିତାର ନିଗୂଢ଼ ତତ୍ତ୍ୱମାନଙ୍କ ନାନ୍ଦନିକ ପ୍ରଶ୍ନମାନ ଉଠାଉଥିଲେ ତାର ନାଁ ଥିଲା ଇନ୍ଦ୍ରସଭା। ଦେବଦେବୀମାନଙ୍କର ଆଲୋଚନା ବେଶ୍ ଉତ୍ତେଜିତ ଥିଲା, କାରଣ ସମୀକ୍ଷକ ଓ ସମାଲୋଚକ ନାମକ ଅସୁରମାନେ କୁଆଡ଼େ ସାହିତ୍ୟର ନନ୍ଦନ କାନନରେ ପଶି କବିତା-ପାରିଜାତ ପାଦପମାନଙ୍କୁ ଧ୍ୱସ୍ତ ବିପର୍ଯ୍ୟସ୍ତ କରିବାରେ ଲାଗିଥିଲେ। ସମସ୍ୟାଟି ଗମ୍ଭୀର ଥିଲା; ତଥାପି କିଛି ଗନ୍ଧର୍ବ, କିନ୍ନର ଓ ଅପ୍ସରା ଏଥିରେ ମନ ନ ଦେଇ ଅନାୟାସ ଅମୃତର ସନ୍ଧାନରେ ଯାଇ ଅନ୍ୟ ଏକ କକ୍ଷରେ ବସିଥିଲେ, ଯାହାର ନାଁ ଥିଲା କାଦମ୍ବରୀ।

ମଞ୍ଜରୀ ମଞ୍ଚ ଉପରକୁ ଅନାଇଲା। ଦେବରାଜ ଇନ୍ଦ୍ର ଅର୍ଥାତ୍ ସଭାର ସଭାପତି ସଂସ୍କୃତି ମନ୍ତ୍ରୀଙ୍କର ସେଇଦିନ ରାତିରେ ରାଜଧାନୀକୁ ଫେରିଯିବାର ଥିଲା। ସେଥିପାଇଁ ସେ ବାରମ୍ବାର ଘଡ଼ି ଦେଖୁଥିଲେ ଏବଂ ତାଙ୍କର ମୁଖମଣ୍ଡଳରୁ ଜଣାପଡୁଥିଲା ଯେ, ସେ ସେତେବେଳେ ଚାଲିଥିବା ଆଲୋଚନା ବିଷୟରେ ସମ୍ପୂର୍ଣ୍ଣ ଉଦାସୀନ ଥଲେ ଏବଂ ହୁଏତ ବିରୋଧୀ ଦଳର ଭିନ୍ନ ପ୍ରକାରର ଅସୁରଙ୍କ କଥା

ଭାବୁଥିଲେ। ତାଙ୍କ ପାଖରେ ବସିଥିବା ସମ୍ମିଳନୀର ମୁଖ୍ୟ କର୍ମକର୍ତ୍ତା, ଯାହାଙ୍କୁ ସମସ୍ତେ ନାରଦ ବୋଲି କହିବାରେ ଏକମତ ଥିଲେ, ଆସନ୍ନ ଯୁଦ୍ଧର ସମସ୍ତ ରଣକୌଶଳକୁ ଅତି ଏକାଗ୍ରତାର ସହିତ ଟିପାଖାତାରେ ନୋଟ କରୁଥିଲେ। ମଞ୍ଚ ଉପରେ ବସିଥିବା ତୃତୀୟ ଭଦ୍ରବ୍ୟକ୍ତି ସବୁଠାରୁ ବୟୋବୃଦ୍ଧ ଥିଲେ ଏବଂ ଜଟାଜୁଟ ଶ୍ମଶ୍ରୁ ଶୁଭ୍ରବସ୍ତ୍ର-ପରିହିତ ହୋଇ ଏକମାତ୍ର ଗଭୀର ତପସ୍ୟାରୁ ଉଠି ଆସିଥିବା ଋଷି ଭଳି ଦେଖାଯାଉଥିଲେ। ଭାରତ ଛାଡ଼ ଆନ୍ଦୋଳନ ବେଳେ ସେ ତାଙ୍କ ଜୀବନର ପ୍ରଥମ, ଶେଷ ଓ ଏକମାତ୍ର ସାହିତ୍ୟିକ ରଚନା ଲେଖିଥିଲେ ଏବଂ କବିତା ବା ଗୀତଟି ଯଦିଓ ଅତି ନିମ୍ନ ସାହିତ୍ୟିକ ମାନର ଥିଲା, ଏଇଟିକୁ ଶୁଣି କୁଆଡ଼େ ହଜାର ହଜାର ସ୍ୱାଧୀନତା ସଂଗ୍ରାମୀ ଆଗେଇ ଯାଇଥିଲେ ପୁଲିସର ଗୁଳି ଆଡ଼କୁ। ସେ ପ୍ରତିଟି ସାହିତ୍ୟ ସଭାରେ ଯୋଗ ଦେଉଥିଲେ ଏବଂ ଯଥାସମ୍ଭବ ଦୃପ୍ତ କଣ୍ଠରେ କବିତାଟି ଗାଇ ଶ୍ରୋତାମାନଙ୍କୁ ମନୋରଞ୍ଜନର ଖୋରାକ ଯୋଗାଉଥିଲେ। ଏଥରକ ସମ୍ମିଳନୀରେ ତାଙ୍କୁ ଏ ପର୍ଯ୍ୟନ୍ତ ଗୀତ ଗାଇବାର ସୁଯୋଗ ମିଳି ନ ଥିଲା ଏବଂ ସେ ଅଭିନିବିଷ୍ଟ ହୋଇ ନିଜ ଗୀତଟିକୁ ମନେ ମନେ ଆବୃତ୍ତି କରୁଥିବାର ଜଣାପଡୁଥିଲା।

ମଞ୍ଜରୀ ପର୍ସକୁ ଖୋଲି ଦେଖିଲା ଯେ, ତା ଭିତରେ ସେ ସଯତ୍ନରେ ଲେଖି ଆଣିଥିବା କବିତାଟି ସୁରକ୍ଷିତ ଥିଲା। ଏ ପର୍ଯ୍ୟନ୍ତ କିନ୍ତୁ କବିତାଟିକୁ ପଢ଼ିବାକୁ ସୁଯୋଗ ଆସି ନ ଥିଲା। ସାଧାରଣତଃ କବିତାର କୌଣସି ପାଠକ ବା ଶ୍ରୋତା ନ ଥିବା ହେତୁ ସମ୍ମିଳନୀକୁ ଆସିଥିବା ଅଧିକାଂଶ ସଭ୍ୟଙ୍କର ଏକମାତ୍ର ଲକ୍ଷ୍ୟ ଥିଲା କିପରି ମଞ୍ଚ ଉପରେ ଠିଆ ହୋଇ ନିଜ କବିତାଟିକୁ ଆବୃତ୍ତି କରିବେ। ସବୁ କବି ଅବଶ୍ୟ ଦାବି କରିଥାନ୍ତି ଯେ, ସେମାନଙ୍କ କବିତାର ଅଗଣିତ ପାଠକ ଅଛନ୍ତି ଏବଂ ତାଙ୍କର ସଦ୍ୟ ପ୍ରକାଶିତ କବିତାଟି ପାଇଁ ଭକ୍ତମାନଙ୍କ ପାଖରୁ ସେମାନଙ୍କ ପାଖକୁ ଶହ ଶହ ପ୍ରଶଂସାପୂର୍ଣ୍ଣ ଚିଠି ଆସିଥାଏ। ମଞ୍ଜରୀ ପାଖକୁ କେବେହେଲେ ତାର କୌଣସି କବିତା ପାଇଁ ଏପରି ଶହ ଶହ, କିମ୍ବା ଡଜନ ଡଜନ, ଏପରିକି ମାତ୍ର ଗୋଟିଏ ବି ପତ୍ର ନ ଆସୁଥିବାରୁ ସେ ପ୍ରଥମେ ପ୍ରଥମେ ହତୋତ୍ସାହ ହେଉଥିଲା। ତାର ଏ ଆତ୍ମସଂଶୟ ଦୂର କରିଦେଲା ତାର ଜଣେ କବୟିତ୍ରୀ ସାଙ୍ଗ। ମଞ୍ଜରୀର ମନଦୁଃଖ ଦେଖି ସେ ଦିନେ କହିଲା, ତୁ ହେଲୁ ନିପଟ ବୋକୀ। ତୁ କଣ ଯେ ପ୍ରତିଜ୍ଞା କରିଛୁ ସବୁବେଳେ ଖାଲି ସତକଥା କହିବୁ? ସମସ୍ତେ କଣ ସତରେ ଏମିତି ଚିଠି ପାଉଛନ୍ତି? ଆଉମାନଙ୍କ ଭଳି ତୁ କାହିଁକି କହୁନୁ ଯେ ତୋ ପାଖକୁ ବି ହଜାର ହଜାର ଫ୍ୟାନ୍ମେଲ୍ ଆସୁଚି? ସତରେ କେବେ ଏ କଥା ଭାବି ନ ଥିଲା ମଞ୍ଜରୀ। ଅନ୍ୟମାନଙ୍କ ଭଳି ସେ ମଧ୍ୟ ଏ ବିଷୟରେ ଅତିରଞ୍ଜନ କରି କହିବାକୁ ଆରମ୍ଭ କଲା। ତେବେ ଭୀରୁ ପ୍ରକୃତିର ହୋଇଥିବାରୁ ସେ କେବେହେଲେ ପୂଜା ସଂଖ୍ୟାରେ ବାହାରିଥିବା ତାର କବିତା ପାଇଁ ତିନୋଟି

ପୋଷ୍ଟକାର୍ଡ, ଛଅଟି ଅନ୍ତର୍ଦେଶୀୟ ପତ୍ର ଓ ଚାରିଟି ଲଫାପାରୁ ବେଶି ଚିଠି ଆସିଛି ବୋଲି ଦାବି କରି ପାରିଲା ନାହିଁ।

ସବୁ ବିଷୟରେ ଭୀରୁ ଓ କାତର ଥିଲା ମଞ୍ଜରୀ। ସେଇଥିପାଇଁ ବୋଧହୁଏ ସେ ଅବିବାହିତା ରହିଗଲା। ନା ସେ ତାର ବାପା ମା ଠିକ କରିଥିବା ପିଲାଟିକୁ ବାହା ହେବାକୁ ସାହସ କଲା, ନା ନିଜେ ପ୍ରେମ କରିପାରିଲା। ସାହିତ୍ୟିକମାନଙ୍କ ଭିତରେ ଗୋଟିଏ ସର୍ବବିଦିତ ନିୟମ ଅଛି ଯେ, ମଦ ନ ପିଇଲେ କବି ହେବା ସମ୍ଭବ ନୁହେଁ। ଆମ ସମାଜରେ ସ୍ତ୍ରୀଲୋକମାନଙ୍କର ମଦ୍ୟପାନ କରିବାର ବିଧି ନ ଥିବାରୁ କବୟିତ୍ରୀମାନଙ୍କ ପାଇଁ ମଦ ବଦଳରେ ଯେଉଁ ଜନିଷଟି ଆବଶ୍ୟକୀୟ ଧରାଯାଏ, ସେଇଟି ହେଲା ପ୍ରେମରେ ପଡ଼ିବା। ମଞ୍ଜରୀର ସବୁ ବାନ୍ଧବୀ, ସେମାନେ ବିବାହିତା ଅବିବାହିତା, ସୁନ୍ଦରୀ ଅସୁନ୍ଦରୀ, ଯୁବତୀ ପ୍ରୌଢ଼ା, ଯାହା ହୋଇଥାନ୍ତୁ ନା କାହିଁକି, ତାକୁ ସବୁବେଳେ ପ୍ରେମରେ ପଡ଼ିଥିବାର, ପଡୁଥିବାର ଏବଂ ପଡ଼ିବାର ଅଭିଜ୍ଞତା ଓ ସମ୍ଭାବନା ବିଷୟରେ କହୁଥିଲେ। ମଞ୍ଜରୀର ଅବଶ୍ୟ ଅନେକ ସମୟରେ ସନ୍ଦେହ ହେଉଥିଲା ଏ ସବୁ ବର୍ଣ୍ଣନା ସତ୍ୟ କି ନା। ତେବେ ସେମାନେ ଯେତେବେଳେ ମଞ୍ଜରୀକୁ ତାର ପ୍ରେମ-ଜୀବନ ବିଷୟରେ ପଚାରୁଥିଲେ, ସେ ସେମାନଙ୍କୁ ପ୍ରଶଂସାପୂର୍ଣ୍ଣ ପତ୍ର ପାଇଥିବାର ମିଛ ଭଳି ମିଛ କଥା କହି ସନ୍ତୁଷ୍ଟ କରିପାରୁ ନ ଥିଲା।

ମଞ୍ଜରୀ ମନେ ମନେ ଭାବିଲା ଯେ, ଏ ବିଷୟରେ ସେ କେବଳ ଭୀରୁ ଓ କାତର ହିଁ ନ ଥିଲା, ଥିଲା ସମ୍ପୂର୍ଣ୍ଣ ନୀରସ ଓ ଶୁଷ୍କ। ପିଲାଦିନରୁ ସେ ଆତ୍ମନିର୍ଭରଶୀଳ ଓ ଆତ୍ମବିଶ୍ୱାସପୂର୍ଣ୍ଣ ଥିଲା ଏବଂ କେବେହେଲେ ନିଜକୁ ସ୍ୱପ୍ନରେ ଭାସିଯିବାକୁ ଦେଉ ନ ଥିଲା। ତେଣୁ ପାଠ ପଢ଼ିସାରି ବାହା ନ ହୋଇ ସେ ଯେତେବେଳେ ଦୂର କଲେଜରେ ଯାଇ ଲେକ୍ଚରର୍ ହେବାକୁ ଠିକ କଲା, ତାର ବାପା ମା ବାଧା ଦେଲେ ନାହିଁ। ଯଦିଓ ତାକୁ ପୁଅମାନଙ୍କ ସହିତ ମିଳାମିଶା କରିବା ପାଇଁ ସୁବିଧା ସୁଯୋଗ ମିଳୁଥିଲା, କୌଣସି ଯୁବକ ତାକୁ ଆକର୍ଷଣୀୟ ମନେ ହେଉ ନ ଥିଲେ। ମଞ୍ଜରୀ ପାଇଁ ସେମାନେ ସମସ୍ତେ ଥିଲେ ସୁବିଧାବାଦୀ, ଦାୟିତ୍ୱଶୂନ୍ୟ ଓ ପଲ୍ଲବଗ୍ରାହୀ ପ୍ରକୃତିର। ଏମାନଙ୍କ ସାଙ୍ଗରେ ଘଣ୍ଟାଏ ସମୟ ହସଖୁସିରେ କଥାବାର୍ତ୍ତା କରି କଟାଯାଇପାରେ, ଆଉ ବେଶି ନୁହେଁ। ସେଥିପାଇଁ ତାର ସାଙ୍ଗମାନେ ବାରମ୍ବାର ପ୍ରେମରେ ପଡ଼ି ପୁଣି ପ୍ରେମରୁ ବାହାରୁଥିବା ସ୍ଥଳେ ମଞ୍ଜରୀ କେବେ ବି ତାର ଯୁବକ ବନ୍ଧୁ ସହିତ ଏଭଳି ସମ୍ଭାବନା ଦେଖୁ ନଥିଲା। ମଞ୍ଜରୀର ଜୀବନ ଯେ ଏପରିଭାବେ ବିନା ପ୍ରେମର ମରୁଭୂମିରେ ଜଳିପୋଡ଼ି ନିଶ୍ଚିହ୍ନ ହୋଇଯିବ, ଏ ବିଷୟରେ ନିଃସନ୍ଦେହ ଥିଲେ ତାର ବାନ୍ଧବୀମାନେ।

ହଠାତ୍ ଦିନେ ସେମାନଙ୍କୁ ହତଚକିତ କରିଦେଇ ପ୍ରେମ କଲା ନୁହେଁ, କବିତା ଲେଖିଲା ମଞ୍ଜରୀ। ନୂଆ ଶବ୍ଦ ସଂଯୋଜନାର, ନୂଆ ଚିନ୍ତାଧାରାର କବିତା;

ସାମାଜିକ ମୂଲ୍ୟବୋଧର କବିତା, ନାରୀ ସଚେତନତାର କବିତା, ପ୍ରେମ କବିତା। ଅତି ଅଳ୍ପ ସମୟ ଭିତରେ ଅଳ୍ପ କେତୋଟି କବିତା ଲେଖି ସେ ବେଶ୍ ଜଣାଶୁଣା ହୋଇଗଲା। ଅନେକେ ତାର କବିତାର ପ୍ରଶଂସା କଲେ, କିନ୍ତୁ କେହି କେହି ଈର୍ଷା କରି କହିଲେ ଯେ, ମଞ୍ଜରୀ ଯଦି ଝିଅ ହୋଇନଥାନ୍ତା, ଏତେ କମ ସମୟରେ ଏତେ ସ୍ୱୀକୃତି ପାଇ ପାରିନଥାନ୍ତା। ସେ ଯାହାହେଉ, କବିଭାବରେ ମଞ୍ଜରୀକୁ ଉପେକ୍ଷା କରିବାର ପ୍ରଶ୍ନ ନ ଥିଲା ଏବଂ ସେ ଅବିଳମ୍ବେ କବିସମାଜର ଏକ ଅବିଚ୍ଛେଦ୍ୟ ଅଙ୍ଗ ହୋଇଗଲା। ଏ କଥା ତାର ନିଃସଙ୍ଗ ଜୀବନକୁ କାର୍ଯ୍ୟବ୍ୟସ୍ତ ରଖିବାରେ ସହାୟକ ହେଲା।

ନିଜର ଅନୁଚିନ୍ତନରୁ ବାହାରି ମଞ୍ଜରୀ ସଭାର କାର୍ଯ୍ୟକ୍ରମରେ ମନ ଦେଲା। ଆଲୋଚନାରେ ଭାଗ ନେବା କେତେଜଣଙ୍କୁ ଛାଡ଼ିଦେଲେ ଆଉ କେହି ବିଚାରାଧୀନ ସମସ୍ୟାଟି ବିଷୟରେ ଆଗ୍ରହୀ ନ ଥିଲେ ଏବଂ ନିଜ ନିଜ ଭିତରେ କଥୋପକଥନରେ ବ୍ୟସ୍ତ ଥିଲେ। ମଞ୍ଜରୀ ଆଲୋଚନାର ସୂତ୍ର ଧରିବାକୁ ଚେଷ୍ଟା କଲା। ବର୍ତ୍ତମାନ ମଞ୍ଚ ଉପରେ ଭାଷଣ ଦେଉଥିଲେ ଜଣେ ସମାଲୋଚକ, ଯେ କି କବିତା ମଧ୍ୟ ଲେଖୁଥିଲେ। ସେ ବର୍ଣ୍ଣନା କରୁଥିଲେ, ସେ କିପରି କବିତାର କିଛି ପୁଷ୍ପ ଉପଚାର ନେଇ ଯାଇଥିଲେ ବାଣୀଦେବୀଙ୍କ ମନ୍ଦିରରେ ଆରାଧନା କରିବା ପାଇଁ; ସେଠାରେ କିନ୍ତୁ ସେ ଦେଖିଲେ ଯେ ବିଭିନ୍ନ ପ୍ରକାରର କବିମାନେ ଦେବୀଙ୍କର ଆସ୍ଥାନକୁ ଆବର୍ଜନା ପୂର୍ଣ୍ଣ କରି ରଖିଛନ୍ତି। ସେଥିପାଇଁ ସେ ହାତରେ ସମ୍ମାର୍ଜନୀ ନେଇନେଲେ ଏବଂ କବିରୁ ଯାଇ ହୋଇଗଲେ ସମାଲୋଚକ! ଯେଉଁ କେତେଜଣ ଏ ପର୍ଯ୍ୟନ୍ତ ସଭାର କାର୍ଯ୍ୟକ୍ରମରେ ମନୋଯୋଗୀ ଥିଲେ, ସେମାନେ ଏ କଥା ଶୁଣି ହସିଲେ ଏବଂ ଅନ୍ୟମାନେ ବକ୍ତାଙ୍କର ଏଇ ହାସ୍ୟରସାତ୍ମକ ବର୍ଣ୍ଣନାଟି ଶୁଣି ନ ଥିଲେ ମଧ୍ୟ ସେ ହସରେ ତାଳ ଦେଲେ।

ମଞ୍ଜରୀ ଘଡ଼ି ଦେଖିଲା। ଯଦିଓ ଆଠଟା ବାଜିଥିଲା ଏବଂ ଦେଢ଼ଘଣ୍ଟା ହେଲା ସଭା ଚାଲିଥିଲା, ଆଲୋଚନା ଶେଷ ହେବାର କୌଣସି ଲକ୍ଷଣ ଦେଖାଯାଉ ନ ଥିଲା। ମଞ୍ଜରୀ ଭାବିଲା ଯେ, ରାତିରେ ଖାଇବାକୁ ଯିବା ଆଗରୁ ଓଦା ଶାଢ଼ିଟିକୁ ବଦଳାଇ ଦେବା ଉଚିତ ହେବ। ଆଖପାଖକୁ ଅନାଇ ଦେଖିଲା ଯେ, ସେ ବିଶେଷ କାହାରି ଦୃଷ୍ଟି ଆକର୍ଷଣ ନ କରି ସଭାରୁ ବାହାରି ଯାଇ ପାରିବ। ସେ ତା ରୁମରେ ରହୁଥିବା ଝିଅକୁ ସେଠାରେ ଖୋଜିଲା, କିନ୍ତୁ ରେଖା କେଉଁଠାରେ ଦେଖାଗଲା ନାହିଁ। ପର୍ସରେ ହାତ ଦେଇ ମଞ୍ଜରୀ ଆଶ୍ୱସ୍ତ ହେଲା ଯେ, ଯାହା ହେଉ ରୁମର ଚାବି ତା ପାଖରେ ଅଛି। ପୁଣି ଥରେ ଯେତେବେଳେ ବକ୍ତା କହିଥିବା କୌଣସି ମନ୍ତବ୍ୟରେ ହାସ୍ୟରୋଳ ଓ ହାତତାଳି ହେଲା, ସେଇ ବିଶୃଙ୍ଖଳା ଭିତରେ ସନ୍ତର୍ପଣର ସହିତ ଉଠି ମଞ୍ଜରୀ ବାହାରକୁ ବାହାରି ଆସିଲା।

ନିଜ ରୁମ ପାଖରେ ପହଞ୍ଚି ଚାବି ଲଗାଇ ମଞ୍ଜରୀ ଜାଣିଲା ଯେ, କବାଟ ବନ୍ଦ ନ ଥିଲା। ଭିତରକୁ ପଶି ସେ ରେଖାକୁ ଦେଖିଲା ଟେବୁଲ ପାଖରେ ବସି ତନ୍ମୟ ଭାବରେ ଲେଖୁଥିବାର। ତାକୁ କହିଲା, କଣ ଦିନଟି ନ ସରୁଣୁ ତୁ ତୋର ଡାଏରି ଲେଖିବାରେ ବସି ଗଲୁଣି? ରେଖା ତା ଆଡ଼କୁ ମୁହଁ ବୁଲାଇ ଟିକିଏ ହସିଲା, କିନ୍ତୁ ପୁଣି ଲେଖିବାରେ ଲାଗିଗଲା। ତାକୁ ଆଉ ଲେଖିବାରେ ବାଧା ନ ଦେଇ ମଞ୍ଜରୀ ନୂଆ ଶାଢ଼ି ବାହାର କରିବା ପାଇଁ ସୁଟକେସ ଖୋଲିଲା। ଟିକିଏ ପରେ ରେଖା ତାର ଖାତା ବନ୍ଦ କରି ଆସି ମଞ୍ଜରୀ ପାଖରେ ଠିଆହେଲା ଏବଂ ରହସ୍ୟମୟ ହସ ହସି କହିଲା, କଙ୍ଗ୍ରାଚୁଲେସନ୍ସ! କିଛି ବୁଝି ନ ପାରି ମଞ୍ଜରୀ ତା ଆଡ଼କୁ ପ୍ରଶ୍ନବାଚୀ ଦୃଷ୍ଟିରେ ଅନାଇବାରୁ ରେଖା କହିଲା, ଆଉ ଏତେ ଭଲେଇ ହୁଅନି ମଞ୍ଜୁଅପା; ଆମେ ସବୁ ଜାଣିଚୁ। ବିରକ୍ତ ହୋଇ ମଞ୍ଜରୀ କହିଲା, କଣ ଜାଣିଚୁ କହୁନୁ କାହିଁକି? ରେଖା କହିଲା, ତମେ କଣ ଜାଣିନ ଅପା କାଇଁକି? ତମର ସେ କଥାଟା ମୋ ମୁହଁରୁ ଶୁଣିବାକୁ ଇଚ୍ଛା ତ? ହେଲା। ମୁଁ ତମକୁ କଙ୍ଗ୍ରାଚୁଲେଟ କଲି ଏଇଥିପାଇଁ ଯେ, ଅପୁ ଆଜି ମଞ୍ଜୁଅପାର ହାତ ଧରିଲା।

ମଞ୍ଜରୀ ହସିବାକୁ ଯାଉଥିଲା, ହଠାତ୍ ଗମ୍ଭୀର ହୋଇଗଲା। ବାନ୍ଧବୀଙ୍କ ମେଳରେ ଏମିତି ହସ ପରିହାସ ନିତିଦିନିଆ କଥା। ଝିଅପୁଅଙ୍କ ଭିତରେ କୋଉଠି କଣ ଛୋଟ ଘଟଣାକୁ ଅତିରଞ୍ଜନ କରି ପ୍ରେମ ପର୍ଯ୍ୟନ୍ତ ଟାଣି ନିଅନ୍ତି ସେମାନେ। ଲେଖକମାନଙ୍କ ଗହଣରେ ସବୁବେଳେ ଏମିତି କିଛି ନା କିଛି ପ୍ରେମପ୍ରୀତିର ମନଗଢ଼ା କାହାଣୀ କାନରୁ କାନ ହେଉଥାଏ। ତାର ଗୋଟିଏ କାରଣ ବୋଧହୁଏ ଯେ, ଏଭଳି ସମାରୋହ ପୁରୁଷ ସ୍ତ୍ରୀଙ୍କୁ ଏକାଠି ହେବାର ଅବାଧ ସୁଯୋଗ ଦେଇଥାଏ ଏବଂ ସାହିତ୍ୟ ଓ କବିତାର ଭାବପ୍ରବଣ ବାୟୁମଣ୍ଡଳରେ ଶୃଙ୍ଗାରାତ୍ମକ ଆବେଗର ଏକ ହିଲ୍ଲୋଳ ଅନବରତ ଭାସି ବୁଲୁଥାଏ। ମଞ୍ଜରୀ ଏମିତି କୌଣସି ସାହିତ୍ୟିକ ମେଳାରେ ଯୋଗ ଦେଇ ନାହିଁ, ଯେଉଁଠାରେ କୋଉ ଝିଅ କୋଉ ପୁଅକୁ ନେଇ ଗୋଟିଏ ନୂଆ ଅପବାଦର ସୂତ୍ରପାତ ହୋଇ ନ ଥିବ। ଏଭଳି ଖବରରେ ଅନେକେ, ଏପରିକି ଯାହା ବିଷୟରେ ଏ ସବୁ କୁହାଯାଇଥାଏ, କୁତ୍ସା ନ ଦେଖି ପ୍ରଶଂସାର ଶ୍ରଦ୍ଧାଞ୍ଜଳି ବି ଦେଖିଥାନ୍ତି। ମଞ୍ଜରୀ ଯେ ଆଗରୁ ଏଭଳି ଗୁଜବର ଶରବ୍ୟ ନ ହୋଇଛି ତା ନୁହେଁ, ତେବେ ସମସ୍ତଙ୍କ ଆଗରେ ସେ ନିଜର ଏକ ନୀରସ ଅରୋମାଞ୍ଚକ ବ୍ୟକ୍ତିତ୍ୱକୁ ଧରି ରଖୁଥିବାରୁ ତାକୁ ନେଇ କୌଣସି ଖବର ବିଶେଷ ପ୍ରସାରିତ ହୋଇପାରୁ ନ ଥିଲା ଏବଂ ଜନରବଟିର ଅକାଳମୃତ୍ୟୁ ହେଉଥିଲା। ମଞ୍ଜରୀ କିନ୍ତୁ ରେଖାର ଆରୋପକୁ ହସରେ ଉଡ଼ାଇଦେବାରୁ ବିରତ ହେଲା; ଏପରି କରିବାର କାରଣ ଥିଲା ଅପୁ।

ସାହିତ୍ୟ ଜଗତରେ କିଛି ଲେଖକ ନିଜର କବିତାର ଶକ୍ତିଶାଳିତା ଯୋଗୁଁ ପ୍ରସିଦ୍ଧି ପାଇଥାନ୍ତି ଏବଂ କିଛି ବିଖ୍ୟାତ ହୋଇଥାନ୍ତି କବିସୁଲଭ ଜୀବନଯାପନ କରି। ଅପୂର୍ବ ଥିଲା ଏଇ ଦ୍ୱିତୀୟ ପର୍ଯ୍ୟାୟର। ସେ କେବେ କିଛି ଭଲ କବିତା ଲେଖିଥିଲା, ଏବେ ମଧ୍ୟ ମଝିରେ ମଝିରେ ତାର କବିତା ଦେଖିବାକୁ ମିଳୁଥିଲା ଏବଂ କବି-ସମ୍ମିଳନୀରେ କବି ଭଳି ପୋଷାକ ପିନ୍ଧି ସେ ନିଜର କବିତାକୁ ସୁନ୍ଦରଭାବରେ ଆବୃତ୍ତି କରିପାରୁଥିଲା। ତାର ବ୍ୟକ୍ତିଗତ ଜୀବନ ବିଷୟରେ କେହି ବେଶି କିଛି ଜାଣି ନ ଥିଲେ। ତେବେ ଶୁଣା ଯାଉଥିଲା ଯେ, ସେ ଯଦିଓ ସହରରେ ଏକା ରହୁଛି, ଗାଁରେ କୁଆଡ଼େ ତାର ସ୍ତ୍ରୀ ପିଲା ସମେତ ପୂରା ପରିବାର ଅଛନ୍ତି। ସେ ଇନ୍ସ୍ୟୁରାନ୍ସ ଏଜେଣ୍ଟ କାମ କରୁଥିବାରୁ ତାର କୌଣସି ଧରାବନ୍ଧା ଅଫିସ ନ ଥିଲା ଏବଂ ଯେକୌଣସି ଜାଗାରେ ଯେକୌଣସି ସମୟରେ ପହଞ୍ଚିବାରେ କୌଣସି ସମସ୍ୟା ନ ଥିଲା ତା ପାଇଁ। ଏଣୁ ସାହିତ୍ୟିକ ସଭା-ସମିତିମାନଙ୍କରେ ତାକୁ ନିୟମିତ ଦେଖିବାକୁ ମିଳୁଥିଲା। ତାର ବୋହେମିଆନ୍ ଜୀବନଶୈଳୀ ଓ ମେଳାପୀ ପ୍ରକୃତି ଯୋଗୁଁ ସେ ଜନପ୍ରିୟ ଥିଲା; କିନ୍ତୁ ତାର ସବୁଠାରୁ ବଡ଼ ଅପବାଦ ବା ଖ୍ୟାତି ଥିଲା ଏଥିପାଇଁ ଯେ, ତାର ନାଁ ଜଡ଼ିତ ଥିଲା ଅନେକ ସ୍ତ୍ରୀଲୋକଙ୍କ ନାଁ ସହିତ। ମଞ୍ଜରୀ ଯଦିଓ ଅପୂର୍ବକୁ ଆଗରୁ ଅନେକଥର ଭେଟିଥିଲା, ସେସବୁ ସାକ୍ଷାତ୍କାର ଅତି ଔପଚାରିକ ଥିଲା ଏବଂ ସତ କହିବାକୁ ଗଲେ ଏପରି ଏକ କୁପ୍ରସିଦ୍ଧ ଲୋକଠାରୁ ନିଜକୁ ଦୂରରେ ରଖୁଥିଲା ମଞ୍ଜରୀ। ଅପୂର୍ବ ମଧ୍ୟ କେବେ ତା ସହିତ ବନ୍ଧୁତ୍ୱ କରିବାକୁ ଚେଷ୍ଟା କରି ନ ଥିଲା; ମଞ୍ଜରୀ ଭାବୁଥିଲା, ସେଇ ଭଲ। ତେବେ ସେ ଯେତେବେଳେ ଅପୂର୍ବକୁ ଅନ୍ୟ ଝିଅମାନଙ୍କ ସହିତ ହସଖୁସିରେ କଥାବାର୍ତ୍ତା କରୁଥିବାର ଦେଖୁଥିଲା, ତା ମନ ଭିତରେ କିପରି ଏକ କ୍ଷୋଭ ଉପୁଜୁଥିଲା। ସେ ସାଙ୍ଗମାନଙ୍କ ଆଗରେ ଅପୂର୍ବକୁ ଏବଂ ତାର କବିତାକୁ ବିନା କାରଣରେ ସମାଲୋଚନା କରୁଥିଲା।

ମଞ୍ଜରୀକୁ ଏତେ ସମୟ ଚୁପ ରହିଯିବାର ଦେଖି ରେଖା କହିଲା, କଣ ଅପା, ଚୁପ ହୋଇଗଲ ଯେ! ତମେ ଏତେଦିନ ବୁଡ଼ି ବୁଡ଼ି ପାଣି ପିଉଥିଲ ବୋଲି କିଏ ଜାଣିଥିଲା? ମଞ୍ଜରୀ ନିଜକୁ ପ୍ରକୃତିସ୍ଥ କରି କହିଲା, ତମମାନଙ୍କର ଯେତେସବୁ ବାଜେ କଥା। ଆଉ କିଛି କାମ ନାହିଁ ତମର ଉଡ଼ିଲା ଚଢ଼େଇର ପର ଗଣିବା ଛଡ଼ା। କିଛି କୁଆଡୁ ନାହିଁ, ମୋ ନାଁରେ ଆରମ୍ଭ କରିଦେଲଣି। ଶେଷକୁ କହିବ ଯେ ମୁଁ ଯାଇ ପାଣିରେ ବୁଡ଼ି ଆତ୍ମହତ୍ୟା କରୁଥିଲି, କିଏ ଆସି ମତେ ଉଦ୍ଧାର କଲା। ରେଖା ହାତତାଳି ଦେଇ କହିଲା, ଭଲ କଥା କହିଲ ମଞ୍ଜୁଅପା, ମତେ ଏ କଥାଟା ଷ୍ଟ୍ରାଇକ କରି ନ ଥିଲା। ତମେ ଯଦି ଗୋଟେ ମିନିଟ ଅପେକ୍ଷା କରିବ, ମୁଁ ମୋ ଡାଏରିରେ କଥାଟା ଲେଖିଦେବି। ମଞ୍ଜରୀ କହିଲା, ଡାଏରିରେ ମାନେ? ରେଖା କହିଲା, ମୋର

ଆଜି ଦିନର ଡାଏରି ତ ଖାଲି ଅପୁ ଆଉ ତମ କଥା। ତମକୁ ପଢ଼ି ଶୁଣାଇବି? ବିରକ୍ତ ହୋଇ ମଞ୍ଜରୀ କହିଲା, ହଁ ହେଲା, ହେଲା; ତୁ ଯାଇ ବାହାର, ଏଥର ଖାଇବାକୁ ଯିବା।

ବାଥରୁମ ଟବ ଭିତରେ ବସି ଦେହରେ ପାଣି ଢାଳୁ ଢାଳୁ ମଞ୍ଜରୀ ଭାବିଲା, ସେ ସେତେବେଳେ ଝରଣା ପାଣିରେ ଗାଧୋଇ ପାରିଥାନ୍ତା କି? ଏ କଥା ଭାବିବା ମାତ୍ରେ ତା ଦେହ ହାତକୁ ସୁଅର ଅନୁଭବ ଛୁଇଁଗଲା ମୁହୂର୍ତ୍ତେ ପାଇଁ। ତା ପରେ ଦେହକୁ ପୋଛିସାରି ଯାଇ ଲୁଗା ବଦଳାଉ ବଦଳାଉ ନିଜ ଆଡ଼କୁ ଅନାଇଲା ମଞ୍ଜରୀ। ବୟସ ବଢୁଥିଲେ ବି ତାକୁ ଆକର୍ଷଣୀୟ ହିଁ କହିବାକୁ ହେବ। ତାଠାରୁ କମ ବୟସର କେଉଁ କେଉଁ ଝିଅଙ୍କଠାରୁ ସେ ଅଧିକ ସୁନ୍ଦରୀ ଥିଲା, ମନେ ମନେ ହିସାବ କରିନେଲା ସେ। ନିଜର ଆଖିକୁ ସଙ୍କୁଚିତ ବିସ୍ଫାରିତ କରି, ମୁହଁକୁ ବିଭିନ୍ନ କୋଣରୁ ଦେଖି, ଛାତି ଉପରେ ହାତ ରଖି ମଞ୍ଜରୀ ନିଶ୍ଚିତ ହେଲା ଯେ, ତାର ସମୟ ସରି ନାହିଁ। କିନ୍ତୁ ସେ ଏଇ ଅବଶିଷ୍ଟ ସମୟର ସଦୁପଯୋଗ କରିପାରିବ ତ? ତାର ଯେ କିଛି ଭକ୍ତ ନ ଥିଲେ ତା ନୁହେଁ। ଏମିତି ଅକାଳେ ସକାଳେ ତାକୁ ଚାଟୁକାରିତା କରି ଯାଉଥିବା, ସାମାନ୍ୟ ସୁଯୋଗ ପାଇଲେ ତାକୁ ଛୁଇଁ ଦେଉଥିବା, ତା ପାଖକୁ କବିତା ଲେଖି ପଠାଉଥିବା ଏବଂ ତା ଆଗରେ ବସି ତା ମୁହଁକୁ ତନ୍ମୟ ହୋଇ ଚାହିଁ ରହୁଥିବାର ଅନେକ ବନ୍ଧୁ ଥିଲେ ତାର। କେହି କିନ୍ତୁ ମଞ୍ଜରୀର ମନକୁ ଛୁଇଁପାରି ନଥିଲେ; ଏମାନେ ସମସ୍ତେ ଥିଲେ ତା ପାଇଁ ତାର ଜୀବନର ପରିଧି ସୀମାରେ ଘୂରି ବୁଲୁଥିବା ଗମ୍ଭୀରତାବିହୀନ ପ୍ରାର୍ଥୀ, ଯେଉଁମାନଙ୍କ ସହିତ କେବଳ ପାଞ୍ଚ ପାଞ୍ଚ ମିନିଟର ଉପର ଭସାଣିଆ ସମ୍ପର୍କ ରଖାଯାଇପାରେ। ଏମାନଙ୍କ ଭିତରେ ସେ ଏକମାତ୍ର ବ୍ୟତିକ୍ରମ ଦେଖିଥିଲା ଚନ୍ଦନ ବୋଲି ଲେଖକଟିକୁ, ଯେ କି ମଞ୍ଜରୀର ପ୍ରତ୍ୟେକ କବିତା ପ୍ରକାଶ ପରେ ଦୀର୍ଘ ପ୍ରଶଂସାସୂଚକ ଚିଠି ଲେଖୁଥିଲା। ମଞ୍ଜରୀକୁ ସାମନାରେ ଭେଟିଲେ ସେ କିନ୍ତୁ କେବେହେଲେ ପ୍ରୀତି ସମ୍ଭାଷଣ କରିବା ବ୍ୟତୀତ ଆଉ କିଛି କହୁ ନ ଥିଲା, ଯଦିଓ ସେ ସବୁବେଳେ ମଞ୍ଜରୀର ଆଖପାଖରେ ଆତଯାତ ହେଉଥିଲା। ସମସ୍ତେ କହୁଥିଲେ ଚନ୍ଦନ ଅତ୍ୟନ୍ତ ଭଦ୍ର ଏବଂ ଭଲ ଲେଖକ ମଧ୍ୟ, କିନ୍ତୁ ଲୋକଟିକୁ ଦେଖିଲେ ନିଜର ହାସ୍ୟ ସମ୍ବରଣ କରିବା ବ୍ୟତୀତ ତା ପାଇଁ ଆଉ କୌଣସି ଭାବ ଉପୁଜୁ ନ ଥିଲା ମଞ୍ଜରୀର ମନରେ। ଲୋକଟି ଅବିବାହିତ ହୋଇଥିବାରୁ ତାର ବନ୍ଧୁମାନେ ମଞ୍ଜରୀକୁ ଚନ୍ଦନ ସହିତ ଭେଟାଇବାକୁ ଚେଷ୍ଟା କରୁଥିଲେ ଏବଂ ଚନ୍ଦନ କିପରି ତା ପାଇଁ ପାଗଳ, ତାକୁ ସେ କଥା କହୁଥିଲେ। ମଞ୍ଜରୀ କେବଳ କହୁଥିଲା, ବିଚରା! ଏବଂ ପ୍ରସଙ୍ଗ ଏତିକିରେ ବନ୍ଦ ରହୁଥିଲା। କଥାଟି ଆଉ ଅପବାଦର ପର୍ଯ୍ୟାୟକୁ ଯାଇପାରୁ ନ ଥିଲା।

ରୁମରୁ ବାହାରି ରୋଷ୍ଟୋରାଁ ଆଡ଼କୁ ଯିବାବେଳେ ରେଖା କହିଲା, ମଞ୍ଜୁଅପା, ଆଜିର ଏଇ ଖୁସିରେ ଗୋଟାଏ ଡ୍ରିଙ୍କ ହୋଇଯାଉ। ମଞ୍ଜରୀ କହିଲା, ତୁ ବି କଣ ପିଆ ପିଇ ଆରମ୍ଭ କରିଦେଲୁଣି ନା କଣ?

ଏଠି କଣ ସବୁ ହେଉଛି, ତାର ଅଧା ଖବର ତମେ ରଖୁ ନାହଁ ମଞ୍ଜୁଅପା। ଏଠି କିଏ ଡ୍ରିଙ୍କ ନ କରୁଛି କହିଲ, ସେ ଖୋଲାରେ ହଉ ନ ହେଲେ ଲୁଚାଛପାରେ? ଆଚ୍ଛା, ସୁରମାନାନୀ ତ ହେଲେ ସବୁଠୁ ବେଶି କନ୍ଜରଭେଟିଭ। ସେ ସକାଳୁ ଉଠି ଦି ଘଣ୍ଟା ପୂଜା କରୁଛନ୍ତି ସତ, କିନ୍ତୁ ସମସ୍ତେ ଜାଣନ୍ତି କିଏ ଯଦି କୋଲା ଗିଲାସରେ ଦି ପେଗ ମିଶାଇ ତାଙ୍କୁ ଧରାଇଦିଏ, ତାକୁ ସେ ନଜାଣିଲା ପରି ନିର୍ବିକାର ପିଇଦିଅନ୍ତି। ଆଉମାନେ ତ ଛାଡ଼!

ତୋର ସବୁବେଳେ ସମସ୍ତଙ୍କୁ ବଦନାମ କରିବାର ଇଚ୍ଛା, ମଞ୍ଜରୀ କହିଲା।

ମୋ କଥାରେ ଯଦି ବିଶ୍ୱାସ ନ ହେଉଛି, ତେବେ ଚାଲ ତମକୁ ଦେଖାଇଦେବି କାଦମ୍ବରୀରେ ବସି କିଏ କିଏ କଣ କରୁଛନ୍ତି।

ଅନ୍ୟ ଦିନ ହୋଇଥିଲେ ମଞ୍ଜରୀ ବାର୍ ଭିତରକୁ ଯିବାକୁ ମନା କରିଥାନ୍ତା। ଆଜି କିନ୍ତୁ କହିଲା, ହଉ ଚାଲ।

ବାର୍‌ର ଅନ୍ଧାରୁଆ କୋଠରୀ ଭର୍ତ୍ତି ଥିଲା ଏବଂ ପାଖର ବାରଣ୍ଡାରେ ମଧ କୌଣସି ବସିବା ଜାଗା ଖାଲି ନ ଥିଲା। ସମ୍ମିଳନୀ ପାଇଁ ପୂରା ହୋଟେଲଟି ଆରକ୍ଷିତ ଥିଲା ଏବଂ ଜଣାଯାଉଥିଲା ବର୍ତ୍ତମାନ ଯେପରି ସେଇ ସ୍ୱାଧୀନତା ସଂଗ୍ରାମୀଙ୍କୁ ଛାଡ଼ି ସମ୍ମିଳନୀର ବାକି ସବୁ ପ୍ରତିନିଧି ଆସି କାଦମ୍ବରୀରେ ବସିଛନ୍ତି। ମଞ୍ଜରୀ ଓ ରେଖାଙ୍କୁ ଦେଖି ସାଙ୍ଗେ ସାଙ୍ଗେ ଦିଜଣ ନିଜ ଜାଗା ଛାଡ଼ି ଉଠିଗଲେ ଏବଂ ଦୁହେଁ ସେଠାରେ ବସିଲେ। ଅନ୍ଧାର ସହିତ ଆଖିକୁ ଅଭ୍ୟସ୍ତ କରି ନେଇ ସାରିବା ପରେ ମଞ୍ଜରୀ ତା ଚାରିପାଖେ କେତେକ ବାନ୍ଧବୀଙ୍କୁ ମଧ ଦେଖିଲା। ସମସ୍ତଙ୍କ ହାତରେ ଗିଲାସ ଥିଲା ଏବଂ ସେଥିରେ କି ପ୍ରକାର ପାନୀୟ ଥିଲା ଦେଖାଯାଉ ନ ଥିଲେ ମଧ ସମସ୍ତଙ୍କର କଥାବାର୍ତ୍ତାର ସ୍ୱର ଓ ପ୍ରଗଲ୍ଭତାରୁ ବୁଝାପଡୁଥିଲା ଯେ, ପାନୀୟ ନ ହେଲେ ମଧ ଅନ୍ତତଃ ପରିବେଶ ସେମାନଙ୍କୁ ଉତ୍ଫୁଲ୍ଲ କରିଦେଇଛି। ଯେତେବେଳେ ସେମାନଙ୍କ ଆଡ଼କୁ ଦୁଇଟି ଗିଲାସ ଆଗେଇ ଆସିଲା, ରେଖା ତା ଗିଲାସକୁ ଧରିନେଲା, କିନ୍ତୁ ମଞ୍ଜରୀ କହିଲା, ମୁଁ ନିଜେ ମଗାଇବି। ପାଖ ଚଉକିରୁ କିଏ କହିଲା, ଆପଣ ବିଲ୍ କଥା ଭାବୁଛନ୍ତି କି? ଆଜିର ଡ୍ରିଙ୍କ ହେଲା ଅନ୍ ଦି ହାଉସ୍। ମନ୍ତ୍ରୀ ତ ନିଜେ ରହିପାରିଲେ ନାହିଁ, କିନ୍ତୁ କହିଯାଇଛନ୍ତି ଯେ, ଆଜିର ସବୁ ବିଲ୍ ତାଙ୍କ ଉପରେ। ଏଇ କଥାରୁ ଅନୁପ୍ରେରଣା ପାଇବା ଭଳି ପୁଣି ତାଙ୍କ ଟେବୁଲ ପାଖରେ ଆସି ପାନୀୟର ଟ୍ରେ ପହଞ୍ଚିଗଲା ଏବଂ ଆଉ କିଛି ଭାବିବା ପୂର୍ବରୁ ମଞ୍ଜରୀ ଦେଖିଲା ଯେ, ତା ହାତରେ

ଗୋଟିଏ ଗ୍ଲାସ ଥିଲା। ସମସ୍ତେ ଯେତେବେଳେ ଚିଅର୍ସ କହି ନିଜ ନିଜ ଗିଲାସ ଉଠାଇଲେ, ମଞ୍ଜରୀ ମଧ୍ଯ ନିଜର ଗ୍ଲାସକୁ ଓଠ ପାଖକୁ ନେଲା, କିନ୍ତୁ ପିଇଲା ନାହିଁ। ହ୍ବିସ୍କିର ଗନ୍ଧ ତୀକ୍ଷ୍ଣ ଓ ଅପେୟ ମନେହେଲା ମଞ୍ଜରୀକୁ।

ସେ ଯେତେବେଳେ ନିଜର ଗ୍ଲାସକୁ ରଖିଦେଇ ଚଉକି ଉପରେ ଆଉଜି ବସିଲା, ରେଖା ତାକୁ କହିଲା, ପିଇ ଦିଅ ମଞ୍ଜୁଅପା, ସମସ୍ତେ ତମ ଆଡ଼କୁ ଚାହିଁ ରହିଛନ୍ତି। ସତକୁ ସତ ମଞ୍ଜରୀ ଦେଖିଲା, ସେ ସମସ୍ତଙ୍କ ଦୃଷ୍ଟିର କେନ୍ଦ୍ରବିନ୍ଦୁ ହୋଇଯାଇଛି। ଏଥରକ ସମସ୍ତେ ଏକଜୁଟ ହୋଇଗଲେ ତାକୁ ପିଇବା ପାଇଁ ବାଧ୍ଯ କରିବାକୁ। ମଞ୍ଜରୀ ଦେଖିଲା ଯେ, ତାକୁ ବାଧ୍ଯ କରୁଥିବା ଲୋକଙ୍କ କୋରସ ଭିତରେ ଚନ୍ଦନ ବି ଥିଲା। ସେଠାରେ ଚନ୍ଦନର ଉପସ୍ଥିତି ତା ମନରେ ବିରକ୍ତି ଉପୁଜାଇଲା ଏବଂ ମଞ୍ଜରୀ ତା ଆଡ଼କୁ ତୀକ୍ଷ୍ଣ ଦୃଷ୍ଟିରେ ଅନାଇଲା। ଚନ୍ଦନର ମୁହଁ ହଠାତ୍ ମଉଳିଗଲା ଏବଂ ସେ ଆଳ ଦେଖାଇ ବାହାରିଗଲା ସେଠାରୁ। ଅନ୍ୟମାନେ କିନ୍ତୁ ହାରିଯିବାର ଅବସ୍ଥାରେ ନଥିଲେ। ସମସ୍ତେ ବର୍ତ୍ତମାନ ଅଳ୍ପ ବହୁତ ମାଦକର ଆନନ୍ଦରେ ଥିଲେ ଏବଂ ମଞ୍ଜରୀ ଯେତେ ମନାକଲା, ସେମାନେ ତାକୁ ସେତିକି ଅନୁନୟ କରିବାରେ ଲାଗିଲେ ପିଇଦେବା ପାଇଁ। ମଞ୍ଜରୀ ଅସହାୟ ହୋଇ ପାଖ ଟେବୁଲକୁ ଅନାଇଲା। ସେଠାରେ ଅପୂର୍ବ ଓ ତାର ବନ୍ଧୁମାନେ ବସିଥିଲେ। ସେମାନେ ଏ ନାଟକ ଦେଖୁଥିଲେ ନିଶ୍ଚୟ, କାରଣ ଅପୂର୍ବ ଚଉକିରୁ ଉଠିଲା ଏବଂ ବାର୍ ପାଖକୁ ଯାଇ ନିଜ ହାତରେ ଗୋଟିଏ ଗ୍ଲାସ୍ ଢାଳି ମଞ୍ଜରୀ ପାଖକୁ ଆସିଲା। ତା ସାମନାରେ ଗ୍ଲାସଟିକୁ ରଖିଦେଇ କହିଲା, ଏଥିରେ କେବଳ କୋଲା ଅଛି। ପୁଣି ଥରେ ଉଚ୍ଛ୍ବସିତ ହସ ହେଲା। ମଞ୍ଜରୀ ସାମନାରେ ବର୍ତ୍ତମାନ ଦୁଇଟି ଗ୍ଲାସ ଥିଲା। ପାଖରେ ଅପୂର୍ବ ସବୁକିଛି ନିଜ ନିୟନ୍ତ୍ରଣରେ ରଖିଥିବାର ଭଙ୍ଗୀରେ ଠିଆ ହୋଇଥିଲା ଏବଂ ସମସ୍ତେ ମଞ୍ଜରୀର ହାତକୁ ଅନାଇଥିଲେ। ମଞ୍ଜରୀ ଥରେ ଥରେ ସମସ୍ତଙ୍କ ଆଡ଼କୁ ଚାହିଁଲା, ଅପୂର୍ବକୁ ଅଦେଖା କରିଦେଲା ଏବଂ ଟେବୁଲ ଉପରୁ ହ୍ବିସ୍କି ଗ୍ଲାସଟି ଉଠାଇ ଓଠ ପାଖକୁ ନେଉ ନେଉ କହିଲା, ଚିଅର୍ସ।

ଖୁସିର କଳରୋଳ ଭିତରେ ମଞ୍ଜରୀ ସେଇ ତୀବ୍ର କଟୁ ପାନୀୟରୁ ଦୁଇଢୋକ ପିଇନେଲା। ରେଖା ଦି ହାତରେ ମଞ୍ଜରୀର ହାତକୁ ଧରି ତା କାନ ପାଖରେ କହିଲା, ଯାହା ହଉ ତୁ ଆଜି ସମସ୍ତଙ୍କୁ ଦେଖାଇଦେଲୁ ମଞ୍ଜୁଅପା ତୁ କି ଜିନିଷ! ରେଖାର ଧୃଷ୍ଟ ଚାଟୁକୁ ନ ଶୁଣି ମଞ୍ଜରୀ ଅପୂର୍ବର ଟେବୁଲ ଆଡ଼କୁ ଅନାଇଲା। ସେ ଭାବିଥିଲା ଚନ୍ଦନ ଭଳି ଅପୂର୍ବ ମଧ୍ଯ ତାର ଉପେକ୍ଷାରେ ଆହତ ହୋଇ ମନଦୁଃଖରେ ବସିଥିବ। କିନ୍ତୁ ଅପୂର୍ବ ବର୍ତ୍ତମାନ ତାର ବନ୍ଧୁବାନ୍ଧବୀଙ୍କ ଗହଣରେ ବସି ଆନନ୍ଦ ଆଲୋଚନାରେ ମଶଗୁଲ ଥିଲା। ଏ କଥା ମଞ୍ଜରୀକୁ ଭଲ ଲାଗିଲା ନାହିଁ।

କେବଳ ଅପ୍ରୀତିକର ସ୍ୱାଦରେ ପାଟି ଖରାପ ଲାଗୁଥିବା ବ୍ୟତୀତ ତାର ପ୍ରଥମ ମଦ୍ୟପାନର ଆଉ କୌଣସି ଅନୁଭବ ପାଇପାରି ନ ଥିଲା ମଞ୍ଜରୀ। ସେ ଅନ୍ୟମାନଙ୍କ ସାଙ୍ଗରେ ଯାଇ ଡିନରରେ ଯୋଗ ଦେଲା, ସମସ୍ତଙ୍କ ସହିତ ସାଧାରଣ କଥାବାର୍ତ୍ତା କଲା ଏବଂ ରେଖା ସାଙ୍ଗରେ ରୁମ୍କୁ ଫେରିଲା। ସେ ଯେତେବେଳେ ଶାଢ଼ି ବଦଳାଇ ଶୋଇବାକୁ ଗଲା, ରେଖା କହିଲା, ମୋଟରୁ ଏଗାରଟା ବାଜିଛି; ଏତେବେଳେ କଣ ଶୋଇବାକୁ ଯିବା? ଆସ, ଶେଷ ରାତିଟା ବସି ଗପ କରିବା। ମଞ୍ଜରୀ କହିଲା, ମୁଁ ବିଛଣାରେ ଶୋଇଛି; ତୁ କଥା କହୁଥା।

ମୁଁ ତମକୁ ଏମିତି ପଚାରୁଛି ବୋଲି କିଛି ମନେ କରିବନି ମଞ୍ଜୁଅପା, ତମେ ସତରେ କହିଲ ତମେ କଣ କାହାକୁ ପ୍ରେମ କରିନାହଁ?

କଥାଟିକୁ ଏଇଠାରେ କାଟିଦେବା ପାଇଁ ମଞ୍ଜରୀ କହିଲା, ନା।

ତାହେଲେ ତମେ ଏତେ କବିତା ସବୁ କେମିତି ଲେଖିଚ ତମେ ତମେ ବୋଲି କାହାକୁ ସମ୍ବୋଧନ କରି?

ପ୍ରେମ ନ କଲେ କଣ ପ୍ରେମକବିତା ଲେଖିବାକୁ ମନା? ଈଶ୍ୱରଙ୍କୁ ମଧ୍ୟ ତମେ ବୋଲି ସମ୍ବୋଧନ କରାଯାଇପାରେ। କିମ୍ବା, ଏମିତି ବି କବିତା ଲେଖାଯାଇପାରେ, ଯାହା ଉପରକୁ ଦେଖିବାକୁ ଭଗବାନଙ୍କ ପାଇଁ, କିନ୍ତୁ ପ୍ରକୃତରେ ପ୍ରେମିକ ପାଇଁ ଲେଖା।

ଠିକ କହିଚ ଅପା; ସଲିଳା ଯୋଉ ସବୁ କବିତା ଲେଖେ ତମେ, ତମକୁ, ତମ ପାଇଁ ଲଗାଇ, ସେ ସବୁ କଣ ଭଗବାନଙ୍କ ପାଇଁ ନା କଣ? ସେ ସବୁ ପରା ଅପୂର୍ବ ପାଇଁ।

ଏପରି ଭାବରେ ଅପୂର୍ବର ନାଁ ପୁଣି ଥରେ ଉଠିବାରୁ ମନେ ମନେ ବିରକ୍ତ ହେଲା ମଞ୍ଜରୀ। କହିଲା, ତୁ କହୁଚୁ ଯେମିତି ପ୍ରେମ ନ କଲେ ସାହିତ୍ୟିକ ହେବା ଅସମ୍ଭବ!

ଆଉ ସାହିତ୍ୟିକଙ୍କର ଯାହା ହଉ ନ ହଉ, କବି କେମିତି ନିଜର ଏତେ ଆବେଗକୁ ନିଜ ଭିତରେ ବନ୍ଦ କରି ରଖିବ କହିଲ ଅପା? କୋଉ କବି ଭଲା ପ୍ରେମିକ ନୁହେଁ? ଏହା ପରେ ରେଖା ଅନେକ କବି କବୟିତ୍ରୀଙ୍କର ପରସ୍ପର ପ୍ରେମ ସମ୍ପର୍କରେ ଦୀର୍ଘ ତାଲିକା ଦେଲା। ତା ତାଲିକାରୁ କୌଣସି କବୟିତ୍ରୀ ବାଦ ପଡ଼ି ନ ଥିଲେ ଏବଂ କେତେକ କବୟିତ୍ରୀଙ୍କ ନାଁ ସହିତ ଜଡ଼ିତ ଥିଲା ଏକାଧିକ ନାଁ। ସେ ଅନେକ କବିତାର ଉଦାହରଣ ଦେଇ ସେଗୁଡ଼ିକ କେଉଁ ନିର୍ଦ୍ଦିଷ୍ଟ ବ୍ୟକ୍ତିବିଶେଷ ପାଇଁ ଲେଖା ହୋଇଥିଲା, ତାର ବିବରଣୀ ଦେଲା। ଯଦିଓ ଏ ସବୁ ବର୍ଣ୍ଣନା ଶୁଣିବାକୁ ମଞ୍ଜରୀକୁ ଭଲ ଲାଗୁଥିଲା,

ସେ ରାଗର ଛଳନା କରି କହିଲା, ଯେତେ ସବୁ ଖରାପ କଥା ତୋରି ପାଖରେ। ସମସ୍ତଙ୍କ ନାଁରେ ତ ଏତେ କହିଲୁ, ଏଥରକ ତୋ ନିଜ କଥା କହ।

କିଛି କ୍ଷଣ ଚୁପ ହୋଇଗଲା ରେଖା; ତା ପରେ ଗମ୍ଭୀର ହୋଇ ଦୀର୍ଘନିଃଶ୍ୱାସ ପକାଇ କହିଲା, ମୋ କଥା କହିଲେ ରାତି ପାହିଯିବ। ବାହାଘର ଆଗରୁ କଣ ସବୁ ଥିଲା, ବାହାଘର କେମିତି ହେଲା, ପୁଣି ବାହାଘର ପରର କେତେ କଥା। ମଞ୍ଜରୀ କୃତ୍ରିମ ବିସ୍ମୟ ଦେଖାଇ କହିଲା, କଣ ବାହାଘର ପରେ ବି?

ତମେ ତ କିଛି ବୁଝୁନା ମଞ୍ଜୁଅପା! ତମେ ବାହା ହୋଇଚ ନ ହୋଇଚ, ପ୍ରେମ କରିବା ସାଙ୍ଗରେ ତାର କଣ ଅଛି? କନ୍ଦର୍ପ କଣ ସିନ୍ଦୂରବିନ୍ଦୁକୁ ଡରିଯିବ ନା କଣ? ସାହିତ୍ୟରେ ପରକୀୟା ବୋଲି ଗୋଟାଏ କଥା ଅଛି ତ? ଆମେ କବିମାନେ ଯଦି ପରକୀୟା ପ୍ରେମ ନ କଲେ, ଆଉ କିଏ କରିବ?

ହଉ, ହେଲା। ଏଥରକ ତୋ କଥା କହ। ତୋର ସବୁ ପ୍ରେମିକଙ୍କ କଥା କହିବାକୁ ଯଦି ସମୟ ନାହିଁ, ତେବେ ଖାଲି ତୋର ଶେଷ ପ୍ରେମଟି କଥା କହିଦେ।

ମୁଁ ତମକୁ ସବୁ କଥା କହିଦିଅନ୍ତି ଯେ... ମୁଁ ଭାବୁଛି କଥାଟା କହିଲା ମାତ୍ରେ ତମେ ତାଙ୍କର ନାଁ ଜାଣିଦବ।

ନା ବାବା, ମୋର ନାଁ ଜାଣିବା ଦରକାର ନାହିଁ। ତୁ ଖାଲି ଘଟଣାଟି କହିଦେ। ମତେ ନାଁ କହିବା ଦରକାର ନାହିଁ।

ରେଖା ଓଲଟି କହିଲା, ତମେ ମଞ୍ଜୁଅପା ସେ କିଏ ହୋଇଥିବ ବୋଲି ଭାବୁଚ କହିଲ।

ଆଚ୍ଛା କଥା! ତୁ କାହାକୁ ପ୍ରେମ କରିବୁ, ମୁଁ କେମିତି ଜାଣିବି ତାର ନାଁ?

ଅନ୍ତତଃ ଅନ୍ଦାଜ କରି କୁହ କିଏ ହୋଇଥିବ।

ମୁଁ ଜାଣେ ନାହିଁ କି ଅନ୍ଦାଜ କରିପାରିବି ନାହିଁ। ବାସ୍।

ଅପା, ମୁଁ ତମକୁ ଗୋଟାଏ କ୍ଲୁ ଦଉଚି। ଭଦ୍ରବ୍ୟକ୍ତି ଏଇଠି ଅଛନ୍ତି।

ମଞ୍ଜରୀ ଏ ସବୁ ସାହିତ୍ୟିକ ପ୍ରେମପ୍ରୀତିର ବିଶେଷ ଖବର ରଖୁ ନ ଥିବାରୁ କେବଳ କଥାଟିକୁ ସେଇଠାରେ ଛିଣ୍ଡାଇ ଦେବାପାଇଁ କହିଲା, ଅପୂର୍ବ?

ରେଖା ବସିବା ଜାଗାରୁ ଉଠି ଆସି ମଞ୍ଜରୀର ବିଛଣା ଉପରେ ଶୋଇପଡ଼ି ତାକୁ ଜାବୁଡ଼ି ଧରିଲା। କହିଲା, ତମେ କେମିତି ଜାଣିଲ? ତମକୁ ନିଶ୍ଚେ କିଏ କହିଚି। କିଏ କହିଚି ମତେ କହିଦିଅ ମଞ୍ଜୁଅପା, ମୋ ରାଣ।

ଛାଡ଼, ଛାଡ଼। ମତେ କିଏ କାହିଁକି କହିବ ଏ କଥା? ତେବେ କଥାଟା କଣ ସତ? ରେଖା ଉଠି ବସିଲା, ଗମ୍ଭୀର ହୋଇଯାଇ କହିଲା, ହୋଇ ପାରିଥାନ୍ତା ଯେ, ହେଲା କୁଆଡୁ? ମୁଁ ହିଁ ମନା କରିଦେଲି।

କାହାକୁ କଣ ମନା କରିଦେଲୁ?

ଅପୁ ଯେତେବେଳେ ମୋ ପଛରେ ପଡ଼ିଗଲେ, ମୁଁ ତାଙ୍କୁ ସିଧାସଳଖ କହିଦେଲି ଯେ, ମୁଁ ଆଉ ସବୁ ଝିଅଙ୍କ ଭଳି ନୁହେଁ। ମତେ ପାଇବାକୁ ହେଲେ ତାଙ୍କୁ ତାଙ୍କର ଆଉ ସବୁ ବାନ୍ଧବୀଙ୍କୁ ଛାଡ଼ିବାକୁ ପଡ଼ିବ। ଏତିକିରେ କଥା କଟାକଟି ହୋଇଗଲା ଆଉ ସେଇଠି ପୂର୍ଣ୍ଣଚ୍ଛେଦ ପଡ଼ିଗଲା।

ତା କଥାକୁ ବିଶ୍ୱାସ କରିବ କି ନାହିଁ, ଠିକ କରିପାରିଲା ନାହିଁ ମଞ୍ଜରୀ। କହିଲା, ଛାଡ଼ ସେ କଥା। ତୁ ଯୋଉ ତୋର ଶେଷ ପ୍ରେମିକ କଥା କହିବାକୁ ଯାଉଥିଲୁ, କହ ଏଥରକ।

ନାଇଁ ଅପା, ଆଉ ଦିନେ କହିବି। ତମଠୁ ତ ମୋର କିଛି ଲୁଚାଛପା ନାହିଁ, ତମକୁ ନିଶ୍ଚେ କହିବି; ମୋର ମୁଡଟା ଏବେ ଖରାପ ହୋଇଗଲା ତମେ ସେଇ ପୁରୁଣା କଥା ଉଠାଇବାରୁ।

ହଉ, ତା ହେଲେ ଯା ଶୋଇଯା।

ଏତେବେଳେ କିଏ ଶୋଇବ? ଟିକିଏ ମୁଣ୍ଡ ଉଠାଇ ବାହାରକୁ ଦେଖିଲ କେମିତି ଜହ୍ନରାତି ପଡ଼ିଛି। ଏବେ କେହି ବି ଶୋଇ ନଥିବେ। ସମସ୍ତେ ବସି ଗପ କରୁଥିବେ, ନ ହେଲେ ବାହାରେ ବୁଲୁଥିବେ। ତମେ ଶୋଇବ ଯଦି ଶୁଅ; ମୁଁ ଚାଲିଲି। ଏତିକି କହି ରେଖା ହଠାତ୍ ବାହାରକୁ ବାହାରିଗଲା।

ଚାହୁଁ ନ ଥିଲେ ବି ଅପୂର୍ବ କଥା ଭାବିଲା ମଞ୍ଜରୀ। ରେଖା ଏବେ ଯାହା ସବୁ କହିଲା, ସତ ହୋଇ ନ ପାରେ, କିନ୍ତୁ ଅପୂର୍ବର ଏଭଳି ଚରିତ୍ର ବିଷୟରେ ସେ ଆଗରୁ ଶୁଣିଥିଲା। ଏଠାରେ ମଧ୍ୟ ଲୋକଟିର ଚାଲିଚଳଣ ତାର ପସନ୍ଦ ନ ଥିଲା। ସନ୍ଧ୍ୟାର ଘଟନାକୁ ମନେ ପକାଇ ମଞ୍ଜରୀ ମନକୁ ମନ କହିଲା, କଣ ଭାବୁଚି ଲୋକଟା ନିଜେ ନିଜକୁ? ଏଭଳି ଲୋକ କାହା ପଛରେ ପଡ଼ିବା ଅସମ୍ଭବ ନୁହେଁ। ଭାଗ୍ୟ ଭଲ ଯେ ଅପୂର୍ବ ତା ପଛରେ ଲାଗି ନାହିଁ। ଖାଲି ସେଇ ଝରଣାରୁ ହାତ ଧରି ଉଠାଇନେବା ଆଉ ବାର୍ରେ ଗ୍ଲାସ ଆଣି ତା ସାମନାରେ ରଖିବା ଛଡ଼ା। ଏଇ ଦୁଇଟି ଘଟଣାରେ ଅବଶ୍ୟ କୌଣସି ଅଶାଳୀନତା ନ ଥିଲା ଅପୂର୍ବର। ତେବେ ମଞ୍ଜରୀ ସାଙ୍ଗରେ କେହି ଅଭଦ୍ର ବ୍ୟବହାର କରିବାକୁ ସାହସ କରିବେ ନାହିଁ। ଆଉ ସବୁ ଝିଅଙ୍କ କଥା ଅଲଗା; ଉପରେ ଆସି ପଡ଼ିବେ। ଏମିତିକି ରେଖା ବି। ରେଖା ବୟସରେ ଛୋଟ ହେଲେ କଣ ହେଲା, ତାଠାରୁ ଉଚ୍ଚରେ କମ, ରଙ୍ଗରେ ନୀରସ; ସେ ନିଃସନ୍ଦେହ ରେଖାଠାରୁ ଦେଖିବାକୁ ସୁନ୍ଦର।

କିନ୍ତୁ ସେ କାହିଁକି ଭାବୁଚି ଏ ସବୁ କଥା! କଣ ସେଇ ହ୍ୱିସ୍କି ତା ମୁଣ୍ଡକୁ ଧରିନେଲା ନା କଣ? କିଛି ବର୍ଷ ତଳେ ସେ ମଦ ପିଇବା କଥା କଳ୍ପନା କରିପାରି ନ

ଥାନ୍ତା; କିନ୍ତୁ ଆଜିକାଲି ସବୁ ଚଳିଲାଣି। ଏଇ ପିଇବାରେ ତାକୁ ତ କୌଣସି ଆନନ୍ଦ ମିଳି ନ ଥିଲା! ନ ପିଇଥିଲେ ବି ଚଳିଥାନ୍ତା। ତା ଆଗରେ କୋଲା ଗିଲାସଟି ବି ଥିଲା। କିନ୍ତୁ ସେ ଜିଦ କରି ହ୍ୱିସ୍କି ପିଇଲା। କାହା ଉପରେ ଜିଦ, ଅପୂର୍ବ ଉପରେ? ପୁଣି ସେଇ ଅପୂର୍ବ। ଅପୂର୍ବ ତାର କିଏ?

ମଞ୍ଜରୀ ବିଛଣାରୁ ଉଠି ବସିଲା। ଝରକା ବାହାରକୁ ଅନାଇ ଦେଖିଲା, ସତରେ ଛମ୍ ଛମ୍ ଜହ୍ନ ଆଲୁଅ ପଡ଼ିଛି ବାହାରେ। ରେଖା ଠିକ କହିଥିଲା, ଏଇଟା ଶୋଇବାର ବେଳ ନୁହେଁ। ରେଖା ସାଙ୍ଗରେ ସେତିକିବେଳେ ବାହାରି ଯାଇଥିଲେ ହୋଇଥାନ୍ତା। ନିଜକୁ ଏକା ଲାଗିଲା ମଞ୍ଜରୀକୁ ଏବଂ ବିନା କୌଣସି କାରଣରେ ସାରା ପୃଥିବୀ ପ୍ରତି ତାର କ୍ରୋଧ ହେଲା। ସେ ତରତର ହୋଇ ଶାଢ଼ି ବଦଳାଇଲା ଯେପରିକି ତାକୁ ସେହିକ୍ଷଣି ଯାଇ କୌଣସି ଜଟିଳ ସମସ୍ୟାର ସମାଧାନ କରିବାକୁ ହେବ। ଟେବୁଲ ଉପରେ ପଡ଼ିଥିବା କାଗଜରୁ ସେ ଦେଖିନେଲା ଅନ୍ୟମାନେ କିଏ କୋଉ ରୁମରେ ଅଛନ୍ତି। ବାର ନମ୍ବର ରୁମ ଅପୂର୍ବର। ସେ କଣ ସେଇ ମୁହୂର୍ତ୍ତରେ ଯାଇ ତାକୁ କୈଫିୟତ ମାଗିବ ତାର ସନ୍ଧ୍ୟାବେଳର ବ୍ୟବହାରର?

କବାଟ ଖୋଲି ବାହାରକୁ ବାହାରି ମଞ୍ଜରୀ ଦେଖିଲା ଚାରିଆଡ଼ ଶାନ୍ତ ଓ ଚୁପଚାପ ଥିଲା। ସେ ହୋଟେଲ ବାହାରେ ଜହ୍ନ ଆଲୁଅକୁ ଓହ୍ଲାଇଲା। ଦୂରରେ ଅନ୍ୟମାନେ ଦଳ ଦଳ ହୋଇ ବସି କଥାବାର୍ତ୍ତା କରୁଥିଲେ। ସେମାନଙ୍କ ପାଖକୁ ନ ଯାଇ ଗୋଟିଏ ଖାଲି ବେଞ୍ଚ ଉପରେ ବସିଲା ମଞ୍ଜରୀ। ସେ ଆଖିବୁଜି କିଛିକ୍ଷଣ ନିଜକୁ କେବଳ ଜହ୍ନ ଆଲୁଅରେ ଭିଜିଯିବାକୁ ଦେଲା। ତାର ମନ ଏଥରକ କିଛି ହାଲୁକା ଲାଗିଲା। ଏଇପରି କେତେ ସମୟ ସେଠାରେ ସେ ବସି ରହିଥିଲା ଜାଣେନା, କିନ୍ତୁ ତାର ମନେ ହେଲା ଯେ ତାକୁ ଏଥରକ ଉଠିବାକୁ ହେବ। ଏ ପର୍ଯ୍ୟନ୍ତ କିଛି ଲୋକ ବାହାରେ ବସିଥିଲେ, ବୁଲୁଥିଲେ। ମଞ୍ଜରୀ ହୋଟେଲ ଭିତରକୁ ପଶିଲା। ନିଜ ରୁମକୁ ଯିବାବେଳକୁ ତା ଆଖିରେ ବାର ନମ୍ବର ରୁମ ପଡ଼ିଲା। କବାଟ ଖୋଲା ଥିଲା ଏବଂ କିଛି ନ ଭାବି ନ ଚିନ୍ତି ବିନା ଦ୍ୱିଧାରେ ମଞ୍ଜରୀ ଭିତରକୁ ପଶିଲା। ରୁମରେ କେହି ନ ଥିଲେ। ମଞ୍ଜରୀ ଯାଇ ଚଉକି ଉପରେ ବସିଲା ଏବଂ ଟେବୁଲ ଉପରେ ପଡ଼ିଥିବା କାଗଜଟିକୁ ହାତରେ ଉଠାଇନେଲା। କାଗଜରେ ଗୋଟିଏ ଧାଡ଼ି ଲେଖା ଥିଲା, ଆରମ୍ଭ କରିଥିବା କବିତାର ଗୋଟିଏ ମାତ୍ର ଧାଡ଼ି : କାହାରି କଥା ମାନେ ନାହିଁ ମଞ୍ଜରୀ। ବିସ୍ମୟାନ୍ୱିତ ହୋଇ ମଞ୍ଜରୀ ଆଉଥରେ ପଢ଼ିଲା ପଂକ୍ତିଟିକୁ : କାହାରି କଥା ମାନେ ନାହିଁ ମାନିନୀ।

ତାର ଆଖି ଖରାପ ହୋଇଗଲାଣି; ଏଥରକ ଚଷମା ଲଗାଇବାକୁ ହେବ। ସଇଁତିରିଶ ବର୍ଷରେ କଣ ଚାଳିଶା ଚଷମା ଦରକାର ହୁଏ? କାଗଜଟିକୁ ରଖିଦେଇ

ମଞ୍ଜରୀ ସେଠାରୁ ଉଠି ନିଜର ରୁମକୁ ଗଲା। ପାଖ ଖଟରେ ରେଖା ନିଦରେ ଶୋଇ ଯାଇଥିଲା। ବର୍ତ୍ତମାନ ସୁନ୍ଦର ଦେଖାଯାଉଥିଲା ରେଖା, ଏବଂ ଛୋଟ ଶିଶୁଟିଏ ଭଳି ନିଷ୍ପାପ ଓ ଅସହାୟ। ମଞ୍ଜରୀ ତା ପାଖକୁ ଯାଇ ଆଦରରେ ତାର ଗାଲକୁ ଛୁଇଁଲା ଏବଂ ନିଜର ଅଙ୍ଗୁଳିକୁ ଓଠ ପାଖକୁ ଆଣି ଚୁମା ଦେଲା। ତାପରେ ସେ ଯାଇ ଟେବୁଲ ପାଖରେ ବସିଲା ଏବଂ ଗୋଟିଏ ଖାଲି କାଗଜ ଆଣି ଚିଠି ଲେଖିଲା :

ପ୍ରିୟ ଅପୁ, ତମକୁ ମୋର ଅନେକ କଥା କହିବାର ଥିଲା, ଯାହା ଏଥରକ କହି ହେଲା ନାହିଁ। ପୁଣି କେବେ ଦେଖା ହେବ କିଏ ଜାଣେ? ତମେ କିନ୍ତୁ ନିଶ୍ଚୟ ଚିଠି ଲେଖିବ; ମୁଁ ତଳେ ମୋର ଠିକଣା ଦେଉଛି। ମୁଁ ତମର ଚିଠି ଅପେକ୍ଷାରେ ରହିବି। ଇତି। ତମର ମାନିନୀ।

ତଳେ ନିଜର ଠିକଣା ଲେଖି ମଞ୍ଜରୀ କାଗଜଟିକୁ ଲଫାପାରେ ବନ୍ଦ କଲା ଓ ତା ଉପରେ ଅପୂର୍ବର ନାଁ ଲେଖିଲା। କାଲି ଯେ ଯୁଆଡ଼େ ଚାଲିଯିବେ। ମଞ୍ଜରୀ ଚିଠିଟିକୁ ତକିଆ ତଳେ ରଖି ଶୋଇବାକୁ ଗଲା। ସକାଳେ ସେ ଲଫାପାଟିକୁ ନିଜେ ନେଇ ଅପୂର୍ବ ହାତରେ ଦେଇଦେବ।

ଭୃତ୍ୟ

ସକାଳୁ ସେ ଅଫିସ ଯିବାକୁ ବାହାରୁଛି, ସୁଧାକରକୁ ତାର ସ୍ତ୍ରୀ କହିଲା, ଯାହା ହଉ, କାଲିଠୁ ଆଉ ଏତେ ତରବର ହୋଇ ବାହାରିବାକୁ ପଡ଼ିବନି। ସୁଧାକର ମୁହଁ ବୁଲାଇ ସ୍ତ୍ରୀ ଆଡ଼କୁ ଅନାଇଲା। ଘରୁ ବାହାରିବାବେଳେ ଏମିତି କିଛି ଅପ୍ରୀତିକର କଥା କହି ତାର ମିଜାଜ ଖରାପ କରିଦେବା ରେଣୁକାର ପ୍ରକୃତି। ସୁଧାକର ଭାବୁଥିଲା, ରେଣୁକା ବୋଧହୁଏ କେବେହେଲେ ତାକୁ ଏମିତି କିଛି କହୁ ନ ଥିଲା ଯେଉଁଥିରେ ତା ପ୍ରତି ଏକ ପ୍ରଚ୍ଛନ୍ନ ସମାଲୋଚନା ରହୁ ନ ଥିଲା। ଦାମ୍ପତ୍ୟ ସଂପର୍କରେ ସ୍ୱାମୀ ସ୍ତ୍ରୀଙ୍କର କଥୋପକଥନ ସବୁବେଳେ ଦ୍ୱୈର୍ଥକ; ସେଥିରେ ଗୋଟିଏ କଥା କୁହାଯାଏ, କିନ୍ତୁ ଭିନ୍ନ କଥା ବୁଝାଯାଇଥାଏ। ରେଣୁକା ତା ସହିତ କଥାବାର୍ତ୍ତା କଲାବେଳେ ସୁଧାକରର ମୁଣ୍ଡ ଭିତରେ ଗୋଟିଏ ପ୍ରଚ୍ଛନ୍ନ ଅଭିଧାନ ରହୁଥିଲା ସେ ସବୁ କଥାର ପ୍ରକୃତ ଅର୍ଥ ବାହାର କରିବା ପାଇଁ। ଅତି ସହଜ ସରଳ ସିଧାସଳଖ କଥା, କିନ୍ତୁ ସେଥିରେ ସବୁବେଳେ ସୁଧାକର ପାଇଁ ନିହିତ ରହୁଥିଲା ଅନେକ ପ୍ରକାରର କୁଟିଳ ବ୍ୟଞ୍ଜନା। ରେଣୁକା କହୁଥିଲା, ଆଜି ହରିଶବାବୁଙ୍କ ଘରର ନିଅଁ ପଡ଼ିଲା। ସୁଧାକର ବ୍ୟାଖ୍ୟା କରୁଥିଲା : ତୋର ସବୁ ସାଙ୍ଗ ମାନେ ହରିଶ ଭଳି ଘରତୋଳା ଆରମ୍ଭ କଲେଣି; ତୁ ଏତେ ଅପଦାର୍ଥ ଯେ, ଏ ପର୍ଯ୍ୟନ୍ତ ଜମି ଖଣ୍ଡେ ବି ଯୋଗାଡ଼ କରିପାରି ନାହୁଁ। ରେଣୁକା କହୁଥିଲା, ଅଫିସରୁ ଫେରିଲାବେଳେ ପରିବା ଦେଖିକରି କିଣିବ। ସୁଧାକରର ଅନୁବାଦ : ଦୋକାନୀମାନେ ଜାଣନ୍ତି ଯେ ତୁ ଏକ ନମ୍ବରର ବୋକା; ସେଥିପାଇଁ ସେମାନେ ତାଙ୍କର ରଦ୍ଦି ମାଲ ସବୁ ତତେ ବିକ୍ରି କରିବା ପାଇଁ ଜଗି ବସିଛନ୍ତି। ଇତ୍ୟାଦି ଇତ୍ୟାଦି।

ଅନ୍ୟ ଦିନ ହୋଇଥଲେ ସେ ଅନ୍ତତଃ ମୁହଁରେ ସାମାନ୍ୟ ବିରକ୍ତି ଆଣି ରେଣୁକାର କଥାର ଏକ ମୌନ ମୃଦୁ ପ୍ରତିକ୍ରିୟା ଜଣାଇଥାନ୍ତା, କିନ୍ତୁ ଆଜି ତାର ମନ ପ୍ରକୃତରେ ଖରାପ ଥିଲା। ଆଜି ଥିଲା ଅଫିସରେ ବଡ଼ ସାହେବଙ୍କର ଶେଷ ଦିନ। ସେ ରିଟାୟାର କରିବା ପରେ ତାଙ୍କ ଜାଗାରେ କିଏ ଆସିବ ସ୍ଥିର ହୋଇ ନ ଥିଲା ଏବଂ ଏ ବିଷୟରେ ନାନା କଳ୍ପନା ଜଳ୍ପନା ଶୁଣାଯାଉଥିଲା; କିନ୍ତୁ ସେଇଟି ସୁଧାକରର ଚିନ୍ତାର ବିଷୟ ନ ଥିଲା। ତାର ସମସ୍ୟା ଥିଲା ସାହେବ ତା ଜୀବନରୁ ଚାଲିଯିବା କଥା ଭାବି ତା ମନ ଭିତରେ ଉପୁଜୁଥିବା ଶୂନ୍ୟତା। କୋଡ଼ିଏ ବର୍ଷରୁ ଊର୍ଦ୍ଧ୍ୱ ସେ ନିଜକୁ ସମର୍ପଣ କରିଦେଇଥିଲା ଏଇ ମୁନିବଙ୍କ ପାଖରେ। ତାର ଭଲ ମନ୍ଦ ସୁଖ ଦୁଃଖ ଅଭାବ ଅସୁବିଧାର ହର୍ତ୍ତାକର୍ତ୍ତାବିଧାତା ଥିଲେ ତାର ବଡ଼ ସାହେବ ଏବଂ ତାଙ୍କ ଉପରେ ନିଜର ସମୟ ଜୀବନ ଓ ଭାଗ୍ୟକୁ ଛାଡ଼ିଦେଇ ଏ ପର୍ଯ୍ୟନ୍ତ ସମ୍ପୂର୍ଣ୍ଣ ନିଶ୍ଚିନ୍ତ ଥିଲା ସୁଧାକର।

ଆଜି ସୁଧାକରର ମନେପଡ଼ିଲା ଯେତେବେଳେ ସେ ପ୍ରଥମେ ନାୟକ ସାହେବଙ୍କ ପାଖରେ କାମ କଲା, ସେ କଥା। ଜଣେ ବଦରାଗୀ ଉଦ୍ଧତ କଟୁଭାଷୀ ଓ ଅଭଦ୍ର ଅଫିସର ଭାବରେ ଖ୍ୟାତି ଥିଲା ନାୟକଙ୍କର; ସେଥିପାଇଁ ତାଙ୍କ ପାଖରେ କୌଣସି ପ୍ରାଇଭେଟ ସେକ୍ରେଟାରୀ ବେଶିଦିନ ରହିପାରୁ ନ ଥିଲେ। କେବେ ତାଙ୍କ ପାଖରୁ ଗାଳି ଶୁଣି କୁଆଡ଼େ ଜଣେ କର୍ମଚାରୀର ହାର୍ଟ ଆଟାକ୍ ହୋଇଯାଇଥିଲା। ଅଳ୍ପ କିଛି ଦିନ ତାଙ୍କ ପାଖରେ କାମ କରିବା ପରେ ପ୍ରାଇଭେଟ ସେକ୍ରେଟାରୀମାନେ ବିଭିନ୍ନ ଆଳରେ ଛୁଟି ନେଇ ଚାଲିଯାଉଥିଲେ। ଏଇଭଳି ପ୍ରକ୍ରିୟାରେ ଅନେକ ଅଦଳ ବଦଳ ପରେ ସୁଧାକରର ନିଯୁକ୍ତି ହୋଇଥିଲା ନାୟକ ସାହେବଙ୍କ ପାଖରେ। ତାକୁ ଶେଷ ପର୍ଯ୍ୟନ୍ତ ଏଇ କାମଟି ପାଇଁ ବଛା ହୋଇଥିଲା ଏଇଥିଯୋଗୁଁ ଯେ, ସୁଧାକର ଶାନ୍ତ ନିରୀହ ପ୍ରକୃତିର ଥିଲା, ଗଧ ଭଳି ଖଟୁଥିଲା ଏବଂ ଯେତେ ଅସୁବିଧା ପଡ଼ିଲେ ବି ଛୁଟି ନେଇ ଚାଲିଯିବାର ଲୋକ ନଥିଲା।

ପ୍ରଥମେ ପ୍ରଥମେ ସୁଧାକର ପାଇଁ ବି କଷ୍ଟକର ହେଲା ନାୟକଙ୍କର ନିଗ୍ରହ ସହିବା। ସେ ଯେଉଁଦିନ ଚାକିରିରେ ଯୋଗ ଦେଇ ପ୍ରଥମ ଥର ସାହେବଙ୍କୁ ଭେଟିବାକୁ ଗଲା, ନାୟକ ତାକୁ ତଳୁ ଉପର ଦେଖିସାରିବା ପରେ ସିଗାରେଟକୁ ଦିଥର ଟାଣି, ପାଉଁଶ ଝାଡ଼ି ତାକୁ କହିଲେ, ମୁଁ ତମକୁ ଆଣିବାକୁ ଚାହିଁ ନ ଥିଲି; ତେଣୁ ତମର ଦୁର୍ଭାଗ୍ୟ ପାଇଁ ମୁଁ ଦାୟୀ ନୁହେଁ। ତେବେ ତମେ ଯଦି ଛୁଟି ମାଗିବ, ତେବେ ଛୁଟି ମିଳିବ ନାହିଁ, ତମ ନାଁରେ ପ୍ରସିଡ଼ିଙ୍ଗ ହେବ। ଯଦିଓ ଏଭଳି ସମ୍ଭାଷଣରେ ତାର ମନ ଖରାପ ହୋଇଗଲା, ମୁହଁରେ ହସ ଫୁଟାଇବାକୁ ଚେଷ୍ଟା କରି ସୁଧାକର କହିଲା, ନା ସାର୍, ଛୁଟି କାହିଁକି ନେବି? ସାହେବଙ୍କ ପାଖରୁ ବାହାରି ଆସି ସେ ଯେତେବେଳେ ପ୍ରାଇଭେଟ ସେକ୍ରେଟାରୀମାନେ ବସୁଥିବା କୋଠରୀକୁ ଗଲା, ତାକୁ ଅନ୍ୟମାନେ

ଅପେକ୍ଷା କରି ବସିଥିଲେ। ଆଗରୁ ଥରେ ନାୟକଙ୍କ ପାଖରେ ଅପମାନିତ ହୋଇଥିବା ଲୋକଟି ତାକୁ ପଚାରିଲା, ଶଳା ନାୟକ ତମକୁ କଣ କହିଲା? ହଡ଼ବଡ଼ାଇ ଯାଇ ସୁଧାକର ମିଛ କହିଲା, ମୁଁ ଆଗରୁ କାହା ପାଖରେ କୋଉଠି ସବୁ ଚାକିରି କରିଛି ସେ କଥା ପଚାରିଲେ।

ଅନ୍ୟ ଜଣେ ଭୁକ୍ତଭୋଗୀ ପଚାରିଲା, ପ୍ରସିଡ଼ିଙ୍ଗ ଫ୍ରସିଡ଼ିଙ୍ଗ କଥା କହିନାହାନ୍ତି ତ? ତାର ମିଛ ଧରା ପଡ଼ିଯାଇଛି ଭାବି ସୁଧାକରର ମୁହଁ ଲାଲ ହୋଇଗଲା; ସେ ମୁହଁରୁ ଝାଳ ପୋଛୁ ପୋଛୁ କହିଲା, ନା, ପ୍ରସିଡ଼ିଙ୍ଗ କଥା ଉଠିବ କାହିଁକି? ଜାଣିବା ଶୁଣିବା ଲୋକ କହିଲା, ହଉ, ଦେଖନ୍ତୁ କେତେଦିନ ଟିକ୍ଷିବେ ଏଇ ବଦମାସ ଲୋକ ପାଖରେ।

ସୁଧାକର କେବଳ ଟିକ୍ଷିଲା ନାହିଁ, ସେଇ ଲୋକ ସାଙ୍ଗରେ ରହୁ ରହୁ ରହିଗଲା କୋଡ଼ିଏ ବର୍ଷରୁ ବେଶି। ନାୟକ ସାହେବଙ୍କର ଏଇ ସମୟ ଭିତରେ ଅନେକ ବଦଳି ହେଲା, ପଦୋନ୍ନତି ହେଲା, କିନ୍ତୁ ସେ ସୁଧାକରକୁ ଛାଡ଼ିଲେ ନାହିଁ ପାଖରୁ। ଭିନ୍ନ ବିଭାଗକୁ ଗଲାବେଳେ ସେ ସୁଧାକରକୁ ସାଙ୍ଗରେ ନେଲେ; ଯେତେବେଳେ ସୁଧାକରର ପ୍ରମୋଶନ ହେଲା, ତା ପାଇଁ ନୂଆ ପୋଷ୍ଟ ତିଆରି କଲେ। ଦୁହେଁ ଯେପରି ଥିଲେ ଗୋଟିଏ ବିଧି-ନିର୍ଦ୍ଦିଷ୍ଟ ଆଜୀବନ ଯୋଡ଼ି ଏବଂ ଜଣକ ପାଖରୁ ଆଉ ଜଣକର ନିଷ୍କୃତି ନଥିଲା ଯେପରି।

ଏହି ଦୀର୍ଘ ସମୟଟି ଉଭୟ ସୁଖ ଓ ଦୁଃଖରେ କଟିଥିଲା ସୁଧାକର ପାଇଁ। ନାୟକ ସାହେବ ସତରେ ଜଣେ ବଦମାସ ଲୋକ ଥିଲେ ଏବଂ ସମସ୍ତଙ୍କ ସାଙ୍ଗରେ ଖରାପ ବ୍ୟବହାର କରୁଥିଲେ। ସେ ଯେଉଁଠାରେ କାମ କରୁଥିଲେ, ନିତାନ୍ତ ଦରକାର ନ ପଡ଼ିଲେ କେହି ତାଙ୍କ ପାଖକୁ ଯାଉ ନ ଥିଲେ। ଏହାର ଫଳ ହୋଇଥିଲା ଯେ, ତାଙ୍କ ପାଖରେ ଯାହାର ଯାହା କାମ ଥିଲା, ସେ ଯାଇ ସୁଧାକରକୁ କହୁଥିଲା, କାରଣ ଏକମାତ୍ର ସୁଧାକର ହିଁ ନାୟକଙ୍କର ସବୁଠାରୁ ନିଜର ଓ ପାଖର ଲୋକ ଥିଲା ଏବଂ ସାହେବଙ୍କ ପାଖରେ ଗୁହାରି ପହଞ୍ଚାଇବାର ଏକମାତ୍ର ମାଧ୍ୟମ। ସେଥିପାଇଁ ନାୟକ ଯେଉଁଠାରେ କାମ କରୁଥିଲେ, ସେ ଅଫିସରେ ସୁଧାକରର ପ୍ରତିପତ୍ତି ବଢ଼ିଯାଉଥିଲା। ଯେତେ ଲୋକ ନାୟକଙ୍କୁ ଦେଖା କରିବାକୁ ଚାହୁଁଥିଲେ, ସମସ୍ତଙ୍କୁ ଯିବାକୁ ହେଉଥିଲା ସୁଧାକର ବାଟଦେଇ। ସେ ଯେତେ ବଡ଼ ଉଦ୍ୟୋଗପତି ବା ବଡ଼ ଅଫିସର ହୋଇଥାନ୍ତୁ, ନାୟକଙ୍କ ପାଖରୁ ଫେରିବାବେଳେ ନିଶ୍ଚୟ ସୁଧାକରକୁ ଦେଖା କରୁଥିଲେ ଏବଂ 'କେମିତି ଅଛନ୍ତି ସୁଧାକରବାବୁ?' 'ସବୁ ଠିକଠାକ ତ?' କହିବାକୁ ଭୁଲୁ ନ ଥିଲେ। ଏ କଥା ତା ପାଇଁ ପ୍ରୀତିକର ଥିଲା ଏବଂ ଏ ବ୍ୟବସ୍ଥାକୁ ବିଶେଷଭାବରେ ଉପଭୋଗ କରୁଥିଲା ସୁଧାକର।

ତେବେ ସଂସାରରେ କୌଣସି ଜିନିଷ ବିନାମୂଲ୍ୟରେ ମିଳି ନ ଥାଏ। ପ୍ରତିଟି ଜିନିଷର ଦାମ ଥାଏ ଏବଂ ପ୍ରତିଟି ଆନନ୍ଦ ସହିତ ଅନୁରୂପ ଦୁଃଖ ଯୋଡ଼ି ହୋଇ ରହିଥାଏ। ଅଫିସରେ ଜଣେ କ୍ଷମତାସମ୍ପନ୍ନ ଲୋକ ହେବାକୁ ସୁଧାକରକୁ ଯେ କେବଳ ଦୀର୍ଘ ସମୟ କାମ କରିବାକୁ ପଡୁଥିଲା ତା ନୁହେଁ, ତା ସହିତ ତାକୁ ସହିବାକୁ ପଡୁଥିଲା ସାହେବଙ୍କର ରାଗରୋଷ, ଗାଳିମନ୍ଦ, ଫାଇଲ ଫିଙ୍ଗା, ଦୁର୍ବ୍ୟବହାର ଇତ୍ୟାଦି। ଅଧସ୍ତନ କର୍ମଚାରୀଙ୍କୁ ହଇରାଣ ଓ ଲାଞ୍ଛିତ କରିବାର ସମସ୍ତ କୌଶଳ ଜଣାଥିଲା ନାୟକଙ୍କୁ। କେବେ କେବେ ସେ ଜରୁରୀ କାମ ଅଛି ବୋଲି କହି ସକାଳ ଆଠଟାରେ ଆସିବା ପାଇଁ କହୁଥିଲେ। ଥରେ ଡେରିରେ ଆସି ଭୟଙ୍କର ତିରସ୍କୃତ ହୋଇଥିବାରୁ ସୁଧାକର ସମୟାନୁବର୍ତ୍ତୀ ହୋଇଯାଇଥିଲା ଏବଂ ଠିକ ଆଠଟାରେ ଆସି ଅଫିସରେ ପହଞ୍ଚୁଥିଲା। କିନ୍ତୁ ସେଇ ଦିନମାନଙ୍କରେ ସାହେବ ଦଶଟାରେ ଅଫିସକୁ ଆସୁଥିଲେ ଏବଂ ସୁଧାକର ବୁଝୁଥିଲା ଯେ, ତାକୁ ଆଗରୁ ଆସିବା ପାଇଁ କୁହାଯାଇଥିଲା କେବଳ ତାକୁ ହଇରାଣ କରିବା ପାଇଁ। ଠିକ ସେହିପରି, ସାହେବ ଅନେକ ଡେରିଯାଏ ଅଫିସରେ ବସୁଥିଲେ ଏବଂ କାମ ନ ଥାଇ ସୁଧାକରକୁ ବସି ରହିବାକୁ ହେଉଥିଲା ଶେଷ ପର୍ଯ୍ୟନ୍ତ। ଏହା ବ୍ୟତୀତ ସାହେବଙ୍କ ପାଖରୁ କାରଣ ଅକାରଣରେ ଗାଳି ଶୁଣିବା ଥିଲା ନିତିଦିନିଆ କଥା। ଅତି କଟୁ, ରୁକ୍ଷ ଓ ଉଚ୍ଚ ଭାଷା ଓ ସ୍ୱରରେ ଗାଳି ଦେଉଥିଲେ ଏବଂ ପ୍ରତିଥର ସୁଧାକର ଭାବୁଥିଲା ଯେ, ସେ ଆଜି ହିଁ ଲମ୍ବା ଛୁଟି ନେଇ ଚାଲିଯିବ।

ଯେଉଁ ଉଗ୍ର ପ୍ରକୃତିର ହାକିମମାନେ ଅଧୀନସ୍ଥ କର୍ମଚାରୀମାନଙ୍କ ପାଇଁ ଏଭଳି କଠୋର ବ୍ୟବହାର କରିଥାନ୍ତି, ସେମାନେ ମଧ୍ୟ ମନ ଭିତରେ ନିଜର କ୍ରୂରତା ପାଇଁ ଏକ ସୀମାରେଖା ରଖିଥାନ୍ତି। ଏ ସୀମାରେଖା ନିର୍ଭର କରିଥାଏ ତଳ ଲୋକଟିର ସହିଷ୍ଣୁତାର ପରିମାଣ ଉପରେ। ପ୍ରଥମ ପ୍ରଥମ ଚାକିରିରେ ଏ ଉପଲବ୍ଧି ହୋଇଥିଲା ନାୟକଙ୍କର। ଥରେ ଗୋଟିଏ ନୂଆ ପଦରେ ଯୋଗ ଦେବା ପରେ ଦିନେ ସେ ସେଠାରେ ଆଗରୁ ଥିବା ପ୍ରାଇଭେଟ ସେକ୍ରେଟାରୀକୁ ଡାକି ତା ଆଡ଼କୁ ଗୋଟିଏ ଦଶଟଙ୍କିଆ ନୋଟ ଫିଙ୍ଗି ଦେଇ କହିଲେ, ପାଞ୍ଚଟା ଲଫାପା। କୃତକୃତ୍ୟ ହୋଇ ନୋଟଟି ଉଠାଇ ନେଇଯିବା ବଦଳରେ ଲମ୍ବା ଚଉଡ଼ା ଚେହେରାର ଯୁବକଟି ତାଙ୍କ ଆଗରେ ସଳଖ ହୋଇ ଠିଆ ହୋଇ ତାଙ୍କ ଆଖିକୁ ସିଧା ଅନାଇଲା। ମନ ଭିତରେ ହଠାତ୍ ପଶିଥିବା ଭୟକୁ ଦମନ କରି ନାୟକ ତାଙ୍କୁ କଣ କହି ଗାଳିଦେବେ ଭାବୁଛନ୍ତି, ସେ ଓଲଟା ତାଙ୍କୁ କହିଲା, ଏଇଟା ସରକାରୀ କାମ ନୁହେଁ। ଏବଂ ସେଠାରୁ ଚାଲିଗଲା। ମୁହୂର୍ତ୍ତେ ଚୁପ ହୋଇ ବସି ରହିଲେ ନାୟକ। ଭାଗ୍ୟକୁ ଲୋକଟି ତାଙ୍କ ଆଡ଼କୁ ଆଙ୍ଗୁଠି ଦେଖାଇ ନୋଟଟିକୁ ଉଠାଇ ପକେଟରେ ରଖିବାକୁ କହି ନଥିଲା! କୌଶଳ କରି ସେ ଲୋକଟିକୁ ବଦଳାଇ ନାୟକ ଅନ୍ୟ ଜଣେ ପ୍ରାଇଭେଟ

ସେକ୍ରେଟେରୀ ରଖିଥିଲେ ସେଥରକ ଏବଂ ନିଜକୁ ଗୋଟିଏ ପାଠ ଶିଖାଇଥିଲେ ଯେ, କୌଣସି ଲୋକକୁ ଗାଳିଗୁଲଜ କରିବା ଆଗରୁ ସେ ଲୋକର ଶକ୍ତି ସାମର୍ଥ୍ୟ ଓ ସହନଶୀଳତାର ସୀମା ପରଖିନେବା ଉଚିତ। ବୋଧହୁଏ ଏହି ସହଜ ପାଠଟି ଯୋଗୁଁ ହିଁ ସଂସାରରେ ବିଚରା ବାପୁଡ଼ା ଗୋବରଗଣେଶ ଭଳି ଲୋକମାନେ ହିଁ ସବୁବେଳେ ଗାଳିମାଡ଼ ଅତ୍ୟାଚାରର ଶରବ୍ୟ ହୋଇଥାନ୍ତି। ଯଥା ସୁଧାକର।

ବୟସ ଓ ଅନୁଭୂତିକ୍ରମେ ନାୟକ ଆହୁରି ମଧ୍ୟ ବୁଝିଥିଲେ ଯେ କେବଳ ଭର୍ତ୍ସନା ଓ ଦଣ୍ଡ ଦେଇ ନୁହେଁ, କାହାରିକି ଉପକୃତ କରି ମଧ୍ୟ ତାକୁ ନିଜର କିଣାଚାକର କରି ଦିଆଯାଇପାରେ। ଏ ଉପଲବ୍ଧିକୁ ସୁଧାକର ଉପରେ ପ୍ରୟୋଗ କରି ସେ ଭାବୁଥିଲେ ଯେ, ସେ ଶତ ପ୍ରତିଶତ ସଫଳ ହୋଇଛନ୍ତି। ଗାଳି ଧମକ, ଅଫିସରେ ଡେରି କରି ବସାଇ ରଖିବା, ଦରକାର ବେଳେ ଛୁଟି ନ ଦେବା, ଚରିତ୍ର ପଞ୍ଜିକାରେ ଭଲ ମନ୍ତବ୍ୟ ନ ଦେବା ସହିତ ସେ ମଝିରେ ମଝିରେ ସୁଧାକରକୁ ଅନୁଗୃହୀତ ମଧ୍ୟ କରୁଥିଲେ। ଯୋଉଥର ସାହେବ ସୁଧାକରର ଘରେ ଟେଲିଫୋନ ଲଗାଇବାର ବ୍ୟବସ୍ଥା କରାଇଦେଲେ, କୃତାର୍ଥ ହୋଇଯାଇଥିଲା ସୁଧାକର। ସେ ରହୁଥିବା ତଳିଆ କର୍ମଚାରୀମାନଙ୍କ କଲୋନୀରେ ଏକମାତ୍ର ତାର ହିଁ ଟେଲିଫୋନ ଥିଲା। ଏ ଖବରଟି ସେ ଯେତେବେଳେ ଗର୍ବର ସହିତ ରେଣୁକାକୁ କହିଲା, ରେଣୁକା ଖୁସିରେ ଗଦଗଦ ହେବ କଣ, କହିଲା, ଏଥରକ ରାତି ଅଧରେ ବି ସାହେବଙ୍କ କାମ କରିବାକୁ ସୁବିଧା ହେବ ତମର! ସତକୁ ସତ ସମୟ ଅସମୟରେ ସାହେବ ତାକୁ ଟେଲିଫୋନରେ ଖୋଜୁଥିଲେ। ଅନେକ ସମୟରେ ସେ ତାକୁ ଟେଲିଫୋନରେ ହିଁ ଶ୍ରୁତଲିଖନ ଡାକୁଥିଲେ ଏବଂ ସୁଧାକର ଟେଲିଫୋନ ପାଖରେ ତାର ନୋଟଖାତା ପେନସିଲ ରଖି ସାହେବଙ୍କ ଡାକକୁ ଅପେକ୍ଷା କରୁଥିଲା। ଥରେ ତାକୁ ଟେଲିଫୋନରେ ନ ପାଇ ନାୟକ କହିଲେ, ମୁଁ ଭାବୁଛି ଏଥରକ ତମ ଘରର ଟେଲିଫୋନ କଟାଇଦେବି। ଟେଲିଫୋନଟି ଥିଲା ସୁଧାକର ପାଇଁ ତାଙ୍କ କଲୋନୀରେ ତାର ପ୍ରତିଷ୍ଠା ଓ ପ୍ରତିପତ୍ତିର ଗୋଟିଏ ପ୍ରତୀକ। ଏଇଟିକୁ ହରାଇବାର ଆଶଙ୍କାରେ ସୁଧାକର ସାହେବଙ୍କ ପାଖରେ ଅଳି କରିବ ଭାବିଲା, କିନ୍ତୁ ତା ପାଟିରୁ କେବଳ ବାହାରିଲା ଭୟ ବିନୟ ଅନୁରୋଧ ମିଶା 'ସାର୍'ଟିଏ।

ସେଥରକ ତାର ଟେଲିଫୋନ କଟିଲା ନାହିଁ, କିନ୍ତୁ ସେଇ ଦିନରୁ ନାୟକ ଏଇ ଧମକଟିକୁ ଅସ୍ତ୍ରଭାବରେ ବ୍ୟବହାର କରିବାରେ ଲାଗିଲେ। ଟେଲିଫୋନ ଯେ କଟି ଯାଇ ନାହିଁ, ସେଥିପାଇଁ ପ୍ରତି ମାସ ଶେଷରେ ସୁଧାକର ସାହେବଙ୍କ ପାଖରେ ଋଣୀ ହୋଇ ରହୁଥିଲା। ଏହିପରି ଭାବରେ ସୁଧାକରକୁ ମଝିରେ ମଝିରେ ଖୁସି ଓ ଋଣୀ କରିବାକୁ ଯାଇ ନାୟକ ବିଦେଶ ଗଲେ ସୁଧାକରର ସ୍ତ୍ରୀ ପାଇଁ ପରଫ୍ୟୁମ ଆଣି

ଦେଉଥିଲେ, ସମୟ ଆଗରୁ ସୁଧାକରର ପ୍ରମୋଶନ ହୋଇଯାଉଥିଲା ଓ ସୁଧାକର ଅନ୍ୟ ସମସ୍ତଙ୍କଠାରୁ ବେଶି ଓଭରଟାଇମ ପାଉଥିଲା। ଏପରିକି ଥରେ ସୁଧାକର ବେମାର ପଡ଼ିଥିବାବେଳେ ଅଫିସର ସମସ୍ତଙ୍କୁ ବିସ୍ମିତ କରିଦେଇ ସେ ତା ଘରକୁ ଯାଇ ତାକୁ ଦେଖି ଆସିଥିଲେ। ଦଶଥର ଗାଳିଦେବା ପରେ ତାକୁ ଥରେ ପଚାରୁଥିଲେ, ତମ ପୁଅର ଆଡ଼ମିଶନ ହୋଇଗଲା ତ? ଗାଳିମନ୍ଦ ଶୁଣି ମୁହଁ ଶୁଖାଇ ବସିଥିବାବେଳେ ସୁଧାକର ମୁହଁରେ ହଠାତ୍ ସାମାନ୍ୟ ହସ ଖେଳି ଯାଉଥିଲା ଓ ସେ କୃତକୃତ୍ୟ ହୋଇଯାଉଥିଲା।

ତେବେ ବର୍ତ୍ତମାନ ପଛ କୋଡ଼ିଏ ବର୍ଷକୁ ରୋମନ୍ଥନ କରିବାବେଳେ ସୁଧାକର ମନକୁ ସେଇ ସାମାନ୍ୟ ସୁଖଦ ସ୍ମୃତି ସବୁ ନ ଆସି ଆସୁଥିଲେ ଅତି ଅପ୍ରୀତିକର ଓ ପୀଡ଼ାଦାୟକ ଅନୁଭବମାନ। ଯେପରିକି ଥରେ ଜଣେ ଦର୍ଶନାର୍ଥୀଙ୍କୁ ସାହେବଙ୍କ ପାଖକୁ ପଠାଇବାର ପାଞ୍ଚ ମିନିଟ ପରେ ସାହେବଙ୍କର ଡାକରା ଆସିଲା। ସୁଧାକର ତାଙ୍କ କୋଠରୀକୁ ଯିବାବେଳକୁ ସାକ୍ଷାତକାରୀ ବାହାରି ଆସୁଥିଲା; ତା ମୁହଁରୁ ଜଣା ଯାଉଥିଲା ଯେ, ସାକ୍ଷାତଟି ସୁବିଧାର ହୋଇ ନ ଥିଲା। କୋଠରୀ ଭିତରେ ନାୟକ ସାହେବ ରାଗ ତମତମ ମୁହଁ କରି ବସିଥିଲେ। ସୁଧାକରକୁ ଦେଖି ତାଙ୍କର କ୍ରୋଧ ହଠାତ୍ ପଞ୍ଚମକୁ ଚଢ଼ିଗଲା। କହିଲେ, ଏ ଲୋକଟାକୁ ମୋ ପାଖକୁ ପଠାଇବାକୁ ତମେ ତାଙ୍କ ପାଖରୁ କେତେ ଟଙ୍କା ନେଇଥିଲ? ସୁଧାକର ଆଶ୍ଚର୍ଯ୍ୟ ହୋଇ କହିଲା, ସାର୍! ନାୟକ ପାଟି କରି କହିଲେ, ଏଇ ବ୍ୟବସାୟୀଙ୍କଠାରୁ ଟଙ୍କା ଖାଇ ଚଳୁଛ ତମେମାନେ। କିଏ କହିଲା ସେ ଲୋକକୁ ମୋ ପାଖକୁ ପଠାଇବାକୁ? ଗୋଟି ଗୋଟି କରି ସମସ୍ତଙ୍କୁ ଭିଜିଲାନ୍ସରେ ଦେବି। ସୁଧାକର କହିଲା, ନାଇଁ ସାର୍ ...। ତାକୁ କହିବାକୁ ନ ଦେଇ ନାୟକ କହିଲେ, ଏ ଲୋକ କେମିତି ଜାଣିଲା ତା ଫାଇଲ ମୋ ପାଖରେ ଅଛି ବୋଲି? ଏଥରକ ନାୟକ ଫାଇଲଟିକୁ ସୁଧାକର ଉପରକୁ ଲକ୍ଷ୍ୟ କରି ଫୋପାଡ଼ିଲେ ଏବଂ କହିଲେ, ଏ ଫାଇଲ ଆଲମାରିରେ ବନ୍ଦ କରି ରଖିବ; ମୁଁ ନ କହିବା ଯାଏ ଫାଇଲ ବାହାରିବ ନାହିଁ। ଶଳା ଭାବୁଛନ୍ତି ଟଙ୍କା ଦେଇ ସମସ୍ତଙ୍କୁ କିଣିନେବେ। ବ୍ଲଡ଼ି ବାଷ୍ଟାର୍ଡ୍! ଶେଷ କଥାଟି ହୁଏତ ସେଇ ବ୍ୟବସାୟୀ ପାଇଁ ଉଦ୍ଦିଷ୍ଟ ଥିଲା, କିନ୍ତୁ କୁହାଯାଇଥିଲା ସୁଧାକରକୁ ହିଁ। ସୁଧାକର ଫାଇଲଟିକୁ ତଳୁ ଉଠାଇ ଆଲମାରିରେ ରଖି ନିଜ କୋଠରୀକୁ ଗଲା। ଏ ପର୍ଯ୍ୟନ୍ତ ତାର କାନମୂଳ ଜଳୁଥିଲା ଏବଂ ଅତି କଷ୍ଟରେ ସେ ଆଖିରୁ ଲୁହକୁ ଅଟକାଇ ରଖିଥିଲା। ମନେମନେ ଭାବିଲା, ନା, ଏଥରକ ସେ ନିଶ୍ଚୟ ଛୁଟି ନେଇ ଯିବ।

ବାଥରୁମରେ ଯାଇ ମୁହଁ ଧୋଇ ସେ ନିଜ କୋଠରୀକୁ ଫେରିଲା, କିନ୍ତୁ ଏଇ ଅପମାନର କଥା ନିଜ ସହକର୍ମୀ କାହାରିକୁ କହିଲା ନାହିଁ। ସେଦିନ ଘରକୁ ଫେରି

ରେଣୁକାକୁ ସବୁକଥା କହିଲା ସୁଧାକର। ଅନେକ ଦିନରୁ ସେ ରେଣୁକାକୁ ନାୟକ ସାହେବଙ୍କ ବିଷୟରେ କହିବା ଛାଡ଼ିଦେଇଥିଲା; ତାର କାରଣ, ନାୟକଙ୍କ ନାଁ ଶୁଣିଲେ ରେଣୁକା ରାଗୁଥିଲା। ତାଙ୍କ ପାଖରେ କାମ କରିବାଦିନୁ ସୁଧାକର ଡେରିରେ ଅଫିସରୁ ଫେରୁଥିଲା ଏବଂ ତାର ସ୍ୱଭାବ ଚିଡ଼ଚିଡ଼ା ହୋଇଯାଇଥିଲା। ଘରେ ଯେତେ ସମୟ ରହୁଥିଲା, ସେତେବେଳେ ପିଲାମାନଙ୍କ କଥା, ଘର କଥା ବୁଝିବ କଣ, ସୁଧାକର ସବୁବେଳେ ତାର ସାହେବଙ୍କ କଥା କହୁଥିଲା ଏବଂ ଏ କଥା ଥିଲା ରେଣୁକା ପାଇଁ ସମ୍ପୂର୍ଣ୍ଣ ବିସଙ୍ଗତ ଓ ବିରକ୍ତିକର। ପ୍ରଥମେ ପ୍ରଥମେ ନାୟକ ତା ଉପରେ ରାଗିଥିବା କଥା ମଧ୍ୟ ସେ ଆସି ରେଣୁକାକୁ କହୁଥିଲା, କିନ୍ତୁ ଏ କଥା ଶୁଣି ରେଣୁକା କହୁଥିଲା, ଠିକ ହୋଇଛି। ତମେ ପରା ତାଙ୍କର ଏତେ ପ୍ରଶଂସା କରୁଥିଲ, ତାଙ୍କ ଗୁଣ ଗାଉଥିଲ? ଏଥରକ ମନ ବୁଝିଲା ତ? ଏପରି ଭାବରେ କିଛିଦିନ ପରେ ସୁଧାକର ସ୍ତ୍ରୀକୁ ଆଉ ଅପ୍ରୀତିକର ଘଟଣାମାନ କହିଲା ନାହିଁ; କେବଳ ସାହେବଙ୍କର ମିଠା କଥାମାନ କହିଲା। ତେବେ ଯେଉଁ ଦିନ ସୁଧାକର ଅଫିସରୁ ମୁହଁ ଶୁଖାଇ ଫେରୁଥିଲା, ରେଣୁକା ଠିକ ଜାଣିପାରୁଥିଲା ଯେ, ଆଜି ସାହେବଙ୍କଠାରୁ ଗାଳି ପଡ଼ିଛି। ସେ ସୁଧାକରକୁ କହୁଥିଲା, କାହିଁ, ଆଜି ସାହେବ କଣ ପ୍ରେମ କଥା କହିଲେ କହିଲ ନାହିଁ ତ!

ଥରେ ଥରେ ବିରକ୍ତ ହୋଇ ସୁଧାକର ଭାବୁଥିଲା, ସେ ଆଉ ସାହେବଙ୍କ କଥା ସ୍ତ୍ରୀ ଆଗରେ କହିବ ନାହିଁ। କିନ୍ତୁ ଏ କଥା କିପରି ସମ୍ଭବ ହୋଇଥାନ୍ତା। ତାର କେବଳ ଅଫିସ ସମୟ ନୁହେଁ, ସମଗ୍ର ଜୀବନକୁ ଆବୋରି ରଖିଥିବା ପ୍ରଭୁଙ୍କ କଥା ସେ କିପରି ନ କହି ରହିପାରିବ? ସାହେବଙ୍କ ଗସ୍ତ, ସାହେବଙ୍କ ବେମାରି, ସାହେବଙ୍କ ପୁଅ ଚାକିରି ପାଇବା, ସାହେବଙ୍କ କୋଠରୀର ଆସବାବ ବଦଳା ହେବା, ସାହେବ ତାଙ୍କର କେଉଁ ସହକର୍ମୀକୁ କଡ଼ା ଚିଠି ଲେଖିବା–ଏ ସବୁ ଅତି ମହତ୍ତ୍ୱପୂର୍ଣ୍ଣ କଥାକୁ ସେ କିପରି ନିଜ ମନ ଭିତରେ ଆବଦ୍ଧ କରି ରଖିପାରନ୍ତା ଭଲା? ରେଣୁକା କିନ୍ତୁ ପ୍ରତିଟି କଥାରୁ ଖିଅ ଧରି ସୁଧାକରର ଦୋଷ ବାହାର କରୁଥିଲା। କହୁଥିଲା, ସାହେବଙ୍କ କୁକୁର ବେମାର ପଡ଼ିଲାବେଳେ ତମେ ତା ପାଇଁ ଯେତେ ସମୟ ଦେଇଥିଲ, ମୁନୁର ଜଣ୍ଡିସ ହୋଇଥିବା ବେଳେ ସେତେ ସମୟ ତା ପାଖରେ ବସି ନ ଥିବ। କିମ୍ବା, ତମ ସାହେବଙ୍କର ପ୍ରମୋଶନ ହେଲା ବୋଲି ଯାଅ ଖୁସି ହୋଇ ଠାକୁରଙ୍କୁ ଭୋଗ ଚଢ଼ାଅ, ମିଠାଇ ବାଣ୍ଟ। ଆମକୁ ତାଙ୍କ ଦରମାରୁ ଭାଗ ମିଳିଯିବ। ଇତ୍ୟାଦି।

ନାୟକଙ୍କ ଉପରେ ରେଣୁକାର ଆହୁରି ଗୋଟିଏ ରାଗ ଥିଲା, ଯାହା ସେ କେବେ ହେଲେ ସୁଧାକରକୁ କହି ନ ଥିଲା। ଅନେକ ବର୍ଷ ତଳେ ଥରେ ସୁଧାକର ବେମାର ପଡ଼ିଥିବାବେଳେ ସାହେବ ତାକୁ ଦେଖିବାକୁ ତାଙ୍କ ଘରକୁ ଯାଇଥିଲେ ଖରାବେଳେ। ଘରେ ରେଣୁକା ବ୍ୟତୀତ ଆଉ କେହି ନ ଥିଲେ ଏବଂ ବିଚରା

ସୁଧାକର ଦୁର୍ବଳ ହୋଇ ବିଛଣାରେ ପଡ଼ିଥିଲା। ସାହେବଙ୍କୁ ବସାଇ ରେଣୁକା ତାଙ୍କୁ ଚା ଦେଇଥିଲା; ସାହେବ ସୁଧାକରର ଭଲମନ୍ଦ କଥା ପଚାରିଥିଲେ ଏବଂ କିଛି ସୁବିଧା ଅସୁବିଧା ହେଲେ ତାଙ୍କୁ ଜଣାଇବାକୁ କହିଥିଲେ। ସେ ଯିବାକୁ ଉଠିବାରୁ ରେଣୁକା ତାଙ୍କୁ ବାହାରକୁ ବଳାଇ ଦେବାକୁ ଗଲା। ସେତିକିବେଳେ ତାକୁ ଏକୁଟିଆ ପାଇ ନାୟକ ତା କାନ୍ଧ ଉପରେ ହାତ ରଖି ତାକୁ ପାଖକୁ ଟାଣିବାକୁ ସାମାନ୍ୟ ଚେଷ୍ଟା କଲେ ଏବଂ ରେଣୁକା କୌଣସି ପ୍ରତିକ୍ରିୟା ଦେଖାଇବା ପୂର୍ବରୁ ପୁଣି ହାତକୁ ଫେରାଇ ନେଇ ତରତର ହୋଇ ବାହାରି ଗଲେ।

ଟିକିଏ ଆଗରୁ ନାୟକ ତା ସହିତ ଅତି ଭଦ୍ରଭାବରେ କଥାବାର୍ତ୍ତା କରିଥିଲେ ଏବଂ ଭୟଙ୍କର ଲୋକ ହୋଇଥିବାର କୁଖ୍ୟାତି ଥିବା ଲୋକଟି ଏଭଳି ଶାନ୍ତଶିଷ୍ଟ ବ୍ୟବହାର କରୁଥିବାରୁ ରେଣୁକା ବରଂ ନିଜର ପୂର୍ବ ମନୋଭାବ ଯୋଗୁଁ ନିଜକୁ ଦୋଷୀ ମଣୁଥିଲା। ଲୋକଟି ତାକୁ ଆଦୌ ଖରାପ ଲାଗି ନ ଥିଲା ଏବଂ ସେ ଯଦି ସୁଧାକର ଆଗରେ ତା କାନ୍ଧରେ ହାତ ରଖିଥାନ୍ତେ, ହୁଏତ ସେ ନିଜେ ତାଙ୍କ ଆଡ଼କୁ ସାମାନ୍ୟ ଝୁଙ୍କିଯାଇ ତାଙ୍କ ପ୍ରତି ଆଗରୁ କରିଥିବା ମାନସିକ ଅବିଚାରର ଏକ ଦୈହିକ କ୍ଷମାପ୍ରାର୍ଥନା କରିଥାନ୍ତା। କିନ୍ତୁ ଏଭଳି ଲୁଚାଛପାରେ, କେହି ନ ଥିବାବେଳେ ତାର ଅସହାୟତାର ସୁଯୋଗ ନେଇ ତାର କାନ୍ଧରେ ହାତ ରଖି ତାକୁ ଏପରି ଅଶିଷ୍ଟ ଇଙ୍ଗିତ ଦେବା ରେଣୁକାକୁ ଅତ୍ୟନ୍ତ ଅଶ୍ଳୀଳ ବୋଧ ହେଲା। ସେ ଭାବିଲା ଯେ ସାଙ୍ଗେ ସାଙ୍ଗେ ଯାଇ ସୁଧାକରକୁ ଏ କଥା କହିବ। କିନ୍ତୁ ସୁଧାକର ସେତେବେଳକୁ ମଲାଭଳି ବିଛଣାରେ ପଡ଼ିଥିଲା ଏବଂ ତାଠାରୁ ଏଭଳି ଅନୁଯୋଗ ଶୁଣିବା ଅବସ୍ଥାରେ ନ ଥିଲା। ସେ ଭଲ ହେବା ପରେ ତାକୁ ଆଉ ଏ କଥାଟି କହିବାର ସୁଯୋଗ ଆସିଲା ନାହିଁ। ଗୋଟିଏ ଘଟଣା ଘଟିଯିବାର କିଛି ଦିନ ପରେ ସେଇ ଘଟଣାଟି ଭୁକ୍ତଭୋଗୀକୁ ମଧ୍ୟ ଭିନ୍ନ ଭାବରେ ଦେଖାଯାଇଥାଏ। ରେଣୁକାକୁ ସେଦିନର ପ୍ରସଙ୍ଗଟି ଆଉ ଏତେ ଅଶ୍ଳୀଳ ଓ ଅପମାନଜନକ ମନେ ହେଉ ନ ଥିଲା, ଯାହା ସେଦିନ ତାର ମନେ ହୋଇଥିଲା। ବରଂ ସେ କେବେ କେବେ କଳ୍ପନା କରୁଥିଲା, ଯଦି ସେ ନିଜେ ସେତେବେଳେ ସାମାନ୍ୟ ଆଉଜି ଯାଇଥାନ୍ତା, ତାହେଲେ କଣ ହୋଇଥାନ୍ତା । ତେବେ ସେ ଠିକ କରି ନେଇଥିଲା ଯେ, ସେ ଆଉ ଏ ବିଷୟଟି କେବେହେଲେ ସୁଧାକରକୁ କହିବ ନାହିଁ। ସୁଧାକରର ମତିଗତି ସହିତ ଭଲଭାବେ ପରିଚିତ ଥିବାରୁ ସେ ତାର ପ୍ରତିକ୍ରିୟା କଣ ହେବ ଠିକ ଠିକ ଜାଣିଥିଲା। ହୁଏତ ସୁଧାକର କହିଥାନ୍ତା ତମେ ତମର କଥାବାର୍ତ୍ତା ଭାବଭଙ୍ଗୀରେ ଏମିତି କିଛି କରିଥିବ, ଯାହା ଫଳରେ ସେ ଏକଥା କହିବାକୁ ସାହସ କଲେ। କିମ୍ବା ରେଣୁକାକୁ ତାର ଓ ସାହେବଙ୍କ ସମ୍ପର୍କ ଭିତକୁ ଟାଣି ଆଣିବାକୁ ଚେଷ୍ଟା କରି କହିଥାନ୍ତା, ନା ନା, ତମେ ତାଙ୍କୁ ଭୁଲ ବୁଝୁଚ। ତାଙ୍କର କିଛି ଖରାପ ଉଦ୍ଦେଶ୍ୟ ନ

ଥିଲା। ତାଙ୍କୁ ବରଂ ଆଉ ଥରେ ଘରକୁ ଡାକ, ଦେଖିବ କେମିତି ଭଲ ଲୋକ। ସେ ଯାହା ହେଉ, ରେଣୁକା ସୁଧାକର ଆଗରେ କେବେହେଲେ ଏ କଥା ଉଠାଇଲା ନାହିଁ, ଯଦିଓ ସେ ନିଜେ ମନ ଭିତରୁ ଘଟଣାଟିକୁ ଦୂର କରିପାରୁ ନ ଥିଲା।

ସାହେବ ତାକୁ ଲାଞ୍ଚ ନେଇଥିବା ଆରୋପରେ ଗାଳି ଦେଇଥିବା କଥା ସୁଧାକର ଯେତେବେଳେ ଘରେ ଯାଇ ରେଣୁକାକୁ କହିଲା, ତାକୁ ସହାନୁଭୂତି ଦେଖାଇବ କଣ, ସେ କହିଲା, ଠିକ ହୋଇଛି। ମୁଁ କଣ କହୁଥିଲି ତମକୁ? ଏଇ ବଦମାସ ଲୋକ ପାଖରେ ବହୁତ ହେଇଗଲା; ଏଥରକ ଆଉ କୁଆଡ଼େ ବଦଳିରେ ଯାଅ କିନ୍ତୁ ତମକୁ ତ ସେଇଠି ସ୍ୱର୍ଗ ମିଳିଛି। ଯାଇ ତାଙ୍କ ପାଦ ଚାଟୁଥାଅ, ଏମିତି ଗାଳିଗୁଲଜ ଶୁଣୁଥାଅ। ସୁଧାକର ମନ ଦୁଃଖରେ ଚୁପ ହୋଇଯାଇ ଆର ଘରେ ବସିଲା। କିନ୍ତୁ ରେଣୁକାର ଉଲୁଗୁଣା ସେତିକିରେ ସରି ନ ଥିଲା। ସେ ସୁଧାକର ପାଖକୁ ଯାଇ ପଚାରିଲା, ତମେ କଣ ସତରେ ସେ ଲୋକ ପାଖରୁ ଟଙ୍କା ନେଇଥିଲ ନା କଣ ତାକୁ ସାହେବଙ୍କ ସାଙ୍ଗରେ ଭେଟ କରାଇଦେବ ବୋଲି?

ସୁଧାକରର ଆହୁରି ମନେ ପଡ଼ିଲା ଅନେକ ଦିନ ତଳେ ଥରେ କେମିତି ସାହେବ ତାକୁ ତୁ ବୋଲି କହିଥିଲେ। ସେତେବେଳକୁ ସେ ମାତ୍ର କେତେଦିନ ଆଗରୁ ନାୟକଙ୍କ ପାଖରେ ଯୋଗ ଦେଇଥାଏ। ମନ୍ତ୍ରୀଙ୍କ ପାଖକୁ ଗୋଟାଏ କଣ ଜରୁରୀ ନୋଟ ସାଙ୍ଗେ ସାଙ୍ଗେ ଯିବାର ଥିଲା; ଡିକ୍ଟେଶନ ଲେଖି, ତାକୁ ଟାଇପ କରି ସାହେବଙ୍କ ଦସ୍ତଖତ ନେଇ ସେ ତାକୁ ପଠାଇ ଦେଇଥିଲା। ଦୁର୍ଭାଗ୍ୟକୁ ଟାଇପ କରିବାବେଳେ ସେଥିରେ ଗୋଟିଏ ମସ୍ତବଡ଼ ଭୁଲ ରହିଯାଇଥିଲା। ମନ୍ତ୍ରୀଙ୍କ ପାଖରୁ ଯେତେବେଳେ ଫାଇଲ ଫେରିଲା, ନାୟକ ଦେଖିଲେ ଯେ, ସେଥିରେ ମନ୍ତ୍ରୀ ଖୋଦ ଭୁଲ ଜାଗାଟି ଉପରେ ଲାଲ କାଳିର ମୁଣ୍ଡୁଳା ବୁଲାଇ, ଧାରରେ ଏକାଧିକ ପ୍ରଶ୍ନ ଚିହ୍ନ ଆଙ୍କି ଓ ନୋଟ ତଳେ ବ୍ୟଙ୍ଗାତ୍ମକ ମନ୍ତବ୍ୟ ଲେଖି ତାକୁ ଗୋଟିଏ ଉପହାସର ପାତ୍ର କରିଦେଇଛନ୍ତି। ସେଥରକ ଅତ୍ୟନ୍ତ ଅକଥ୍ୟ ଭାଷାରେ ସୁଧାକରର ଚଉଦ ପୁରୁଷ ଉଦ୍ଧାର କରିସାରିବା ପରେ ନାୟକ ଶେଷରେ ତାକୁ କହିଥିଲେ, ତୁ କଣ ମୋ ଚାକିରି ନବୁ ନା କଣ?

ସେ ସମୟରେ ସୁଧାକର ପ୍ରତିଦିନ ଘରକୁ ଫେରି ନିଜ ଅଫିସ କାମର ଏକ ଧାରା ବିବରଣୀ ଦେଉଥିଲା ରେଣୁକାକୁ। ରେଣୁକା ସେତେବେଳକୁ ନାୟକଙ୍କ ବିଷୟରେ ଏତେ ବିରୂପ ଧାରଣାମାନ କରି ନ ଥିଲା ଏବଂ ସେଦିନଟିର ଘଟଣା କଥା ଶୁଣି ସୁଧାକରକୁ କହିଥିଲା, ସାହେବଙ୍କ ଆଚାର ବ୍ୟବହାର କିଛି ଭଲ ଜଣାଯାଉନି। ତମେ ତ କହୁଥିଲ ଆଗରୁ ତାଙ୍କ ପାଖରେ କେହି ତିଷ୍ଠି ପାରୁ ନଥିଲେ। ତମେ କାଇଁକି ଛୁଟି ଫୁଟି ନେଇ ଆଉ କାହା ପାଖକୁ ବଦଳି ହୋଇ ଯାଉନ?

ସୁଧାକର କିନ୍ତୁ ଛୁଟି ନେଇ ନ ଥିଲା ଅଥବା ବଦଳି ପାଇଁ ଚେଷ୍ଟା କରି ନ ଥିଲା। ଏକେତ ସେ ଭୟାଳୁ ପ୍ରକୃତିର ଥିଲା ଏବଂ ଭାବୁଥିଲା ଯେ ତାର ଛୁଟି ମାଗିବା ସାହେବଙ୍କ ଉପରେ ଏକ ମନ୍ତବ୍ୟ ଭଳି ହେବ। ଦ୍ୱିତୀୟରେ, ନିଜର ସହନଶୀଳତା ଉପରେ ତାର ଅଗାଧ ବିଶ୍ୱାସ ଥିଲା। ହଉ, ସାହେବ ରାଗିକରି କୋଉଦିନ କଣ କହିଦେଲେ; ତାକୁ ଧରି ରଖିଲେ କଣ ଚଳିବ? ଘରେ ରେଣୁକା ସହିତ ସାହେବଙ୍କ ବିଷୟରେ କଥାବାର୍ତ୍ତା କଲାବେଳେ ତାକୁ ସେ ଏଇ କଥା ହିଁ ବୁଝାଉଥିଲା ସବୁବେଳେ। ରେଣୁକା ଯେତେବେଳେ ତାକୁ ପୂର୍ବର ଦୁର୍ବ୍ୟବହାର କଥା ସବୁ ମନେ ପକାଇଦେଉଥିଲା, ସୁଧାକର କହୁଥିଲା, ହେଲା ଯେ, ସେଥର କେମିତି ମୋର ପ୍ରଭିଡ଼େଣ୍ଟ ଫଣ୍ଡ ଟଙ୍କା ଗୋଟିଏ ଦିନରେ କରାଇ ଦେଇଥିଲେ? ରେଣୁକା କିନ୍ତୁ ସନ୍ତୁଷ୍ଟ ହେଉ ନ ଥିଲା। ଓଲଟା କହୁଥିଲା, ସେଇଟା କଣ ତାଙ୍କ ବାପର ଟଙ୍କା ନା କଣ? ତମ ଟଙ୍କା ତମକୁ ମିଳିଲା, ସାହେବଙ୍କୁ କାହିଁକି ଏତେ ମାନ୍ୟତା ଦିଆଯାଉଚି ସେଥିପାଇଁ?

ରେଣୁକା ଏ କଥା କହିବା ସତ୍ତ୍ୱେ ନାୟକଙ୍କୁ ଛାଡ଼ିପାରିଲା ନାହିଁ ସୁଧାକର। ସାହେବଙ୍କ ରୋଷ, କ୍ରୋଧ, ଗାଳିଗୁଲଜ, ଦଣ୍ଡ, ଦୁର୍ବ୍ୟବହାର ସତ୍ତ୍ୱେ ତାଙ୍କର ବିନୀତତମ ଆଜ୍ଞାବହ ହୋଇ ରହିଲା ସେ। ସାହେବ ଯେତେବେଳେ ପ୍ରମୋଶନ ପାଇଲେ, ସେ ଖୁସି ହେଲା; ସାହେବଙ୍କ ନୋଟ ଉପରୁ ଅଗ୍ରାହ୍ୟ ହୋଇ ଫେରିବାରେ ତାର ମନ କଷ୍ଟ ହେଲା ଏବଂ ସାହେବଙ୍କ ଝିଅ ବାହାଘରର ସବୁ ଦାୟିତ୍ୱ ସେ ନିଜ ମୁଣ୍ଡ ଉପରକୁ ନେଇନେଲା। ଶେଷବେଳକୁ ସାହେବ ଯେତେବେଳେ ତାକୁ ଛୋଟ ଛୋଟ ଚିଠି ନିଜେ ତିଆରି କରିବାର ଦାୟିତ୍ୱ ଦେଲେ, ସେ ଭାବିଲା ସେ ଗଡ଼ ଜିଣିଯାଇଛି। ଅନେକ ପରିଶ୍ରମ ଓ ବୁଦ୍ଧି ଲଗାଇ ଲେଖିଥିବା ତାର ଚିଠିକୁ ଯେତେବେଳେ ସାହେବ ପ୍ରସନ୍ନ ମୁଖଭଙ୍ଗୀ କରି ପଢୁଥିଲେ, ସୁଧାକର କୃତକୃତ୍ୟ ହୋଇଯାଉଥିଲା ଏବଂ ସାହେବ ଯେତେବେଳେ କୌଣସି କାରଣରୁ ତା ଉପରେ ଅସନ୍ତୁଷ୍ଟ ରହୁଥିଲେ, ସେ ଦିନଟି ସୁଧାକର ପାଇଁ ହୋଇ ଯାଉଥିଲା ବିରସ ଓ ବିଷଣ୍ଣ।

ଯେତେବେଳେ ନାୟକ ସାହେବଙ୍କର ଅବସର ଗ୍ରହଣ କରିବାର ତାରିଖ ପାଖେଇ ଆସିଲା, ସୁଧାକରର ସୁଖଦୁଃଖର ଦୁଇ ସୀମା ଭିତରେ ଏଇ ଦିନଟିର ଛାଇ ପଡ଼ିବାରେ ଲାଗିଲା। ସାହେବ ତା ଉପରେ ଖୁସି ହେଲେ ସେ ଭାବୁଥିଲା, ଆହା, କେତେ ଶୀଘ୍ର ମୋର ସୁଖର ଦିନ ସରିଯିବ! ସାହେବ ତାକୁ ଗାଳିଦେଲେ ସେ ଭାବୁଥିଲା, ଆହୁରି ଦି ମାସ ଏ ରାକ୍ଷସ ପାଖରେ କାମ କରିବାକୁ ପଡ଼ିବ; କିମ୍ବା, ହଁ ଆଉ ଦି ମାସ ତ, ତା ପରେ ମୁଁ କୁଆଡ଼େ, ତମେ କୁଆଡ଼େ! ଆଜି କିନ୍ତୁ ଅଫିସରେ ସାହେବଙ୍କର ଶେଷ କାମ କରିବା ଦିନରେ ତା ମନରେ ଏସବୁ ଚିନ୍ତା ନଥିଲା। ତାର ଚିନ୍ତା, ଚୈତନ୍ୟ, ମନମାନସ, ଅନ୍ତର ଆତ୍ମାକୁ ଘେରି ରହିଥିବା ଲୋକଟି ତାକୁ ଯେପରି

ଏକାକୀ ଓ ଅନାଥ କରି ଚାଲିଯାଉଥିଲା। ସାହେବଙ୍କର କାଗଜପତ୍ର ଠିକ କରିବାବେଳେ, ତାଙ୍କ ବିଦାୟ ସଭାରେ ବସି ତାଙ୍କ ପ୍ରତି କୁହାଯାଉଥିବା ଅହେତୁକ ପ୍ରଶଂସାମାନ ଶୁଣିବାବେଳେ ସୁଧାକରର ମନେ ହେଉଥିଲା, ନାୟକ ସାହେବଙ୍କ ଭଳି ସୁସ୍ଥ ସବଳ କାର୍ଯ୍ୟକ୍ଷମ ଲୋକକୁ କେବଳ ବୟସ ଦୃଷ୍ଟିରୁ ଅବସର ଦେଇଦେବା ସରକାରଙ୍କର ଘୋର ଅନ୍ୟାୟ।

ସେଦିନ ସନ୍ଧ୍ୟାବେଳେ ସାହେବଙ୍କ ବିଦାୟ ସଭା ପରେ ସେ ସିଧା ଘରକୁ ନ ଯାଇ ଅନେକ ସମୟ ଧରି ରାସ୍ତାରେ ଘୂରି ବୁଲିଲା ଲକ୍ଷ୍ୟହୀନ ହୋଇ। ବୁଲୁବୁଲୁ ହଠାତ୍ ଘଡ଼ିରେ ଦଶଟା ବାଜିବାର ଦେଖି ସେ ଘରକୁ ଫେରିଲା। ରେଣୁକା ଯେପରି ତାକୁ ଜଗି ବସିଥିଲା। ଘର ଭିତରକୁ ପଶୁ ପଶୁ କହିଲା, ଆଜି ବଡ଼ ସାହେବଙ୍କର ସବୁ କାମ ସାରିଦେଇ ଆସିଲ ତ? ଯାଅ, ଏଥରକ ଶାନ୍ତିରେ ଶୋଇଯାଅ। ଖାଇପିଇ ସୁଧାକର ଶୋଇବାକୁ ଗଲା, କିନ୍ତୁ ତାକୁ ନିଦ ଆସିଲା ନାହିଁ। ଛଟପଟରେ ରାତି କଟିବା ପରେ ସକାଳେ ଉଠି ସେ ସଜ ହେଲା, କିନ୍ତୁ ତାର ଅଫିସ ଯିବାକୁ ମନ ହେଲା ନାହିଁ। ରେଣୁକା ଯଦି ତାକୁ ଗୋଡ଼େ ଗୋଡ଼େ ଜଗି ରହି ନ ଥାନ୍ତା, ସେ ଛୁଟି ନେଇ ଦିନଟି ଘରେ ରହିଯାଇଥାନ୍ତା; କିନ୍ତୁ ତାକୁ ଅଫିସ ଯିବାକୁ ହିଁ ହେଲା। ଏ ପର୍ଯ୍ୟନ୍ତ ନୂଆ ସାହେବ ଆସି ନ ଥିଲେ ଏବଂ ନାୟକଙ୍କ ଅନୁପସ୍ଥିତିରେ ତାଙ୍କର ପୁରୁଣା ବ୍ୟକ୍ତିଗତ କର୍ମଚାରୀମାନେ ଏକ ହସଖୁସିର ବାତାବରଣରେ ଥିଲେ, କିନ୍ତୁ ସୁଧାକରକୁ କିଛି ଭଲ ଲାଗିଲା ନାହିଁ। ଅଫିସ ଛୁଟି ହେବା ଆଗରୁ ସେ ନାୟକ ସାହେବଙ୍କ ଘରକୁ ଗଲା।

ନାୟକ ସାହେବ ତାକୁ ଅପେକ୍ଷା କରି ବସିଥିଲେ। ତାକୁ ଦେଖି ଖୁସି ହେବେ କଣ, ତା ଉପରେ ସାମାନ୍ୟ ରାଗି, ତାକୁ ଥଟ୍ଟା କରିବା ଭଳି କହିଲେ, କଣ ସୁଧାକର ବାବୁ, ଅଫିସରେ ବେଶି କାମ ପଡ଼ିଗଲା ନା କଣ? ମୁଁ ସକାଳୁ ଆପଣଙ୍କୁ ଅନାଇ ବସିଛି। ତାର ଚିରାଚରିତ ଅଭ୍ୟାସଗତ କ୍ଷମା ମାଗିବାର ମିଛ କହି ସୁଧାକର କହିଲା, ମୋର ଦେହ ଟିକିଏ ଭଲ ନ ଥିଲା; ସେଥିପାଇଁ ଡେରିରେ ଅଫିସ ଗଲି। ନାୟକ ତାର ମିଛକୁ ଆଗଭଳି ଠିକ ଧରିପାରିଲେ; କହିଲେ, ଠିକ ଅଛି। କାଲିଠାରୁ ସକାଳେ ଅଫିସ ଗଲା ବାଟରେ ଆସିଯିବ। ତା ପରେ ନାୟକ କହିଲେ, ମୋର ବ୍ୟାଙ୍କକୁ ଗୋଟିଏ ଚିଠି ଦେବାର ଅଛି; ଲେଖ। ସୁଧାକର ଦେଖିଲା ଯେ, ସେ ତାର ଡିକ୍ଟେଶନ ନେବାର ଖାତା ଆଣି ନ ଥିଲା। ପକେଟରୁ ଗୋଟିଏ ଟୁକୁରା କାଗଜ ନେଇ ତା ଉପରେ ଶ୍ରୁତଲିଖନ ନେଉ ନେଉ ସାହେବ ତାକୁ ଆଉ କିଛି କହିବା ଆଗରୁ କହିଲା, କାଲିଠୁ ସାର୍ ମୁଁ ନୋଟ ଖାତା ନେଇ ଆସିବି।

ସାହେବଙ୍କ କାମ କଥା ବୁଝି ଘରକୁ ଫେରିବା ବେଳକୁ ଆଜିବି ଡେରି ହୋଇଗଲା ସୁଧାକରର। ସେ ଭାବିଥିଲା ଯେ ରେଣୁକା ଜାଣିପାରିବ ନାହିଁ ସେ

ନାୟକଙ୍କ ପାଖକୁ ଯାଇଥିଲା ବୋଲି। କିନ୍ତୁ ତା ମୁହଁକୁ ଦେଖି ରେଣୁକା ଠିକ ବୁଝିଗଲା ଏବଂ ସେ ଯେ ଭାବିଥିଲା ମିଛ କହି ଚଳାଇଦେବ ବୋଲି, ତାର ସାହସ ହେଲା ନାହିଁ। ସେ ରେଣୁକାକୁ କେମିତି କି ଭାବରେ କହିବ ଭାବୁଛି, ରେଣୁକା କହିଲା, ପୁରୁଣା ସାହେବଙ୍କର ବାକି କାମସବୁ ସାରିବାକୁ ଆଉ କେତେଦିନ ଲାଗିବ? ଏଥରକ ଯଦି ଦି ଦି ଜଣ ସାହେବ ତମ ମୁଣ୍ଡ ଉପରେ ବସନ୍ତି, ତାହେଲେ ତ ଘରେ ଆଉ ତମର ଦେଖାଦର୍ଶନ ମିଳିବ ନାହିଁ! ସୁଧାକର ତାକୁ ପ୍ରବୋଧନା ଦେବା ଭଙ୍ଗୀରେ ଦାର୍ଶନିକତା କରି କହିଲା, ଅଫିସର ରିଟାୟାର କଲେ ତାଙ୍କୁ କେହି ପଚାରନ୍ତି ନାହିଁ; ସେଥିପାଇଁ ମୁଁ ଭାବିଲି ମୁଁ ଅନ୍ତତଃ ଯାଇ ତାଙ୍କୁ ଟିକିଏ ଦେଖା କରି ଆସେ। ରେଣୁକା କହିଲା, ଆଉ କେହି ନ ପଚାରିଲେ କଣ ହେଲା, କାହାରି ଯଦି ତମ ଭଳି ପ୍ରଭୁଭକ୍ତ ହନୁମାନ ଥିବ, ତାର ଆଉ ଚିନ୍ତା କଣ? ସୁଧାକର କହିଲା, ତାଙ୍କର କଣ ଛୋଟ ଛୋଟ କାମ ଅଛି; ଦିନେ ଦି ଦିନରେ ସରିଯିବ।

ଦିନେ ଦି ଦିନ ନୁହେଁ, ଅଫିସ ବାଟରେ ନାୟକଙ୍କ ଘର ଦେଇ ଯିବା ସୁଧାକରର ନିତିଦିନିଆ ଅଭ୍ୟାସ ହୋଇଗଲା। ଏଥିପାଇଁ ତାକୁ ଘଣ୍ଟାଏ ଆଗରୁ ଘରୁ ବାହାରିବାକୁ ପଡୁଥିଲା ଏବଂ ଦୁଇ କିଲୋମିଟର ଅଧିକା ସାଇକେଲ କରିବାକୁ ପଡୁଥିଲା। ନାୟକ ତାକୁ ଯୋଉ କାମ ଦେଉଥିଲେ, ତାକୁ ଅଫିସରେ ବସି କରିବାକୁ ହେଉଥିଲା। ନାୟକ ବର୍ତ୍ତମାନ ସେଇ ସରକାରୀ ଘରେ ରହୁଥିଲେ ଏବଂ ଲୁଚାଛପାରେ କୋଉ ଗୋଟାଏ ବ୍ୟବସାୟୀ ସଂସ୍ଥାର କଣ କାମ କରୁଥିଲେ; ସେ ସଂପର୍କରେ ଯେତେ ଯାହା ଲେଖାଲେଖି ଟାଇପ କରିବାର କାମ ଥିଲା, ତାକୁ ସେ କରାଉଥିଲେ ସୁଧାକରକୁ ଦେଇ। ଥରେ ସୁଧାକର ଗୋଟିଏ କାଗଜକୁ ଦିନେ ଡେରି କରି ଦେବାରୁ ତାକୁ ନାୟକ ଧମକାଇ ଦେଇଥିଲେ। ମଝିରେ ଥରେ ସୁଧାକରକୁ କହିଥିଲେ, କାମ ଟିକିଏ ବଢୁ, ମୁଁ ତମକୁ ଟଙ୍କା ଦେବାର ବ୍ୟବସ୍ଥା କରିବି। ସୁଧାକର ଅତି ଦୃଢ଼ ଭାବରେ ମୁଣ୍ଡ ହଲାଇ କହିଥିଲା, ନା ସାର୍, ଆପଣ ମୋ ପାଇଁ ଯାହା ସବୁ କରିଛନ୍ତି, ଯଥେଷ୍ଟ; ମତେ ଆଉ ଟଙ୍କା କଥା କହିବେ ନାହିଁ।

ସତକୁ ସତ ନାୟକ ଆଉ ଟଙ୍କା ଦେବା କଥା ଉଠାଇଲେ ନାହିଁ, କିନ୍ତୁ ଯେତିକି ସମୟ ସୁଧାକର ତାଙ୍କ ପାଖକୁ ଯାଉଥିଲା, ସେ ତା ସହିତ ଆଗ ଭଳି କଟୁ ତିକ୍ତ ବ୍ୟବହାର କରିବାରେ ଲାଗିଲେ। ସବୁ ପୁଣି ସେଇ ପୁରୁଣା ଅଭ୍ୟାସରେ ପଡ଼ିଗଲା ସୁଧାକରର। ଗାଳିମନ୍ଦ, ମଝିରେ ମଝିରେ ମିଠା କଥା, ପୁଣି ଗାଳି ମନ୍ଦ। ଅଫିସରେ ଯେଉଁ ନୂଆ ସାହେବ ଯୋଗ ଦେଇଥିଲେ, ତାଙ୍କ ସହିତ ଯେତିକି କମ ସମ୍ଭବ, ସେତିକି ସଂପର୍କ ରଖିଥିଲା ସୁଧାକର। ସେ ଠିକ ସମୟରେ ଅଫିସ ଯାଉଥିଲା,

ଅଫିସ କାମ ଠିକରେ କରୁଥିଲା, କିନ୍ତୁ ତାର ଜୀବନକୁ ଘେରି ରଖିଥିବା ବିରାଟ ପୁରୁଷଟି ଥିଲେ ନୂଆ ସାହେବ ନୁହେଁ, ନାୟକ ହିଁ। କିଛିଦିନ କ୍ରମାଗତ ଏ ବିଷୟରେ ସୁଧାକରକୁ ଜବାବଦେହି କରିବା ପରେ ଦିନେ ରେଣୁକା କହିଲା, ନାୟକ ସାହେବ ମଲେ ଯାଇ ତମ ଉପରୁ ତାଙ୍କର ଭୂତ ଛାଡ଼ିବ। ସୁଧାକର କହିଲା, କି ଅଲକ୍ଷଣା କଥା ସବୁ କହୁଚ ଗୋଟାଏ ଭଲ ଲୋକ ପାଇଁ!

ଦିନେ ସକାଳେ ନାୟକଙ୍କ ଘରକୁ ଯାଇ ସୁଧାକର ଶୁଣିଲା ଯେ, ପୂର୍ବଦିନ ରାତିରେ ହାର୍ଟ ଆଟାକ୍ ହୋଇ ସେ ହସ୍ପିଟାଲରେ ଭର୍ତ୍ତି ହୋଇଛନ୍ତି। ଏ କଥା ଶୁଣି ହଠାତ୍ ତା ମୁଣ୍ଡ ଘୂରିଗଲା। କୌଣସିମତେ ଅଫିସକୁ ଫୋନ କରି ସାଇକେଲ ଚଢ଼ି ସେ ହସପିଟାଲକୁ ବାହାରିଲା। ସେଠାରେ ପହଞ୍ଚି, ହୃଦ୍ରୋଗ ବିଭାଗ ଖୋଜି ସେ ଯେତେବେଳେ ନାୟକ ରହୁଥିବା ୱାର୍ଡକୁ ଗଲା, ସେଠାରେ ତାଙ୍କର ସ୍ତ୍ରୀ ପିଲା ବିଷଣ୍ଣ ବଦନରେ ବସିଥିଲେ। ନାୟକଙ୍କୁ ଇନ୍ଟେନ୍ସିଭ କେୟାରରେ ରଖା ହୋଇଥିଲା ଏବଂ ସେଠାକୁ ସମସ୍ତଙ୍କର ପ୍ରବେଶ ନିଷେଧ ଥିଲା। ନାୟକଙ୍କ ପରିବାରବର୍ଗଙ୍କୁ ନମସ୍କାର କରି ସେ ତଳକୁ ମୁହଁ ପୋତି ଠିଆ ହୋଇ ରହିଲା ଏବଂ କିଛି ସମୟ ପରେ ବାହାରକୁ ଆସିଲା। ସେ ସାଇକେଲ ନେଇ ହସ୍ପିଟାଲ ବାହାରକୁ ବାହାରୁଛି, ନାୟକଙ୍କର ଜଣେ ଆତ୍ମୀୟ ଦେଖା ହେଲେ। ସେ ତାକୁ କହିଲେ, ବଞ୍ଚିବା ଆଶା ବହୁତ କମ। ସୁଧାକରର ମନେ ହେଲା ତାର ଯେପରି ଆଉ ଠିଆ ହୋଇ ରହିବାର ଶକ୍ତି ନାହିଁ। ସେ ସାଇକେଲରେ ନ ଚଢ଼ି ତାକୁ ଗଡ଼ାଇ ଗଡ଼ାଇ ଘର ପର୍ଯ୍ୟନ୍ତ ଆସିଲା। ସେତେବେଳକୁ ତା ଦେହରେ ଆଉ ଜୀବନ ନଥିଲା ଯେପରି।

ସେ ରେଣୁକାକୁ କହିଲା ଯେ, ଦେହ ଖରାପ ହେବାରୁ ସେ ଅଫିସରୁ ଚାଲି ଆସିଛି। ପୋଷାକ ବଦଳାଇ ସେ ଯାଇ ବିଛଣା ଉପରେ ଶୋଇଲା। ନିଃଶ୍ୱାସ ନେବା ବେଳକୁ ତାର ଛାତିରେ କଷ୍ଟ ଲାଗିଲା। ଛାତି ଉପରେ ହାତ ରଖି ସେ ରେଣୁକାକୁ କହିଲା, ମୋର ଦେହ କଣ ହୋଇଯାଉଛି; ଶୀଘ୍ର କୋଉ ଡାକ୍ତରକୁ ଫୋନ କର।

—

ପୂଜାସ୍ପଦେଷୁ

ମଲ୍ଲିକା କେବେହେଲେ କଳ୍ପନା କରି ନ ଥିଲା ଯେ, ସେ ଦିନେ କୌଣସି ଦୁଃଖାନ୍ତ କାହାଣୀର ଚରିତ୍ର ଭଳି ମରିଯିବାକୁ ଚାହିଁବ। ଏବଂ ପୁଣି ତାକୁ ବଞ୍ଚିବାର ସାହସ ଓ ସଂସ୍ଥାନ ଯୋଗାଇବ ଗୋଟିଏ ଉପନ୍ୟାସ। ଅଭୟ ଯେଉଁଦିନ ତାର ଜୀବନରୁ ବାହାରି ଚାଲିଗଲା, ମଲ୍ଲିକାର ମନେହୋଇଥିଲା ଯେ, ତାର ଜୀବନରୁ ସବୁକିଛି ଚାଲିଗଲା। ଯାହା ବି ରହିଗଲା, ସବୁ ଶୂନ୍ୟଗର୍ଭ ଓ ନିଃସାର। ପୃଥିବୀରୁ ତାର ଆଉ କିଛି ପାଇବାର ନାହିଁ ଏବଂ କିଛି ବି ଯାଥାର୍ଥ୍ୟ ନାହିଁ ଆଉ ତାର ଜୀବନର। ବଞ୍ଚିରହିବାର ସୁଖଦୁଃଖରୁ ସେ ନିଜ ମନକୁ ପ୍ରତ୍ୟାହାର କରିନେଲା। କିପରି ଏଇ ମୂଲ୍ୟହୀନ, ଉଦ୍ଦେଶ୍ୟହୀନ ସ୍ଥିତିରୁ ମୁକ୍ତି ପାଇବ, ତାହା ହିଁ ହେଲା ତାର ଏକମାତ୍ର ଚିନ୍ତା।

ସ୍ୱଇଚ୍ଛାରେ ଜୀବନର ଅବଧି ସ୍ଥିର କରିବା ଅନାୟାସ ନୁହେଁ କିନ୍ତୁ। ଆତ୍ମହତ୍ୟା କରିବାର ନିଷ୍ପତ୍ତି ନେବା ହୁଏତ ସହଜ, କିନ୍ତୁ ତାକୁ କାର୍ଯ୍ୟକାରୀ କରିବା ଅତ୍ୟନ୍ତ ଦୁରୂହ। ମଲ୍ଲିକା ଯେତେବେଳେ ଜୀବନ ନେବାର ସାଧନମାନଙ୍କ ବିଷୟରେ ଚିନ୍ତା କଲା, ତାକୁ କୌଣସିଟି ସନ୍ତୋଷଜନକ ମନେ ହେଲା ନାହିଁ। ବର୍ତ୍ତମାନ ତାର ଏକମାତ୍ର ଭାବନା ଥିଲା କିପରି ସେ ଆତ୍ମହତ୍ୟା କରିବାର ଏକ ସହଜ ଓ ଅବ୍ୟର୍ଥ ପନ୍ଥା ବାହାର କରିବ। ଏଥିପାଇଁ ସେ ବିଭିନ୍ନ ପ୍ରକାରର ଲେଖାମାନ ପଢ଼ିଲା, କିନ୍ତୁ ସେଥିରେ ଦିଆଯାଇଥିବା ପଦ୍ଧତିରୁ କୌଣସିଟି ତାକୁ ସହଜଲଭ୍ୟ ଓ ସୁସାଧ୍ୟ ମନେ ହେଲା ନାହିଁ।

ସମୟ ଯଦିଓ ଅନେକ ପ୍ରକାରରର ଉପଶମ ଆଣି ଦେଇଥିଲା, ମଲ୍ଲିକା ସଚେତନ ଥିଲା ଯେ, ସେ ନିଜର ଜୀବନ ନେବାର ଇଚ୍ଛାକୁ ପ୍ରଶମିତ ହେବାକୁ ଦେବ ନାହିଁ। ମନ ଭିତରେ ଏ ବିଷୟରେ କୌଣସି ସଂଶୟ ଉପୁଜିବା କ୍ଷଣି ସେ ଅଭୟର ଚିଠିକୁ ପୁଣି ଥରେ ପଢୁଥିଲା ଏବଂ ଅବିଳମ୍ବେ ଫେରି ଆସୁଥିଲା ନିଜର ନିର୍ଣ୍ଣୟକୁ ଆହୁରି କଠୋରତାର ସହିତ। ଅଭୟ ଲେଖିଥିଲା: ଗତ କେତେଥର ଆମର ଦେଖା ହେବାବେଳେ ତମେ ମଧ୍ୟ ମୋ ଭଳି ଅନୁଭବ କରିଥିବ ଯେ, ଆମ ଭିତରେ ଆଉ ସେ ଆଗର ସମ୍ପର୍କ ନାହିଁ। ଏହାର କାରଣ ଖୋଜି ଜଣେ ଆଉଜଣକୁ ଦୋଷ ଦେବା ଅପେକ୍ଷା ଆମର ମାନିନେବା ଉଚିତ ଯେ, ଆମେ ଆଉ ପରସ୍ପରକୁ ଭଲ ପାଉନାହୁଁ।

ଆମେ ସବୁଦିନ ପାଇଁ ଅଲଗା ହୋଇଯାଉଥିଲେ ମଧ୍ୟ ତମ ସହିତ ମୋର ସମ୍ପର୍କର ଏଇ କେତେବର୍ଷ ମୋ ପାଇଁ ସବୁବେଳେ ଅବିସ୍ମରଣୀୟ ଏବଂ ତମେ ସବୁବେଳେ ମୋ ଜୀବନରେ ଏକ ବିଶେଷ ସ୍ଥାନରେ ରହିବ।

କେତେ ସହଜରେ ଅଭୟ ଲେଖିଦେଇପାରିଲା ଏ କଥାଟି! ଚିଠିଟି ପାଇବା ପର୍ଯ୍ୟନ୍ତ ମଲ୍ଲିକା ବୁଝିପାରି ନଥିଲା ଯେ, ସେମାନଙ୍କ ସଂପର୍କରେ ଏପରି କିଛି ଚରମ ସଂକଟ ଉପୁଜିଛି। ଅବଶ୍ୟ ଶେଷ କେତେଥର ସାକ୍ଷାତବେଳେ ସେମାନଙ୍କର ଭିତରେ ଛୋଟ ଛୋଟ ବିଷୟ ନେଇ ବେଶ୍ କଥା କଟାକଟି ହୋଇଥିଲା, କିନ୍ତୁ ମଲ୍ଲିକାର କଳ୍ପନା ବାହାରେ ଥିଲା ଯେ, କଥା ଯାଇ ଶେଷ ପର୍ଯ୍ୟନ୍ତ ପହଞ୍ଚିବ ଏଭଳି ଅବସ୍ଥାରେ। ସେ ନିଜର ଆଖିକୁ ବିଶ୍ୱାସ କରିପାରି ନ ଥିଲା ପ୍ରଥମେ ଚିଠିଟିକୁ ପଢ଼ି। ସେ ଆଶା କରିଥିଲା, ଅନେକ ଦିନ ପରେ ଅଭୟ ଦେଇଥିବା ମାନଭଞ୍ଜନର ଚିଠିରେ ପୁଣି ମିଳିମିଶି ଯିବାର ସବୁ ପ୍ରକାରର ଆଶ୍ୱାସନା ଥିବ। ଚିଠିଟିକୁ ଆଉଥରେ ପଢ଼ିବାବେଳେ ମଲ୍ଲିକା ଅନୁଭବ କଲା ଯେପରି ତାର ପାଦତଳୁ ପୃଥିବୀ ଘୁଞ୍ଚିଯାଇଛି ଏବଂ ତାର ଜୀବନର ଆଉ କୌଣସି ଅର୍ଥ ରହିଯାଇ ନାହିଁ।

କବାଟ ବନ୍ଦ କରି ସେ ଦୁଇଦିନ ଧରି କାନ୍ଦିଥିଲା। ତା ପରେ ସେ ଯେତେବେଳେ ଅଭୟ ସହିତ ଯୋଗାଯୋଗ କରିବାକୁ ଚେଷ୍ଟା କଲା, ଜାଣିଲା ଯେ କାହାରିକୁ ନ କହି ସେ ସହର ଛାଡ଼ି ଚାଲିଯାଇଛି। ଏତିକିବେଳେ ମଲ୍ଲିକା ନିଷ୍ପତ୍ତି ନେଇଥିଲା ଯେ, ତାର ଆଉ ବଞ୍ଚିବାର କୌଣସି ପ୍ରୟୋଜନ ନାହିଁ। ଘରେ ସମସ୍ତଙ୍କ ସହିତ ସମ୍ପର୍କ କାଟିଦେଇ ନିଜ କୋଠରୀରେ ନିଜକୁ ବନ୍ଦ କରି ରଖିଲା ଏବଂ ଜୀବନ ନେବାର ସହଜ ଓ ନିଶ୍ଚିତ ରାସ୍ତା ଖୋଜିବାରେ ଲାଗିଲା ମଲ୍ଲିକା।

ଘରେ ସମସ୍ତେ ଜାଣିଥିଲେ ଅଭୟ ସହିତ ତାର ସମ୍ପର୍କ ବିଷୟରେ ଏବଂ କେହି ଏହା ପସନ୍ଦ କରୁ ନ ଥିଲେ। ବର୍ତ୍ତମାନ ମଲ୍ଲିକାର ମନସ୍ଥିତି ଦେଖି ସେମାନେ ବୁଝିପାରିଥିଲେ ଯେ, ଏ ସମ୍ପର୍କରେ କିଛି ସମସ୍ୟା ଉପୁଜିଛି। ଯେତେବେଳେ ମଲ୍ଲିକା କାହା ସହିତ ନ ମିଶି ଏକା ତା କୋଠରୀରେ ରହିଲା, ସମସ୍ତେ ବରଂ ଖୁସି ହେଲେ ଯେ, ଯାହାହେଉ ମଲ୍ଲିକା ମୁକ୍ତି ପାଇଗଲା ଏଭଳି ଏକ ଅସମ ସମ୍ପର୍କରୁ। ମଲ୍ଲିକା ଅନ୍ତତଃ କିଛି ସହାନୁଭୂତି ଆଶା କରିଥିଲା ତାର ଏଇ ଅବସ୍ଥାରେ ନିଜ ଲୋକଙ୍କ ପାଖରୁ; କିନ୍ତୁ ସେମାନଙ୍କର ମତିଗତି ଦେଖି ସେ ଆହୁରି ଦୃଢ଼ସଂକଳ୍ପ ହୋଇଗଲା ନିଜର ନିଷ୍ପତ୍ତିରେ।

ଜୀବନର ରିକ୍ତତା ବିଷୟରେ ଏପରି ଆତ୍ମଚିନ୍ତନରେ ରହିଥିବାବେଳେ ମଲ୍ଲିକାର ଆଖିରେ ପଡ଼ିଲା 'ମହାଜୀବନ'। ଏ ଉପନ୍ୟାସଟି ତାର ଅନ୍ୟ ବହିମାନଙ୍କ ଭିତରେ ଅପଠିତ ହୋଇ ରହିଯାଇଥିଲା, କିନ୍ତୁ ତାର ଶୀର୍ଷକ ହିଁ ତାକୁ ଆଜି

ପ୍ରୋତ୍ସାହିତ କଲା ବହିଟିକୁ ଉଠାଇଆଣିବାକୁ। ବହିଟିକୁ ଖୋଲି ସେ ତାର ଆରମ୍ଭର ପ୍ରଥମ ଧାଡ଼ିଟି ପଢ଼ିଲା : କାହା ପାଇଁ ମୋର ଏ ଜୀବନ? ଏବଂ ଚମକି ପଡ଼ିଲା। ଯଦିଓ ବହିଟି ବିଷୟରେ ସେ ବିଶେଷ କିଛି ଜାଣି ନ ଥିଲା, ତାର ମନେହେଲା ସତେ ଯେପରି ଏ ବହିଟି ତାରି ପାଇଁ ଲେଖା ହୋଇଥିଲା, ଆଉ ଏଇ ମୁହୂର୍ତ୍ତରେ ବହିଟି ତା ହାତକୁ ଆସିଥିଲା କୌଣସି ବିଧିନିର୍ଦ୍ଦେଶ ବଳରେ।

ସୋମପ୍ରକାଶଙ୍କର 'ମହାଜୀବନ' ପ୍ରକାଶିତ ହୋଇଥିଲା ପ୍ରାୟ ପଚାଶ ବର୍ଷ ତଳେ ଏବଂ ଏଇଟି ସେ ସମୟର ଗୋଟିଏ ବହୁପଠିତ ଓ ବହୁଚର୍ଚ୍ଚିତ ଉପନ୍ୟାସ ଥିଲା। ପ୍ରକାଶ ପାଇବାର ଅଳ୍ପଦିନ ଭିତରେ ଏହା ଗୋଟିଏ କ୍ଲାସିକ୍ର ମର୍ଯ୍ୟାଦା ପାଇଥିଲା ଏବଂ ଗୋଟିଏ ସଂପୂର୍ଣ୍ଣ ପୀଢ଼ୀର ଲେଖକଙ୍କୁ ପ୍ରଭାବିତ କରିଥିଲା ଉପନ୍ୟାସଟି। ବହିଟି ସମାଲୋଚକମାନଙ୍କର ପ୍ରିୟ ହୋଇଥିବା ସତ୍ତ୍ୱେ ଜନପ୍ରିୟ ମଧ୍ୟ ଥିଲା ଏବଂ ବହିଟିର ଅନେକ ସଂସ୍କରଣ ପ୍ରକାଶ ପାଇଥିଲା ଏ ଭିତରେ। ଏଇଟି ଥିଲା ମଧ୍ୟ ସବୁଠାରୁ ବେଶୀ ଭାଷାରେ ଅନୁବାଦିତ ପୁସ୍ତକ। ଉପନ୍ୟାସଟିକୁ ଆଲୋଚନା କରି ଏକାଧିକ ବହି ପ୍ରକାଶ ପାଇଥିଲା ଏବଂ ମହାଜୀବନର ଦାର୍ଶନିକ ସାମାଜିକ ରାଜନୈତିକ ମୂଲ୍ୟାଙ୍କନ କରି ପ୍ରବନ୍ଧମାନ ବାହାରୁଥିଲା ଏ ପର୍ଯ୍ୟନ୍ତ।

ଏ ବହିଟି ପରେ ସୋମପ୍ରକାଶ ଆଉ କିଛି ବହି ଲେଖିଥିଲେ, କିନ୍ତୁ ସେ ସବୁ ଅତି ସାଧାରଣ ଥିଲା। ମହାଜୀବନ ହିଁ ତାଙ୍କୁ ସମ୍ମାନର ଶିଖରକୁ ନେଇ ଯାଇଥିଲା ଏବଂ ତାଙ୍କର ସାହିତ୍ୟିକ ଓ ବ୍ୟକ୍ତିଗତ ଜୀବନର ଉତ୍ତରଣ ଓ ସଫଳତାର ଏକମାତ୍ର ଆଧାର ଥିଲା। ସୋମପ୍ରକାଶ ଅନେକ ସମୟରେ ଦୁଃଖ କରୁଥିଲେ ଯେ, ମହାଜୀବନ ସହିତ ତୁଳନା କରି ତାଙ୍କର ଅନ୍ୟ ସବୁ ଲେଖାକୁ ତୁଚ୍ଛ ବୋଲି ଗଣନା କରାହେଉଥିଲା ଏବଂ ତାଙ୍କୁ ନିଜର ପରିଚୟ ପାଇଁ ନିର୍ଭର କରିବାକୁ ପଡୁଥିଲା ଏହି ଗୋଟିଏ ମାତ୍ର କୃତି ଉପରେ। ଅନେକ ସମୟରେ ସୋମପ୍ରକାଶ ଆଶ୍ଚର୍ଯ୍ୟ ହେଉଥିଲେ ଯେ, ଏତେ ବର୍ଷ ଧରି ବିକି ଭାଙ୍ଗି ଖାଉଥିବା ସମ୍ପଦଟିକୁ ସେ ସୃଷ୍ଟି କରିଥିଲେ ମାତ୍ର ଛବିଶ ବର୍ଷର ଯୁବକ ଅବସ୍ଥାରେ!

ଏ ସବୁ କଥା କିନ୍ତୁ ମଲ୍ଲିକାକୁ ଜଣା ନ ଥିଲା। ତାର କେବେହେଲେ ସାହିତ୍ୟରେ ବିଶେଷ ଆଗ୍ରହ ନ ଥିଲା ଏବଂ ସେଥିପାଇଁ ଗଳ୍ପ ଉପନ୍ୟାସ ପଢ଼ିଥିଲା ବହୁତ କମ। ତା ଟେବୁଲ ଉପରେ କିଛି କିଛି ବହି ରହିଥିଲେ ମଧ୍ୟ ସେ ତାକୁ ପଢ଼ିବାର ଉଦ୍ୟମ କରି ନ ଥିଲା। ମହାଜୀବନକୁ ଖୋଲି ପଢ଼ିବାକୁ ଆରମ୍ଭ କରିବା ପରେ କିନ୍ତୁ ସେ ଆଉ ବହିଟିକୁ ରଖିଦେଇ ପାରିଲା ନାହିଁ। ବହିଟିର ଆଧାର ଥିଲେ ତାରି ଭଳି ଯୁବକ ଯୁବତୀ। ଏଥିରେ ଥିଲା ସାମାଜିକ ରାଜନୈତିକ ମାନସିକ ଦୈହିକ ଆଲୋଡ଼ନ ଓ ବିକ୍ଷୋଭରେ ଛଟପଟ ହେଉଥିବା ଚରିତ୍ରଙ୍କର ଚିତ୍କାର; ସାମୂହିକ ଓ ବ୍ୟକ୍ତିଗତ

ସମସ୍ୟା ଓ ବନ୍ଧନ ଭିତରୁ ମୁକ୍ତି ପାଉ ନ ଥିବା ଉଦ୍ଭିନ୍ନଯୌବନ ଆତ୍ମାମାନଙ୍କର ଆର୍ତ୍ତନାଦ। ପୃଷ୍ଠା ପରେ ପୃଷ୍ଠା ପଢ଼ିଚାଲିଥିବା ବେଳେ ମଲ୍ଲିକାର ମନେହେଲା ଯେପରିକି ପ୍ରତିଟି ଛତ୍ର, ପ୍ରତିଟି ଅକ୍ଷର ତାର ନିଜସ୍ୱ ଅନୁଭବକୁ ପ୍ରତିଫଳିତ କରୁଛନ୍ତି।

ମଲ୍ଲିକାର ଆହୁରି ମଧ୍ୟ ମନେହେଲା ଯେ, ବହିଟି ପଢ଼ିବା ସଙ୍ଗେ ସଙ୍ଗେ ତା ମନ ଭିତରେ ଅଦ୍ଭୁତ ପରିବର୍ତ୍ତନମାନ ହୋଇଚାଲିଛି କ୍ରମାଗତଭାବେ। ଦୁଃଖ ଓ ନୈରାଶ୍ୟର ଯେଉଁ ବୋଝ ତା ମନ ଉପରେ ଜମାଟ ବାନ୍ଧି ରହିଥିଲା, ତା ସବୁ ଯେପରି ତରଳିଯାଉଛି ପରସ୍ତ ପରସ୍ତ ହୋଇ ଏବଂ ତାର ମନ ହୋଇଯାଉଛି ଭାରହୀନ ଓ ମୁକ୍ତ। ଅମୁହାଁ ଘର ଭିତରେ ବନ୍ଦ ରହି ରୁଦ୍ଧଶ୍ୱାସ ହେଉଥିବାବେଳେ କିଏ ଯେପରି ଝରକାସବୁ ଗୋଟିଏ ଗୋଟିଏ କରି ଖୋଲି ଦେଉଛି ଏବଂ ତା ଭିତରେ ପୁଣି ସଞ୍ଚାରିତ ହୋଇଯାଉଛି ଏକ ଅଭାବିତ ପ୍ରାଣବାୟୁର ହିଲ୍ଲୋଳ। ସେ ବର୍ତ୍ତମାନ ନିଃସନ୍ଦେହ ଥିଲା ଯେ, ସେ ବହିଟି ଶେଷ କଲାବେଳକୁ ଆକାଶରୁ କଳା ମେଘସବୁ ଘୁଞ୍ଚିଯାଇ ସୂର୍ଯ୍ୟ ଚମକୁଥିବ।

ଶେଷରେ ତାହା ହିଁ ହେଲା ମହାଜୀବନର ଶେଷ ପୃଷ୍ଠା ପଢ଼ିବାବେଳକୁ ସେ ସମ୍ପୂର୍ଣ୍ଣ ଭିନ୍ନ ମଣିଷ ଥିଲା। କୋଠରୀର କବାଟ ଖୋଲି ବାହାରକୁ ଆସି ସେ ଅନ୍ୟମାନଙ୍କ ସହିତ ପୁଣି ସ୍ୱାଭାବିକ ଭାବେ କଥା କହିଲା। ସାଙ୍ଗମାନଙ୍କୁ ଟେଲିଫୋନ କଲା। ଦୋକାନରୁ ଜିନିଷ କିଣିବାକୁ ଗଲା। ସିନେମାହଲରେ ଯାଇ ଫିଲ୍ମ ଦେଖିଲା। ଅନେକ ଦିନ ବିଛଣାରେ ପଡ଼ି ରହିଥିବା ରୋଗୀ ଆରୋଗ୍ୟ ହେବାପରେ ଜୀବନକୁ ଦ୍ୱିଗୁଣ ଉତ୍ସାହରେ ଉପଭୋଗ କରିବାକୁ ଚାହୁଁଥିବା ଭଳି ମଲ୍ଲିକା ବର୍ତ୍ତମାନ ଦୁଇଟି ହାତରେ ସାଉଁଟି ନେବାକୁ ଚାହୁଁଥିଲା ପ୍ରତିଟି ମୁହୂର୍ତ୍ତର ପ୍ରତିଶ୍ରୁତିସବୁକୁ। ଗୋଟିଏ ସମ୍ଭାବିତ ମୃତ୍ୟୁ ପରେ ତାର ପୁନର୍ଜନ୍ମ ହୋଇଥିଲା ଯେପରି। ଘରେ ସମସ୍ତେ ତାକୁ ସ୍ନେହ ଓ ଆଦରରେ ବାନ୍ଧିଦେଉଥିଲେ ଏବଂ ମଲ୍ଲିକା ଉପଭୋଗ କରୁଥିଲା ତାର ଦ୍ୱିତୀୟ ଜୀବନର ହସଖୁସିଭରା ଦିନସବୁ। ରାତିରେ ଶୋଇବାବେଳେ ସେ ଆଉ ପଛ କଥା ଭାବୁ ନଥିଲା; ସେ ଭାବୁଥିଲା କାଲିର ସକାଳ ଓ ସମ୍ଭାବନାରେ ପରିପୂର୍ଣ୍ଣ ଆଗାମୀ ଦିନଟି କଥା।

ଦିନେ ବଜାରରେ ସେ ଗୋଟିଏ ବହିଦୋକାନ ଦେଖିଲା ଏବଂ କିଛି ଭାବିବା ପୂର୍ବରୁ ତା ଭିତରକୁ ଯାଇ ସୋମପ୍ରକାଶଙ୍କର ଆଉ ସବୁ ବହି କିଣି ଆଣିଲା। ଘରକୁ ଫେରି ସେ ସେଥିରୁ ଗୋଟିଏ ଗଳ୍ପସଂଗ୍ରହ ପଢ଼ିଲା, କିନ୍ତୁ ସେ ଗଳ୍ପମାନଙ୍କରେ ନା ଥିଲା କୌଣସି ପ୍ରବହମାନତା, ନା କୌଣସି ଆକର୍ଷକ ଚରିତ୍ର ବା କାହାଣୀ। ତାକୁ ରଖିଦେଇ ସେ ସୋମପ୍ରକାଶଙ୍କ କବିତା ବହିଟି ଉଠାଇନେଲା। କେତୋଟି କବିତାର କିଛି କିଛି ପଂକ୍ତି ତା ମନକୁ ଛୁଇଁଲା, କିନ୍ତୁ ବହିଟି ତାକୁ ସାମଗ୍ରିକ ଆନନ୍ଦ ଦେଇ ପାରିଲା ନାହିଁ।

ବିରକ୍ତ ହୋଇ ସେ ପୁଣି ମହାଜୀବନକୁ ଖୋଲି ଅଧାରୁ ଗୋଟିଏ ପୃଷ୍ଠା ଖୋଲିଲା ଏବଂ ପୁଣି ରୋମାଞ୍ଚିତ ହୋଇଗଲା ତାର ଦେହମନ।

ଏଥରକ ବହିଦୋକାନକୁ ଯାଇ ସେ ସେଠାରେ କିଛି ସମୟ କଟାଇଲା ଓ ବିଭିନ୍ନ ବହି ଓଲଟାଇ ଦେଖିଲା। କିଛି ବହି ଖୋଲି ଧାଡ଼ିଏ ଦିଧାଡ଼ି ପଢ଼ିଲା। କିନ୍ତୁ ସେ ଯାହା ଆଶା କରିଥିଲା ଯେ କୌଣସି ଅଜ୍ଞାତ ପୃଷ୍ଠାରୁ ଜୀବନଚିନ୍ତାର ଗୋଟିଏ ରଶ୍ମିରେଖା ଆସି ତାର ମନଗହନକୁ ଚମକାଇଦେବ, ସେପରି କିଛି ହେଲା ନାହିଁ। ଶେଷରେ ସେ ସୋମପ୍ରକାଶଙ୍କ ସାହିତ୍ୟ ଉପରେ ଯେତେ ବହି ପାଇଲା, ସବୁ କିଣିନେଇ ଘରକୁ ଫେରିଲା। ଏ ବହି ସବୁରେ ସୋମପ୍ରକାଶଙ୍କ ଏବଂ ବିଶେଷ ଭାବରେ ମହାଜୀବନ ଉପରେ ଲେଖାମାନ ଥିଲା। ମହାଜୀବନରେ ଚିତ୍ରିତ ବିଭିନ୍ନ ଚରିତ୍ର ଓ ଘଟଣାମାନଙ୍କର ବିଭିନ୍ନ ଅଭିମୁଖ ଉପରେ ବିଭିନ୍ନ ଦୃଷ୍ଟିକୋଣରୁ ଆଲୋଚନା କରା ହୋଇଥିଲା ଏଇ ବହିମାନଙ୍କରେ। ସେ ସବୁରୁ କିନ୍ତୁ ମଲ୍ଲିକା ଏପରି କୌଣସି ନୂଆ ଉପଲବ୍ଧି ପାଇଲା ନାହିଁ, ଯାହା ସେ ନିଜେ ବହିଟି ପଢ଼ିବାବେଳେ ପାଇ ନ ଥିଲା। ତେବେ ସେ ଏଇ ବହିମାନଙ୍କରୁ ସୋମପ୍ରକାଶଙ୍କ ବିଷୟରେ ଅନେକ କିଛି ଜାଣିବାକୁ ପାଇଲା ଏବଂ ସ୍ଥିର   କଲା ଯେ, ସେ ଯାଇ ଏଇ ମହାନ ଲେଖକଙ୍କୁ ଭେଟିବ।

ତାଙ୍କୁ ଖୋଜି ବାହାର କରିବା କଷ୍ଟକର ନ ଥିଲା, କାରଣ ସୋମପ୍ରକାଶ ବର୍ତ୍ତମାନ ଏକ ସର୍ବୋଚ୍ଚ ସାହିତ୍ୟିକ ସଂସ୍ଥାର ସଭାପତି ଥିଲେ। ମହାଜୀବନ ଲେଖିବା ପରେ ସ୍ୱୀକୃତି ଓ ସମ୍ମାନ ତାଙ୍କ ପଛେ ପଛେ ଲାଗିରହିଲା। ଜଣେ ଯୁବସ୍ୱାଧୀନତା ସଂଗ୍ରାମୀ ଭାବେ ସେ ଦେଶର ସ୍ୱତନ୍ତ୍ରତା ପରେ ରାଜନୀତିରେ ଏକ ମୁଖ୍ୟ ଅଂଶ ଗ୍ରହଣ କରିପାରିଥାନ୍ତେ। କିନ୍ତୁ ସେ ତା ନ କରି ସାହିତ୍ୟସେବା କରିବାକୁ ନିର୍ଣ୍ଣୟ ନେବା ସେତେବେଳେ ତାଙ୍କର ତ୍ୟାଗ ଓ ମହାନତାର ପ୍ରମାଣ ବୋଲି କୁହାଯାଇଥିଲା। ତାଙ୍କର ଲେଖାରେ ଯଦିଓ କୌଣସି ଉତ୍ତରଣ ହୋଇ ନ ଥିଲା, ପରବର୍ତ୍ତୀ ସମୟରେ ଲେଖିଥିବା ବହିମାନଙ୍କ ପାଇଁ ସେ ସମସ୍ତ ପ୍ରକାରର ପୁରସ୍କାରମାନ ପାଇସାରିଥିଲେ ଏବଂ ଜଣେ ବିଶିଷ୍ଟ ସାହିତ୍ୟିକଭାବରେ ବିଭିନ୍ନ ସଂସ୍ଥାର ସଭାପତି, ବିଭିନ୍ନ କମିଟିର ସଭ୍ୟ ଓ ବିଭିନ୍ନ ବିଶ୍ୱବିଦ୍ୟାଳୟର ସମ୍ମାନିତ ଅଧ୍ୟାପକ ହେବାର ଗୌରବ ଓ ସୌଭାଗ୍ୟ ପାଇଥିଲେ। ଅନୁବାଦ ମାଧ୍ୟମରେ ମହାଜୀବନ ବିଦେଶରେ ମଧ୍ୟ ଜଣାଶୁଣା ଥିଲା ଏବଂ ସୋମପ୍ରକାଶ ବେଶ୍ କିଛି ସମୟ କଟାଉଥିଲେ ଭ୍ରମଣରେ। ବାହାରକୁ ଯାଉଥିବା କୌଣସି ପ୍ରତିନିଧିମଣ୍ଡଳରେ ସୋମପ୍ରକାଶଙ୍କର ଥିବା ଗୌରବର ବିଷୟ ବୋଲି ଗଣା ହେଉଥିଲା। ବିଦେଶରୁ ଯେତେ ଲେଖକ ଆସୁଥିଲେ, ସେମାନେ ନିଶ୍ଚୟ ତାଙ୍କୁ ଭେଟୁଥିଲେ। ତାଙ୍କୁ ସାହିତ୍ୟସଭାର ବା ପୁରସ୍କାର-ମଣ୍ଡଳୀର

ସଭାପତି ଭାବରେ ପାଇବା ପାଇଁ ବିଭିନ୍ନ ଅନୁଷ୍ଠାନମାନଙ୍କ ମଧ୍ୟରେ ପ୍ରତିଦ୍ୱନ୍ଦ୍ୱିତା ହେଉଥିଲା। ପତ୍ରପତ୍ରିକା ମାନେ ତାଙ୍କର ଲେଖା ନ ପାଇଲେ ମଧ୍ୟ ତାଙ୍କଠାରୁ ଛୋଟ ଚିଠିଟିଏ ପାଇ ତାକୁ ପ୍ରକାଶ କରି ନିଜକୁ ଧନ୍ୟ ମଣୁଥିଲେ। ସୋମପ୍ରକାଶଙ୍କ ସମଗ୍ର କୃତିର ସ୍ୱଚ୍ଛତା ଓ ଅସମାନତା ଦୃଷ୍ଟିରୁ ତାଙ୍କୁ ଅନେକେ ଜଣେ ମହାନ ଲେଖକ ବୋଲି ମାନୁ ନ ଥିଲେ ମଧ୍ୟ ସେ ଯେ ଦେଶର ସର୍ବୋଚ୍ଚ ସାହିତ୍ୟିକ ବ୍ୟକ୍ତିତ୍ୱ, ଏ ବିଷୟରେ କାହାରି ଦ୍ୱିମତ ନଥିଲା।

ସୋମପ୍ରକାଶଙ୍କର କିଛି କଠୋର ସମାଲୋଚକ ମଧ୍ୟ ଥିଲେ। ସେମାନେ ଏ ଭିତରେ ଖୋଜି ବାହାର କରିଥିଲେ ମହାଜୀବନର ଚରିତ୍ର, କାହାଣୀ ଓ ଘଟଣାପୁଞ୍ଜ କେଉଁ କେଉଁ ଅଳ୍ପଜ୍ଞାତ ବିଦେଶୀ ବହିମାନଙ୍କରୁ ଆହୃତ। କି କି ଛଳକୌଶଳ ଓ କପଟତା ଦେଇ ସେ ବିଭିନ୍ନ ପ୍ରକାରର ପୁରସ୍କାର ଓ ପଦମର୍ଯ୍ୟାଦା ପାଇଥିଲେ, ସେ ବିଷୟରେ ମଧ୍ୟ କାହାଣୀମାନ ପ୍ରଚଳିତ ଥିଲା। ଏ କଥା ମଧ୍ୟ କୁହାଯାଉଥିଲା ଯେ, ସେ ସବୁବେଳେ କ୍ଷମତାରୂଢ଼ମାନଙ୍କର ପକ୍ଷ ସମର୍ଥନ କରୁଥିଲେ। ତେବେ ଏ ସବୁ ସମାଲୋଚନା ଅତି ସୀମିତ ଥିଲା ଏବଂ ଜନସାଧାରଣଙ୍କ ପାଇଁ ସୋମପ୍ରକାଶଙ୍କର ଜୀବନରୁ ବୃହତ୍ତର ଭାବମୂର୍ତ୍ତି ଉପରେ ଏହାର କୌଣସି ପ୍ରଭାବ ନ ଥିଲା। ଏପରିକି ନିଜେ ସୋମପ୍ରକାଶ ମଧ୍ୟ ମଝିରେ ମଝିରେ କୌଣସି ପୁରସ୍କାର, ସମ୍ମାନ ବା ପଦକୁ ପ୍ରତ୍ୟାଖ୍ୟାନ କରି ଏବଂ ଏଷ୍ଟାବ୍ଲିଶମେଣ୍ଟ ବିରୋଧରେ ମନ୍ତବ୍ୟ ଦେଇ ତାଙ୍କର ସମାଲୋଚକମାନଙ୍କୁ ଚମତ୍କୃତ ଓ ନିରସ୍ତ୍ର କରିଦେଉଥିଲେ।

ସୋମପ୍ରକାଶଙ୍କୁ ଦେଖା କରିବାକୁ ଚିଠି ଲେଖିବସିବା ବେଳେ ମଲ୍ଲିକାର ମନ ଭିତରେ ଏକ ଅଦ୍ଭୁତ ରୋମାଞ୍ଚ ଉପୁଜିଲା; ଏଇ କାଗଜଟି ମାଧ୍ୟମରେ ସତେ ଯେପରି ଏ ପର୍ଯ୍ୟନ୍ତ କେବଳ ବହିର ପୃଷ୍ଠାରେ ଭେଟିଥିବା ବରେଣ୍ୟ ଲେଖକଙ୍କୁ ସେ ସଶରୀରରେ ପୂଜା କରିବାକୁ ଯାଉଥିଲା। ମହାଜୀବନ କିପରି ତାକୁ ନୂଆ ଜୀବନ ଦେଲା, ସେ କଥା ଲେଖି ସୋମପ୍ରକାଶଙ୍କୁ ସେ ସମୟ ମାଗିଥିଲା ବ୍ୟକ୍ତିଗତ ଭାବରେ ଦେଖାକରି ତାଙ୍କୁ ନିଜର କୃତଜ୍ଞତା ଜଣାଇବା ପାଇଁ। କିନ୍ତୁ ଅନେକ ଦିନ ଧରି ଯେତେବେଳେ ତାର ଚିଠିର କୌଣସି ଉତ୍ତର ଆସିଲା ନାହିଁ, ନିରାଶ ହୋଇଗଲା ମଲ୍ଲିକା। ତାଙ୍କର ନିଶ୍ଚୟ ଅନେକ ସ୍ତାବକ ଓ ପୂଜାରିଣୀ ଥିବେ ଏବଂ ଅଜ୍ଞାତ ପ୍ରଶଂସକମାନଙ୍କ ପାଖରୁ ଚିଠି ପାଇବା ନିଶ୍ଚୟ ନିତ୍ୟନୈମିତ୍ତିକ ଥିବ ତାଙ୍କ ପାଇଁ। ଏଭଳି ଜଣେ ଖ୍ୟାତନାମା ଲୋକଙ୍କ ପାଖରୁ ଉତ୍ତର ଆଶା କରିବା ହିଁ ତାର ଧୃଷ୍ଟତା ଥିଲା।

କିଛିଦିନ ପରେ ଯେତେବେଳେ ସତକୁ ସତ ସୋମପ୍ରକାଶଙ୍କ ଚିଠି ଆସି ତା ପାଖରେ ପହଞ୍ଚିଲା, ମଲ୍ଲିକାର ଖୁସିର ସୀମା ରହିଲା ନାହିଁ। ସ୍ୱୟଂ ସୋମପ୍ରକାଶ ନିଜ

ହାତରେ ଲେଖିଥିଲେ ଚିଠିଟି ତା ପାଖକୁ। ଅତି ସୌହାର୍ଦ୍ଦ୍ୟପୂର୍ଣ୍ଣ ଥିଲା ଚିଠିର ଭାଷା ଏବଂ ତା ସୌଜନ୍ୟ ଥିଲା ତାଙ୍କର ଖ୍ୟାତିର ଅନୁରୂପ। କଲ୍ୟାଣୀୟାସୁ ମଲ୍ଲିକା ପାଇଁ ଅଶେଷ ଶୁଭେଚ୍ଛା ଥିଲା ଚିଠିରେ ଏବଂ ନିମନ୍ତ୍ରଣ ଥିଲା ଯେ କୌଣସି ସମୟରେ ଫୋନରେ ସମୟ ନିର୍ଦ୍ଦିଷ୍ଟ କରି ଦେଖା କରିବାର।

ସୋମପ୍ରକାଶଙ୍କ ସହିତ ଯୋଗାଯୋଗ କରିବା କିନ୍ତୁ ସହଜସାଧ୍ୟ ନ ଥିଲା। ସହରରୁ ଚାଳିଶ ମାଇଲ ଦୂରରେ ସେ ଗୋଟିଏ ଗ୍ରାମାଞ୍ଚଳରେ ରହୁଥିଲେ ଏବଂ ସେଠାକୁ ଫୋନ ଲାଇନ କଷ୍ଟରେ ମିଳୁଥିଲା। ଫୋନରେ କେବେ କିଛି ଶୁଣାଯାଉ ନ ଥିଲା ତ କେବେ ଫୋନ ମିଳିଲା ବେଳକୁ ସୋମପ୍ରକାଶ ମିଳୁ ନ ଥିଲେ। ମଲ୍ଲିକା ଠିକ କଲା ଯେ, ସେ ଆଉ ଫୋନ ନ କରି ନିଜେ ଯାଇ ପହଞ୍ଚିଯିବ ତାଙ୍କ ପାଖରେ।

ସ୍ୱାଧୀନତା ପୂର୍ବରୁ ସୋମପ୍ରକାଶ ଗାନ୍ଧୀବାଦୀ ଥିଲେ। ତା ପରେ ମାର୍କସ, ନକ୍ସାଲ ଦେଇ ସେ ପୁଣି ଗାନ୍ଧୀଙ୍କ ପାଖକୁ ଫେରିଆସିଥିବାର ଦାବି କରୁଥିଲେ ଏବଂ ବର୍ତ୍ତମାନ ଗାଁମୁଣ୍ଡରେ ଆଶ୍ରମ ଭଳି ଘର କରି ରହୁଥିଲେ। ଘରଟି ଗୋଟିଏ ଗ୍ରାମ-ବିକାଶ ଟ୍ରଷ୍ଟ ନାଁରେ ଥିଲା, ଯଦିଓ କେବଳ ସୋମପ୍ରକାଶ ହିଁ ଏଇଟିକୁ ବ୍ୟବହାର କରୁଥିଲେ। ତାଙ୍କର ସ୍ତ୍ରୀ ଅନେକ ଦିନୁ ମରିଯାଇଥିଲେ ଏବଂ ପିଲାମାନେ ବସବାସ କରୁଥିଲେ ଆମେରିକାରେ। ସେଥିପାଇଁ ସୋମପ୍ରକାଶଙ୍କ ପାଇଁ ଏ ଘରଟି ସବୁଠାରୁ ସୁବିଧାଜନକ ବ୍ୟବସ୍ଥା ଥିଲା। ଏଇଟିକୁ ତିଆରି କରିବା ପାଇଁ ଜଣେ ବିଖ୍ୟାତ ଆର୍କିଟେକ୍ଟ ଡିଜାଇନ ଓ ଜଣେ ବିଶିଷ୍ଟ ଶିଳ୍ପପତି ଟଙ୍କା ଦେଇଥିଲେ। ବାହାରୁ ଗୋବରଲିପା ଆବୁଡ଼ା ଖାବୁଡ଼ା ମାଟିକାନ୍ଥର କୁଡ଼ିଆ ଭଳି ଦିଶୁଥିବା ଘରଟି ଭିତରେ ଏୟାର କଣ୍ଡିସନ୍ ସମେତ ଗୋଟିଏ ସହରୀ ଘରର ସମସ୍ତ ସୁବିଧା ସୁଯୋଗ ଥିଲା। ସୋମପ୍ରକାଶଙ୍କ ଭଳି ତାଙ୍କର ଘରଟି ମଧ୍ୟ ସୁପ୍ରସିଦ୍ଧ ହୋଇଯାଇଥିଲା ଏବଂ ବାସ୍ତୁବିଦ୍ୟାର ଛାତ୍ରମାନେ ଆସୁଥିଲେ ସ୍ଥାପତ୍ୟର ଏଇ ଅନନ୍ୟ ନମୁନାଟି ଦେଖିବା ପାଇଁ।

ଦିନେ ସକାଳେ ମଲ୍ଲିକା ଗାଡ଼ି ନେଇ ସେଠାରେ ପହଞ୍ଚିଲା। ଘର ଭିତରକୁ ପଶିବା ଆଗରୁ ଗୋଟିଏ ଅଭ୍ୟର୍ଥନା କକ୍ଷ ଥିଲା, ଯେଉଁଠାରେ ସରକାରୀ ଅଫିସ ଭଳି ଜଣେ ଛୋଟ କର୍ତ୍ତା ମଧ୍ୟ ବସିଥିଲା। ମଲ୍ଲିକାକୁ ବସିବାକୁ ଦେଇ ସେ ଜଣାଇଲା ଯେ, ସୋମପ୍ରକାଶ ବର୍ତ୍ତମାନ ବ୍ୟସ୍ତ ଅଛନ୍ତି ତାଙ୍କର ଜୀବନୀ ଲେଖୁଥିବା ଜଣେ ମାର୍କିନ୍ ଲେଖିକାଙ୍କ ସାଙ୍ଗରେ; ତଥାପି ସେ ତାଙ୍କୁ ପଚାରି ଆସିବ ସେ ମଲ୍ଲିକାକୁ କିଛି ସମୟ ଦେଇ ପାରିବେ କି ନାହିଁ। ଘର ଭିତରକୁ ପଶି ମଲ୍ଲିକା ସାମାନ୍ୟ ନିରାଶ ହୋଇଥିଲା। ମହାଜୀବନ ଓ ସୋମପ୍ରକାଶଙ୍କ ବିଷୟରେ ପଢ଼ି ସେ ଯେଉଁସବୁ ଧାରଣା କରିଥିଲା, ଏଠାର ଗତିବିଧି ଆଦୌ ସେଭଳି ନ ଥିଲା। ସେ ଭାବିଥିଲା ଯେ, ସେ

ପହଞ୍ଚିଲାବେଳକୁ ବର୍ଷୀୟାନ ଲେଖକ ତାଙ୍କ ବଗିଚା ଭିତରେ ଠିଆ ହୋଇ ଫୁଲଗଛ ଆଡ଼କୁ ଅନାଇ କଣ ଭାବୁଥିବେ, କିନ୍ତୁ ବର୍ତ୍ତମାନ ତାକୁ ଲାଗୁଥିଲା ଯେପରିକି ସେ କୌଣସି ସରକାରୀ ଦପ୍ତର ଭିତରକୁ ପଶିଯାଇଛି। ତେବେ ବ୍ୟତିକ୍ରମ ଥିଲା, କାନ୍ଥସାରା ବହିର ଥାକ। ସବୁଆଡ଼େ ବହି ଭର୍ତ୍ତି ହୋଇଥିଲା ଏବଂ ଭିତର କବାଟ ଦେଇ ଘରର ଯେଉଁ ଅଂଶ ଦେଖାଯାଉଥିଲା, ସେଠାରେ ମଧ୍ୟ ବହିର ମେଳା ଥିଲା। ତାକୁ ଦେଖି ସାମାନ୍ୟ ଆଶ୍ୱସ୍ତ ହେଲା ମଲ୍ଲିକା।

ସେକ୍ରେଟାରୀ ଆସି ଖବର ଦେଲା ଯେ, ଆସନ୍ତା ଦୁଇମାସ ସୋମପ୍ରକାଶ ବ୍ୟସ୍ତ ରହିବେ। ମାର୍କିନ ଗବେଷିକା ଅଳ୍ପଦିନ ପାଇଁ ଭାରତକୁ ଆସିଛନ୍ତି; ସେଥିପାଇଁ ତାଙ୍କୁ ନିଜର ସମସ୍ତ ସମୟ ଦେବାକୁ ଚାହାନ୍ତି ସୋମପ୍ରକାଶ। ତା ପରେ ସେ ଗୋଟିଏ ସାଂସ୍କୃତିକ ପ୍ରତିନିଧି ଦଳରେ ତାସକେଣ୍ଟ ଯିବେ ପନ୍ଦର ଦିନ ପାଇଁ। ତା ପରେ ଯାଇ ତାଙ୍କୁ ଦେଖା କରିବା ସମ୍ଭବ। ହତୋତ୍ସାହ ହୋଇ ମଲ୍ଲିକାକୁ ତା ପାଖରେ ନିଜର ଠିକଣା ଓ ଟେଲିଫୋନ ନମ୍ବର ଛାଡ଼ିଦେଇ ଘରକୁ ଫେରିଲା ଏବଂ ବୁଝିଲା ଯେ, ସମୟ ନ ନେଇ ତାର ସେଠାକୁ ଯିବା ଉଚିତ ନ ଥିଲା। ଏ ପୂରା ଅନୁଭବଟି ପ୍ରୀତିକର ନ ଥିଲା ଏବଂ ସୋମପ୍ରକାଶଙ୍କ ସହିତ ଯଦି ତାର ସାକ୍ଷାତ୍କାର ହୁଏ, ତା କିଭଳି ହେବ ସେ ବିଷୟରେ ମଧ୍ୟ ସନ୍ଦିଗ୍ଧ ଥିଲା ମଲ୍ଲିକା। ମହାପୁରୁଷମାନେ ନିକଟରୁ ଭିନ୍ନ ଦେଖାଯାନ୍ତି। ତାର ମନେପଡ଼ିଲା, ସେ କେଉଁଠାରେ ପଢ଼ିଥିଲା ଯେ, ଇତିହାସର ପୃଷ୍ଠାରେ କବି ହେଉଛି ଅଲୌକିକ, କିନ୍ତୁ ତମ ଘରପାଖରେ ଯେଉଁ କବିଟି ରହୁଛି, ସେ ଗୋଟିଏ ଗୋବର-ଗଣେଶ!

ଦୁଇ ଦିନ ପରେ ସ୍ୱୟଂ ସୋମପ୍ରକାଶଙ୍କ ଫୋନ ପାଇ ଆଶ୍ଚର୍ଯ୍ୟ ହେଲା ମଲ୍ଲିକା। ସେଦିନ ତାକୁ ଦେଖାଦେଇ ପାରି ନ ଥିବାରୁ ସେ କ୍ଷମା ମାଗିଲେ ଏବଂ କହିଲେ ଯେ, ସେ ତାକୁ ଯେତେ ଶୀଘ୍ର ସମ୍ଭବ ଦେଖା କରିବାକୁ ଚାହାନ୍ତି। କଥା ହେଲା ଯେ ପରଦିନ ସକାଳେ ମଲ୍ଲିକା ତାଙ୍କୁ ସାକ୍ଷାତ କରିବ। ଟେଲିଫୋନ ରଖିଦେଇ ମଲ୍ଲିକା ନିଜର ଏଇ ସୌଭାଗ୍ୟରେ ଖୁସି ହେଲା। ସୋମପ୍ରକାଶ ନିଜଆଡୁ ତାକୁ ଫୋନ କରୁଥିଲେ। ଫୋନରେ ଅବଶ୍ୟ ତାଙ୍କର ସ୍ୱର ଅତି କର୍କଶ ଶୁଭୁଥିଲା, ଯାହା ମଲ୍ଲିକାର କଳ୍ପନା ଅନୁଯାୟୀ ନ ଥିଲା, ତେବେ ମଲ୍ଲିକା ତାକୁ ଦୂରସଞ୍ଚାରର ତ୍ରୁଟି ବୋଲି ଭାବିଲା। ତାଙ୍କ କଥାର ଆତ୍ମୀୟତାରେ ସମ୍ପୂର୍ଣ୍ଣରୂପେ ଅଭିଭୂତ ହୋଇଗଲା ମଲ୍ଲିକା।

ସୋମପ୍ରକାଶଙ୍କର ଫୋନ କରିବାର କାରଣ ଥିଲା ଯେ, ସେଦିନ ସକାଳେ ଦର୍ଶନାର୍ଥୀଙ୍କୁ ଭେଟିବାକୁ ମନା କରିଦେବା ପରେ ସେ ଦେଖିଲେ ଯେ, ତାଙ୍କ ଘର

ଆଗରୁ ଗୋଟିଏ ବିରାଟ ମର୍ସିଡିଜ ଗାଡ଼ି ବାହାରି ଯାଉଛି। ତା ପରେ ସେ ଖୋଜ ନେଇଥିଲେ ଝିଅଟି କିଏ ଥିଲା ବୋଲି। ଯେତେବେଳେ ସେ ଜାଣିଲେ ଯେ, ମଲ୍ଲିକା ସହରର ଜଣେ ସମ୍ଭ୍ରାନ୍ତ ଓ ଧନଶାଳୀ ଉଦ୍ୟୋଗପତିଙ୍କର ଝିଅ, ସେ ତାର ଚିଠିଟିକୁ ଖୋଜି ବାହାର କରିଥିଲେ ଏବଂ ତାକୁ ଫୋନ କରିଥିଲେ।

ଏଥରକ ସୋମପ୍ରକାଶଙ୍କ ଘରେ ପହଞ୍ଚିବାବେଳକୁ ସେ ତା ପାଇଁ ଅପେକ୍ଷା କରି ବସି ରହିଥିଲେ। ପ୍ରଥମ ଦର୍ଶନରେ ମୋହଭଙ୍ଗ ହେଲାଭଳି ଲାଗିଲା ମଲ୍ଲିକାକୁ। ଶୀର୍ଣ୍ଣ ଶୁଷ୍କ ଓ ଖର୍ବକାୟ ବୃଦ୍ଧ ବ୍ୟକ୍ତି ନିଜକୁ ସଜାଇ ରଖିଥିଲେ ଜଣେ ଲବ୍ଧପ୍ରତିଷ୍ଠ ଲୋକ ଭଳି। ତାଙ୍କର ବାଳରେ ଅତ୍ୟଧିକ କଳା ରଙ୍ଗ ଲାଗିଥିଲା, ତାଙ୍କର ପୋଷାକପତ୍ର ଅତି ମାତ୍ରାରେ ସଫେଦ ଓ ଚକଚକ ଏବଂ ସମ୍ପୂର୍ଣ୍ଣ ଲେଖକ ସୁଲଭ ଥିଲା ଓ ତାଙ୍କ ମୁହଁରୁ ପ୍ରସାଧନର ରଙ୍ଗ ଓ ବାସନା ବାହାରୁଥିଲା। ତାଙ୍କର ଉଠିବା ବସିବା ଭଙ୍ଗୀ ଓ କଥାବାର୍ତ୍ତା କୃତ୍ରିମ ମନେହେଲା ମଲ୍ଲିକାକୁ। ସେ ଯେପରି ଜଣେ ଲେଖକକୁ ଦେଖୁ ନ ଥିଲା; ସେ ଦେଖୁଥିଲା ନାଟକରେ ଜଣେ ବିଶିଷ୍ଟ ଲେଖକର ଭୂମିକା କରୁଥିବା କୌଣସି ସଫଳ ଅଭିନେତାକୁ। ସେ ଜୋର କରି ମନ ଭିତରୁ ଏ ଧାରଣାକୁ ଦୂର କଲା ଏବଂ ନିଜର ଆରାଧ୍ୟ ପୁରୁଷଙ୍କଠାରେ ମନୋନିବେଶ କଲା।

ଆଉ ଯାହା ହେଉ ପଛେ, ସୋମପ୍ରକାଶଙ୍କର ଅଦ୍ଭୁତ କ୍ଷମତା ଥିଲା କଥାବାର୍ତ୍ତାରେ ମନ କିଣିନେବାର। ସେ ପୁଣି ଥରେ ମଲ୍ଲିକା ପାଖରୁ କ୍ଷମା ମାଗିନେଲେ ସେଦିନ ସାକ୍ଷାତ କରିପାରି ନ ଥିବାରୁ। ସେ ତାର ପରିଚୟ ପଚାରିଲେ, ଭଲମନ୍ଦ ବୁଝିଲେ। ମଲ୍ଲିକା ଯେତେବେଳେ ତାଙ୍କୁ ମନେପକାଇ ଦେଲା ଯେ, ମହାଜୀବନ ତାର ଜୀବନ ରକ୍ଷା କରିଥିଲା, ସୋମପ୍ରକାଶ କହିଲେ, ସେ ବିଷୟରେ ଆମେ ପରେ କଥାବାର୍ତ୍ତା କରିବା। ଆମର ତ ସମ୍ପର୍କ ଏଇ ଆରମ୍ଭ ହେଲା ମାତ୍ର! ତାପରେ ସେ ମଲ୍ଲିକା ପାଇଁ ଚା ମଗାଇଲେ ଓ ନିଜ ହାତରେ ଚା ତିଆରି କରି ତାକୁ ଦେଲେ। ଚା ସାଙ୍ଗରେ କଣ ଖାଇବ, ସେ କଥା ବୁଝିଲେ। ଏଇ ସମୟରେ ସେକ୍ରେଟାରୀ ଆସି ଖବର ଦେଲା ଯେ, ତାଙ୍କୁ କିଏ ଜଣେ ଦେଖା କରିବାକୁ ଆସିଛନ୍ତି। ସୋମପ୍ରକାଶ କହିଲେ, ତାଙ୍କୁ କହିଦିଅ ଯେ ମୁଁ ବର୍ତ୍ତମାନ ଅତି ଗୁରୁତ୍ୱପୂର୍ଣ୍ଣ କାମରେ ବ୍ୟସ୍ତ ଅଛି। ସେକ୍ରେଟାରୀ ଯିବାପରେ ମଲ୍ଲିକା ଆଡ଼କୁ ଅନାଇ ସୋମପ୍ରକାଶ କହିଲେ, ତମେ ଭାବୁଥିବ ଯେ ମୁଁ ମିଛ କହିଲି। କିନ୍ତୁ ବର୍ତ୍ତମାନ ତମ ସହିତ କଥାବାର୍ତ୍ତା କରିବା ହିଁ ହେଉଛି ମୋ ପାଇଁ ସବୁଠାରୁ ଗୁରୁତ୍ୱପୂର୍ଣ୍ଣ କାମ। ସତରେ ସୋମପ୍ରକାଶ ବ୍ୟବହାର କରୁଥିଲେ ଯେପରିକି ମଲ୍ଲିକା ହେଉଛି ଜଣେ ଅସାମାନ୍ୟ ଅତିଥି ଏବଂ ତା ସହିତ କଥାବାର୍ତ୍ତା କରି ତାର ମନୋରଞ୍ଜନ କରିବା ବ୍ୟତୀତ ତାଙ୍କର ଆଉ କୌଣସି କାର୍ଯ୍ୟକଳାପ ନାହିଁ ବର୍ତ୍ତମାନ।

ଏଇ ସମୟରେ ଘର ଭିତରୁ ଆମେରିକାନ ଭଦ୍ରମହିଳା ଆସି ସେମାନଙ୍କ ସହିତ ଯୋଗଦେଲେ। ସୋମପ୍ରକାଶ ପରିଚୟ କରାଇଦେଲେ, ଲୁଇଜ ଲ'ଟନ୍, ସାନ୍ଫ୍ରାନ୍ସିସ୍କୋରୁ ଆସିଛନ୍ତି ତାଙ୍କର ଲିଟରାରୀ ବାଇଓଗ୍ରାଫି ଲେଖିବା ପାଇଁ। ଭଦ୍ରମହିଳାଙ୍କୁ ବୋଧହୁଏ ସେ କହିଥିଲେ ଏଇ ସମୟରେ ଆସି ଆଳାପ ଆଲୋଚନା ପାଇଁ, କାରଣ ତାଙ୍କ ସହିତ ମଲ୍ଲିକାକୁ ଦେଖି ଲୁଇଜ ସାମାନ୍ୟ ନିରାଶ ହେବା ଭଳି ଜଣାପଡ଼ିଲା। ସୋମପ୍ରକାଶ ତାକୁ କହିଲେ, ଯଦି ତମର ଆପତ୍ତି ନ ଥାଏ, ତେବେ ତମେ ମଲ୍ଲିକାଙ୍କ ଆଗରେ ତମର ପ୍ରଶ୍ନମାନ କରିପାର। ମୋ ଜୀବନ ଗୋଟାଏ ଖୋଲା ବହି; ଅନ୍ୟମାନଙ୍କ ଆଗରେ ମୋ ନିଜ ବିଷୟରେ କହିବା ପାଇଁ ମୋର କୌଣସି ସଂକୋଚ ନାହିଁ। ଲୁଇଜ କିନ୍ତୁ ଚୁପଚାପ ବସି ରହିଲା, କାରଣ ସେ ବୋଧହୁଏ ଆଉ କାହା ଉପସ୍ଥିତିରେ ଇଣ୍ଟରଭିଉ ନେବାପାଇଁ ଚାହୁଁ ନ ଥିଲା। ଏଭଳି ପରିସ୍ଥିତିରୁ ମୁକ୍ତି ପାଇବାକୁ ମଲ୍ଲିକା କହିଲା, ମୁଁ ତା ହେଲେ ଯାଉଛି; ଆପଣମାନେ ଆପଣଙ୍କର କାମ କରନ୍ତୁ।

ସୋମପ୍ରକାଶ କହିଲେ, ପାଶ୍ଚାତ୍ୟ ଲୋକମାନେ ପ୍ରତି ମୁହୂର୍ତ୍ତରେ କେବଳ ନିଜ କାମ ପାଇଁ ସଚେତନ। ମୁଁ ମୋର ଜଣେ ଅତିଥିଙ୍କ ସହିତ କଥାବାର୍ତ୍ତା କରୁଛି, ଭଦ୍ରମହିଳା କିନ୍ତୁ ଭାବୁଛନ୍ତି କିପରି ତାଙ୍କର ବହି ପାଇଁ ମୋ ପାଖରୁ ତଥ୍ୟ ଆଦାୟ କରିବେ। ଲୁଇଜ କହିଲା, ଆପଣ ମତେ ଏଇ ସମୟଟି ଦେଇଥିଲେ। ନିଜର ବିରକ୍ତିକୁ ହସରେ ଢାଙ୍କି ସୋମପ୍ରକାଶ କହିଲେ, ମୁଁ ଯେତେବେଳେ ତମକୁ ଏ ସମୟଟି ଦେଇଥିଲି, ସେତେବେଳେ ମଲ୍ଲିକାଙ୍କର ଆସିବାର ନ ଥିଲା। ବର୍ତ୍ତମାନ ମଲ୍ଲିକା ମୋ ଆଗରେ ବସିଛନ୍ତି ଏବଂ ତାଙ୍କ ସହିତ କଥାବାର୍ତ୍ତା କରିବାକୁ ମୁଁ ତୁମକୁ ଇଣ୍ଟରଭିଉ ଦେବା ଅପେକ୍ଷା ବେଶି ଜରୁରୀ ମନେ କରୁଛି।

କଥାବାର୍ତ୍ତା କିନ୍ତୁ ଆଗକୁ ଗଲାନାହିଁ ଏହାପରେ ଏବଂ ସମସ୍ତେ ଚୁପଚାପ ବସି ରହିଲେ କିଛି ସମୟ। ଶେଷକୁ ସୋମପ୍ରକାଶ ଲୁଇଜକୁ କହିଲେ, ତମେ ଯଦି ଚାହଁ, ମୋର ଆଗର ଲେଖାସବୁ ଯେଉଁ ପତ୍ରପତ୍ରିକାରେ ବାହାରିଥିଲା, ତାକୁ ତମକୁ ପଢ଼ିବାକୁ ଦେବି। ସେ ଉଠିଯାଇ ଭିତରୁ ଥାକେ ପତ୍ରିକା ନେଇ ଆସିଲେ, ଏବଂ ଲୁଇଜକୁ କହିଲେ, ତମକୁ ଅନ୍ତତଃ ପୂରା ଦିନ ବ୍ୟସ୍ତ ରଖିବ ଏ ପତ୍ରିକାସବୁ। ଆଉ ମୁଁ ତମକୁ ଯେଉଁ ତାଲିକା ଦେଇଥିଲି ମୋର ପରିଚିତ ଲୋକଙ୍କର ଇଣ୍ଟରଭିଉ କରିବା ପାଇଁ, ସେଥିରେ ମଲ୍ଲିକାଙ୍କର ନାଁ ବି ଯୋଡ଼ିଦବ। ହାତରେ ମଲ୍ଲିକାର ଠିକଣା ଟେଲିଫୋନ ନମ୍ବର ଲେଖି ସେ ଲୁଇଜକୁ ଦେଲେ। ସୋମପ୍ରକାଶଙ୍କର ବୋଧହୁଏ ଇଙ୍ଗିତ ଥିଲା ଯେ, ପତ୍ରିକାମାନଙ୍କୁ ନେଇ ଲୁଇଜ ଚାଲିଯାଉ। କିନ୍ତୁ ସେ ସେଇଠାରେ ବସି ପତ୍ରିକାଗୁଡ଼ିକୁ ପଢ଼ିବାରେ ଲାଗିଲା। ପରିସ୍ଥିତିଟି କେଜାଣି କିପରି ଅପ୍ରୀତିକର

ମନେହେଲା ମଲ୍ଲିକାର। ତାର ମନ ବୁଝିଲାଭଳି ସୋମପ୍ରକାଶ କହିଲେ, ଆସ, ମୁଁ ତମକୁ ମୋର ବଗିଚା ଦେଖାଇଦେବି।

ଲୁଇଜକୁ ଏକା ଛାଡ଼ିଦେଇ ସୋମପ୍ରକାଶ ମଲ୍ଲିକାକୁ ବଗିଚା ଦେଖାଇବାକୁ ନେଲେ। ଘର ଭିତରଦେଇ ପଛପାଖକୁ ଯିବାବେଳେ ମଲ୍ଲିକା ଦେଖିଲା ଯେ ଚାରିଆଡ଼େ ବହି ଭର୍ତ୍ତି। ସୋମପ୍ରକାଶ କହିଲେ, ମୋର ଜୀବନର ଦୁର୍ବଳତା ହେଲା କାଗଜ। ମୋ ଜୀବନ ସଂପର୍କିତ ଏପରି କୌଣସି କାଗଜ ନାହିଁ, ଯାହା ମୁଁ ସଞ୍ଚୟ କରି ରଖି ନାହିଁ। ଏଥିରୁ ଅନେକ କାଗଜ ମୁଁ ଗବେଷକମାନଙ୍କୁ ଦେଖାଇଛି। ତଥାପି ମୋର ଅନେକ କାଗଜ ଏ ପର୍ଯ୍ୟନ୍ତ ଗୋପନୀୟ। ମୁଁ ଏ ପର୍ଯ୍ୟନ୍ତ ଠିକ କରିନାହିଁ ମୁଁ ଲୁଇଜକୁ ଏ ସବୁ କାଗଜ ଦେଖାଇବି କି ନାହିଁ। ମଲ୍ଲିକା କହିଲା, ଆପଣଙ୍କର ଯଦି ଭଦ୍ରମହିଳାଙ୍କ ଉପରେ ବିଶ୍ୱାସ ଅଛି, ତେବେ ଉଚିତ ହେବ ତାଙ୍କ ସହିତ ସବୁମତେ ସହଯୋଗ କରିବା। ସୋମପ୍ରକାଶ କହିଲେ, ମୁଁ ବି ସେଇକଥା ଭାବୁଛି! ଆମେରିକାର ଗବେଷକମାନେ ଆମ ଗବେଷକଙ୍କ ଅପେକ୍ଷା ବେଶି ପରିଶ୍ରମୀ ଓ ନିଜ କାମ ଉପରେ ବେଶି ଗୁରୁତ୍ୱ ଦିଅନ୍ତି। ମୁଁ ଭାବୁଛି ଲୁଇଜ ନିଶ୍ଚୟ ମୋ ବିଷୟରେ ଗୋଟିଏ ଭଲ ବହି ଲେଖିବେ। ସେ ମୋର ସବୁ ବହି ମୂଳ ଭାଷାରେ ପଢ଼ିଛନ୍ତି, ଏବଂ ମୋ ବିଷୟରେ ଯେତେ ଯାହା ଯେଉଁଠି ଲେଖା ହୋଇଛି, ସବୁ ସଂଗ୍ରହ କରିଛନ୍ତି। କିନ୍ତୁ ଏଇ ଆମେରିକାନମାନେ ଆମକୁ କେତେ ବୁଝନ୍ତି?

ବର୍ତ୍ତମାନ ସେମାନେ ବଗିଚା ଭିତରେ ବୁଲୁଥିଲେ। ମଲ୍ଲିକା ଦେଖି ଆଶ୍ଚର୍ଯ୍ୟ ହେଲା ଯେ, ଗଛପତ୍ର ବିଷୟରେ ସୋମପ୍ରକାଶଙ୍କର ଅଗାଧ ଜ୍ଞାନ ଥିଲା। ପ୍ରତିଟି ଚାରା, ପ୍ରତିଟି ଗଛ, ପ୍ରତିଟି ଫୁଲ ସହିତ ତାଙ୍କର ଯେପରି ଥିଲା ବ୍ୟକ୍ତିଗତ ସଂପର୍କ। ଗୋଟିଏ ଲତାକୁ ଦେଖାଇ ସୋମପ୍ରକାଶ କହିଲେ, ମୁଁ ଏଇଟିକୁ ମାସେ ତଳେ ଲଗାଇଥିଲି। ଯେତେବେଳେ ଏଥିରେ ପ୍ରଥମ ପ୍ରଥମ ପତ୍ର ଧରିଲା, ମୁଁ ପ୍ରତିଦିନ ଦେଖୁଥିଲି ଗଛଟି କିପରି ବଢ଼ୁଛି। ଦିନେ ଦିନେ ରାତିରେ ନିଦ ଭାଙ୍ଗିଗଲେ ମୁଁ ଟର୍ଚ୍ଚ ନେଇ ଆସି ଦେଖି ଯାଉଥିଲି ପତ୍ରସବୁ ଭଲରେ ଅଛନ୍ତି କି ନାହିଁ। ଏଇଭଳି ବଗିଚାରେ ବୁଲି ବୁଲି ସେମାନେ ଯାଇ ଫାଟକ ପାଖରେ ପହଞ୍ଚିଲେ। ସେଠାରେ ମଲ୍ଲିକାର ଗାଡ଼ି ଓ ଡ୍ରାଇଭର ଅପେକ୍ଷା କରୁଥିଲେ। ସୋମପ୍ରକାଶ ହଠାତ୍ କହିଲେ, ତମେ ଏଠି ଆଜି ଦିନଟି ରହିଯାଅ। ଲଞ୍ଚ୍ ପାଇଁ ତମକୁ ମୋର ନିମନ୍ତ୍ରଣ ରହିଲା। ଆଉ ଯଦି ରାଜି ହୁଅ, ସନ୍ଧ୍ୟାବେଳେ ମୋର ଗୋଟିଏ ସାହିତ୍ୟସଭାକୁ ଯିବାର ଅଛି, ସେଠାକୁ ଆମେ ସାଙ୍ଗ ହୋଇ ଯିବା। ଟିକିଏ ରହି କହିଲେ, ଅବଶ୍ୟ ତମର ଯଦି ଆଉ କୌଣସି ଜରୁରୀ କାମ ନ ଥାଏ।

ମଲ୍ଲିକା ପାଇଁ ନିମନ୍ତ୍ରଣଟି ଅପ୍ରତ୍ୟାଶିତ ଥିଲା ଏବଂ ସୋମପ୍ରକାଶଙ୍କର ଅମାୟିକ ଆଗ୍ରହ ଦେଖି ସେ ଅଭିଭୂତ ହୋଇଗଲା। ତାର କାମ କହିଲେ ସେ ମଝିରେ ମଝିରେ ଯାଇ ତାର ବାପାଙ୍କର ଅଫିସରେ ବସୁଥିଲା। ସେ ତାଙ୍କର ଗୋଟିଏ କମ୍ପାନୀର ସଭାପତି ଥିଲା ଏବଂ ଅଫିସରେ ତା ପାଇଁ ଗୋଟିଏ ସ୍ୱତନ୍ତ୍ର କୋଠରୀ ଥିଲା। କମ୍ପାନୀ ପାଇଁ ତାର କୌଣସି କାମ କରିବାର ନ ଥିଲା ଏବଂ ଏଇ କୋଠରୀଟିକୁ ସେ ବିଶେଷ ଭାବରେ ବ୍ୟବହାର କରୁଥିଲା ନିରୋଳାରେ ବସି ଅଭୟକୁ ଫୋନ କରିବାରେ ବା ତା ପାଖକୁ ଚିଠି ଲେଖିବାରେ। ଅନେକଦିନ ହେଲା ସେ ଅଫିସକୁ ଯାଇ ନ ଥିଲା ଏ ଭିତରେ। ସୋମପ୍ରକାଶଙ୍କ ପ୍ରସ୍ତାବରେ ସେ ହଁ ଭରିଲା। ଡ୍ରାଇଭରକୁ ଜଣାଇଦେଲା ଯେ, ସେ ସାରା ଦିନଟି ଏଇଠାରେ କଟାଇବ। ଘର ଭିତରକୁ ଆସି ସୋମପ୍ରକାଶ ପ୍ରଥମେ ମଲ୍ଲିକାର ଖାଇବା ବିଷୟରେ ନିର୍ଦ୍ଦେଶ ଦେଲେ ଏବଂ ବିଶେଷରେ ଡ୍ରାଇଭରକୁ ଠିକ ସମୟରେ ଖାଇବାକୁ ଦେବାପାଇଁ କହିଲେ। ମଲ୍ଲିକାକୁ କହିଲେ, ଚାଲ, ମୁଁ ତମକୁ ମୋର ଲାଇବ୍ରେରୀ ଦେଖାଇଦେବି। କିନ୍ତୁ ତା ପୂର୍ବରୁ ଦେଖିବା ଲୁଇଜ ବିଚାରୀ କଣ କରୁଛି। ଗବେଷଣା ବ୍ୟତୀତ ଆଉ କୌଣସି ଆଗ୍ରହ ନାହିଁ ତାର ଜୀବନରେ।

ସେମାନେ ବସିବା ଘରକୁ ଯିବାବେଳକୁ ଲୁଇଜ ସେଠାରେ ବସି ମନୋଯୋଗ ଦେଇ ବହିସବୁ ପଢ଼ି ନୋଟ କରୁଥିଲା। ସୋମପ୍ରକାଶଙ୍କୁ ଦେଖି ପଚାରିଲା, ଆମେ କଣ ବର୍ତ୍ତମାନ ସେଇ ଅଧା ରହିଥିବା ଇଣ୍ଟରଭିଉ କାମ କରିବା? ସୋମପ୍ରକାଶ ମଲ୍ଲିକା ଆଡ଼କୁ ଅନାଇଲେ ଯେପରିକି ମଲ୍ଲିକା ଓ ତାଙ୍କ ଭିତରେ କିଛି ଗୋପନୀୟ ଚକ୍ରାନ୍ତ ଅଛି, ଏବଂ ଲୁଇଜକୁ କହିଲେ, ବର୍ତ୍ତମାନ ମୋର ସେ କାମ ପାଇଁ ମନ ନାହିଁ। ତମେ ତ ଏଇଠି ରହୁଚ; ଆମେ ଯେତେବେଳେ ହେଲେ ସେ କାମ କରିପାରିବା। କିନ୍ତୁ ମଲ୍ଲିକା ତ ସବୁଦିନେ ଏଠାକୁ ଆସିବେ ନାହିଁ!

ମଲ୍ଲିକାକୁ ଏଇଭଳି ସୌଜନ୍ୟ ଓ ଆତିଥ୍ୟର ଆତିଶଯ୍ୟରେ ବିମୁଗ୍ଧ କରିଦେଲେ ସୋମପ୍ରକାଶ। ଖାଇବାବେଳେ ଲୁଇଜ ସେମାନଙ୍କ ସହିତ ଯୋଗଦେଲା, କିନ୍ତୁ ବେଶି କଥାବାର୍ତ୍ତା କଲା ନାହିଁ। ସେ ଯେମିତି ସବୁବେଳେ ତାର ଗବେଷଣା କଥା ହିଁ ଭାବୁଥିଲା। ସନ୍ଧ୍ୟାବେଳେ ଯେତେବେଳେ ସଭାକୁ ଯିବାର ହେଲା, ଠିକ ହେଲା ଯେ ସେମାନେ ଆୟୋଜକଙ୍କ ଗାଡ଼ିକୁ ଅପେକ୍ଷା ନ କରି ମଲ୍ଲିକାର ଗାଡ଼ିରେ ଯିବେ। ସନ୍ଧ୍ୟାବେଳେ ଘର ବାହାରକୁ ଯାଉଛନ୍ତି, ସୋମପ୍ରକାଶ ଲୁଇଜକୁ କହିଲେ, ସେମାନେ ତ ଏ ପର୍ଯ୍ୟନ୍ତ ଆସିଲେ ନାହିଁ। ମୁଁ ମଲ୍ଲିକାଙ୍କ ସାଙ୍ଗରେ ଆଗରେ ଚାଲିଯାଉଛି। ତମେ ପଛରେ ଆୟୋଜକଙ୍କ ସାଙ୍ଗରେ ତାଙ୍କ ଗାଡ଼ିରେ ଆସ। ଲୁଇଜର

ମୁହଁ ମଳିନ ପଡ଼ିଯାଉଥିବା ଦେଖି ସୋମପ୍ରକାଶ କହିଲେ, ସେମାନଙ୍କ ସହିତ କଥାବାର୍ତ୍ତା ତମର ଗବେଷଣାରେ ସାହାଯ୍ୟ କରିପାରେ।

ସଭାସ୍ଥଳରେ ପହଞ୍ଚିବାକ୍ଷଣି ସୋମପ୍ରକାଶଙ୍କୁ ଘେରିଗଲେ ତାଙ୍କର ସ୍ତାବକମାନେ। ସେ ମଲ୍ଲିକାକୁ ପାଖରେ ରଖି ତାକୁ ଅନ୍ୟମାନଙ୍କ ସହିତ ପରିଚୟ କରାଇବାକୁ ଯେତେ ଚେଷ୍ଟା କଲେ ବି କ୍ରମେ କ୍ରମେ ତାଙ୍କୁ ଦୂରକୁ ଟାଣିନେଲେ ସେମାନେ। ମଲ୍ଲିକା ମଧ୍ୟ ନିଜେ ଏଇ ଘେରରୁ ବାହାରି ଦୂରରେ ଠିଆ ହେଲା ଏବଂ ସଭା ଆରମ୍ଭ ହେବାରୁ ଯାଇ ତୃତୀୟ ଧାଡ଼ିରେ ଗୋଟିଏ ଚଉକିରେ ବସିଲା। ମଲ୍ଲିକା ଦେଖିଲା ଯେ ସଭାପତିର ଆସନରେ ବସି ସୋମପ୍ରକାଶ ଯେପରି ସଭାଘର ଭିତରେ ବସିଥିବା ଲୋକଙ୍କ ଭିତରୁ କାହାକୁ ଖୋଜୁଛନ୍ତି। ସଭା ଆରମ୍ଭ ହୋଇ ବକ୍ତୃତାମାନ ଚାଲିଥିଲା, କିନ୍ତୁ ସୋମପ୍ରକାଶଙ୍କ ମନ ଓ ଆଖି ଥିଲା ଯେପରି ଦର୍ଶକମଣ୍ଡଳୀ ଭିତରେ। ଶେଷରେ ତାଙ୍କ ଆଖି ମଲ୍ଲିକା ଉପରେ ପଡ଼ିଲା ଏବଂ ତାଙ୍କ ମୁହଁରେ ହସ ଦେଖାଗଲା। ତା ପରେ ମଲ୍ଲିକା ଦେଖିଲା ଯେ ସେ ତାରି ଉପରେ ତାଙ୍କର ସମସ୍ତ ଦୃଷ୍ଟି ନିବଦ୍ଧ କରିଛନ୍ତି। ଏପରିକି ସେ ଯେତେବେଳେ ସଭାପତିଙ୍କ ଭାଷଣ ଦେବାକୁ ଉଠି ଠିଆ ହେଲେ, ଶ୍ରୋତାଙ୍କ ଭିତରୁ ସେ ଯେପରି ତାକୁ ହିଁ ବାଛି ନେଇଥିଲେ ବକ୍ତୃତାଟି ଦେବାପାଇଁ। ତାଙ୍କର କହିବା ମଝିରେ କେତେଥର ହାତତାଳି ହେଲା। କିନ୍ତୁ ମଲ୍ଲିକା ସୋମପ୍ରକାଶଙ୍କର ତା ପ୍ରତି ବ୍ୟବହାରରେ ଏତେ ମଜ୍ଜିତ ରହିଥିଲା ଯେ, ସେ ତାଙ୍କ ବକ୍ତବ୍ୟ ନ ଶୁଣି ସେ ତା ଆଡ଼କୁ ପଠାଉଥିବା ପ୍ରଚ୍ଛନ୍ନ ବାର୍ତ୍ତାମାନଙ୍କର ବିଷୟରେ ଅଧିକ ସଚେତନ ଥିଲା।

ସଭା ଶେଷରେ ସୋମପ୍ରକାଶ ନିଜ ଭକ୍ତମାନଙ୍କ ଗହଣରୁ ବାହାରି ମଲ୍ଲିକା ପାଖକୁ ଆସିଲେ ଏବଂ ଉଭୟେ ଲୁଇଜକୁ ଖୋଜି ବାହାର କଲେ। ଠିକ ହେଲା ଯେ, ସେମାନେ ଏକାଠି ଯିବେ ଏବଂ ଗାଡ଼ିଟି ପ୍ରଥମେ ମଲ୍ଲିକାକୁ ଛାଡ଼ିଦେଇ ତା ପରେ ସେମାନଙ୍କୁ ଘରେ ପହଞ୍ଚାଇଦେବ। ନିଜ ଘର ପାଖରେ ଯେତେବେଳେ ମଲ୍ଲିକା ଓହ୍ଲାଇଲା, ସୋମପ୍ରକାଶ ମଧ୍ୟ ଓହ୍ଲାଇଲେ ଏବଂ ମଲ୍ଲିକାର ହାତକୁ ଧରି କହିଲେ, ଆଜି ତମର କଥା କୁହା ହେଲା ନାହିଁ; ତମକୁ ମୋ କଥା ଶୁଣିବାକୁ ହେଲା। ଖୁବ ଶୀଘ୍ର ମୁଁ ତମକୁ ଡାକିବି ତମ କଥା ଶୁଣିବାପାଇଁ। ସେଦିନ ମୁଁ ଆଦୌ କଥା କହିବି ନାହିଁ।

ରାତିରେ ବିଛଣାରେ ଶୋଇ ପୂରା ଦିନଟି କଥା ଭାବିଲା ମଲ୍ଲିକା। ଦିନଟି ଭଲରେ କଟିଥିଲା ଏବଂ ଏ ଗୋଟିଏ ସମ୍ପୂର୍ଣ୍ଣ ଭିନ୍ନ ପ୍ରକାରର ଅନୁଭବ ଥିଲା ତା ପାଇଁ। ସୋମପ୍ରକାଶଙ୍କୁ ଯଦିଓ ସେ ଠିକ ଭାବରେ ବୁଝିପାରୁ ନ ଥିଲା ଏବଂ ବେଳେବେଳେ ସେ ତାକୁ ଅତି ସାଧାରଣ ଜଣାପଡୁଥିଲେ, ତାଙ୍କର ଅନେକ ବ୍ୟବହାର ପ୍ରୀତିକର ମନେ ହେଉଥିଲା ମଲ୍ଲିକାକୁ। ବିଶେଷରେ ସେ ପ୍ରଭାବିତ ହୋଇଥିଲା ଏକ ଲେଖକୀୟ

ଜୀବନ ଯାପନର ପ୍ରଣାଳୀକୁ ଦେଖି। ମହାଜୀବନ ପଢ଼ି ସେ ତାଙ୍କୁ ଯେଉଁ ସର୍ବୋଚ୍ଚ ଆସନରେ ବସାଇଥିଲା, ସନ୍ଧ୍ୟାର ସଭାରୁ ଜଣାଗଲା ଯେ ସର୍ବସାଧାରଣଙ୍କ ପାଇଁ ମଧ୍ୟ ସେ ସେଇଭଳି ଆସୀନ। ସୋମପ୍ରକାଶ ପ୍ରକୃତରେ ଜଣେ ପ୍ରବାଦପୁରୁଷ ଥିଲେ ଏବଂ ଯେ କେହି ତାଙ୍କର ନିକଟବର୍ତ୍ତୀ ହେବାକୁ ସୌଭାଗ୍ୟ ବୋଲି ଭାବିଥାନ୍ତା। ନିଜର କୌଣସି ସାହିତ୍ୟିକ, ଏପରିକି ପାଠକ ଭାବରେ ମଧ୍ୟ ନୁହେଁ, ଯୋଗ୍ୟତା ନ ଥାଇ ମଧ୍ୟ ସେ ସୋମପ୍ରକାଶଙ୍କ ଅନ୍ତରଙ୍ଗତା ପାଇଥିଲା। ଏଇଟି କଣ କମ କଥା?

ପରଦିନ ସକାଳୁ ଉଠି ସେ ଭାବିଲା ସୋମପ୍ରକାଶଙ୍କୁ ଫୋନ କରିବ। ପୁଣି ଭାବିଲା, କି ଅଧିକାର ଅଛି ତାର ଏଇ ଗୋଟିଏ ଦିନର ପରିଚୟରେ ଜଣେ ବିଶିଷ୍ଟ ବ୍ୟକ୍ତିଙ୍କୁ ବ୍ୟସ୍ତ କରିବାର। ସେ ତା ପାଇଁ ଦିନଟିଏ ଦେଲେ; ତାର ଅର୍ଥ ନୁହେଁ ଯେ, ସେ ସମୟ ଅସମୟରେ ତାଙ୍କ ଉପରେ ଦାବି କରିବ। ସେ ନିଜେ ଦେଖିଥିଲା ତାଙ୍କ ସହିତ ଦେଖା କରିବା ପାଇଁ କେତେ ଲୋକ ବ୍ୟାକୁଳ। ଏଥି ସହିତ ସେ ଆଶା କରୁଥିଲା ଯେ, ହୁଏତ ସୋମପ୍ରକାଶ ହିଁ ତାକୁ ପୁଣି ଫୋନ କରିବେ। ତେବେ ପରଦିନ ଯେତେବେଳେ ଫୋନ ଆସିଲା ନାହିଁ, ସେ ନିଜେ ତାଙ୍କ ପାଖକୁ ଫୋନ କଲା। ଅନେକ କଷ୍ଟରେ ସୋମପ୍ରକାଶ ମିଳିଲେ ଏବଂ ସେ କିଛି କହିବା ପୂର୍ବରୁ କହିଲେ, ମୁଁ ତମକୁ କାଲିଠାରୁ ଫୋନ କରିବାକୁ ଚେଷ୍ଟା କରୁଛି। ସେ ଦିନଟି ତମ ସହିତ ଭଲରେ କଟିଲା। ମଲ୍ଲିକା କହିଲା, ମୁଁ ମଧ୍ୟ ସେହି କଥା କହିବାକୁ ଫୋନ କରୁଥିଲି। ଆପଣ ମୋ ପାଇଁ ଅନେକ ସମୟ ଦେଲେ ସେଦିନ; ସେଥିପାଇଁ ମୋର କୃତଜ୍ଞତା ଜଣାଇବା କଥା। ସୋମପ୍ରକାଶ କହିଲେ, ତମେ ସେଦିନ ସାହିତ୍ୟ ସଭାରେ ବୋର୍ ହେଲ ନାହିଁ ତ? ସେ ବିଷୟରେ ସେଦିନ ରାତିରେ ତମ ସହିତ ଆଉ କଥାବାର୍ତ୍ତା ହୋଇପାରିଲା ନାହିଁ। ମଲ୍ଲିକା କହିଲା, ସେଦିନର ଆଲୋଚନା ବିଷୟରେ ଆପଣଙ୍କୁ କିଛି ପଚାରିବାର ଥିଲା। ସୋମପ୍ରକାଶ କହିଲେ, ଯେତେବେଳେ ପୁଣି ଆମର ଦେଖାହେବ, ସେ ବିଷୟରେ କଥାବାର୍ତ୍ତା କରିବା। ମଲ୍ଲିକା ଭାବିଥିଲା ସେ ସାଙ୍ଗେ ସାଙ୍ଗେ ତାକୁ ଆସିବାର ନିମନ୍ତ୍ରଣ ଦେବେ, କିନ୍ତୁ ସେପରି ନ ହେବାରୁ ନିଜ ଆଡୁ ପଚାରିଲା, ମୁଁ ତାହେଲେ କଣ ଆଜି ଆସିବି? ସୋମପ୍ରକାଶ କହିଲେ, ମୁଁ ଆଜିକାଲି ଟିକିଏ ବ୍ୟସ୍ତ ଅଛି। ତମେ ପରଦିନ ଆସ। ତାଙ୍କ କଥାରେ ଟିକିଏ ହତୋତ୍ସାହ ହୋଇଗଲା ମଲ୍ଲିକା। ତାଙ୍କ ଭଳି ବ୍ୟସ୍ତ ଲୋକ ଯେ ତାକୁ ସାଙ୍ଗେ ସାଙ୍ଗେ ଦେଖା କରିବେ, ଏ ଆଶା କରିବା ତାର ଉଚିତ ନ ଥିଲା।

ଦି ଦିନ ପରେ ତାଙ୍କ ଘରେ ପହଞ୍ଚିବା ବେଳକୁ ସୋମପ୍ରକାଶ ଓ ଲୁଇଜ ଟେପରେକର୍ଡର ସାମନାରେ ବସି ସେମାନଙ୍କର କାମରେ ବ୍ୟସ୍ତ ଥିଲେ। ତଥାପି ମଲ୍ଲିକାକୁ ଦେଖି ସେ ତା ପାଖକୁ ଆସି ତାଙ୍କର କିଛି ବହି ଦେଇ ପାଖ କୋଠରୀରେ ଅପେକ୍ଷା କରିବାକୁ କହିଲେ। ମଲ୍ଲିକା ଏ ସବୁ ବହି ଆଗରୁ ଦେଖିଥିଲା ଏବଂ ତାକୁ

ଏଥିରୁ କୌଣସିଟି ବିଶେଷ ପ୍ରଭାବିତ କରି ନ ଥିଲା। ସେ ବହି ରଖିଦେଇ ଘରର ଆଉ ଜିନିଷମାନଙ୍କ ଆଡ଼କୁ ଆଖି ପକାଇଲା। ଥାକମାନଙ୍କରେ ସୋମପ୍ରକାଶଙ୍କୁ ଦିଆ ଯାଇଥିବା ବିଭିନ୍ନ ପ୍ରକାରର ମୂର୍ତ୍ତି, ଫଳକ, ତାମ୍ରପତ୍ର ଇତ୍ୟାଦି ସଜା ହୋଇଥିଲା। ଆଲବମ୍ମାନଙ୍କରେ ରାଷ୍ଟ୍ରପତି, ପ୍ରଧାନମନ୍ତ୍ରୀ ଓ ଦେଶବିଦେଶର ବିଶିଷ୍ଟ ଲୋକମାନଙ୍କର ଗହଣରେ ଶୋଭା ପାଉଥିଲେ ସୋମପ୍ରକାଶ। ଏପରି ଜଣେ ସ୍ୱନାମଧନ୍ୟ ଲୋକଙ୍କ ଘରେ ତା ଭଳି ଜଣେ ସାଧାରଣ ଝିଅର ଅବସ୍ଥିତି ମଲ୍ଲିକାକୁ ଅସଙ୍ଗତ ବୋଧ ହେଲା। ସୋମପ୍ରକାଶ ହୁଏତ ନିଜର ଉଦାରତା ଯୋଗୁଁ ତାକୁ ଏତେ ପ୍ରଶ୍ରୟ ଦେଉଛନ୍ତି, କିନ୍ତୁ ତାର କଣ ଉଚିତ ତାଙ୍କର ଏତେ ସମୟ ନେବା?

ଏଇ ସମୟରେ ସୋମପ୍ରକାଶ ଓ ଲୁଇଜ ତା ପାଖକୁ ଆସିଲେ। ଲୁଇଜ ପ୍ରସନ୍ନ ଦେଖାଯାଉଥିଲା; ତାର କାମ ବୋଧହୁଏ ସୁଚାରୁରୂପେ ହୋଇଥିଲା ଆଜି ସକାଳେ। ସୋମପ୍ରକାଶ କହିଲେ, ମହାଜୀବନ ଉପରେ ଆଜି ମତେ ଲୁଇଜ ଯେଉଁସବୁ ମାର୍ମିକ ପ୍ରଶ୍ନ କଲେ, ଭାରତର କୌଣସି ସମୀକ୍ଷକ ଏଭଳି ପ୍ରଶ୍ନମାନ କେବେହେଲେ ପଚାରି ନ ଥିଲେ। ଏ କଥା ଶୁଣି ଲୁଇଜ କୃତକୃତ୍ୟ ଜଣାଗଲା। ଏଥର ଲୁଇଜକୁ ଛାଡ଼ି ସୋମପ୍ରକାଶ ମଲ୍ଲିକା ଉପରେ ମନୋନିବେଶ କଲେ। ତାକୁ କହିଲେ, ତମକୁ ସେଦିନ ଘରେ ଓହ୍ଲାଇଦେବା ପରେ ତମ ଗାଡ଼ି ନେଇ ଆମେ ନଈକୂଳକୁ ଚାଲିଗଲୁ। ତମ ଗାଡ଼ି ସେଦିନ ଡେରିରେ ଘରକୁ ଫେରିଥିବ। ମୋର ତମକୁ ଆଗରୁ କହିଦେବା ଉଚିତ ଥିଲା। ମଲ୍ଲିକା କହିଲା, ନା ସେଭଳି କିଛି ନୁହେଁ; ଆମ ଘରେ ଗାଡ଼ିର କୌଣସି ସମସ୍ୟା ନାହିଁ। ସୋମପ୍ରକାଶ କହିଲେ, ସହରରୁ ଏତେ ଦୂରରେ ରହି ପାଖରେ ଗାଡ଼ି ନ ଥିଲେ ଅନେକ ଅସୁବିଧା। ମଲ୍ଲିକା କହିଲା, ଆପଣଙ୍କର ଯେତେବେଳେ ଦରକାର ହେବ, ମୁଁ ଗାଡ଼ି ପଠାଇଦେବି। ସୋମପ୍ରକାଶ ରହିଲେ, ନା ନା, ମୁଁ କାହିଁକି ଏଭଳି ଦରକାର ପାଇଁ ତମକୁ ବାରମ୍ବାର ବ୍ୟସ୍ତ କରିବି? ମଲ୍ଲିକା କହିଲା, ମୁଁ ଆପଣଙ୍କୁ ଆମ ଅଫିସର ଗୋଟିଏ ନମ୍ବର ଲେଖିଦେଉଛି; ଆପଣ ସେଠାକୁ ଫୋନ କଲେ ଆପଣଙ୍କ ପାଖରେ ଗାଡ଼ି ପହଞ୍ଚିଯିବ।

ସେଦିନ ଏକାଠି ଖାଇ ବସିବାବେଳେ ଲୁଇଜ ମୁହଁ ଖୋଲି କଥା କହିଲା। ମଲ୍ଲିକା ତାର କଥାବାର୍ତ୍ତାରୁ ବୁଝିଲା ଯେ, ସେ ଅନେକଥର ଭାରତକୁ ଆସି ଏଠାକାର ରୀତିନୀତି ଓ ବିଶେଷରେ ସାହିତ୍ୟ ସହିତ ଭଲଭାବେ ପରିଚିତ। ସେ ଶାନ୍ତଶିଷ୍ଟ ଓ ଭଲ ସ୍ୱଭାବର ଜଣାପଡୁଥିଲା । ଆରଥର ତା ପ୍ରତି ସୋମପ୍ରକାଶଙ୍କର ବ୍ୟବହାର ବିଶେଷ ଭଲ ଲାଗି ନ ଥିଲା ମଲ୍ଲିକାକୁ। ଆଜି କିନ୍ତୁ ସୋମପ୍ରକାଶ ତା ସହିତ ମଧୁର ଭାବରେ କଥାବାର୍ତ୍ତା କରୁଥିଲେ ଏବଂ ଖାଇବା ପରେ ପୁଣି ଲୁଇଜ ସହିତ କାମ କରିବାକୁ ବାହାରିଲେ। ମଲ୍ଲିକାକୁ ବିଦାୟ ଦେଲାବେଳେ କହିଲେ, ଆଜି ବି ତମ ସହିତ

କଥାବାର୍ତ୍ତା କରିହେଲା ନାହିଁ। ତେବେ ଏଇ ବାହାନାରେ ତମକୁ ପୁଣି ଏଠାକୁ ଆସିବାକୁ ହେବ। ମଲ୍ଲିକା ନିରାଶ ହୋଇ ଫେରିଲା; କାରଣ ସେ ଭାବିଥିଲା ଯେ, ସୋମପ୍ରକାଶଙ୍କୁ ଆଜି ସେ ନିଜର ପ୍ରେମର ପରିଣତି ବିଷୟରେ କହିବ ଏବଂ ମହାଜୀବନର କଥା ଉଠାଇ ତାଙ୍କ ପ୍ରତି ନିଜର ଋଣ ସ୍ୱୀକାର କରିବ।

ମଲ୍ଲିକାର ଜୀବନରୁ ବର୍ତ୍ତମାନ ଅଭୟଜନିତ ସମସ୍ୟା ଚାଲିଯାଇଥିଲା; କିନ୍ତୁ ସେ ପୁଣି ତାର ସ୍ୱାଭାବିକ ଜୀବନକୁ ଫେରି ଯାଇପାରି ନ ଥିଲା। ତା ଆଗରେ ଏଇ କେତେଦିନ ଭିତରେ ଆଉ ଏକ ଜଟିଳତା ଆଣି ପହଞ୍ଚାଇ ଦେଇଥିଲା ସୋମପ୍ରକାଶଙ୍କ ସହିତ ତାର ପରିଚୟ। ଏ ଭିତରେ ସେ କେତେଥର ତାଙ୍କ ଘରକୁ ଯାଇଥିଲା, କିନ୍ତୁ ପ୍ରତିଥର କିଛି ନା କିଛି ଅଶାନ୍ତ ଓ ଅପ୍ରୀତିକର ଅନୁଭବ ନେଇ ଫେରୁଥିଲା। ତାର କାରଣ ବୋଧହୁଏ ଥିଲା ଲୁଇଜ। ମଲ୍ଲିକା ସେଠାକୁ ଯିବାବେଳେ ତାର କାମରେ ବାଧା ଉପୁଜୁଥିଲା କି କଣ ଲୁଇଜ ଅତି ଅସନ୍ତୁଷ୍ଟ ଜଣାପଡୁଥିଲା। ଲୁଇଜ ସୋମପ୍ରକାଶଙ୍କ ଘରେ ଅତିଥି ଥିଲା, ତାଙ୍କୁ ସବୁମତେ ଆବୋରି ରଖିଥିଲା ଏବଂ ସତେ ଯେପରି ଚାହୁଁ ନ ଥିଲା ଯେ ଆଉ କେହି ତାଙ୍କର ସମୟ ନିଅନ୍ତୁ। ଆଜିକାଲି ସୋମପ୍ରକାଶଙ୍କ ଘରେ ମଲ୍ଲିକାର ଅବାଧ ପ୍ରବେଶ ଥିଲା। ଦିନେ ସେ ପଢ଼ାଘର ଭିତରକୁ ହଠାତ୍ ପଶିଗଲାବେଳେ ଲୁଇଜ ଓ ସୋମପ୍ରକାଶଙ୍କୁ ଆବଶ୍ୟକତାରୁ ବେଶି ପାଖାପାଖି ବସି ଥିବାର ଦେଖି ବାହାରି ଆସୁଥିଲା। ସୋମପ୍ରକାଶ ଉଠିଆସି ତାକୁ ନେଇ ପାଖରେ ବସାଇଲେ ଏବଂ ତାକୁ ସେଦିନ ପୂରାପୂରି ନିଜର ସମୟ ଦେଲେ। ଲୁଇଜ ମୁହଁ ଭାରୀ କରି ରହିଲା ସାରାଦିନ। ଅଳ୍ପ କିଛିଦିନ ପରେ ଲୁଇଜ ଆମେରିକା ଫେରିଯିବାର ଥିଲା ଏବଂ ମଲ୍ଲିକା ଭାବୁଥିଲା ଯେ, ତା ପରେ ସେ ସୋମପ୍ରକାଶଙ୍କୁ ଏକା ପାଇଲେ ନିଜ କଥା କହିବ।

ଏତେଦିନ ହେଲା ସୋମପ୍ରକାଶ ତାର ବ୍ୟକ୍ତିଗତ ସୁଖଦୁଃଖ ପ୍ରତି କୌଣସି ଆଗ୍ରହ ନ ଦେଖାଇଥିଲେ ମଧ୍ୟ ତାର ପାରିବାରିକ ଓ ବ୍ୟବସାୟିକ ଜୀବନ ବିଷୟରେ ତା ପାଖରୁ ଅନେକ ଖବର ସଂଗ୍ରହ କରିଥିଲେ। ତାଙ୍କ ଅନୁରୋଧରେ ମଲ୍ଲିକା ତାଙ୍କୁ ନେଇ ତାର ବାପାଙ୍କ ସହିତ ସାକ୍ଷାତ କରାଇ ଦେଇଥିଲା ଏବଂ ବାପା ଯଦିଓ ସାହିତ୍ୟର ଧାର ଧାରୁ ନ ଥିଲେ, ସେ ଖୁସି ହୋଇଥିଲେ ଯେ ମଲ୍ଲିକା ଅଭୟ ଭଳି ଗୋଟିଏ ଅପଦାର୍ଥ ଲୋକ ହାତରୁ ମୁକ୍ତି ପାଇ ଜଣେ ବିଖ୍ୟାତ ଲୋକଙ୍କର ସଂସ୍ପର୍ଶରେ ଆସୁଛି। ସୋମପ୍ରକାଶ ବର୍ତ୍ତମାନ ଯୋଜନା କରୁଥିଲେ ତାଙ୍କର ବହି, ପାଣ୍ଡୁଲିପି, କାଗଜପତ୍ର ପାଇଁ ଗୋଟିଏ ଟ୍ରଷ୍ଟ ଗଢ଼ିବେ, କାରଣ ଘର ସଂପର୍କିତ ଟ୍ରଷ୍ଟର ଉଦ୍ଦେଶ୍ୟ ଅଲଗା ଥିଲା। ତାଙ୍କର କାଗଜପତ୍ର ପାଇଁ ଯଦିଓ ଦେଶବିଦେଶର ଅନେକ ସଂସ୍ଥା ଆଗ୍ରହୀ ଥିଲେ, ସୋମପ୍ରକାଶ ଚାହୁଁଥିଲେ ଯେ ମଲ୍ଲିକା ତାର ଦାୟିତ୍ୱ ନେଉ। ସେ

ଯେଉଁ ଟ୍ରଷ୍ଟର ପରିକଳ୍ପନା କରୁଥିଲେ, ସେଥିପାଇଁ ମଲ୍ଲିକାର ପରିବାର ଆର୍ଥିକ ସାହାଯ୍ୟ କରିବେ ଏବଂ ସେମାନଙ୍କର ଟଙ୍କାରେ ସହର ଭିତରେ ଘର ତିଆରି ହୋଇ ସେଠାରେ ସୋମପ୍ରକାଶଙ୍କର ମୂଲ୍ୟବାନ ନଥିପତ୍ର ରହିବ ଓ ତାଙ୍କର ପଢ଼ାଘର ହେବ। ଏ କାମ ପାଇଁ ମଲ୍ଲିକାଙ୍କ କମ୍ପାନୀର ଜଣେ ଚାଟାର୍ଡ଼ ଆକାଉଣ୍ଟାଣ୍ଟଙ୍କୁ ଲଗାଇ ଦିଆଯାଇଥିଲା।

ଲୁଇଜ ଆମେରିକାକୁ ଫେରିବାର ପୂର୍ବଦିନ ମଲ୍ଲିକା ତାକୁ ଓ ସୋମପ୍ରକାଶଙ୍କୁ ଘରକୁ ଖାଇବାକୁ ଡାକିଲା। ଲୁଇଜ ଦୁଃଖୀ ଜଣାପଡୁଥିଲା। କହୁଥିଲା ଯେ ଯଦିଓ ସେ ଯଥାସମ୍ଭବ ତାର କାମ ସାରିଥିଲା, ତାର ଆହୁରି କାମ କରିବାକୁ ଇଚ୍ଛା ଥିଲା ଯାହା ହୋଇପାରିଲା ନାହିଁ। ତେବେ ସେ ଯେତିକି ତଥ୍ୟ ସଂଗ୍ରହ କରିଥିଲା, ତାକୁ ନେଇ ଶୀଘ୍ର ବହିଟିକୁ ଲେଖିବ। ସେ କହିଥିଲା, ପ୍ରତି ଗବେଷକକୁ ଗୋଟିଏ ସମୟରେ ନିର୍ଣ୍ଣୟ ନେବାକୁ ହୁଏ ଯେ, ସେ ଆଉ ଅନୁସନ୍ଧାନ କରିପାରିବ ନାହିଁ। ଏ କଥା ଶୁଣିବାବେଳେ ମଲ୍ଲିକାର ମନେ ହୋଇଥିଲା ଯେ ଉକ୍ତିଟି ଜୀବନ ପ୍ରତି ମଧ୍ୟ ପ୍ରଯୁଜ୍ୟ। ମଣିଷକୁ ମଧ୍ୟ ନିର୍ଣ୍ଣୟ ନେବାକୁ ହୁଏ କେଉଁଠାରେ ତାର ଅନ୍ୱେଷଣର ସୀମା! ଏଇ ଶେଷ କେତେଦିନ ଲୁଇଜ କେବଳ ତାର ପ୍ରସ୍ତାବିତ ବହିଟି କଥା କହୁଥିଲା। ସେ ଗୋଟିଏ ନାଁ ମଧ୍ୟ ଠିକ କରି ରଖିଥିଲା ବହିଟି ପାଇଁ : 'ଏ ଲାଇଫ୍ ଆଟ୍ ଲାର୍ଜ'। ସୋମପ୍ରକାଶ ଏଇ ଶୀର୍ଷକରେ ଏକମତ ନ ଥିଲେ। ସେ ଚାହୁଁଥିଲେ ଜୀବନୀଟିର ନାଁ ହେଉ 'ମହାଜୀବନ', କିନ୍ତୁ ଲୁଇଜ ବୁଝାଇ ଦେଇଥିଲା ଯେ, ଏଭଳି ଶୀର୍ଷକ ଆମେରିକାର ପ୍ରକାଶକଙ୍କର ଗ୍ରାହ୍ୟ ହେବ ନାହିଁ।

ଖାଇବା ପର୍ବ ଅତି ଚୁପଚାପ କଟିଲା। ଟେବୁଲରୁ ଉଠିବା ପରେ ଲୁଇଜ ଯେତେବେଳେ ହାତ ଧୋଇବାକୁ ଗଲା, ମଲ୍ଲିକା ତା ସହିତ ଗଲା ଦେଖାଇଦେବା ପାଇଁ। ବାଥରୁମ ଭିତରକୁ ପଶିବା ଆଗରୁ ଲୁଇଜ ତାର ଦୁଇ ହାତକୁ ଧରି ଆବେଗପ୍ରବଣ ଭାବରେ କହିଲା, ଏ ଲୋକକୁ ବିଶ୍ୱାସ କରିବ ନାହିଁ। ଏଭଳି କୃତଘ୍ନ କଥା ସେ ଆଶା କରି ନ ଥିଲା, ଲୁଇଜ ପାଖରୁ। ଦରଜା ଖୋଲି ଭିତରୁ ବାହାରିବାରୁ ତାକୁ ଅଟକାଇ ମଲ୍ଲିକା ପଚାରିଲା, କଣ କହିବାକୁ ଚାହଁ ତମେ? ତାକୁ ଆଡ଼େଇଦେଇ ଚାଲି ଯାଉ ଯାଉ ଲୁଇଜ କହିଲା, ମୁଁ ମଧ୍ୟ ଦିନେ ଏଇ ଲୋକଟିକୁ ଭଲ ପାଉଥିଲି।

ମନ ଭିତରେ ସବୁ କିଛି ଗୋଳମାଳ ହୋଇଗଲା ମଲ୍ଲିକାର। ତଥାପି ସେ ଧୈର୍ଯ୍ୟର ସହିତ କଥାବାର୍ତ୍ତା କଲା। ସେମାନେ ବିଦାୟ ନେଇ ଗଲାବେଳେ କଥା ହେଲା ଯେ, ଲୁଇଜ ଘର ଛାଡ଼ିବା ଆଗରୁ ଆଉ ମଲ୍ଲିକାର ଆସି ଦେଖା କରିବା ଦରକାର ନାହିଁ। ମଲ୍ଲିକାର ଯେଉଁ ଗାଡ଼ିଟି ସୋମପ୍ରକାଶଙ୍କ ପାଖରେ ରହୁଥିଲା, ସେଇଥିରେ ସେମାନେ ଏୟାରପୋର୍ଟ ଚାଲିଯିବେ। ବିଦାୟ ଦେବାବେଳେ ଲୁଇଜ

ଆସି ମଲ୍ଲିକାକୁ କୁଣ୍ଢାଇ ପକାଇଲା ଏବଂ ଗାଡ଼ିରେ ବସିବା ଆଗରୁ ଆଦରରେ ତାର ଗାଲକୁ ଛୁଇଁଲା। ଘର ଭିତରକୁ ଆସିବା ବେଳକୁ ମଲ୍ଲିକା ବୁଝିପାରୁ ନ ଥିଲା ସେ ଏଇ ଝିଅଟି ବିଷୟରେ କଣ ଭାବିବ?

ନିଜ ଟେବୁଲ ପାଖରେ ବସି ଲୁଇଜ କଥା ମନେପକାଇଲା ମଲ୍ଲିକା। ଗବେଷଣା କରି କରି ନିଶ୍ଚୟ ତାର ମୁଣ୍ଡ ଖରାପ ହୋଇଯାଇଛି। ନ ହେଲେ ସେ ତାକୁ ଏଭଳି କଥା କହି ନ ଥାନ୍ତା। ଏଇ ସମୟରେ ସେ ସାମନାରେ ରଖା ହୋଇଥିବା ଟ୍ରାଭେଲ ଏଜେଣ୍ଟ ପାଖରୁ ଆସିଥିବା କାଗଜଟିକୁ ଦେଖିଲା। ଏଥିରେ ତାସକେଣ୍ଟ ଇତ୍ୟାଦି ଯିବାର ସାରଣୀ ଥିଲା। ସୋମପ୍ରକାଶ ନିମନ୍ତ୍ରଣ ଦେଇଥିଲେ ତାଙ୍କ ସାଙ୍ଗରେ ତାସକେଣ୍ଟ ଯିବାକୁ। ସେଠାରେ ତାଙ୍କର କାର୍ଯ୍ୟକ୍ରମ ପରେ ସେମାନେ ନିଜ ଖର୍ଚ୍ଚରେ ମସ୍କୋ ଓ ଲେନିନଗ୍ରାଡ ଯାଇଥାନ୍ତେ। ଯଦିଓ ମଲ୍ଲିକା ତାଙ୍କୁ ଏ ବିଷୟରେ ହଁ କହି ନ ଥିଲା, ସେ ଯିବା ଆସିବାର ବ୍ୟବସ୍ଥା ବିଷୟରେ ସୂଚନା ସଂଗ୍ରହ କରିଥିଲା। ବର୍ତ୍ତମାନ ଲୁଇଜର କଥା ଶୁଣିବା ପରେ ତାର ମନରେ ବିସ୍ୱାଦ ଆସିଲା। ସେ ତାସକେଣ୍ଟ ଯିବା କଥା ମନରୁ କାଟିଦେଲା ଏବଂ କାଗଜଟିକୁ ଚିରି ତଳେ ପକାଇଦେଲା।

ଲୁଇଜ ଚାଲିଯିବା ପରେ ତାର ସମୟ ଉପରେ ସୋମପ୍ରକାଶଙ୍କର ଦାବି ବଢ଼ିଗଲା। ସେ ବର୍ତ୍ତମାନ ମଲ୍ଲିକା ସହିତ ଅନେକ ସମୟ କଟାଉଥିଲେ। ମଲ୍ଲିକା ତାଙ୍କ ସହିତ କେବେ କେବେ ସଭାସମିତିକୁ ଯାଉଥିଲା ଏବଂ ତାକୁ ଅନ୍ୟମାନଙ୍କ ସହିତ ପରିଚୟ କରାଇ ସୋମପ୍ରକାଶ ଗର୍ବ ଅନୁଭବ କରୁଥିଲେ ଯେପରି। ମହାଜୀବନ ଟ୍ରଷ୍ଟର କାମ ବି ଏ ଭିତରେ ଆଗେଇ ଚାଲିଥିଲା ଏବଂ ମଲ୍ଲିକାର ଲୁଇଜ କଥା ମନେପଡୁଥିଲା; ମଲ୍ଲିକା ଭାବୁଥିଲା ବୋଧହୁଏ ଆମେରିକାନମାନେ ଏପରି ଅଭିମାନୀ ଓ ଅତି- ସମ୍ବେଦନଶୀଳ।

ସୋମପ୍ରକାଶ ଅତି ଧୈର୍ଯ୍ୟର ସହିତ ମଲ୍ଲିକା ପାଖରୁ ଅଭୟ ସହିତ ତାର ସମ୍ପର୍କ ବିଷୟରେ ଶୁଣିଥିଲେ। ଏ ବିଷୟରେ ମଲ୍ଲିକା ଆଗରୁ କେବେ କାହାକୁ କିଛି କହି ନ ଥିଲା। ଏ ସବୁ କଥା ଜଣେ ତୃତୀୟ ଲୋକକୁ କହିବା ପରେ ମଲ୍ଲିକାକୁ ଅନେକ ପରିମାଣରେ ମୁକ୍ତ ଓ ଭାରଶୂନ୍ୟ ଲାଗିଲା। ସେ କୃତଜ୍ଞ ମନେକଲା ଯେ, ସୋମପ୍ରକାଶ ତାକୁ ତାଙ୍କ ପାଖରେ ଏଇ ଗୋପନୀୟ କଥାଟି କହିବାର ସୁଯୋଗ ଦେଇଥିଲେ। ତାଙ୍କର ଆଗ୍ରହରେ ସେ ତାଙ୍କୁ ଅଭୟର ଚିଠି ସବୁ ଆଣି ବି ଦେଖାଇଥିଲା ଏବଂ ସୋମପ୍ରକାଶ ତାକୁ ରଖିନେଇଥିଲେ ପରେ ଭଲଭାବେ ପଢ଼ିବେ ବୋଲି। କିଛିଦିନ ପରେ ଯେତେବେଳେ ସେ ତାଙ୍କୁ ଚିଠିଗୁଡ଼ିକ ମାଗିଲା, ସୋମପ୍ରକାଶ କହିଲେ, ମୁଁ ତମକୁ ସେ ଚିଠି ଫେରାଇଦେବି ନାହିଁ। ତମେ ତାକୁ ପଢ଼ି ପୁଣି ମନ ଖରାପ କରିବ। ଏ ଚିଠିସବୁ ଏଥରକ ମହାଜୀବନ ଟ୍ରଷ୍ଟର ସମ୍ପତ୍ତି ହୋଇ ରହିଲା।

ସତରେ ସେଇ ଚିଠିଗୁଡ଼ିକ ପଢ଼ିଲାବେଳେ ମଲ୍ଲିକାର ମନ ଖରାପ ହେଉଥିଲା। ଅଭୟ କଥା ମନେ କଲେ ତା ମନକୁ ଆସୁ ନ ଥିଲା ଅନେକ ସୁଖଦ ମୋହକ ମୁହୂର୍ତ୍ତମାନଙ୍କ କଥା; ତାର ସ୍ମୃତି ଯାଇ ଅଟକି ରହୁଥିଲା ଅପ୍ରୀତିକର କ୍ଷଣମାନଙ୍କରେ ଏବଂ ଏଇସବୁ ବିରୂପ ଘଟଣାମାନଙ୍କ ପାଇଁ ସେ ସବୁବେଳେ ଦୋଷୀ ମଣୁଥିଲା ଅଭୟକୁ ହିଁ।

ସୋମପ୍ରକାଶଙ୍କୁ ଅଭୟ ବିଷୟ କହିବା ପରେ ମଲ୍ଲିକା ଆହୁରି ସହଜ ହୋଇଗଲା ତାଙ୍କ ସହିତ। ଆଜିକାଲି ସେ ସମୟ ଅସମୟରେ ଯାଇ ତାଙ୍କ ଘରେ ପହଞ୍ଚୁଥିଲା, ତାଙ୍କ ପାଖରେ ବସୁଥିଲା ଏବଂ ସେ ବିଛଣାରେ ଶୋଇ ଆରାମ କରୁଥିଲାବେଳେ ତାଙ୍କ ଖଟ ଉପରେ ବସି ତାଙ୍କ ସହିତ କଥାବାର୍ତ୍ତା କରିବାରେ କୌଣସି ସଂକୋଚ ନ ଥିଲା ମଲ୍ଲିକାର। ସୋମପ୍ରକାଶ ତାକୁ ଅଭୟ ବିଷୟରେ ଯାହା ସବୁ ପଚାରୁଥିଲେ, ସେ ଅକପଟଭାବେ ତାର ଉତ୍ତର ଦେଉଥିଲା ଏବଂ ଅଭୟର ଚିଠିରେ ଯେଉଁସବୁ ନିତାନ୍ତ ବ୍ୟକ୍ତିଗତ ସାଂକେତିକ ବାର୍ତ୍ତା ଓ ବିବରଣମାନ ଥିଲା, ତା ମଧ୍ୟ ତାଙ୍କୁ ନିଃସଂକୋଚରେ ବୁଝାଇ ଦେଇଥିଲା ମଲ୍ଲିକା। ସୋମପ୍ରକାଶ ଯେତେବେଳେ ତାକୁ ସେମାନଙ୍କ ଦୈହିକ ସଂପର୍କ କଥା ପଚାରିଲେ ସେତେବେଳେ ମଧ୍ୟ ମଲ୍ଲିକା ଦ୍ୱିଧା ବୋଧ କଲା ନାହିଁ ଉତ୍ତର ଦେବାରେ। ଏପରିକି ସେ ଯେତେବେଳେ ତାକୁ ତାର ଯୌନସମ୍ପର୍କ ବିଷୟରେ ପୁଙ୍ଖାନୁପୁଙ୍ଖ ବିବରଣୀ ମାଗିଲେ, ମଲ୍ଲିକା ତାଙ୍କୁ ସେ ବିଷୟରେ ସୂକ୍ଷ୍ମାତିସୂକ୍ଷ୍ମ କଥାମାନ କହିଲା ଆଦୌ ଲଜ୍ଜା ନ କରି। ନିଜର ସ୍ୱୟଂକୁ ସୋମପ୍ରକାଶଙ୍କ ଆଗରେ ସମ୍ପୂର୍ଣ୍ଣ ଖୋଲି ରଖିଦେବାରେ କୌଣସି କୁଣ୍ଠା ଅନୁଭବ କରୁନଥିଲା ମଲ୍ଲିକା।

ଯେଉଁ କେତେଦିନ ସୋମପ୍ରକାଶ ବିଦେଶ ଗଲେ, ତାଙ୍କ ସହିତ ନିଜ ସଂପର୍କ ବିଷୟରେ ଅନୁଶୀଳନ କଲା ମଲ୍ଲିକା। ତାଙ୍କର ପ୍ରଖର ଓ ପ୍ରଚଣ୍ଡ ବ୍ୟକ୍ତିତ୍ୱ ଯେ ତା ଉପରେ ଗଭୀର ପ୍ରଭାବ ପକାଇଥିଲା, ସେଥିରେ ସନ୍ଦେହ ନାହିଁ। ତାଙ୍କର ବହିଟି ଯଦି କୌଣସି ସମୟରେ ତାକୁ ପୁନର୍ଜୀବିତ କରିବାରେ ସମର୍ଥ ହୋଇଥିଲା, ସେ ନିଜେ ତାକୁ ବର୍ତ୍ତମାନ ଦେଉଥିଲେ ଜୀବନର ଅବଲମ୍ବନ। ସୋମପ୍ରକାଶ ତାର ଜୀବନର ଗୋଟିଏ ମହତ୍ତ୍ୱପୂର୍ଣ୍ଣ ଅଂଶ ହୋଇଯାଇଥିଲେ। ତେବେ ମଲ୍ଲିକା ମନରେ ମଝିରେ ମଝିରେ ସଂଶୟ ଉପୁଜୁଥିଲା। ସୋମପ୍ରକାଶ ତାକୁ ପାରଦର୍ଶୀ ଜଣାପଡୁଥିଲାବେଳେ କେବେ କେବେ ପୁଣି ତା ଆଗରେ ପ୍ରହେଳିକା ଭଳି ଦେଖାଯାଉଥିଲେ। ସେ ତାଙ୍କ ପାଖକୁ ଯିବାକୁ ବାଧ୍ୟ ହେଉଥିଲା କିନ୍ତୁ ଅନେକ ସମୟରେ ତାଙ୍କ ପାଖରୁ ଫେରୁଥିଲା କ୍ଷୋଭ, ଅଶାନ୍ତି ଓ ସଂଶୟ ନେଇ; ଫେରିଆସିବା ପରେ କିନ୍ତୁ ପୁଣି ଥରେ ତାଙ୍କ ପାଖକୁ ଯିବ ବୋଲି ଭାବୁଥିଲା। ଲୁଇଜ ତାକୁ କହିଥିବା କଥା କେତେ ପଦ ମଧ୍ୟ ତା ମନରେ ସୋମପ୍ରକାଶଙ୍କ ପ୍ରତି ଖରାପ

ଧାରଣା ସୃଷ୍ଟି କରିବାକୁ ଚେଷ୍ଟା କରିଥିଲା। ମଲ୍ଲିକାର ମନେହେଲା ହୁଏତ ସେ ବି ଲୁଇଜ ପ୍ରତି ଈର୍ଷା ଓ ଅସୂୟା ପୋଷଣ କରିଥିଲା ସେତେବେଳେ। ଅନେକ ଭାବି ସେ ଠିକ କଲା ଯେ, ସେ ଆଉ ଲୁଇଜର କଥାରେ ଗୁରୁତ୍ୱ ଦେବ ନାହିଁ।

ସୋମପ୍ରକାଶଙ୍କ ଅବର୍ତ୍ତମାନରେ କିଛିଦିନ ମଲ୍ଲିକାକୁ ଖାଲି ଖାଲି ଲାଗିଲା। ତାର ଅନୁଭବ ସବୁ ଯେପରି ହେଉ ନା କାହିଁକି, ତାର ଜୀବନକୁ ଭରପୂର କରି ରଖିଥିଲେ ସୋମପ୍ରକାଶ। ସେ ଆଶା କରୁଥିଲା ଯେ ସୋମପ୍ରକାଶ ତାକୁ ଫୋନ କରିବେ ବିଦେଶରୁ। ତା ମଧ୍ୟ ହେଲା ନାହିଁ। ମଲ୍ଲିକା ଭାବିଲା, ସେ ବୋଧହୁଏ ତାର ଧୈର୍ଯ୍ୟ ପରୀକ୍ଷା କରିବାକୁ ଚାହୁଁଛନ୍ତି। ଥରେ ଭାବିଲା କେଉଁଠାରୁ ଟେଲିଫୋନ ନମ୍ବର ଆଣି ତାଙ୍କ ସହିତ କଥାବାର୍ତ୍ତା କରିବ, କିନ୍ତୁ ସବୁ ଆଡୁ ଭାବି ସେଥିରୁ କ୍ଷାନ୍ତ ରହିଲା ଏବଂ ସୋମପ୍ରକାଶଙ୍କ ଫେରିବାର ଦିନ ଗଣିବାରେ ଲାଗିଲା।

ଏଇ ସମୟରେ ଦିନେ ଅଭୟର ଚିଠି ଆସିଲା। ଅତି ସଂକ୍ଷିପ୍ତ ଥିଲା ଅଭୟର ଚିଠିଟି। ଅଭୟ ଲେଖିଥିଲା : ମୁଁ ଏଇ କିଛିଦିନ ଆମ ସମ୍ପର୍କ ବିଷୟରେ ଅନେକ ଭାବିଛି। ମୁଁ ଭାବୁଛି ଆମେ ପୁଣି ଏକାଠି ବସି ସେ ବିଷୟରେ କଥାବାର୍ତ୍ତା କରିବା। ମତେ ଶୀଘ୍ର ଏହାର ଉତ୍ତର ଦେବ। ଚିଠିଟି ପଢ଼ି ଉଚ୍ଚକିତ ହୋଇଯାଇଥିଲା ମଲ୍ଲିକା। ତା ପାଖରେ ଅଭୟର ପୁରୁଣା ଚିଠି ସବୁ ଥିଲେ ସେ ତାକୁ ପଢ଼ିଥାନ୍ତା। ତା ବଦଳରେ ସେ ମହାଜୀବନ ପଢ଼ିବାକୁ ଆରମ୍ଭ କଲା ଏବଂ ଅନୁଭବ କଲା ଯେ, ତାର ମନ ଭିତରର ଜଟିଳତା ସବୁ ଖୋଲିଯାଉଛି ଏବଂ ଏକ ସ୍ୱଚ୍ଛ ଦୃଷ୍ଟିକୋଣରୁ ସେ ନିଜର ସମସ୍ୟାଟିକୁ ଦେଖିପାରୁଛି। ଏ ଯେପରି ତାର ଓ ଅଭୟର ସମସ୍ୟା ନ ଥିଲା, ଥିଲା ତାର ଅଜ୍ଞାତ କୌଣସି ପ୍ରେମିକ ପ୍ରେମିକାଙ୍କର, ଯାହାକୁ ସେ ନିରପେକ୍ଷ ଭାବରେ ଦେଖୁଥିଲା। ସେ ଠିକ କଲା ଯେ, ସେ ଅଭୟକୁ ଏ ଚିଠିର କୌଣସି ଉତ୍ତର ଦେବ ନାହିଁ। ସୋମପ୍ରକାଶ ଫେରିଲେ ଏ ଚିଠିଟି ମଧ୍ୟ ତାଙ୍କୁ ଦେଇ ସେ ତାଙ୍କର ପରାମର୍ଶ ନେବ।

ସୋମପ୍ରକାଶ ଯେଉଁଦିନ ବିଦେଶରୁ ଫେରିଲେ, ତାଙ୍କୁ ଆଣିବାକୁ ମଲ୍ଲିକା ଏୟାରପୋର୍ଟ ଗଲା। ପ୍ଲେନ ଆସି ପହଞ୍ଚିଲା ଅଧା ରାତିରେ। ଏତେଦିନର ଯାତ୍ରା ପରେ ଅତି କ୍ଲାନ୍ତ ଓ ନିର୍ଜୀବ ଦେଖାଯାଉଥିଲେ ସୋମପ୍ରକାଶ। ତାଙ୍କୁ ଘରେ ପହଞ୍ଚାଇବା ବେଳକୁ ରାତି ତିନିଟା। ମଲ୍ଲିକା କହିଲା, ଆପଣ ଏଥରକ ବିଶ୍ରାମ ନିଅନ୍ତୁ; ମୁଁ ଆପଣଙ୍କୁ ଚବିଶ ଘଣ୍ଟା ବ୍ୟସ୍ତ କରିବି ନାହିଁ। ସୋମପ୍ରକାଶ କହିଲେ, ଜେଟ ଲାଗ ଯୋଗୁଁ ମତେ ବର୍ତ୍ତମାନ ନିଦ ଆସିବ ନାହିଁ। ତମେ ବରଂ ଏତେ ରାତିରେ ଘରକୁ ନ ଫେରି ଏଇଠି ରହିଯାଅ। ତମକୁ ଅନେକ କଥା କହିବାର ଅଛି।

ମଲ୍ଲିକା ନିଜର ଘଡ଼ି ଦେଖି ହଁ ଭରିଲା ଓ ଯାଇ ଦୁଇଜଣଙ୍କ ପାଇଁ କଫି ତିଆରି କଲା। କଫି ପିଉ ପିଉ ମଲ୍ଲିକା କହିଲା, ମୋର ବି ଆପଣଙ୍କୁ କିଛି କହିବାର ଅଛି। ଅଭୟ ଏ ଭିତରେ ମୋ ପାଖକୁ ଗୋଟିଏ ଚିଠି ଦେଇଛି। ସେ ପର୍ସରୁ ଚିଠିଟି ବାହାର କରି ସୋମପ୍ରକାଶଙ୍କ ହାତରେ ଦେଲା। ଚିଠିଟିକୁ ନ ଖୋଲି ସୋମପ୍ରକାଶ ସେଇଟିକୁ ଗୋଟିଏ ପାଖରେ ରଖିଦେଲେ; କହିଲେ, ମୁଁ ଏଇ କେତେଦିନ ତମ ବିଷୟରେ ଅନେକ ଭାବିଛି। ମଲ୍ଲିକା କହିଲା, ମୁଁ ଜାଣେ ଆପଣ ମୋ ପାଇଁ ଅନେକ ସମୟ ଦେଉଛନ୍ତି। ସେଇଥିପାଇଁ ମୁଁ ମୋର ସମସ୍ୟାକୁ ଆଣି ଆପଣଙ୍କ ପାଖରେ ରଖିଲି। ସୋମପ୍ରକାଶ କହିଲେ, ମୋର ଉପଦେଶ ହେଲା, ତମେ ଭୁଲିଯାଅ ଯେ ତମ ଜୀବନରେ ଅଭୟ ବୋଲି କେହି କେବେ ଥିଲା। ମଲ୍ଲିକା ତାଙ୍କ ଆଡ଼କୁ ପ୍ରଶ୍ନବାଚୀ ଦୃଷ୍ଟିରେ ଅନାଇ କହିଲା, ସେ କଥା କଣ ସମ୍ଭବ? ସୋମପ୍ରକାଶ କହିଲେ, ଜୀବନର କୌଣସି ଅତୀତ ବର୍ତ୍ତମାନ ନାହିଁ; ଜୀବନ ହେଉଛି ଏକ ସମ୍ଭାବନାପୂର୍ଣ୍ଣ ଭବିଷ୍ୟତ। କଥାଟି ମଲ୍ଲିକାର ଗଭୀରତମ ଅନ୍ତଃସ୍ଥଳରେ ଯାଇ ଶିହରଣ ଆଣିଦେଲା। ଏଇଟି ଥିଲା ମହାଜୀବନର ଶେଷ ପଂକ୍ତି। ସ୍ତମ୍ଭୀଭୂତ ହୋଇ ବସିରହିଲା ମଲ୍ଲିକା। ସୋମପ୍ରକାଶ ଯେତେବେଳେ ତାକୁ ପାଖକୁ ଟାଣିନେଲେ, ସେ ବାଧା ଦେଲା ନାହିଁ। ତା ଓଠରେ ଚୁମା ଦେଇ ସୋମପ୍ରକାଶ ତା ଛାତି ଉପରେ ହାତ ରଖିଲେ; କହିଲେ, ଆଜିଠାରୁ ତୁ କେବଳ ମୋରି ହୋଇ ରହିବୁ।

—

ଭାରସାମ୍ୟ

ପୃଥିବୀରେ କିଛି ଲୋକ ଅଛନ୍ତି, ଯେଉଁମାନେ ଜୀବନରେ କେଉଁ ଏକ ସନ୍ଧିସ୍ଥଳରେ ପହଞ୍ଚି ନିର୍ଣ୍ଣୟ ନେଇ ନିଅନ୍ତି ଯେ ସେମାନଙ୍କ ବଞ୍ଚିବାର ଗୋଟିଏ ମାତ୍ର ଅଭୀଷ୍ଟ ଅଛି ଯାହାକୁ ପାଇବାକୁ ହିଁ ହେବ। ଏହା ପରେ ସେମାନଙ୍କ ପାଇଁ ଆଉ ସବୁ କିଛି ତୁଚ୍ଛ ଓ ଅପ୍ରାସଙ୍ଗିକ ହୋଇଯାଏ ଏବଂ ସେମାନେ ନିଜ ଜୀବନର ଅବଶିଷ୍ଟ ସମୟ, ସମ୍ବଳ ଓ ଉଦ୍ୟମ ବିନିଯୋଗ କରିଦିଅନ୍ତି ସେହି ଲକ୍ଷ୍ୟର ସନ୍ଧାନରେ। ଏପରି ଜଣେ ଲୋକ ଥିଲା ରିକ୍ ଗୁଡ୍ମ୍ୟାନ୍ ଏବଂ ତାର ଜୀବନର ଅଭିପ୍ରେତ ବର୍ତ୍ତମାନ ଥିଲା ଓଡ଼ିଶାର ମନ୍ଦିର ଶିଳ୍ପର ଅଧ୍ୟୟନ। ତାକୁ ଚାଳିଶ ବର୍ଷ ହେବା ପର୍ଯ୍ୟନ୍ତ ରିକ୍ ଜାଣି ନ ଥିଲା ଓଡ଼ିଶା କଣ ବା କେଉଁଠି? ସେ ଥିଲା ଆମେରିକାର ଗୋଟିଏ କମ୍ପାନୀରେ ଷ୍ଟ୍ରକ୍ଚରାଲ୍ ଇଞ୍ଜିନିଅର; କଳା ପ୍ରତି ତାର କୌଣସି ରୁଚି ବା ଆଗ୍ରହ ନ ଥିଲା। ଚାକିରି କରିବାବେଳେ ଥରେ ସେ ଠିକ କଲା ବିଜିନେସ୍ ମ୍ୟାନେଜମେଣ୍ଟ ପଢ଼ିବ ବୋଲି ଏବଂ କାମରୁ ଛୁଟି ନେଇ ବିଶ୍ୱବିଦ୍ୟାଳୟରେ ନାଁ ଲେଖାଇଲା। ସେଠାରେ ଏକ ଗୌଣ ବିଷୟ ଭାବରେ ସେ କଳା ଇତିହାସର ପାଠ ନେଲା, ଯାହାର ଅଧ୍ୟାପିକା ଥିଲେ ଓଡ଼ିଶାର ଶିଳ୍ପକଳା ଉପରେ ବିଶେଷଜ୍ଞା। ତାଙ୍କରି ପ୍ରେରଣାରେ ରିକ୍ ହଠାତ୍ ଦିନେ ନିଷ୍ପତ୍ତି ନେଇନେଲା ଯେ ତାର ଲକ୍ଷ୍ୟ ହେଉଛି ଓଡ଼ିଶାର ମନ୍ଦିର ଶିଳ୍ପ ଉପରେ ଗବେଷଣା କରିବ।

ଥରେ ଏ ନିର୍ଣ୍ଣୟ ନେଇଯିବା ପରେ ସେ ନିଜର ଉଦ୍ୟମରେ ଆଉ କୌଣସି ଶିଥିଳତା ଆସିବାକୁ ଦେଲା ନାହିଁ। ଦଶବର୍ଷ ତଳେ ଥରେ ତାର ଈପ୍ସିତ ଭୂମିକୁ ପ୍ରଥମ ଥର ଆସିବାପରେ ସେ ଓଡ଼ିଶା, ଅଥବା ଠିକ କହିବାକୁ ଗଲେ ଓଡ଼ିଶାର ମନ୍ଦିରମାନଙ୍କ ପ୍ରେମରେ ପଡ଼ିଯାଇଥିଲା। ସେଥରକ ସେ ଅଳ୍ପଦିନ ମାତ୍ର ରହିପାରିଥିଲା, ମାତ୍ର ଏହି ପ୍ରଥମ ଦର୍ଶନରେ ହିଁ ସେ ଓଡ଼ିଶାକୁ ମାନିନେଇଥିଲା ତାର ଦ୍ୱିତୀୟ ଘର ବୋଲି। ଏଇ ଦଶନ୍ଧି ଭିତରେ ସେ ଅନେକ ସମୟ କଟାଇଥିଲା ଓଡ଼ିଶାରେ। ଦ୍ୱିତୀୟଥର ଆସିବାବେଳେ ସେ ପୂରା ଗୋଟିଏ ବର୍ଷ ପୁରୀରେ ରହି ଓଡ଼ିଆ ଭାଷା ଶିଖିଥିଲା।

ଏଇ ସମୟରେ କେବଳ ଗୋଟିଏ ନୂଆ ଭାଷା ସହିତ ତାର ପରିଚୟ ହୋଇ ନ ଥିଲା, ତାର ପରିଚୟ ହୋଇଥିଲା ଗୋଟିଏ ନୂଆ ଭୂଭାଗ ଓ ତାର ଧୂଳି ବାଲି, ଖରା ବର୍ଷା, ସ୍ତ୍ରୀ ପୁରୁଷ, ଆଚାର ବ୍ୟବହାର ସହିତ। ସେ ଗୋଟିଏ ଅସ୍ୱାସ୍ଥ୍ୟକର ଛୋଟ ଘରେ ରହୁଥିଲା, ତାର ଖାଇବା ପିଇବା, ଯିବା ଆସିବାରେ କଷ୍ଟ ହେଉଥିଲା, ମଝିରେ ମଝିରେ ତାକୁ ବିଭିନ୍ନ ପ୍ରକାରର ବେମାରି ହେଉଥିଲା, ଆଖପାଖ ଲୋକମାନେ ତାର ଶତଚେଷ୍ଟା ସତ୍ତ୍ୱେ ତାକୁ ଆପଣାର କରୁ ନ ଥିଲେ; କିନ୍ତୁ ରିକ୍ ସନ୍ତୁଷ୍ଟ ଥିଲା ତାର ଓଡ଼ିଆ ଭାଷା ଶିଖିବାର ପ୍ରଗତିରେ ଏବଂ ଆଖପାଖର ମନ୍ଦିରମାନଙ୍କୁ ଯାଇ ତାକୁ ଅଧ୍ୟୟନ କରି, ନୋଟ ନେଇ, ଫଟୋ ଉଠାଇବାରେ।

ତାର ପରବର୍ତ୍ତୀ ଓଡ଼ିଶାର ଅବସ୍ଥାନମାନଙ୍କରେ ସେ ଯଦିଓ ପଥରମାନଙ୍କ ସହିତ ବେଶି ସମୟ କଟାଇଥିଲା, ତାର ଅନେକ ସ୍ଥାନୀୟ ଲୋକଙ୍କ ସହିତ ପରିଚୟ ହୋଇଯାଇଥିଲା। ସେ ଓଡ଼ିଆ କହୁଥିଲା ଓ ବୁଝୁଥିଲା ଏବଂ କିଛି ବନ୍ଧୁ ସଂଗ୍ରହ କରିଥିଲା ଏ ଭିତରେ। ତାକୁ ଜାଣିଥିବା ଲୋକମାନେ ଅବଶ୍ୟ ଠିକ କରି ନେଇଥିଲେ ଯେ ସେ ଏକ ବଦ୍ଧ ପାଗଳ। ସେମାନଙ୍କର ଏ ଧାରଣାଟି ରିକ୍ ପାଇଁ ସୁବିଧାର ଥିଲା କାରଣ ସେ ନିଜର ତଥାକଥିତ ପାଗଳାମିର ଆଳରେ ସବୁକିଛି କରିବାର ସ୍ୱାଧୀନତା ପାଉଥିଲା।

ଓଡ଼ିଶା ଆସିବାବେଳେ ରିକ୍ ପ୍ରତିଥର ନିଶ୍ଚିତ ଯାଉଥିଲା ପୁରୀର ପଣ୍ଡିତ ମହାଶୟଙ୍କ ପାଖକୁ, ଯେ କି ଜାଲ ପୁରୁଣା ତାଳପତ୍ର ପୋଥି ତିଆରି କରିବାରେ ଜଣେ ବିଶେଷଜ୍ଞ ଥିଲେ। ରିକ୍ର ପ୍ରଥମ ଓଡ଼ିଶା ଆସିବାବେଳେ ମହାଶୟ ତାକୁ ନିଜର ଛତ୍ରଛାୟା ତଳେ ନେଇଯାଇଥିଲେ ଏବଂ ପ୍ରଲୋଭନ ଦେଖାଇଥିଲେ ଯେ ସେ ତାକୁ ଏ ପର୍ଯ୍ୟନ୍ତ ଅପ୍ରକାଶିତ ଗୋଟିଏ ଶିଳ୍ପଶାସ୍ତ୍ର ପୋଥି କିଣାଇଦେବେ। ସେ ତାକୁ ଏଇ ଜାଲ ପ୍ରାଚୀନ ପୋଥିର ପ୍ରଥମ ପତ୍ରଟି ତିଆରି କରି ଦେଖାଇଥିଲେ ଏବଂ ଏ ପର୍ଯ୍ୟନ୍ତ ଲେଖାଯାଇ ନ ଥିବା ଶିଳ୍ପଚନ୍ଦ୍ର ଚୂଡ଼ାମଣି ବହିର ପୁଷ୍ପିକା ପଢ଼ି ରିକ୍ କୃତକୃତ୍ୟ ହୋଇ ଯାଇଥିଲା। ପରେ ଅବଶ୍ୟ ରିକ୍ ପୁରୁଣା ଐତିହାସିକ ଦଲିଲ ତିଆରି କରିବାରେ ଦକ୍ଷ ଏହି ମହାଶୟଙ୍କ ବିଷୟରେ ଅଧିକ ଜାଣିବାକୁ ପାଇଥିଲା ଏବଂ ଜାଣିଥିଲା ଯେ ଶିଳ୍ପଶାସ୍ତ୍ର ବହିଟି ତା ଆଖି ଆଗରେ ମହାଶୟ ପୃଷ୍ଠା ପୃଷ୍ଠା କରି ତିଆରି କରୁଛନ୍ତି; ତେବେ ସେ ତାଙ୍କୁ ତାଙ୍କର ସୃଜନଶୀଳ କାମରେ ବାଧା ଦେଇ ନ ଥିଲା, ବରଂ ତାଙ୍କୁ ଉତ୍ସାହିତ କରୁଥିଲା। ଏହାର ଗୋଟିଏ କାରଣ ଥିଲା ଯେ ସେ ନିଜର ମୂଳ ଗବେଷଣାର ମୁଖ୍ୟ ବହିଟି ସହିତ 'ଓଡ଼ିଶା ଶିଳ୍ପ ଆଲୋଚନାରେ ଜାଲିଆତି' ଶୀର୍ଷକ ଏକ ଗୌଣ ପୁସ୍ତିକା ଲେଖିବାର ଯୋଜନା ମଧ୍ୟ ରଖିଥିଲା ମନ ଭିତରେ।

ସବୁଥର ଓଡ଼ିଶାରୁ ଆମେରିକା ଫେରିବାବେଳେ ଯଦିଓ ରିକ୍ର ସୁଟକେସରେ ଆହୁରି କାଗଜ ଓ ଫଟୋଗ୍ରାଫ ଭର୍ତ୍ତି ହେଉଥିଲା, ସେ ଏ ପର୍ଯ୍ୟନ୍ତ ଠିକ କରିପାରି ନ ଥିଲା ଏ ସବୁ ତଥ୍ୟକୁ ସେ କିପରିଭାବରେ ଉପଯୋଗ କରିବ। ଓଡ଼ିଶାର ମନ୍ଦିର ଶିଳ୍ପକଳା ଉପରେ ଏତେ ବହି ଲେଖା ହୋଇସାରିଥିଲା ଯେ, ନୂଆ କିଛି ତଥ୍ୟ ବାହାର କରି ଲେଖିବା ରିକ୍କୁ ଦୁଃସାଧ ଜଣାପଡୁଥିଲା। ଆମେରିକାରେ ଥିବା ସମୟରେ ସେ ତାର କାଗଜଗଦାକୁ ସଜାଡ଼ି, ନୋଟ ସବୁକୁ ବାରମ୍ବାର ପଢ଼ି, ଫଟୋଗୁଡ଼ିକୁ ତନ୍ନ ତନ୍ନ କରି ଦେଖି ସୁଦ୍ଧା ଏ ପର୍ଯ୍ୟନ୍ତ କୌଣସି ନିର୍ଣ୍ଣୟ ନେଇ ପାରି ନ ଥିଲା ସେ କେଉଁ ଦୃଷ୍ଟିକୋଣ ଓ ଅଭିମୁଖରୁ ତାର ଗବେଷଣା ପୁସ୍ତକଟି ଲେଖିବ। ଏଇ ଜଟିଳ ସମସ୍ୟାର ସମାଧାନ ତାକୁ ଆପେ ଆପେ ମିଳିଗଲା, ସେ ଶେଷଥର ଓଡ଼ିଶା ଆସିଥିବାବେଳେ। ସେଥର ସେ ପଥର କାରିଗରୀ କାମ କରୁଥିବା ମହାରଣାମାନଙ୍କ ଗାଁକୁ ଯାଇ ସେଠାରେ ଖବର ପାଇଲା ଯେ, ଗାଁର ସବୁ ପଥୁରିଆ ଦୂରକୁ ଚାଲିଯାଇଛନ୍ତି ଗୋଟିଏ ମନ୍ଦିର ତିଆରି କରିବା ପାଇଁ। ଏ କଥା ଥିଲା ରିକ୍ ପାଇଁ ଏକ ଐଶ୍ୱରିକ ଆଶୀର୍ବାଦ ଭଳି। ସେ ସେଇ ମୁହୂର୍ତ୍ତରେ ମନ ସ୍ଥିର କରିନେଲା ଯେ, ତାର ବହିଟି ହେବ ଓଡ଼ିଶାର ପଥର ଶିଳ୍ପୀଙ୍କର ଜୀବନ୍ତ ପରଂପରା ବିଷୟରେ ଏବଂ ଏଇ ନୂଆ ମନ୍ଦିରଟି ହେବ ତାର ଗବେଷଣାର କେନ୍ଦ୍ରବିନ୍ଦୁ। ଏ କଥା ନିଷ୍ପତ୍ତି କରିସାରିବା ପରେ ସେ ମନ୍ଦିର ତିଆରି ହେଉଥିବା ଜାଗାଟିକୁ ଦେଖିବାକୁ ଗଲା।

ଶିକୁଲିଆ ଗାଁଟି ଓଡ଼ିଶାର ଅନ୍ୟ ଯେ କୌଣସି ମଧ୍ୟମ ଧରଣର ଗାଁଠାରୁ ବିଶେଷ ଭିନ୍ନ ନ ଥିଲା। ଧାନକ୍ଷେତ, ବୁଦା ଜଙ୍ଗଲ, ଆମ୍ବତୋଟା ପରିବେଷ୍ଟିତ ଗାଁଟିରେ ଯାହା ପ୍ରଥମେ ଆଖିରେ ପଡୁଥିଲା, ସେଇଟି ଜମିଦାରଙ୍କ ଘର। ଯଦିଓ ଅନେକ ଦିନରୁ ଜମିଦାରୀ ଚାଲିଯାଇଥିଲା, ଅତି ବୃଦ୍ଧ କର୍ତ୍ତାଙ୍କୁ ସମସ୍ତେ ଜମିଦାର ବୋଲି କହୁଥିଲେ ଏବଂ ଭାଙ୍ଗିପଡୁଥିବା ବିରାଟ ଘରଟିକୁ କହୁଥିଲେ ଉଆସ। ଦୁର୍ଭାଗ୍ୟକୁ ବୃଦ୍ଧଙ୍କର ସମସ୍ତ ସନ୍ତାନ ସନ୍ତତି ମରିଯାଇଥିଲେ ଏବଂ ସେ ହୋଇଯାଇଥିଲେ ସଂପୂର୍ଣ୍ଣ ନିର୍ବଂଶ। ବୟସାଧିକ୍ୟ ସତ୍ତ୍ୱେ ସେ ଏ ପର୍ଯ୍ୟନ୍ତ ସଚଳ ସକ୍ଷମ ଓ ତୀକ୍ଷ୍ଣବୁଦ୍ଧି ଥିଲେ ଏବଂ ଠିକ କରିଥିଲେ ଯେ, ସେ ନିଜର ସମସ୍ତ ସ୍ଥାବର ଅସ୍ଥାବର ସମ୍ପତ୍ତି ବିକ୍ରିକରି ଗୋଟିଏ ମନ୍ଦିର ତିଆରି କରିବେ। ତାଙ୍କର ଧନସଂପତ୍ତି ଅପର୍ଯ୍ୟାପ୍ତ ଥିଲା ଏବଂ ତାର ବିନିଯୋଗରେ ସେ ତିଆରି କରିବାକୁ ଯାଉଥିଲେ ଉତ୍କଳୀୟ ଶିଳ୍ପଶାସ୍ତ୍ର-ସମ୍ମତ ଗୋଟିଏ ମନ୍ଦିର, ଯାହା ତାଙ୍କର ବଂଶର ସ୍ମୃତି ରଖିବ।

ରିକ୍ ସେ ଗାଁରେ ପହଞ୍ଚିଲା ବେଳକୁ ସେଠାରେ ପୁରୀର ପଣ୍ଡିତ ମହାଶୟ ମଧ୍ୟ ପହଞ୍ଚିଯାଇଥିଲେ ନିଜକୁ ଜମିଦାରଙ୍କର ମନ୍ଦିର ସଂପର୍କୀୟ ପରାମର୍ଶଦାତା ନିଯୁକ୍ତ କରି। ଗାଁ ଭିତରକୁ ପଶିବା ଆଗରୁ ଯେଉଁ ଖୋଲା ପଡ଼ିଆଟି ପଡୁଥିଲା, ସେଇଟି ହିଁ

ମନ୍ଦିର ତିଆରି ହେବାର ଜାଗା ଥିଲା ଏବଂ ସେଠାରେ କିଛି ପଥୁରିଆ ବସିଥିଲେ। ରିକ୍କୁ ଦେଖି ମହାଶୟ ତାକୁ ଟାଣିନେଇ ଗୋଟିଏ ଝଙ୍କା ବରଗଛ ତଳେ ବସାଇଲେ ଏବଂ ନିଜ ମୁଣାରୁ ବାହାର କରି ତାଙ୍କ ପୋଥିର ଆଉ ଦୁଇଟି ନୂଆ ପତ୍ର ଦେଖାଇଲେ। ପତ୍ର ଦୁଇଟି ଅତି ପ୍ରାଚୀନ ଓ ଶାସ୍ତ୍ରୀୟ ଦେଖାଯାଉଥିଲା। କିନ୍ତୁ ରିକ୍ ବର୍ତ୍ତମାନ ଜାଣି ସାରିଥିଲା କିପରି ସଜ ତାଳପତ୍ରକୁ ଚୁଲି ଉପରେ ଟାଙ୍ଗି, ଆମ୍ବରସରେ ବୁଡ଼ାଇ, ମାଟିରେ ପୋତି ତାକୁ ପୁରୁଣା କରିହୁଏ। ତଥାପି ସେ ଆଗ୍ରହର ସହିତ ପତ୍ର ଦୁଇଟିକୁ ଦେଖିଲା, ମହାଶୟଙ୍କର କାର୍ଯ୍ୟପଟୁତାକୁ ମନେ ମନେ ପ୍ରଶଂସା କଲା ଏବଂ ପୂରା ପୋଥିଟି କେବେ ମିଳିବ ପଚାରିଲା।

ପୋଥିଟିକୁ ଶୀଘ୍ର ଆଣିଦେବାର ଆଶ୍ୱାସନା ଦେଇ ମହାଶୟ ଜଣାଇଲେ ଯେ, ଜମିଦାର ତାଙ୍କ ଉପରେ ସଂପୂର୍ଣ୍ଣଭାବେ ନିର୍ଭର କରୁଛନ୍ତି, ମନ୍ଦିରର ଶାସ୍ତ୍ରୀୟ ଶୁଦ୍ଧତା ପାଇଁ। କେଉଁ ପ୍ରକାର ପୂଜା ପଦ୍ଧତି କରି ସ୍ଥାନ ସ୍ଥିର ହେବ, କେଉଁ ପ୍ରକାର ବିଧି ବିଧାନ ଦେଇ ଦିଗ ନିରୂପଣ ହେବ ଏବଂ କେଉଁ ରୀତି ନିୟମ ଅନୁସାରେ ଭୂମିପୂଜା ପରେ ପ୍ରଥମ ଖୋଳା ଆରମ୍ଭ ହେବ, ସେସବୁର ଦାୟିତ୍ୱ ଥିଲା ମହାଶୟଙ୍କ ଉପରେ। ତେଣୁ ସେ ରିକ୍କୁ ତାର ଗବେଷଣାରେ ଏ ବିଷୟରେ ଅନେକ ସାହାଯ୍ୟ କରିପାରିବେ। ରିକ୍ ଜାଣିପାରିଲା ଯେ ପଥୁରିଆମାନେ ନିଜ ପାରଂପାରିକ ଜ୍ଞାନରୁ ଯେଉଁ ମନ୍ଦିରଟି ତୋଳିବେ, ତାର ଭାଗମାପ କଥା ଲେଖି ମହାଶୟ ପୋଥିଟିକୁ ତିଆରି କରିବେ ଏବଂ ଶେଷକୁ ସେଇଟିକୁ ତାକୁ ହିଁ ବିକ୍ରି କରିବେ। ତେବେ ସେ ନିଜର ଏଭଳି ସଂଶୟ ପ୍ରକାଶ କଲା ନାହିଁ, ବରଂ ମହାଶୟଙ୍କୁ ଉତ୍ସାହିତ କଲା ପୋଥିଟିକୁ ଶୀଘ୍ର ତାକୁ କିଣି ଆଣି ଦେବା ପାଇଁ।

ମହାଶୟଙ୍କ ଗଣନାରୁ ଜଣାପଡ଼ିଲା ଯେ, ଛ' ମାସ ପରେ ମନ୍ଦିର କାମ ଆରମ୍ଭ କରିବାର ଶୁଭଦିନ ପଡ଼ିବ। ରିକ୍ ତେଣୁ ମନେ ମନେ ଯୋଜନା କରିନେଲା ଯେ, ସେ ଆମେରିକା ଫେରିଯାଇ ପୁଣି ଥରେ ଆସିବ ଏଠାରେ ଦୀର୍ଘ ସମୟ ରହିବାର ଯୋଜନା କରି। ସେ ସେଥିପାଇଁ ଲାଗିଗଲା ଛ' ମାସ ପରେ ଆସିଲେ କେଉଁଠି ରହିବ, କିପରି ଚଳିବ, ତାର ବ୍ୟବସ୍ଥା କରିବାରେ। ଏଇଟି ଦୁଃସାଧ୍ୟ ଥିଲା, କାରଣ ଏଭଳି ଗାଁରେ ଭଡ଼ାରେ ଘର ଦେବାର କୌଣସି ପ୍ରଥା ନ ଥିଲା। ଅନେକ କଷ୍ଟରେ ରିକ୍ ସମର୍ଥ ହେଲା ଗାଁ ମୁଣ୍ଡରେ ଗୋଟିଏ ଦି ବଖରିଆ ଘର ପାଇବାରେ। ସେ ସାଙ୍ଗେ ସାଙ୍ଗେ ଘରଟିକୁ ଭଡ଼ାରେ ନେଇନେଲା ଏବଂ ଲାଗିଗଲା ସେଇଟିକୁ ବାସୋପଯୋଗୀ କରିବାରେ। ଘରଟିକୁ ଲାଗି ସେ ଗୋଟିଏ ଅସ୍ଥାୟୀ ଗାଧୁଆଘର କରାଇଲା, ଘରର କାନ୍ଥ ଭାଙ୍ଗି ନୂଆ ଝରକା ଲଗାଇଲା ଏବଂ ତାର ଖଟ, ଟେବୁଲ, ଚଉକି କେଉଁଠାରେ ପଡ଼ିବ, ତାର ମୋଟାମୋଟି ନିର୍ଣ୍ଣୟ ନେଇନେଲା।

ଏ ସବୁ ସାଂସାରିକ କାମ ସହିତ ରିକ୍ ତାର ଗବେଷଣାର କାମ କରିବାକୁ ଭୁଲୁ ନ ଥିଲା। ସେ ଅତି ସାବଧାନତାର ସହିତ ପଥୁରିଆମାନଙ୍କ ଆଲୋଚନାକୁ ମନଦେଇ ଶୁଣି ନୋଟ କରି ରଖୁଥିଲା। ତା ପାଇଁ ସବୁଠାରୁ ରୋଚକ ଅନୁଭୂତି ଥିଲା ଯେତେବେଳେ ଜମିଦାର, ପଥୁରିଆ ଓ ମହାଶୟ ବସି ଏକାଠି ଆଲୋଚନା କରୁଥିଲେ। ଏଇ କଥାବାର୍ତ୍ତାକୁ ଉପଲକ୍ଷ୍ୟ କରି 'ଭାରତୀୟ କଳା ଓ ତାର ପୃଷ୍ଠପୋଷକତା' ବିଷୟରେ ଯେ ପ୍ରବନ୍ଧ ଲେଖାଯାଇପାରେ ଏ କଥା ମଧ୍ୟ ଛୁଇଁଥିଲା ରିକ୍ର ମନକୁ। ଏ ଆଲୋଚନା ସମୟରେ ସେ ସେମାନଙ୍କର ଅନୁମତି ନେଇ ସେଠାରେ ଏକ ଟେପରେକର୍ଡ଼ର ରଖୁଥିଲା ଏବଂ ଏଇ ଯନ୍ତ୍ରଟି ଆସିବା ପରେ ଯଦିଓ ସେମାନଙ୍କର ଢଙ୍ଗ ଅନେକ ବଦଳି ଯାଇଥିଲା – ସମସ୍ତେ ବର୍ତ୍ତମାନ ସେମାନଙ୍କର ବକ୍ତବ୍ୟମାନ ପରସ୍ପରକୁ ନ କହି ଯେପରି ଏଇ ଯନ୍ତ୍ରଟିକୁ ହିଁ କହୁଥିଲେ–ରିକ୍ ଭାବୁଥିଲା ଯେ ଏଇଟି ତାର ଗବେଷଣାର ଅନ୍ୟ ଏକ ସଫଳ ପାଦ।

ନିଜ ଗବେଷଣା ବିଷୟରେ ସେ ଯେତିକି ଭାବୁଥିଲା, ତାର ମନେହେଉଥିଲା ଯେ, ସେ ଯେପରି ଜନ୍ମ ନେଇଥିଲା କେବଳ ଏଇ ମହତ କାମଟିର ଦାୟିତ୍ୱ ନେବା ପାଇଁ : ସେ ଇଞ୍ଜିନିଅରିଂ ପଢ଼ିଥିଲା ମନ୍ଦିର ତୋଳା କାମର ଅନୁଧ୍ୟାନରେ ତାହା ସହାୟକ ହେବ ବୋଲି। ତାର ପାଠ, ଚାକିରି, ବିବାହ, ବିଚ୍ଛେଦ, ଉତ୍ତୀର୍ଣ୍ଣ ବୟସରେ ନୂଆ ପାଠପଢ଼ା ଓ କଳା ଅଧ୍ୟାପିକାଙ୍କ ସହିତ ଯୋଗାଯୋଗ ସବୁ ଥିଲା ବିଧି ନିର୍ଦ୍ଦିଷ୍ଟ। ବର୍ତ୍ତମାନ ମହାଶୟଙ୍କ ଆଗରେ ବସି ଶିଳ୍ପଶାସ୍ତ୍ରର ସଦ୍ୟ ପ୍ରସ୍ତୁତ ପତ୍ରଟି ଦେଖୁ ଦେଖୁ ସେ ଏଇ କଥା ଭାବୁଥିଲା। ମହାଶୟ ମନ୍ଦିରର ଭିତ୍ତିସ୍ଥାପନ ପୃଷ୍ଠାଟି ଦେଖାଇ ରିକ୍କୁ ବୁଝାଉଥିଲେ କିପରି ବିନା ଚୂନ, ସିମେଣ୍ଟ, କଣ୍ଟା, କିଳା ବ୍ୟବହାର ସତ୍ତ୍ୱେ ମନ୍ଦିରଟି ଗଢ଼ି ଉଠିବ, କେବଳ ପଥରମାନ ପରସ୍ପର ଉପରେ ଭାର ରଖି। ଏ କଥାକୁ ଏକ ବୃହତ୍ତର ପରିଧିକୁ ଟାଣି ମହାଶୟ ଏ କଥା ମଧ୍ୟ ପ୍ରତିପାଦନ କରିବାକୁ ଚେଷ୍ଟା କଲେ ଯେ, ଭାରତୀୟ ସମାଜ ମଧ୍ୟ ଏପରି ଏକ ପରସ୍ପର ନିର୍ଭରଶୀଳ ମାତ୍ରାମାନଙ୍କ ଭାରସାମ୍ୟକୁ ନେଇ ଗଠିତ ଇତ୍ୟାଦି। ରିକ୍ କିନ୍ତୁ ତାଙ୍କ କଥା ଶୁଣୁ ନ ଥିଲା; ସେ ଭାବୁଥିଲା, ସେ କିପରି ମନ୍ଦିର ତୋଳାର ବିବରଣୀକୁ ନିଜର ଇଞ୍ଜିନିଅରିଂ ଜ୍ଞାନର ସହାୟତାରେ ଅନୁଶୀଳନ କରି ଏକ ମହାଗ୍ରନ୍ଥରେ ନିଜର ସିଦ୍ଧାନ୍ତମାନ ପ୍ରତିପାଦିତ କରିବ। ଏଥରକ ଯେତେବେଳେ ସେ ଆମେରିକା ଫେରିଗଲା, ତା ସୁଟକେସରେ କେବଳ କାଗଜ ଫଟୋଗ୍ରାଫ ଟେପ ନ ଥିଲା, ତା ମୁଣ୍ଡ ଭିତରେ ଥିଲା ଅନେକ ପ୍ରକାରର ଉପକଳ୍ପିତ ନିଷ୍କର୍ଷ ଓ ଏକ ବିରାଟ ପରିଯୋଜନାକୁ ସଫଳଭାବେ ନିର୍ବାହ କରିବାର ପ୍ରଚଣ୍ଡ ଆସ୍ଥା।

ଆମେରିକାରେ ନିଜର ବିଷୟ ବ୍ୟବସ୍ଥା କରି ରିକ୍ ଯେତେବେଳେ ଛ' ମାସ ପରେ ଓଡ଼ିଶା ଫେରିଲା ମନ୍ଦିର ବିଷୟକ ପ୍ରଥମ ସଂବାଦଟି ତାକୁ ହତୋତ୍ସାହ କରିଦେଲା। ମନ୍ଦିର କାମର ନିର୍ଘଣ୍ଟକୁ ଅନିର୍ଦ୍ଦିଷ୍ଟ କାଳ ପାଇଁ ଘୁଞ୍ଚାଇ ଦିଆଯାଇଥିଲା, କାରଣ ମହାଶୟ ବର୍ତ୍ତମାନ ଆମେରିକାରେ କେଉଁ ହିନ୍ଦୁ ମନ୍ଦିରର ଶୁଭ ଦେବା ପାଇଁ ସେଠାକୁ ଚାଲିଯାଇଥିଲେ। ନିଜର ଭାରତୀୟ ଅଭିଜ୍ଞତାରୁ ରିକ୍ ଅବଶ୍ୟ ଜାଣିଥିଲା ଯେ, ସମୟ ଓ ସମୟାନୁବର୍ତ୍ତିତା ଏଠାରେ ଅଳୀକ ଓ ଅର୍ଥହୀନ; ସେଥିପାଇଁ ସେ ନିଜର ନିରାଶାକୁ ଦୂର କରି ଗାଁ ମୁଣ୍ଡ ଘରେ ରହିବା ଆରମ୍ଭ କରିଦେଲା, ଯଦିଓ ସେ ଏପର୍ଯ୍ୟନ୍ତ ଜାଣିବାକୁ ପାଇ ନ ଥିଲା ଯେ ମନ୍ଦିରତୋଳା ଯଦି ହାତକୁ ନିଆଯାଏ, କେବେ ଆରମ୍ଭ ହେବ। ଏଭଳି ଅନିଶ୍ଚୟତା ଭିତରେ ସେ ଠିକ କଲା ଯେ, ସେ ତାର ସମୟକୁ ଯେତେଦୂର ସମ୍ଭବ ନିଜର ଗବେଷଣାରେ ବିନିଯୋଗ କରିବ, ତାହା ପ୍ରୟୋଗାତ୍ମକ ନ ହୋଇ ସୈଦ୍ଧାନ୍ତିକ ହେଉ ପଛେ!

ତେବେ କାମଟି ଏତେ ସହଜ ନ ଥିଲା। ସହରରେ ରହି ଗାଁମାନଙ୍କୁ ମଝିରେ ମଝିରେ ଯାଇ ମନ୍ଦିର ଫଟୋ ଉଠାଇବା ଏବଂ ଗୋଟିଏ ଗାଁରେ ବସବାସ କରି ରହିବା ଭିତରେ ଅନେକ ପ୍ରଭେଦ ଥିଲା। ତାକୁ ଚଳିବାରେ ଅନେକ କଷ୍ଟ ଉଠାଇବାକୁ ପଡ଼ିଲା, ତେବେ ତାର ଗୋଟିଏ ସୁବିଧା ହେଲା ଏଠାରେ ରହିବାରେ। ଆଗରୁ ସେ ଗାଁମାନଙ୍କୁ ଯିବାବେଳେ ତା ଚାରିପାଖେ ଆଖପାଖର ସବୁ ସାନବଡ଼ ଲଙ୍ଗଳା ପିଲା ଲାଗି ରହୁଥିଲେ ଏବଂ ଗାଁମୁଣ୍ଡ ପର୍ଯ୍ୟନ୍ତ ତା ପଛରେ ଗୋଡ଼ାଉଥିଲେ। ବୟସ୍କ ଲୋକମାନେ ତାର ଜାତିଗୋତ୍ର, ଘର, ପରିବାର, କାମ କଥା ପଚାରି ବ୍ୟତିବ୍ୟସ୍ତ କରିଦେଉଥିଲେ; ସେ ଶାନ୍ତିରେ ତାର କାମ କରିପାରୁ ନ ଥିଲା। ବର୍ତ୍ତମାନ ସେ ଏଠାରେ ଗୋଟିଏ ଜାଗାରେ ରହିବା ପରେ ତା ଘର ସାମନାରେ କିଛିଦିନ ପିଲାଙ୍କର ମେଳା ଲାଗିରହିଲା, କିନ୍ତୁ ସେ ଯେ ବେଶ ଦିନ ଏଠାରେ ରହିବାକୁ ଯାଉଛି, ଏ କଥା ଜାଣିବା ପରେ ଯେପରି ତା ପ୍ରତି ସମସ୍ତଙ୍କର ଆଗ୍ରହ କମ ହୋଇଗଲା ଏବଂ ଶାନ୍ତିରେ କାମ କରିବାକୁ ସୁବିଧା ମିଳିଲା ତାକୁ।

ପ୍ରଥମ କିଛିଦିନ ସେ ଘରକରଣା କାମରେ ମନ ଦେଲା। ଏତେଥର ଭାରତକୁ ଆସିବା ଭିତରେ ସେ ନିଜର ଖାଇବା, ଚଳିବାକୁ ଅତି ସହଜ ଓ ସରଳ କରି ଦେଇଥିଲା। ତଥାପି ସେ ରାଜୁ ବୋଲି ପିଲାଟିକୁ ନିଯୁକ୍ତ କଲା ବୋଲହାକ କରିବା ପାଇଁ। ପିଲାଟି ଅତି ନିର୍ବୋଧ ଥିଲା ଏବଂ ରିକ୍ ଜାଣିଥିଲା ଯେ ଭାବଗ୍ରାହୀ ବୋଲି ପିଲାଟିକୁ ରଖିଥିଲେ ଭଲ ହୋଇଥାନ୍ତା। କିନ୍ତୁ ସେ ଶେଷରେ ରାଜୁକୁ ନେବାର କାରଣ ହେଲା ତାର ନାଁକୁ ଉଚ୍ଚାରଣ କରିବାର ସହଜତା। ଯାହା ହେଉ ଅଳ୍ପ କିଛି ଦିନରେ ସେ ତାର ଘରେ ଟେବୁଲ, ଚଉକି, ଖଟ ପକାଇ, ରୋଷାଇ କରିବାର ନିମ୍ନତମ ବ୍ୟବସ୍ଥା

କରି, କ୍ୟାମେରା, ଟେପରେକର୍ଡର, କାଗଜପତ୍ରକୁ ଆଲମାରିରେ ଚାବି ବନ୍ଦ କରି ମନଦେଲା ନିଜର କାମରେ। ବର୍ତ୍ତମାନ ତାର କାମ କହିଲେ ଥିଲା ଜମିଦାର ଓ ତାଙ୍କ ଲୋକମାନଙ୍କ ପାଖକୁ ଯାଇ ଖବର ନେବା ମହାଶୟ କେବେ ଫେରିବେ ଏବଂ ମନ୍ଦିର ତୋଳା କେବେ ଆରମ୍ଭ ହେବ। ଏ ତଥ୍ୟଟି ପାଇବା ସହଜ ନ ଥିଲା ଏବଂ ଉତ୍ତର ସବୁ ବିସ୍ତୃତ ଥିଲା ଏଇ ଶୁକ୍ରବାରଠାରୁ ଆରମ୍ଭ କରି ଆରବର୍ଷ ମାଘ ମାସ ପର୍ଯ୍ୟନ୍ତ। ତଥାପି ହତୋତ୍ସାହ ନ ହୋଇ ରିକ୍ ମନ୍ଦିର ତୋଳାର ମୁଖ୍ୟ ମହାରଣାଙ୍କୁ ବେତନ ଦେଇ ନିଯୁକ୍ତ କରିଦେଲା, ତା ପାଖରେ ବସି ବାସ୍ତୁକଳା ଉପରେ ଆଲୋଚନା କରିବା ପାଇଁ।

ଗାଁର ଜୀବନଯାପନ ପ୍ରଣାଳୀ ଆଦୌ ଅନୁକୂଳ ନ ଥିଲା ରିକ୍ର କାମ କରିବା ପାଇଁ। ମହାରଣା ଆସିବେ ବୋଲି ସେ ସକାଳ ଆଠଟାରୁ କାଗଜ କଲମ, ଟେପ ରେକର୍ଡ଼ର ଧରି ବସି ରହୁଥିଲା, କିନ୍ତୁ ସେ ଆସୁଥିଲେ ବାରଟାବେଳେ। ଦିନେ ଯେତେବେଳେ ଚବିଶ ଘଣ୍ଟାରୁ ବେଶି ଡେରିରେ ପହଞ୍ଚିଲେ, ରିକ୍ ଟିକିଏ ବିରକ୍ତ ହେବାର ଭାବ ଦେଖାଇଲା। ଆଦୌ ବିବ୍ରତ ନ ହୋଇ ମହାରଣା ତାକୁ କହିଲେ, ମୁଁ ଭାବିଥିଲି ସୋମବାର ଦିନ ଆସିବାର ଥିଲା ବୋଲି! ପୋଷ୍ଟ ଅଫିସ ବ୍ୟାଙ୍କ କାମରେ ପୂରା ଗୋଟିଏ ଗୋଟିଏ ଦିନ ଚାଲିଯାଉଥିଲା ରିକ୍ର; କେତେବେଳେ ପୋଷ୍ଟଅଫିସରେ ଷ୍ଟାମ୍ପ ନ ଥିଲା ତ ଗାଁ ପାଖ ବ୍ୟାଙ୍କରେ ଟଙ୍କା। ତାର ଆଉ ଗୋଟିଏ ସମସ୍ୟା ଥିଲା ଯେ, ସେ ଏ ଅଞ୍ଚଳର ଏକମାତ୍ର ଆକର୍ଷଣୀୟ ବସ୍ତୁ ହୋଇଥିବାରୁ ଯେଉଁଠାକୁ ଯାଉଥିଲା, ସେଠାରେ ତାର କାମ ହେଉ ନ ହେଉ, ତାକୁ ଆତିଥ୍ୟର ଉପଭୋକ୍ତା ହେବାକୁ ପଡୁଥିଲା ଏବଂ ଅଜଣା ଲୋକମାନଙ୍କ ଗହଣରେ ବସି ତାକୁ ବର୍ଣ୍ଣନା କରିବାକୁ ହେଉଥିଲା ତାର ବ୍ୟକ୍ତିଗତ ଜୀବନର ମାର୍ମିକ ଇତିହାସ ଏବଂ ପିଇବାକୁ ହେଉଥିଲା କପ ପରେ କପ ଅତ୍ୟଧିକ ଚିନି ଓ ଦୁଧରେ ତିଆରି ସାହେବଙ୍କ ପାଇଁ ବଢ଼ିଆ ବୋଲି ମଗାଯାଇଥିବା ସଂପୂର୍ଣ୍ଣ ଅପେୟ ଚା!

ମହାରଣାଙ୍କ ସହିତ ତାର ଆଲୋଚନା ଧୀରେ ସୁସ୍ଥେ ଚାଲିଥିଲା ଏବଂ ସେ ଏ ପର୍ଯ୍ୟନ୍ତ କଳନା କରିପାରି ନ ଥିଲା ମନ୍ଦିରତୋଳାର ସମ୍ଭାବନା କେତେ ଓ ସମୟକ୍ରମ କଣ। ତେବେ ତାକୁ ଗାଁରେ ଏଭଳି ନିଶ୍ଚିନ୍ତ ଜୀବନଯାପନ କରିବା ମଝିରେ ମଝିରେ ମନ୍ଦ ଲାଗୁ ନ ଥିଲା ଏବଂ ନିଜେ ମେଳାପୀ ପ୍ରକୃତିର ହୋଇଥିବାରୁ ଏ ଭିତରେ ଗାଁ ଲୋକଙ୍କ ଭିତରେ ମିଳିମିଶି ଯାଇଥିଲା। ମଝିରେ ମଝିରେ ତା ମୁଣ୍ଡକୁ ଆସୁଥିଲା ଯେ, ସେ ମନ୍ଦିର କଥା ଭୁଲିଯାଇ ଏଇ ଗାଁ ବିଷୟରେ ଏକ ନୃତତ୍ତ୍ୱଭିତ୍ତିକ ବହି ଲେଖିବ; କିନ୍ତୁ ଏଥିପାଇଁ ସେ ନିଜକୁ ଗାଳି ଦେଉଥିଲା ଏବଂ ନିଜର ଜୀବନ

ଦର୍ଶନ ଓ ଲକ୍ଷ୍ୟକୁ ମନେପକାଇ ସେ ଏଭଳି ଚିନ୍ତାରୁ ନିବୃତ୍ତ କରୁଥିଲା ନିଜକୁ। ଗାଁ ଲୋକମାନେ ତାକୁ ସେମାନଙ୍କର ଗୋଟିଏ ମହାର୍ଘ ସମ୍ପଦ ବୋଲି ଧରି ନେଇଥିଲେ ଏବଂ ଅନ୍ୟମାନଙ୍କ ଆଗରେ ତାକୁ ପ୍ରଦର୍ଶନ କରି ଖୁସି ହେଉଥିଲେ। ଗାଁର କୌଣସି ସମସ୍ୟା ନେଇ ଯଦି ବିଡିଓ ବା ତହସିଲଦାରଙ୍କ ପାଖକୁ ଯିବାକୁ ହେଉଥିଲା, ସେମାନେ ସାଙ୍ଗରେ ରିକ୍କୁ ଧରି ନେଉଥିଲେ ଏବଂ ରିକ୍ ସେମାନଙ୍କର ମୁଖପାତ୍ର ହୋଇ ଅଫିସରଙ୍କ ଆଗରେ ଗାଁବାଲାଙ୍କର ଆପତ୍ତି ଅଭିଯୋଗ ଉପସ୍ଥାପିତ କରୁଥିଲା। ରିକ୍ର ଇଂରେଜୀ କଥା ବୁଝିବା ପାଇଁ ଅଫିସର ଥତମତ ହୋଇଯିବା ଗାଁବାଲାଙ୍କ ପାଇଁ ପ୍ରୀତିକର ଥିଲା।

ଏତେବର୍ଷ ଧରି କେବଳ ପଥରମାନଙ୍କ ସହିତ ସମ୍ପର୍କ ରଖିଥିବା ରିକ୍ ପାଇଁ ଲୋକମାନଙ୍କ ସହିତ ସମ୍ପର୍କ କରିବା ଥିଲା ଏକ ନୂଆ ଏବଂ ରୋଚକ ଅନୁଭବ। ଗୋଟିଏ ଦର୍ଶନୀୟ ବସ୍ତୁରୁ ସେ କ୍ରମେ କ୍ରମେ ହୋଇଯାଇଥିଲା ଏ ଗାଁର ଏକ ସାମାନ୍ୟ ଅଂଶ। ସେ ଯେତେବେଳେ ପ୍ରଥମେ ଭାରତ ଆସିଥିଲା, ତାକୁ ସବୁ ଭାରତୀୟ ଏକାଭଳି ଦେଖାଯାଉଥିଲେ; କ୍ରମେ କ୍ରମେ ସେ ଲୋକମାନଙ୍କ ପାଖରେ ସେମାନଙ୍କର ବ୍ୟକ୍ତିଗତ ରୂପ ଦେଖିବାକୁ ପାଇଥିଲା। ସେଇଭଳି, ଗାଁର ଲୋକମାନଙ୍କୁ ଏ ପର୍ଯ୍ୟନ୍ତ ଗୋଟିଏ ପ୍ରକୃତିର ବୋଲି ଭାବି ଆସିଥିବାବେଳେ ରିକ୍ ବର୍ତ୍ତମାନ ଆବିଷ୍କାର କରୁଥିଲା ପ୍ରତିଟି ଲୋକର ନିଜତ୍ୱ, ତାର ସୁଖଦୁଃଖ, ଦୋଷ ଗୁଣ, ସ୍ୱଭାବ ଚରିତ୍ର।

ସେ ଯଦି ଭାବିଥିଲା ଯେ, ସେ ନିଜକୁ ଏଇ ଗାଁର ଜୀବନ ସହିତ ସମ୍ପୂର୍ଣ୍ଣରୂପେ ମିଶାଇଦେବ, ଏ କଥା ସମ୍ଭବ ନ ଥିଲା। ସେ ବର୍ତ୍ତମାନ ବେଶ ଭଲ ଓଡ଼ିଆ କହୁଥିଲା, ଲୋକମାନଙ୍କୁ ଠିକ ବୁଝୁଥିଲା ଏବଂ ସେମାନଙ୍କୁ ସତରେ ଭଲପାଉଥିଲା। ସେ ଭାବୁଥିଲା ଯେ, କେବଳ ତାର ରଙ୍ଗ ଯୋଗୁଁ ହିଁ ସେ ସେମାନଙ୍କର ନିକଟ ହୋଇପାରୁ ନ ଥିଲା। ସେ ଭାବିଲା ଯେ, ସେ ଯଦି ସେମାନଙ୍କର ସାମାଜିକ ଜୀବନ ଓ ସମସ୍ୟାରେ ଭାଗ ନିଏ, ତେବେ ସେମାନଙ୍କର ଆହୁରି ନିକଟ ହୋଇଯିବ। ଗାଁ ମୁଣ୍ଡରେ ଗୋଟିଏ ପୋଖରୀ ଖୋଳାଇବା ଓ ଗଲାବର୍ଷର ମରୁଡ଼ି ପରିସ୍ଥିତି ଯୋଗୁଁ ଖଜଣା ମାଫ କରାଇବା ବିଷୟରେ ବ୍ଲକ ଓ ତହସିଲ ଅଫିସରେ ଯେଉଁ ଦାବିମାନ ଥିଲା, ତା ଉପରେ କୌଣସି କାର୍ଯ୍ୟକ୍ରମ ହେଉ ନ ଥିବାରୁ ରିକ୍ ଏ ବିଷୟରେ ଜିଲ୍ଲା କଲେକ୍ଟରଙ୍କୁ ଗୋଟାଏ ବଡ଼ ଚିଠି ଲେଖିଲା ଏବଂ ତାର ନକଲ ବିଡିଓ, ତହସିଲଦାରଙ୍କ ପାଖକୁ ପଠାଇଦେଲା। ଗାଁବାଲା ଏଥିପାଇଁ ତାକୁ ବାହାବା ଦେଲେ ଏବଂ ରିକ୍ ଖୁସି ହେଲା ଯେ, ସେ ସେମାନଙ୍କର ଶ୍ରଦ୍ଧାଭାଜନ ହୋଇଛି।

କିନ୍ତୁ ରିକ୍ ପାଇଁ ଏହାର ପରିଣାମ ଥିଲା ଅପ୍ରୀତିକର। ତାର ଚିଠି ଅଫିସର ଗଦା ଗଦା ଚିଠି ଭିତରେ ଲୁଚି ହଜିଯାଇଥାନ୍ତା ଯଦି ତା ରିକ୍ର ବିଦେଶୀ କାଗଜ ଉପରେ

ଇଲେକଟ୍ରନିକ ଟାଇପରାଇଟରର ଲେଖା ହୋଇ ନ ଥାନ୍ତା। ତା ଚିଠି ପଢ଼ି ଅଫିସରଙ୍କ ମୁହଁ ଲାଲ ହେଲା; ନିଜ ନିଜ ଭିତରେ ଭଲ ସମ୍ପର୍କ ନ ଥିବା ବିଡିଓ ଓ ତହସିଲଦାର ମିଶି ଥାନାବାବୁଙ୍କ ପାଖକୁ ଗଲେ, ଯାହା ସହିତ ଉଭୟଙ୍କର ଭଲ ପଡୁ ନ ଥିଲା। କିଛି ଦିନ ପରେ ଥାନାରୁ ସିପାହୀ ଆସି ରୁକ୍ଷ ସ୍ୱରରେ ରିକ୍ର ପାସପୋର୍ଟ ଦେଖିବାକୁ ମାଗିଲା ଏବଂ ତାକୁ ତାର ଭିସା ବିଷୟରେ ନାନା ସବାଲ ଜବାବ କଲା। ଯଦିଓ ସବୁକିଛି ନିୟମାନୁମୋଦିତ ଥିଲା, ସିପାହୀ ତାକୁ ବିଭିନ୍ନ ପ୍ରକାର ଭୟ ଦେଖାଇ ଚାଲିଗଲା। ରିକ୍ର କେବଳ ଏତିକି ଦୁଃଖ ହେଲା ଯେ ତାକୁ ପୋଲିସବାଲା ଏପରି ହଇରାଣ କରୁଥିବାବେଳେ ଗାଁ ଲୋକ ତାକୁ ଘେରି ଠିଆ ହୋଇଥିଲେ ବି ତା ପାଇଁ ପାଟି ଖୋଲିଲେ ନାହିଁ। ଅବଶ୍ୟ ପୋଲିସ ଚାଲିଯିବା ପରେ ପରେ ଅତି ଉଚ୍ଚସ୍ୱରରେ ପାଟିତୁଣ୍ଡ କରି ସେମାନେ ରିକ୍କୁ ଆଶ୍ୱାସନା ଓ ସମର୍ଥନ ଦେଲେ ଏବଂ ପୋଲିସ ସ୍ୱେଚ୍ଛାଚାରର ପ୍ରତିବାଦ କଲେ।

ଏଇ ସମୟରେ ଆହୁରି ଗୋଟିଏ ଘଟଣା ତାକୁ ବିଚଳିତ ନ କଲେ ବି ବିସଦୃଶ ଲାଗିଥିଲା। ରାଜୁ ଠିକ ସମୟରେ କାମ କରିବାକୁ ଆସୁ ନ ଥିବାରୁ ରିକ୍ ତାକୁ ଘଣ୍ଟା ଦେଖିବାକୁ ଶିଖାଇ ସମୟନିଷ୍ଠା ବିଷୟରେ ଉପଦେଶ ଦେଇଥିଲା ଏବଂ ତାକୁ ଗୋଟିଏ ଘଡ଼ି ଉପହାର ଦେଇଥିଲା। ଘଡ଼ିଟି ଅତି ସୁନ୍ଦର ଥିଲା, ପ୍ରତି ଘଣ୍ଟାରେ ଏଥିରୁ ସଙ୍ଗୀତ ଭଳି ସ୍ୱର ବାହାରୁଥିଲା ଏବଂ ଗାଁ ଲୋକଙ୍କ ପାଇଁ ଏଇଟି ଥିଲା ଗୋଟିଏ ଯାଦୁକରୀ ଜିନିଷ। ଘଡ଼ିଟି ପାଇବା ପରେ ରାଜୁ ଠିକ ସମୟରେ କାମ କରିବାକୁ ଆସିଲା ଏବଂ ରିକ୍ ଖୁସି ହେଲା ଯେ, ସେ ଅନ୍ତତଃ ଜଣକୁ ସମୟାନୁବର୍ତ୍ତୀ କରିପାରିଛି। ସେ ଏକଥା ମଧ୍ୟ ଭାବି ରଖିଲା ଯେ, ସେ ମହାରଣାଙ୍କୁ ମଧ୍ୟ ଗୋଟିଏ ଘଡ଼ି ଉପହାର ଦେବ, ଯଦିଓ ମହାରଣାଙ୍କ ପାଇଁ ଆହୁରି ଅଧିକ ଦରକାର ଥିଲା ଗୋଟିଏ କ୍ୟାଲେଣ୍ଡାର!

କିଛିଦିନ ପରେ କିନ୍ତୁ ରାଜୁ ନିଜେ ଘଡ଼ିଟିକୁ ଆଣି ତାକୁ ଫେରାଇଦେଲା। ପଚାରି ରିକ୍ ବୁଝିଲା ଯେ ଘଡ଼ିଟି ରାଜୁ ପାଇଁ ଅନିଷ୍ଟର କାରଣ ହେଲା। ରାଜୁ ଯେତେବେଳେ ଘଡ଼ିଟିକୁ ହାତରେ ବାନ୍ଧି ଗାଁ ଦାଣ୍ଡରେ ବୁଲି ଠିକ ଘଣ୍ଟା ସମୟ ବେଳକୁ ସଙ୍ଗୀତ ଶୁଣାଇ ସମସ୍ତଙ୍କୁ ଚମତ୍କୃତ କରିଦେଉଥିଲା, ଏଥିରେ ତାର ସାଙ୍ଗସାଥୀମାନେ ଖୁସି ହେବେ କଣ, ତାକୁ ଥଟ୍ଟା କରୁଥିଲେ। ଏଇଟି ନିଶ୍ଚୟ ଥିଲା ସେମାନଙ୍କ ଈର୍ଷାର କାରଣ। ଘରେ ମଧ୍ୟ ରାଜୁର ବଚସା ହୋଇଗଲା ତା ବଡ଼ଭାଇ ସାଙ୍ଗରେ ଏଇ ଘଡ଼ି ପାଇଁ, କାରଣ ସେ ତାକୁ ଘଡ଼ିଟି ମାଗିଲା ତାକୁ ପିନ୍ଧି ତା ସାଙ୍ଗମାନଙ୍କ ସହିତ ପାଖ ସହରକୁ ଯିବ ବୋଲି। ରାଜୁ ନ ଦେବାରୁ ସେ ତାକୁ ଗାଳିଦେଲା, ଧମକାଇଲା ଏବଂ

ଶୁଣାଇଦେଲା ଯେ, ଘଡ଼ିଟି ଯଦି ଚୋରି ହଜିଯାଏ, ତାର ସେଥିରେ କୌଣସି ଦୋଷ ନାହିଁ। ଏଥିପାଇଁ ରାଜୁ ଘଡ଼ିଟିକୁ ଆଖିରୁ ଅଦୃଶ୍ୟ ହେବାକୁ ଦେଲା ନାହିଁ, ଏପରିକି ସକାଳେ ନଈକୂଳକୁ ଗଲାବେଳେ ମଧ୍ୟ ତାକୁ ହାତରେ ରଖିଲା। ଶୋଇଲାବେଳେ ସେ ଘଡ଼ିକୁ ଓହ୍ଲାଇଲା ନାହିଁ, ତଥାପି ରାତି ଅଧରେ ମଝିରେ ମଝିରେ ତାର ନିଦ ଭାଙ୍ଗିଲା, କାଳେ ଭାଇ ଘଡ଼ିଟିକୁ ନେଇଯିବ। ସେ ଘଡ଼ିକୁ ଯେତିକି ଜାବୁଡ଼ି ରଖିଲା, ଘରେ ବାହାରେ ତାକୁ ସମସ୍ତେ ସେତିକି ଥଟ୍ଟା କଲେ। ଶେଷକୁ ଆଉ ସହି ନ ପାରି ରାଜୁ ଘଡ଼ିଟି ଫେରାଇଦେଇଥିଲା ରିକ୍କୁ।

ରିକ୍ର ପରବର୍ତ୍ତୀ ସମସ୍ୟା ହେଲା ମହାରଣାଙ୍କୁ ନେଇ। ରିକ୍ ତାଙ୍କୁ ଭଲ ଦରମା ଦେଉଥିଲା ଏବଂ ପ୍ରଥମ ଦି ମାସ ମହାରଣା ସେଥିରେ ସନ୍ତୁଷ୍ଟ ଥିଲେ। ତା ପର ମାସରେ କିନ୍ତୁ ସ୍ତ୍ରୀର ବେମାରି ଆଳରେ ସେ ତାକୁ ଆହୁରି ଟଙ୍କା ମାଗିଲେ। ରିକ୍ ତାଙ୍କୁ ଅଧିକା ଟଙ୍କା ଦେବା ପାଇଁ ମନା କଲା ଏବଂ ମହାରଣା ତା ପରଦିନ ଆସିଲେ ନାହିଁ। ଦି ଦିନ ପରେ ମହାରଣା ଆସିଲେ ଏବଂ ବାହାନା ଦେଲେ ଯେ ତାଙ୍କର ମଧ୍ୟ ଦେହ ଖରାପ ହୋଇଯାଇଥିଲା। ରିକ୍ ଲକ୍ଷ୍ୟ କଲା ଯେ ମହାରଣା ମନ ଭିତରେ ତା ସହିତ ଅସହଯୋଗ କରୁଛନ୍ତି ଏବଂ ତା ସହିତ ଆଲୋଚନାରେ କିପରି କେଉଁଠି କିଛି ଅଭାବ ରହିଯାଉଛି। ସେ ତାଙ୍କ ଦରମା ବଢ଼ାଇଦେବ ବୋଲି ଭାବୁଛି, ଦିନେ ରାତି ପାହାନ୍ତା ମହାରଣାଙ୍କର ବଡ଼ଭାଇ ଆସି ତା ପାଖରେ ପହଞ୍ଚିଲେ ଏବଂ ତାକୁ କହିଲେ ଯେ ସାହେବ ଯଦି ତାକୁ ନିଯୁକ୍ତ କରନ୍ତି, ସେ ଯେ କେବଳ ତାକୁ ଶିଳ୍ପଶାସ୍ତ୍ରର ମୂଳତତ୍ତ୍ୱମାନ ବୁଝାଇଦେବେ ତା ନୁହେଁ, ତାଙ୍କ ଘରେ ଥିବା ପ୍ରାଚୀନ ପୋଥିଟି ଆଣି ସେ ତାକୁ ଫଟୋ ଉଠାଇବାକୁ ଦେବେ। ରିକ୍ ଏ କଥା ଭାବି ଦେଖିବାକୁ ତାଙ୍କ ପାଖରୁ ସମୟ ନେଲା ଏବଂ କଥାଟିକୁ ନିତାନ୍ତ ଗୋପନୀୟ ରଖିବାକୁ ଉପଦେଶ ଦେଇ ବଡ଼ ମହାରଣା ଚାଲିଗଲେ ଦି ଦିନ ପରେ ଆସିବାକୁ କହି। ଏ ବିଷୟରେ କୌଣସି ନିଷ୍ପତ୍ତି ହେବା ପୂର୍ବରୁ କିନ୍ତୁ ରିକ୍ ଡାକରେ ଗୋଟିଏ ବେନାମୀ ଚିଠି ପାଇଲା, ଯେଉଁଥିରେ ଲେଖା ଥିଲା ଯେ ମହାରଣାଙ୍କ ଘରେ ଥିବା ପୋଥି ଉପରେ ବଡ଼ ମହାରଣାଙ୍କର କୌଣସି ଅଧିକାର ନାହିଁ। ଏ କଥା ରିକ୍କୁ ଅସମଞ୍ଜସରେ ପକାଇଦେଲା ଏବଂ ସେ ଠିକ କଲା ଯେ ଏ ବିଷୟରେ ବଡ଼ ମହାରଣାଙ୍କ ସହିତ ସେ ଆଉ କଥାବାର୍ତ୍ତା କରିବ ନାହିଁ।

ଦିନେ ସେ ମହାରଣାଙ୍କ ସହିତ ବସି କାମ କରୁଥିବାବେଳେ ଗାଁର ବୁଢ଼ୀ ସ୍ତ୍ରୀ ଲୋକଟିଏ ଆସି ତାକୁ ଖାଇବାକୁ ମାଗିଲା। ମଝିରେ ମଝିରେ ଏପରି ବିଭିନ୍ନ ପ୍ରକାରର ଦୀନଦୁଃଖୀ ତା ପାଖକୁ ଆସୁଥିଲେ ବିଭିନ୍ନ ଆଳରେ ପଇସା ମାଗିବା ପାଇଁ। ପ୍ରଥମେ ପ୍ରଥମେ ସେମାନଙ୍କ ଦୁଃଖର କାହାଣୀ ଶୁଣି ସେ ସେମାନଙ୍କୁ କିଛି କିଛି ସାହାଯ୍ୟ ଦେଉଥିଲା, କିନ୍ତୁ ତାର ବଦାନ୍ୟତାର ଖବର ପ୍ରଚାରିତ ହୋଇଯିବାରେ

ଦୁଃଖୀମାନଙ୍କର ସଂଖ୍ୟା ବଢ଼ିଗଲା ଏବଂ ରିକ୍ ଶେଷରେ ପଣ କଲା ଯେ, ସେ ଆଉ କାହାରିକି ସାହାଯ୍ୟ କରିବ ନାହିଁ। ତେବେ ବୁଢ଼ୀଟିର କଥା ଅଲଗା ଥିଲା। ସେ ଥିଲା ଗାଁର ସବୁଠାରୁ ଗରିବ; ତାର ଆଉ କେହି ନ ଥିଲେ ଏବଂ ସେ ମାଗିଯାଚି ଚଳୁଥିଲା। ରିକ୍ ଠିକକଲା ଯେ ସେ ବୁଢ଼ୀକୁ ଏମିତି ଥରେ ଅଧେ ଟଙ୍କା ନ ଦେଇ ତାର ସ୍ଥାୟୀ ଭାବରେ ଚଳିବାର କିଛି ବ୍ୟବସ୍ଥା କରିବ। ପଚରାପଚରି କରି ଶେଷରେ ସେ ବେଶ୍ ପଇସା ଖର୍ଚ୍ଚ କରି ବୁଢ଼ୀ ପାଇଁ ଦିଓଟି ଦୁଧିଆଳୀ ଗାଈ କିଣିନେଲା ଯେପରିକି ତା ଉପରେ ନିର୍ଭର କରି ବୁଢ଼ୀ ନିଜର ପେଟ ପୋଷିପାରିବ। ଏହାର ଫଳ ଏପରି ହେଲା ଯେ, ଏ ପର୍ଯ୍ୟନ୍ତ ସବୁଠାରୁ ଗରିବ ଥିବା ବୁଢ଼ୀଟି ହଠାତ୍ ଗାଁର ଜଣେ ସ୍ୱଚ୍ଛଳ ବାସିନ୍ଦା ହୋଇଗଲା ଏବଂ ଗୋଟିଏ ଚାକର ବି ରଖିଲା ଗାଈକଥା ବୁଝିବା ପାଇଁ। ବୁଢ଼ୀ ଭଲରେ ଚଳୁଥିବା ଦେଖି ରିକ୍ ଖୁସି ହେଲା, କିନ୍ତୁ ବିଚରା ବୁଢ଼ୀ ଗାଁସାରା ସମସ୍ତଙ୍କର ଚକ୍ଷୁଶୂଳ ହୋଇଗଲା।

ତାର ଗବେଷଣା କାମ ବିପର୍ଯ୍ୟସ୍ତ ହୋଇଯାଇଥିବାରୁ ରିକ୍ କ୍ଷୁବ୍ଧ ଥିଲା ଏବଂ ଥରେ ଥରେ ଭାବୁଥିଲା ଯେ ଆଉ ଏଠାରେ ନ ରହି ପୁଣି ଆଗଭଳି ଚାରିଆଡ଼େ ବୁଲି ମନ୍ଦିର ବିଷୟରେ ତଥ୍ୟ ସଂଗ୍ରହ କରିବ। ତେବେ ମହାରଣାଙ୍କ ସହିତ ତାର ଆଲୋଚନା ବର୍ତ୍ତମାନ ଅଧାରେ ଥିଲା। ସେ ଏଥରକ କିଛି କିଛି ସମୟ ରାଜୁକୁ ସାଙ୍ଗରେ ନେଇ ଆଖପାଖରେ ଥିବା ଛୋଟ ଛୋଟ ମନ୍ଦିର ଓ ଗ୍ରାମଦେବତାଙ୍କର ଫଟୋ ଉଠାଇବାରେ ଲାଗିଲା। ଏଭଳି ଦିନେ ପାଖ ଗାଁରେ ଫଟୋ ଉଠାଇସାରି ସେ କ୍ୟାମେରା ବନ୍ଦ କରିବାକୁ ଯାଉଛି, ଦେଖିଲା ଯେ ଲେନ୍ସ କ୍ୟାପ୍ଟି ନାହିଁ। ସେ ସେଇଟିକୁ ଖୋଜିବାରେ ଲାଗିଲା ଏବଂ ତାକୁ ଘେରି ଯେତେ ଲୋକ ଠିଆ ହୋଇଥିଲେ, ସେମାନେ ମଧ୍ୟ ଖୋଜିବାରେ ଲାଗିଲେ, ଯଦିଓ ସେମାନଙ୍କୁ ଜଣା ନ ଥିଲା ଜିନିଷଟି କିପରି ଓ କଣ? ଶେଷରେ ଜିନିଷଟି ମିଳିଲା ନାହିଁ ଏବଂ ରିକ୍ ଫେରିଲା ଏ କଥା ଠିକ କରି ଯେ, ସେ ଅନ୍ୟ କ୍ୟାମେରାର ଲେନ୍ସ କ୍ୟାପ୍ଟି ଏଥିରେ ଲଗାଇପାରିବ।

ଘଟଣାର କିନ୍ତୁ ଏତିକିରେ ଶେଷ ହେଲା ନାହିଁ। କିଛିଦିନ ପରେ ପୋଲିସ ଆସି ତାର ଘରେ ପହଞ୍ଚିଲା ତାର କ୍ୟାମେରା ଚୋରି ଘଟଣାର ତଦନ୍ତ କରିବା ପାଇଁ। ରାଜୁ ପାଖରୁ ଶୁଣି କିଏ ଯାଇ ଖବର ଦେଇଦେଇଥିଲା ଥାନାରେ। ରିକ୍ ବୁଝାଇବାକୁ ଚେଷ୍ଟା କଲା ଯେ ତାର କୌଣସି ଜିନିଷ ଚୋରି ହୋଇ ନାହିଁ, ଯାହା ହଜିଯାଇଛି, ସେଇଟି ନିତାନ୍ତ ତୁଚ୍ଛ ଜିନିଷଟିଏ ମାତ୍ର। ସେ ଅନ୍ୟ କ୍ୟାମେରାରୁ ଟିଣ ଚକତିଟି ଆଣି ପୋଲିସକୁ ଦେଖାଇଲା, କିନ୍ତୁ ପୋଲିସ ଚୋର ଧରିବାକୁ ବଦ୍ଧପରିକର ଥିଲେ। ରିକ୍ ଓ ଗାଁବାଲାଙ୍କ ଯେତେ କହିବା ସତ୍ତ୍ୱେ ସେମାନେ ରାଜୁକୁ ବାନ୍ଧି ନେଇଗଲେ। ଦି ଦିନ ପରେ ରାଜୁ ଯେତେବେଳେ ଗାଁକୁ ଫେରିଲା, ତାର ଦେହହାତ ଫୁଲିଯାଇଥିଲା। ସେ

ବର୍ଷକର ରୋଗୀ ଭଳି ଦିଶୁଥିଲା, କିନ୍ତୁ ତା ଆଖିରେ ବର୍ତ୍ତମାନ ଭୟଙ୍କର ଚାହାଣି ଥିଲା। ରିକ୍ ତାକୁ ଆଶ୍ୱାସନା ଦେଲା, କିନ୍ତୁ ସେ ଆଉ ତା ପାଖରେ କାମ କରିବାକୁ ରାଜି ହେଲା ନାହିଁ।

ରାଜୁ ବଦଳରେ ଏଥରକ ରିକ୍ ଯାହାକୁ ରଖିଲା, ସେ ଥିଲା ଲାଲବିହାରୀ ବା ଲାଲା, ଯେ କି ଦଶମ ଶ୍ରେଣୀଯାଏ ପାଠ ପଢ଼ିଥିଲା ଏବଂ କିଛିଦିନ କୋଉଠି ପିଅନ ଚାକିରି କରି ସେଠାରୁ ଛଟେଇ ହୋଇ ଘରେ ବସି ରହିଥିଲା। ଲାଲା ଅତି କର୍ମଠ, ବିଶ୍ୱସ୍ତ ଓ ଚାଲାକ ଚତୁର ଥିଲା ଏବଂ ତା ଉପରେ ନିଜର ଘରକରଣାର ସମସ୍ତ ଦାୟିତ୍ୱ ସମର୍ପି ଦେଇ ରିକ୍ ସଂପୂର୍ଣ୍ଣ ନିଶ୍ଚିନ୍ତ ହୋଇଗଲା। କିନ୍ତୁ ତାର ପରବର୍ତ୍ତୀ ସମସ୍ୟାଟି ହେଲା ସେଇ ଲାଲା ଯୋଗୁଁ। ଗାଁର ଯୁବକମାନେ ଯେତେବେଳେ ପୂଜା ପାଇଁ ତାକୁ ଚାନ୍ଦା ମାଗିବାକୁ ଆସିଲେ, ଲାଲାର ସୁପାରିଶରେ ସେ ସେମାନଙ୍କୁ ଭଲ ଚାନ୍ଦା ଦେଲା। ରିକ୍କୁ ଏ କଥା ଜଣା ନ ଥିଲା ଯେ ଗାଁରେ ଦୁଇଟି ଯୁବସଂଘ ଥିଲା ଏବଂ ତା ଭିତରୁ ଗୋଟିକକୁ ଲାଲା ସମର୍ଥନ କରୁଥିଲା। ଚାନ୍ଦା ଘଟଣାରୁ ଦୁଇ ଦଳ ଭିତରେ ବିଭେଦ ବଢ଼ିଲା। ମେଲଣ ବେଳେ ଜଣେ ଗୋରା ଲୋକକୁ ଆଗରେ ରଖି ଲାଲାର ଯୁବକସଂଘଟି ଆଖପାଖ ଅଞ୍ଚଳରେ ନାଁ କରିପାରିଲା, ଏ କଥା ମଧ୍ୟ ଅନ୍ୟ ସଂଘର କ୍ଷୋଭର କାରଣ ହେଲା। ତେବେ ରିକ୍କୁ ଏ ସବୁ କଥା ଅଜଣା ରହିଗଲା କାରଣ ଲାଲା ସତର୍କତାର ସହ ଏ ସବୁ ତାର ଅଗୋଚର ରଖିଲା।

କିଛିଦିନ ପରେ ବିଡିଓ ତା ପାଖକୁ ପୋଖରୀ ଖୋଳାର କାଗଜପତ୍ର ନେଇ ପହଞ୍ଚିବାରୁ ଆଶ୍ଚର୍ଯ୍ୟ ହେଲା ରିକ୍। ତା ପାଖରୁ ଆମେରିକା ବିଷୟରେ ସବୁ କୌତୂହଳ ଦୂର କରିସାରିବା ପରେ ବିଡିଓ ରିକ୍କୁ ଜଣାଇଲା ଯେ, ପୋଖରୀଟି ଏଇ ଗାଁରେ ହିଁ ଶୀଘ୍ର ଖୋଳାହେବ। ପ୍ରଶ୍ନ କରି ରିକ୍ ଜାଣିଲା ଯେ ପୋଖରୀଟି ଏ ପର୍ଯ୍ୟନ୍ତ ଖୋଳା ହୋଇପାରୁ ନ ଥିଲା, କାରଣ ପାଖ ଗାଁର ଲୋକ ମଧ୍ୟ ଏଇଟିକି ଦାବି କରୁଥିଲେ। ରିକ୍ କିନ୍ତୁ ବୁଝିପାରିଲା ନାହିଁ ଏତେଦିନ ଧରି ସ୍ଥାନ ନିରୂପିତ ନ ହେବାର ସମସ୍ୟା କିପରି ଏତେ ଶୀଘ୍ର ସମାହିତ ହୋଇଗଲା। ତଥାପି ସେ ଖୁସି ହେଲା ଏ ସମ୍ବାଦରେ। କିନ୍ତୁ ସେଇଦିନ ଉପରବେଳା ଯେତେବେଳେ ତହସିଲଦାର ଖଜଣା ମାଫି ସଂପର୍କରେ ଉପରକୁ ଲେଖିଥିବା ଚିଠିଟିର ନକଲ ଆଣି ତାକୁ ଦେଖାଇଲା, ରିକ୍ ମନରେ ସନ୍ଦେହ ହେଲା ଘଟଣା କଣ ବୋଲି।

ଭାରତୀୟ ଅମଲାତନ୍ତ୍ରକୁ ଅନ୍ତତଃ କିଛି କିଛି ବୁଝୁଥିଲା ରିକ୍ ଏବଂ ତାର ସନ୍ଦେହର ଅବସାନ ହେଲା ଯେତେବେଳେ ବିଡିଓ ଓ ତହସିଲଦାର ମିଶି ଗାଁ ମୁଣ୍ଡରେ ତୋରଣ ବାନ୍ଧିବା ଆରମ୍ଭ କଲେ ଏବଂ ତୋରଣରୁ ସାଜସଜ୍ଜା ଗାଁ ଭିତର ଦେଇ ଆସି ପହଞ୍ଚିଲା ରିକ୍ର ଘର ପାଖରେ। ସେ ଜାଣିଲା ଯେ କେହି ଉଚ୍ଚପଦସ୍ଥ କର୍ତ୍ତା ତା ପାଖକୁ

ଆସୁଛନ୍ତି। ଅତି ଶୀଘ୍ର ଖବରଟି ନେଇ ଥାନାବାବୁ ତା ପାଖକୁ ଆସିଲା, ଜୋତାରେ ଜୋତାକୁ ପିଟି ତାକୁ ଏକ ବିଧିବଦ୍ଧ ସଲାମ କଲା ଏବଂ ଜଣାଇଲା ଯେ କଲେକ୍ଟର ରିକ୍କୁ ଦେଖା କରିବାକୁ ଆସିବେ।

ତା ଆରଦିନ ସକାଳୁ ବିଡିଓ, ତହସିଲଦାର, ଥାନାବାବୁ ମିଶି ରିକ୍ର ଘରକୁ ଅଧିକାର କରିନେଲେ ଏବଂ ଲାଲାର ସକ୍ରିୟ ସହାୟତାରେ ସେଠାରେ ଚଉକି ଟେବୁଲ ଆଣି ପକାଇ ବିଭିନ୍ନ ପ୍ରକାର ଖାଦ୍ୟପଦାର୍ଥ ପ୍ରସ୍ତୁତ କରିବାରେ ଲାଗିଗଲେ। ରିକ୍ ଏ ସବୁରେ ଭାଗ ନେବାକୁ ଚାହୁଁ ନ ଥିଲା। ତା ସହିତ କୌଣସି ଯୋଗାଯୋଗ ନ କରି ଭଦ୍ରବ୍ୟକ୍ତି ନିଜର ସୁବିଧାରେ ଏଭଳି ତା ପାଖକୁ ଆସିବା ତାକୁ ଠିକ ଲାଗୁ ନ ଥିଲା, ତେବେ ଏସବୁ ଆୟୋଜନରେ ବାଧା ଦେବା ମଧ୍ୟ ସମ୍ଭବ ନ ଥିଲା। ତେଣୁ ଚୁପ ରହି ସେ କୌତୂହଳ ଓ ଦାର୍ଶନିକତାର ସହ ଭାରତୀୟ ଆତିଥେୟତା ଓ ଅମଲାତନ୍ତ୍ର ବିଷୟରେ ନିଜର ଜ୍ଞାନକୁ ସଂଶୋଧିତ ଓ ପରିମାର୍ଜିତ କରିବାରେ ମନ ଦେଲା। ସନ୍ଧ୍ୟାବେଳେ କଲେକ୍ଟର ସଦଳବଳେ ଆସି ପହଞ୍ଚିବାରେ ଗାଁବାଲାଙ୍କ ଗହଣରେ ତାଙ୍କର ଉପଚାର ଓ ଆପ୍ୟାୟନ ହେଲା ଏବଂ ଯେତେବେଳେ ଲୋକଙ୍କର ଅଭିଯୋଗ ଆପତ୍ତିର ତାଲିକା ସରିଗଲା ଓ ଉତ୍ସାହ ଥଣ୍ଡା ପଡ଼ିଆସିଲା, ସେ ଅନ୍ୟମାନଙ୍କୁ ବିଦାୟ ଦେଇ ରିକ୍ ସହିତ ଏକା କଥାବାର୍ତ୍ତା କରିବା ପାଇଁ ବସିଲେ।

କଲେକ୍ଟର ମାତ୍ର କିଛିବର୍ଷ ତଳେ କଲେଜ ଛାଡ଼ି ଆସିଥିବା ଯୁବକ ଥିଲା ଏବଂ ଚାରିମାସ ତଳେ ଏଇ ଜିଲ୍ଲାରେ ନିଯୁକ୍ତି ପାଇଥିଲା। ଜିଲ୍ଲାଟି ସଭ୍ୟତାରୁ ବାହାରେ ଅତି ଅନୁନ୍ନତ ଅଞ୍ଚଳ ଥିଲା ଏବଂ ଏହାର ସଦର ମହକୁମାରେ ଜୀବନଯାପନର ଆବଶ୍ୟକୀୟ ଜିନିଷମାନ ଉପଲବ୍ଧ ନ ଥିଲା। ସେଥିପାଇଁ ଏ ଜିଲ୍ଲାକୁ ଯେଉଁମାନେ ବଦଳିରେ ଆସୁଥିଲେ ତାହା ଏକ ଦଣ୍ଡାଦେଶ ବୋଲି ଭାବୁଥିଲେ। ଏଭଳି ପରିସ୍ଥିତିରେ ପଡ଼ି ଯୁବକ କଲେକ୍ଟର ମଧ୍ୟ ଦୁଃଖୀ ଥିଲା ଏବଂ ଅଫିସ୍ର ବିରକ୍ତିଜନକ କାମ କରିବା ସହିତ କବିତା ଲେଖାରେ ମନ ଦେଇଥିଲା। ବର୍ତ୍ତମାନ ତା ମନରେ ଜାଗ୍ରତ ହୋଇଥିଲା ଆହୁରି ପାଠ ପଢ଼ି ନିଜକୁ ଅଧିକ ଶିକ୍ଷିତ କରିବାର ଇଚ୍ଛା। ଯଦିଓ ସେ କଣ ପଢ଼ିବ ଏ ପର୍ଯ୍ୟନ୍ତ ଠିକ କରି ନ ଥିଲା, ସେ ରିକ୍ ପାଖକୁ ଆସିଥିଲା ବୁଝିବାକୁ ଯେ ଯଦି ସେ ଉଚ୍ଚଶିକ୍ଷା ପାଇଁ ଆମେରିକା ଯାଏ, ତେବେ ସେଥିପାଇଁ ତାକୁ ବୃତ୍ତି ଇତ୍ୟାଦି ମିଳିବ କି ନାହିଁ।

ରିକ୍ ଆମେରିକାର ବିଶ୍ୱବିଦ୍ୟାଳୟ ଏବଂ ସେମାନଙ୍କର ଫେଲୋଶିପ ସଂପର୍କରେ ଯଥାସମ୍ଭବ ବୁଝାଇ ତାକୁ ସେଦିନ ବିଦାୟ ଦେଲା। ତା ପରେ ପରେ କେବଳ ସେଇ ଗାଁରେ ନୁହେଁ, ଆଖପାଖରେ ମଧ୍ୟ ରିକ୍ର ପ୍ରତିଷ୍ଠା ହୋଇଗଲା ଭିନ୍ନ ପ୍ରକାରର। ପର୍ବପର୍ବାଣିରେ ତହସିଲଦାର ତା ପାଖକୁ ପିଠା ପଠାଇଲା ଏବଂ ବିଡିଓ

ଜିପ ନେଇ ସହରକୁ ଯିବାବେଳେ ରିକ୍କୁ ସାଙ୍ଗରେ ନେଇ ଯିବାର ନିମନ୍ତ୍ରଣ ଦେଲା। ଥାନାବାବୁ ଆସି ପଚାରିଗଲେ ତାର ଭିସା ନେଇ କିଛି ସମସ୍ୟା ଅଛି କି ନାହିଁ। ଗାଁର ଅନ୍ୟ ଯୁବକଦଳ, ଯେଉଁମାନେ କି ତାକୁ ବାସନ୍ଦ କରି ରଖିଥିଲେ, ସେମାନେ ମଧ୍ୟ ତା ଆଡ଼କୁ ବନ୍ଧୁତାର ହାତ ବଢ଼ାଇଲେ। କିଛି ଯୁବକ ଆସି ସେମାନଙ୍କୁ ପିଅନ ଚାକିରି କରାଇଦେବା ପାଇଁ ରିକ୍ର ସାହାଯ୍ୟ ମାଗିଲେ। ରିକ୍ର ସହସାଲବ୍ଧ ଖ୍ୟାତି ପାଖ ଗାଁମାନଙ୍କୁ ମଧ୍ୟ ପ୍ରସାରିତ ହୋଇଯାଇଥିଲା ଓ ସେଠାରୁ ମଧ୍ୟ ବିଭିନ୍ନ ସମସ୍ୟା ଆସି ତାକୁ ବ୍ୟତିବ୍ୟସ୍ତ କଲା।

ଏ ସବୁ ରିକ୍ ହୁଏତ ଉପଭୋଗ କରିଥାନ୍ତା ଯଦି ତାର ଗବେଷଣା କାମ ଠିକରେ ଚାଲୁଥାନ୍ତା। ସିଧାସଳଖ ଏ କଥା ନ କହିଲେ ବି ଜମିଦାରଙ୍କ କଥାବାର୍ତ୍ତାରୁ ଜଣାପଡୁଥିଲା, ସେ ଆଉ ମନ୍ଦିର କାମରେ ଆଗ୍ରହୀ ନୁହନ୍ତି। ଆମେରିକାରୁ ଆଉ ମହାଶୟଙ୍କ ବିଷୟରେ କୌଣସି ଖବର ଆସୁ ନ ଥିଲା; କେବଳ କିଏ ଜଣେ ଏକ ଅସମର୍ଥିତ ଖବର ଦେଇଥିଲା ଯେ, ସେ ଆମେରିକା ପରିକ୍ରମା ସାରି ଦାଢ଼ି ବଢ଼ାଇ ସାଧୁ ହୋଇ ଇଉରୋପରେ ଶିଷ୍ୟ ସଂଗ୍ରହ କରୁଛନ୍ତି। ମହାରଣା ବର୍ତ୍ତମାନ ତାକୁ ବିଭିନ୍ନ ଭାବରେ ହଇରାଣ କରିବାରେ ଲାଗିଥିଲେ। ବିଡିଓ, ତହସିଲଦାର, ଥାନାବାବୁ ଅକାଳେ ସକାଳେ ତା ପାଖରେ ପହଞ୍ଚି ତାର ଅନେକ ସମୟ ନଷ୍ଟ କରୁଥିଲେ ଏବଂ ନିଜର ଚାକିରିଜନିତ ବିଭିନ୍ନ ସମସ୍ୟାରେ ତାର ସାହାଯ୍ୟ ଚାହୁଁଥିଲେ। ଏଇଭଳି ମାନସିକ ଅବସାଦମାନଙ୍କରେ ରହିଥିବାବେଳେ ତାର ମ୍ୟାଲେରିଆ ଜର ହେଲା। ତାର ଏକମାତ୍ର ସାନ୍ତ୍ୱନା ବର୍ତ୍ତମାନ ଥିଲା ଲାଲା, ଯେ କି ମନପ୍ରାଣ ଦେଇ ଦେଖାଶୁଣା କରୁଥିଲା ରିକ୍ର।

ଅନେକ ଭାବିଚିନ୍ତି ଆମେରିକା ଲେଉଟିଯିବାର ନିଷ୍ପତ୍ତି ନେଲା ରିକ୍। ପରେ ସେ ଭଲଭାବେ ଯୋଜନା କରି ଆଉ ଥରେ ଆସିବ। ଏଥରକ ସେ ଫେରିବାର ପ୍ରସ୍ତୁତିରେ ଲାଗିଗଲା। ଅନେକ ଛୋଟ ଛୋଟ କାମ ସାରିବାକୁ ଥିଲା ତାର। ତା ସହିତ ସେ ଲାଲାକୁ କିପରି ବ୍ୟବସ୍ଥିତ କରି ଯିବ, ସେ ବିଷୟରେ ମଧ୍ୟ ମନ ଦେଲା। ଲାଲା ସହିତ କଥାବାର୍ତ୍ତା ହୋଇ ଠିକ ହେଲା ଯେ, ଲାଲା ଗୋଟିଏ ଚା ଦୋକାନ କରିବ ଏବଂ ଏଥିପାଇଁ ଯାହା ଟଙ୍କା ଦରକାର ହେବ, ରିକ୍ ତାକୁ ଦେବ।

ଗାଁ ଛାଡ଼ିବାବେଳେ ମନ କଷ୍ଟ ହେଲା ରିକ୍ର। ଏଇ କେତେମାସ ଭିତରେ ସେ ଗାଁ ଓ ତାର ଲୋକମାନଙ୍କୁ ଆଦରିଯାଇଥିଲା। ସେ ତାର ଚିହ୍ନା ଲୋକମାନଙ୍କୁ ଘର ଘର ଯାଇ ଦେଖା କରି ବିଦାୟ ନେଲା, ତହସିଲଦାର, ବିଡିଓ, ଥାନାବାବୁଙ୍କୁ ଚା ପିଇବାକୁ ଡାକିଲା ଏବଂ ଦିନେ ସକାଳେ ଜିନିଷପତ୍ର ଧରି ଲାଲା ସାଙ୍ଗରେ ଗାଁ

ଛାଡ଼ିଲା। ଭୁବନେଶ୍ୱର ଏୟାରପୋର୍ଟରେ ଲାଲା ତାକୁ ବିଦାୟ ଦେବାବେଳେ ରିକ୍ର ଆଖି ଛଳଛଳ ହୋଇଯାଇଥିଲା।

ଆମେରିକାରେ ପହଞ୍ଚି ରିକ୍କୁ ବେଶ୍ କିଛି ସମୟ ଲାଗିଲା ନିଜର ସ୍ୱାସ୍ଥ୍ୟ ଠିକ କରିବାରେ ଏବଂ ଅସ୍ତବ୍ୟସ୍ତ ହୋଇଯାଇଥିବା ବ୍ୟବସ୍ଥା ସବୁକୁ ସଜାଡ଼ିବାରେ। ତେବେ ଯେତେ ଶୀଘ୍ର ସମ୍ଭବ ଗାଁରେ ଛାଡ଼ି ଆସିଥିବା ସମସ୍ତଙ୍କୁ ଗୋଟିଏ ଗୋଟିଏ ଚିଠି ଲେଖିଲା। ବିଶେଷରେ ଲାଲା ପାଖକୁ ସେ ଗୋଟିଏ ଦୀର୍ଘ ଚିଠି ଲେଖି ତାର ଭଲମନ୍ଦ ପଚାରିଲା। ମଝିରେ ମଝିରେ ନିଜର ଗବେଷଣାର କାଗଜପତ୍ର ଖୋଲି ଦେଖିବାବେଳେ ତାକୁ ଗାଁ କଥା ମନେପଡୁଥିଲା। ତା ପାଖରେ ଗାଁର ଅନେକ ଲୋକଙ୍କର ଫଟୋ ଥିଲା; ତାକୁ ଦେଖି ସେ ରାଜୁ, ଯୁବକସଂଘ ସେକ୍ରେଟେରୀ, ବୁଢ଼ା ମାଷ୍ଟ୍ର, ଜମିଦାର, ବିଡିଓ, ତହସିଲଦାର ସମସ୍ତଙ୍କୁ ମନେ ପକାଉଥିଲା ଏବଂ ଆଶା କରୁଥିଲା, ସେମାନେ ନିଶ୍ଚୟ ତାର ଚିଠିର ଉତ୍ତର ଦେବେ। ସେ ପ୍ରତିଦିନ ଅପେକ୍ଷା କରୁଥିଲା, କିନ୍ତୁ କାହାରି ଚିଠି ଆସୁ ନ ଥିଲା, ଏପରିକି ଲାଲା ପାଖରୁ ବି ନୁହେଁ। ଅନେକ ଦିନ ପରେ ସେ କେବଳ ଗୋଟିଏ ମାତ୍ର ଚିଠି ପାଇଥିଲା କଲେକ୍ଟର ପାଖରୁ। ରିକ୍ ପଠାଇଥିବା ବିଭିନ୍ନ ଇଉନିଭର୍ସିଟିର କାଗଜପତ୍ର ପାଇବା ପରେ କଲେକ୍ଟର ତାକୁ ଧନ୍ୟବାଦ ଦେଇ ଲେଖିଥିଲା ଯେ, ତାର ଗୋଟିଏ ଭଲ ପୋଷ୍ଟକୁ ବଦଳି ହୋଇଯାଇଛି ଏବଂ ଶୀଘ୍ର ସେ ସେଠାରେ ଯାଇ ଯୋଗଦେବ। ସେଥିପାଇଁ ସେ ବର୍ତ୍ତମାନ ଆଉ ଉଚ୍ଚଶିକ୍ଷା କଥା ଭାବୁ ନାହିଁ। ଚିଠି ତଳେ ଗୋଟିଏ ପୁନଶ୍ଚରେ ସେ ଏ କଥା ମଧ୍ୟ ଜଣାଇଥିଲା ଯେ, ସେ କବିତା ଲେଖା ଛାଡ଼ିଦେଇଛି।

ଶାରନ୍ ବୋଲି ତାର ପରିଚିତା ଛାତ୍ରୀ ଯେତେବେଳେ ଗବେଷଣା ପାଇଁ ଓଡ଼ିଶା ଯିବା ଆଗରୁ ତାର ପରାମର୍ଶ ନେବାକୁ ଭେଟିଲା, ରିକ୍ ତାକୁ ଗାଁଟି ବିଷୟରେ ସବୁ ଖବର ଦେଇ ତାକୁ ଅନୁରୋଧ କଲା ସେଠାକୁ ଯିବାକୁ। ସେ ତାକୁ ବିଶେଷ ଭାବରେ କହିଲା ଲାଲାର ଖବର ନେବାପାଇଁ। ଶାରନ୍ ଆମେରିକା ଛାଡ଼ିବାର ଚାରିମାସ ପରେ ତା ପାଖରୁ ଏକ ଦୀର୍ଘ ପତ୍ର ପାଇଲା ରିକ୍। ଏ ଭିତରେ ଶାରନ୍ ସେ ଗାଁକୁ ଯାଇ ସେଠାରେ ବେଶ୍ ସମୟ କଟାଇ ରିକ୍ର ପରିଚିତ ସମସ୍ତଙ୍କୁ ଭେଟିବାକୁ ଚେଷ୍ଟା କରିଥିଲା। ତାର ଚିଠି ଅନୁସାରେ ଇନକମ ଟ୍ୟାକସ କେସରେ ପଡ଼ି ବୁଢ଼ା ଜମିଦାର ଆଉ ମନ୍ଦିର ତୋଳା କଥା ଭାବୁ ନ ଥିଲେ। ଗରିବ ବୁଢ଼ୀଟି ବର୍ତ୍ତମାନ ଦୁଃଖକଷ୍ଟରେ ଭୋକ ଉପାସରେ ଚଳୁଥିଲା,କାରଣ ତାର ଗାଈକୁ କିଏ ବିଷ ଦେଇ ମାରିଦେଇଥିଲା। ମହାରଣା ପରିବାରରେ କଳିକନ୍ଦଳ ହୋଇ ସେମାନଙ୍କ ଭିତରେ ବିଭିନ୍ନ ପ୍ରକାରର ମାଲି ମକଦ୍ଦମା ଚାଲିଥିଲା। ପଣ୍ଡିତ ମହାଶୟ ଫେରିଆସି ତାଙ୍କର ଦୁଇଜଣ ବିଦେଶୀ ଶିଷ୍ୟଙ୍କ ସହିତ ମିଶି ସମୁଦ୍ର କୂଳରେ ଗୋଟିଏ ଆଶ୍ରମ ତିଆରିରେ

ଲାଗିଥିଲେ। ପୋଖରୀ ଖୋଳା କାମରେ ଦୁର୍ନୀତିରେ ବିଡିଓ ସସ୍ପେଣ୍ଡ ହୋଇ ଘରେ ବସିଥିଲା। ଲାଲା କିନ୍ତୁ ତାର ଚା ଦୋକାନରୁ ବେଶ୍ ଲାଭ କରି ସ୍ୱଚ୍ଛଳଭାବେ ଚଳୁଥିଲା; ଖାଲି ଯାହା ଟଙ୍କା ହୋଇଯିବା ପରେ ସେ ତାର ସ୍ତ୍ରୀ ପିଲାଙ୍କୁ ଘରୁ ବାହାର କରିଦେଇ ଚା ଦୋକାନ ପାଖରେ ଆଉ ଗୋଟିଏ ଝିଅକୁ ନେଇ ରହୁଥିଲା। କେବଳ ରିକ୍ରୁ ତାଲିକାରୁ ଜଣକୁ ଭେଟିପାରି ନ ଥିଲା ଶାରନ୍। ସେ ତାଙ୍କ ଗାଁକୁ ଯାଇଥିବାବେଳେ ଚୋରି ଅପରାଧରେ ଧରା ହୋଇ ରାଜୁ ଜେଲରେ ଥିଲା।

—

ସ୍ୱାତୀ ଆସିବ

ସ୍ୱାତୀ ଆସିବ ଦୁଇ ମାସ ତିନିଦିନ ପରେ।

ପୁଣି ଥରେ ଚିଠିଟିକୁ ପଢ଼ିଲା ଭାସ୍କର। ଏ ଚିଠିଟି ଯୋଉଦିନ ଆସିଥିଲା, ସେ ହିସାବ କରିଥିଲା ସ୍ୱାତୀ ଆସିବ ଦୁଇମାସ ଅଠରଦିନ ପରେ। କେତେଥର ଯେ ସେ ଚିଠିଟିକୁ ପଢ଼ିଛି ଏ ଭିତରେ ତାର ଗଣନା ନାହିଁ। ସେ ବାରମ୍ବାର ଚିଠିଟିକୁ ପଢୁଥିଲା, ଯେପରିକି ପ୍ରତିଟି ପଢ଼ିବାରେ ସେ ଚିଠିଟିରୁ କୌଣସି ଏକ ନୂଆ ମର୍ମ ଆବିଷ୍କାର କରିବ। ଚିଠିଟି କିନ୍ତୁ ଅତି ସଂକ୍ଷିପ୍ତ ଓ ସାଦାସିଧା ଥିଲା ଏବଂ ଥିଲା ମଧ୍ୟ ସମ୍ପୂର୍ଣ୍ଣ ବ୍ୟଞ୍ଜନା ରହିତ। ତଥାପି ଭାସ୍କର ସେଥିରୁ ନୂଆ ଅର୍ଥ ବାହାର କରିବାକୁ ଚେଷ୍ଟା କରୁଥିଲା ଏବଂ ଭାବୁଥିଲା ଯେ ପ୍ରତିଥର ନୂଆକରି ଚିଠିଟି ପଢ଼ିବାବେଳେ ସେ ଯେପରି ସ୍ୱାତୀର ଆଉ ଟିକିଏ ନିକଟତର ହୋଇଯାଇଛି।

ଚିଠିଟିର ଆରମ୍ଭରେ କୌଣସି ସମ୍ବୋଧନ ନ ଥିଲା। ସ୍ୱାତୀ ଲେଖିଥିଲା : ମୁଁ ନଭେମ୍ବର ପାଞ୍ଚ ତାରିଖରେ ତମ ସହରକୁ ଯାଉଛି ସ୍କଲାରସିପର ଇଣ୍ଟରଭିଉ ଦେବାପାଇଁ। ସଞ୍ଜବେଳେ ରାଜଧାନୀ ଏକ୍ସପ୍ରେସରେ ପହଞ୍ଚିବି। ତମେ କିନ୍ତୁ ଷ୍ଟେସନକୁ ଆସିବ ନାହିଁ। କାରଣ ସେଠିକି ମତେ ନେବାପାଇଁ ମାଉସୀଙ୍କ ଘରୁ କିଏହେଲେ ଆସିଥିବ। ମୁଁ ତା ହାତରେ ଜିନିଷ ପଠାଇଦେଇ କିଛି ବାହାନାରେ ଦିଘଣ୍ଟା ପାଇଁ ତମ ପାଖକୁ ଆସି ସେଠାରୁ ମାଉସୀଙ୍କ ଘରକୁ ଯିବି। ତମକୁ ବହୁତ କଥା କହିବାର ଅଛି। ତମେ ନିଜକୁ ଫ୍ରି ରଖିଥିବ। ଦେଖାହେଲେ ସବୁ। ତା ତଳେ ଚାରିଟି ଛକି ଚିହ୍ନ ଥିଲା ଏବଂ ତା ତଳେ ଆଉ ଗୋଟିଏ ଧାଡ଼ି ଲେଖା ହୋଇଥିଲା: ଯଦି କୌଣସି କାରଣରୁ ସେଦିନ ଯିବାର ନ ହୁଏ, ମୁଁ ତମକୁ ଜଣାଇବି।

ଚିଠିଟି ଗୋଟିଏ ଅତି ସାଧାରଣ, ରୁଲ୍ଟକା ଖାତାରୁ ଚିରା ହୋଇଥିବା ଆବୁଡ଼ା ଖାବୁଡ଼ା କାଗଜ ଉପରେ ଲେଖା ହୋଇଥିଲା। କିନ୍ତୁ ସ୍ୱାତୀର ହସ୍ତାକ୍ଷର ଖୁବ ପରିଚ୍ଛନ୍ନ ଓ ସୁନ୍ଦର ଥିଲା ଏବଂ ପ୍ରତିଟି ଅକ୍ଷର ଥିଲା ତାର ଆତ୍ମବିଶ୍ୱାସୀ ବ୍ୟକ୍ତିତ୍ୱର ପ୍ରତୀକ। ଚିଠିଟିକୁ ଆଖି ଆଗରେ ରଖିବାବେଳେ ଭାସ୍କର ଯେପରି ସ୍ୱାତୀର

ସ୍ୱାଭିମାନୀ ମୁହଁଟିକୁ ଦେଖିପାରୁଥିଲା ପଂକ୍ତିମାନଙ୍କର ଅନ୍ତରାଳରୁ। ଚିଠିଟିର ପ୍ରତିଟି ଶବ୍ଦ ତାର ମୁଖସ୍ଥ ହୋଇଥିବା ସତ୍ତ୍ୱେ ଭାସ୍କର ସେଥିପାଇଁ ବାରମ୍ବାର ଲଫାପା ଭିତରୁ ଚିଠିଟିକୁ ଖୋଲି ତାକୁ ପୁଣି ଥରେ ପଢୁଥିଲା ଏବଂ ସଯତ୍ନରେ ତାକୁ ପୁଣି ଚଉତି ଲଫାପାରେ ନେଇ ରଖୁଥିଲା। ପ୍ରଥମେ ଲଫାପାଟି ତାର ଟେବୁଲ ଉପରେ ରହୁଥିଲା, କିନ୍ତୁ ଭାସ୍କରର ଦିନେ ହଠାତ୍ ଭୟ ହେଲା ଯେ, ଯଦି ଦୈବଦୁର୍ବିପାକରୁ ତାର ଟେବୁଲରେ ନିଆଁ ଲାଗିଯାଏ, ତେବେ ଚିଠିଟି ମଧ୍ୟ ଜଳିଯିବ। ସେଥିପାଇଁ ସେଇଦିନଠାରୁ ସେ ତାକୁ ନେଇ ଆଲମାରିର ବିଶେଷ ଡ୍ରୟରରେ, ଯେଉଁଠାରେ ତାର ସେୟାର ସାର୍ଟିଫିକେଟ, ଚେକବହି, ଲାଇସେନ୍ସ ଇତ୍ୟାଦି ଜରୁରୀ କାଗଜ ରହୁଥିଲା, ରଖିଲା। ଅବଶ୍ୟ ଦିନରେ ବାରମ୍ବାର ଆଲମାରି ଖୋଲି ଚିଠି ବାହାର କରି ତାକୁ ପଢ଼ି ପୁଣି ସେଠାରେ ରଖିବା ସୁବିଧାଜନକ ନ ଥିଲା, ତେବେ ଭାସ୍କର ନିଶ୍ଚିନ୍ତ ଥିଲା ଯେ, ସେଠାରେ ଚିଠିଟି ଥିଲା ସମ୍ପୂର୍ଣ୍ଣ ସୁରକ୍ଷିତ।

ଚିଠିଟି ସତରେ ତା ପାଇଁ ଥିଲା ଏକ ମୂଲ୍ୟବାନ ସମ୍ପଦ। ଚିଠିଟି ପାଇବା ପରେ ସେ ଲଫାପାଟିକୁ ଖୋଲି ତଳେ ପକାଇଦେଇଥିଲା ଅନ୍ୟ ଛିଣ୍ଡା କାଗଜ ସହିତ। ଚିଠିଟିକୁ ତିନିଥର ପଢ଼ିସାରିବା ପରେ ତାର ଇଚ୍ଛା ହେଲା ଲଫାପାଟିକୁ ଦେଖିବାକୁ ଏବଂ ସେ ତାକୁ ଉଠାଇଆଣିଲା। ଏଇଟି ବି ତ ସ୍ୱାତୀର ହାତର ଲେଖା। ଲଫାପାରୁ କାଳ୍ପନିକ ଧୂଳି ପୋଛି ସେ ଚିଠିଟିକୁ ସେଥିରେ ରଖିଦେଇଥିଲା। ତା ଉପରେ କେବଳ ତାର ଠିକଣାଟି ଲେଖା ଥିଲା, ଆଉ କିଛି ନୁହେଁ। ଡାକଟିକଟ ଉପରେ ଗୋଟିଏ ଅସ୍ପଷ୍ଟ ମୋହର ଲାଗିଥିଲା, ଯାହାକୁ ପଢ଼ିହେଉ ନ ଥିଲା। ତାର ଠିକଣାରେ କୌଣସି ଭୁଲ ନ ଥିଲା ଏବଂ ଚିଠିଟି ଠିକ ସମୟରେ ଆସିଥିଲା। ଭାସ୍କର ମନେ ମନେ ଡାକ ବିଭାଗକୁ କୃତଜ୍ଞତା ଜଣାଇଥିଲା ନିରାପଦରେ ଚିଠିଟିକୁ ଆଣି ତା ପାଖରେ ପହଞ୍ଚାଇ ଦେଇଥିବା ପାଇଁ। ଅନେକ ଜରୁରୀ ଚିଠି ହଜିଯାଉଥିଲା ଏବଂ ଭାସ୍କରକୁ ଭାବିବାବେଳକୁ କଷ୍ଟ ହେଉଥିଲା ଯଦି କୌଣସି କାରଣରୁ ଚିଠିଟି ତା ପାଖରେ ପହଞ୍ଚି ନ ଥାନ୍ତା, ତେବେ?

ଚିଠିଟି ଅତି ଆକସ୍ମିକ ଥିଲା ଭାସ୍କର ପାଇଁ, ଯେପରି ଥିଲା ସେଥରକ ଟ୍ରେନରେ ଗଲାବେଳେ ସ୍ୱାତୀ ସହିତ ଅଚାନକ ଭେଟ ହୋଇଯିବା। ଦୀର୍ଘ ରେଳଯାତ୍ରା ବେଳେ ସକାଳେ ପ୍ଲାଟଫର୍ମରେ ଓହ୍ଲାଇ ଏପାଖ ସେପାଖ ହେଉଛି, ଝରକା ପାଖରେ ବସିଥିବା ଝିଅଟିର ମୁହଁଟି ତାର ପରିଚିତ ମନେହେଲା। ଏଇଭଳି ଚେହେରାର ଝିଅଟିଏ ତାଙ୍କ ସାଙ୍ଗରେ ପଢୁଥିଲା କଲେଜରେ। ତାର ଯେତେଦୂର ମନେପଡ଼ିଲା, ଝିଅଟି ଲାଜକୁଳୀ ଥିଲା, କ୍ଲାସରେ ଚୁପଚାପ ବସୁଥିଲା, କାହାରି ସାଙ୍ଗରେ କଥାବାର୍ତ୍ତା କରୁ ନ ଥିଲା। ନାଁ ତାର ଥିଲା ସ୍ୱସ୍ତି ନା କଣ। ପଚିଶ ବର୍ଷ ତଳର କଥା ହେଲାଣି। ସେ ସିନା ବାହା ନ ହୋଇ ରହିଗଲା, ତାର ସାଙ୍ଗମାନେ ବର୍ତ୍ତମାନ କଲେଜ ପଢୁଆ,

ଚାକିରି କରୁଥିବା ପିଲାଙ୍କର ବାପ ହେଲେଣି। ସେଇଭଳି ତାଙ୍କ ସାଙ୍ଗର ଝିଅମାନେ କିଏ ହୁଏତ ଆଈମା ବି ହୋଇସାରିବେଣି।

ପ୍ଲାଟଫର୍ମ ଶେଷମୁଣ୍ଡକୁ ଯାଇ ସେ ପୁଣି ଫେରିଲା ସେଇ କମ୍ପାର୍ଟମେଣ୍ଟ ସାମନା ଦେଇ। ଏଥର ଆଉ ସିଧାସଳଖ ସେଇ ଝିଅଟିର ମୁହଁକୁ ଚାହିଁବାକୁ ସାହସ ହେଲା ନାହିଁ ତାର; ଆଖି କଣରେ ଅନାଇ ସେ ନିଶ୍ଚିତ ହେଲା ଯେ, ଯଦି ଝିଅଟି ତା'ର ପୁରୁଣା ସହପାଠିନୀ ହୋଇ ନ ଥିବ, ତେବେ ତାର ସାନ ଭଉଣୀ ନିଶ୍ଚୟ। ପରବର୍ତ୍ତୀ ଷ୍ଟେସନରେ ଓହ୍ଲାଇ ସେ ପୁଣି ସେଇ କମ୍ପାର୍ଟମେଣ୍ଟର ଏପାଖ ସେପାଖ ହେଲା, ଯେପରିକି ନିଜର ସନ୍ଦେହର ଏକ ଠିକ ନିଷ୍ପତ୍ତି ଚାହୁଁଥିଲା ସେ। ତା'ର ଏଇ ସମସ୍ୟାର ସମାଧାନ କରି ଦେଇଥିଲା ସ୍ୱାତୀ ପର ଷ୍ଟେସନରେ। ପ୍ଲାଟଫର୍ମରେ ଓହ୍ଲାଇ ସେଇ କମ୍ପାର୍ଟମେଣ୍ଟ ସାମନା ବହି ଦୋକାନରେ ପତ୍ରିକା ଦେଖୁଥିବାର ଛଳନା କରୁଥିବା ବେଳେ ଝିଅଟି ହାତଠାରି ତାକୁ ପାଖକୁ ଡାକିଲା। ତା ପାଖକୁ ଏଇ କେତେ ପାଦ ଗଲାବେଳେ ଭାସ୍କର ନିଜର କୁର୍ତ୍ତାକୁ ଟାଣି ଠିକ କଲା ଏବଂ ବାଳକୁ ସଜାଡ଼ିବା ପାଇଁ ମୁଣ୍ଡକୁ ହାତ ନେଲା, ଯଦିଓ ସେ ଜାଣୁଥିଲା ଯେ ଏ ସବୁ କରିବାବେଳେ ସେ ଆହୁରି ଅପ୍ରସ୍ତୁତ ହୋଇଯାଉଛି। ଝିଅଟି ଯେମିତି ତା'ର ମନକଥା ବୁଝିପାରୁଥିଲା; ସେ ପାଖରେ ପହଞ୍ଚିବାରୁ ତାକୁ ହସି ହସି କହିଲା– ମତେ ଯିଏ ବୋଲି ଭାବୁଛ, ମୁଁ ସେଇ।

ଭାସ୍କର ନିଜକୁ ପ୍ରଖରବୁଦ୍ଧି, ପ୍ରତ୍ୟୁତ୍ପନ୍ନମତି ଓ ସପ୍ରତିଭ ବୋଲି ମନେ କରୁଥିଲା, କିନ୍ତୁ ବର୍ତ୍ତମାନ ମାନିନେଲା ଯେ, ସେ ହାରିଯାଇଛି। ଝିଅଟିର ନାଁ ବିଷୟରେ ତାର ସନ୍ଦେହ ଥିଲା ଏବଂ ସେ ହଠାତ୍ ଆପଣ ଓ ତମେର ଦ୍ୱନ୍ଦ୍ୱକୁ କାଟିପାରିଲା ନାହିଁ। ତେବେ ନିଜର ଅସ୍ୱସ୍ତିକୁ ଯଥାସମ୍ଭବ ସମ୍ବରଣ କରି ସେ ପ୍ରଶ୍ନ ଓ ଉତ୍ତର ମିଶାମିଶି ସ୍ୱରରେ କହିଲା, ଲ' କଲେଜ! ସ୍ୱାତୀ କହିଲା, ବିଲକୁଲ ଠିକ। ଶହେରୁ ଶହେ। ତେବେ ଆଉ ପ୍ରଶ୍ନ ପଚାରି ତମକୁ ମୁଁ ଫେଲ କରାଇବି ନାହିଁ। ମୁଁ ଜାଣୁଚି ଯେ ତମେ ମୋର ନାଁ ଭୁଲିଯାଇଛ। ମୋ ନାଁ ସ୍ୱାତୀ। ଭାସ୍କର ମୁହଁକୁ ପରବର୍ତ୍ତୀ କଥା ଆସିଲା ନାହିଁ, କିନ୍ତୁ ତାର ଭାଗ୍ୟକୁ ଏଇ ସମୟରେ ଟ୍ରେନ ଚାଲିବାକୁ ଆରମ୍ଭ କଲା ଏବଂ 'ଆର ଷ୍ଟେସନରେ ଆସିବି' ବୋଲି କହି ତରତର ହୋଇ ନିଜ କମ୍ପାର୍ଟମେଣ୍ଟ ଆଡ଼କୁ ଚାଲିଗଲା ଭାସ୍କର।

ସ୍ୱାତୀ ଆସିବ ମାସେ ସତର ଦିନ ପରେ।

ନା, ତାର ଗଣିବାରେ କିଛି ଭୁଲ ନାହିଁ, କାରଣ କ୍ୟାଲେଣ୍ଡାର ସାମନାରେ ଅଛି ଏବଂ ନଭେମ୍ବର ମାସର ପାଞ୍ଚ ତାରିଖ ଉପରେ କୁଣ୍ଡଳୀ ଟଣାଯାଇଛି। ପ୍ରତିଦିନ ସକାଳେ ତାର ଅପେକ୍ଷାର ଗୋଟିଏ ଗୋଟିଏ ଦିନ କମିଯାଉଥିଲା, କିନ୍ତୁ ଦିନସବୁ ଅତି ଅଳସ ଗତିରେ ଯାଉଥିଲେ ବୋଲି ମନେହେଉଥିଲା। କ୍ୟାଲେଣ୍ଡାର ପୃଷ୍ଠା ଉପରେ

ସେ ଅଙ୍ଗୁଳି ବୁଲାଇ ଆଣିଲା; କେଉଁ ମନ୍ତ୍ରବଳରେ ଯଦି ସେ ଦିନପଞ୍ଜିକାରୁ ଅଠଚାଳିଶଟି ଦିନ ଉଡ଼ାଇ ଦେଇପାରନ୍ତା!

ସେ ଉଠିଯାଇ ଆଲମାରି ଖୋଲି ଚିଠିଟି ଆଣିଲା; କାଲି ରାତି ଦଶଟାରେ ସେ ଶେଷଥର ତାକୁ ପଢ଼ିଥିଲା। ସେ ନିଜ ଟେବୁଲ ପାଖକୁ ଯାଉଛି, କିଏ ଘଣ୍ଟି ଦେଲା। କବାଟ ଖୋଲି ଭାସ୍କର ଦେଖିଲା ବାହାରେ ବ୍ଲାଇଣ୍ଡ ସ୍କୁଲର ପିଲା ଦୁଇଜଣ ଚାନ୍ଦା ଖାତା ଧରି ଠିଆ ହୋଇଥିଲେ। ଏଭଳି ଲୋକଙ୍କୁ ସେ ମନା କରି ସାଙ୍ଗେ ସାଙ୍ଗେ କବାଟ ବନ୍ଦ କରିଦେଉଥିଲା। ଆଜି କିନ୍ତୁ ତା ହାତରେ ସ୍ୱାତୀର ଚିଠିଟି ଥିଲା ଏବଂ ଏଇ କାଗଜଟି ତା ମନ ଭିତରକୁ ଆଣିଦେଉଥିଲା ସୁଖଦ ସଭାବନା ସବୁ। ସେ ପିଲାଦୁହିଁଙ୍କୁ ଦଶଟଙ୍କା ଦେଲା ଏବଂ କବାଟକୁ ବନ୍ଦ କଲା ଅତି ମୃଦୁ ଭାବରେ।

ଟେବୁଲ ପାଖରେ ବସି ଚିଠିଟିକୁ ପଢୁ ପଢୁ ସେ ନିଜ ଚାରିଆଡ଼କୁ ଅନାଇଲା। ତାର ବହିପତ୍ର ଠିକ ଜାଗାରେ ଥିଲା, କିନ୍ତୁ ତାକୁ ଆହୁରି ଭଲଭାବେ ସଜଡ଼ା ଯାଇପାରେ। ଯୋଉଦିନ ସେ ସ୍ୱାତୀର ଚିଠି ପାଇଲା, ତାକୁ ପଢ଼ିସାରିବା ପରେ ତାର ଆଖି ଯାଇଥିଲା ଟେବୁଲ ଉପରର ବିଶୃଙ୍ଖଳାକୁ। ସେ ସାଙ୍ଗେ ସାଙ୍ଗେ ଟେବୁଲ କ୍ଲଥକୁ ଟାଣି ତାର କୁଞ୍ଚକୁ ଠିକ କରିଦେଇଥିଲା ଏବଂ ଲାଗି ଯାଇଥିଲା ବହିପତ୍ରକୁ ଠିକ ଜାଗାରେ ରଖିବାରେ। ତା ପରେ ତାର ଚିନ୍ତା ଯାଇଥିଲା ଅନ୍ୟ କୋଠରୀର ଅବ୍ୟବସ୍ଥାକୁ। ତେବେ ହାତରେ ସମୟ ଥିଲା ଏସବୁ ଠିକ କରିବା ପାଇଁ। ଘରଟିରେ ଅନେକ ଦିନରୁ ରଙ୍ଗ ଦିଆ ହୋଇ ନ ଥିଲା; ଘର ମାଲିକ ତାର ଅନୁରୋଧକୁ ନାନା ଆଳ ଦେଖାଇ ଟାଳିଦେଉଥିଲେ। ସେ ଠିକ କଲା ଯେ, ସେ ନିଜେ ପଇସା ଖର୍ଚ୍ଚ କରି ଘରକୁ ଠିକଠାକ କରିବ। ଏ ଖର୍ଚ୍ଚ ଘରଭଡ଼ା ବାବଦରେ କାଟିହେବ କି ନା, ସେ କଥା ପରେ ଦେଖାଯିବ।

ଅତି ଶୀଘ୍ର ସେ ଘରକାମ ଆରମ୍ଭ କରିଦେଲା। ତାର ଗାଧୁଆଘରର ଯେଉଁ କବାଟଟି ଭାଙ୍ଗି ଯାଇଥିଲା, ତାକୁ ବି ବଦଳାଇ ଦେବା ପାଇଁ ଠିକ କଲା ସେ। ତେବେ ରଙ୍ଗ ଦେବାବାଲା, କବାଟ ମରାମତି କରିବାର ବଢ଼େଇ ମଝିରେ ମଝିରେ କାମ ବନ୍ଦ କରି ଦେଉଥିଲେ। ସେ ସେମାନଙ୍କ ଉପରେ ରାଗ କରୁଥିଲା, ଗାଳିମନ୍ଦ କରୁଥିଲା ଏବଂ ଏଇ ସମୟତକ ଅତି ମାନସିକ ଚାପରେ ରହିଥିଲା। ଶେଷକୁ ସବୁକାମ ସରିଗଲା, କେବଳ ଗାଧୁଆଘରଟି ରହିଗଲା ବିନା କବାଟରେ। ଭାସ୍କରର ଭୟ ହେଲା ଯେ, ସ୍ୱାତୀ ପହଞ୍ଚିବା ପୂର୍ବରୁ ବି ଏ କାମଟି ସରିପାରିବ ନାହିଁ। ଏଇଭଳି ଦୁଶ୍ଚିନ୍ତାରେ ଥିବାବେଳେ ଦିନେ ସକାଳେ ବଢ଼େଇ ଆସି ଅଧଘଣ୍ଟାକରେ କବାଟଟିକୁ ଠିକଠାକ କରି ଲଗାଇଦେଲା ଏବଂ ଘର ମରାମତି ଛାଡ଼ି ଅନ୍ୟ ଚିନ୍ତାରେ ମନ ଦେଲା ଭାସ୍କର।

ଯଥା ତାର ଶୋଇବାଘର ଓ ବିଛଣା। କୋଠରୀଟିର କାନ୍ଥ ବର୍ତ୍ତମାନ ଧଉଳା ହୋଇ ସଫାସୁତୁରା ଦିଶୁଥିଲା ଏବଂ ଭାସ୍କର ମୋଟାମୋଟି ଠିକ କରିନେଇଥିଲା ବିଛଣା ଉପରେ ସେ କେଉଁ ରଙ୍ଗର ଚାଦରଟି ପକାଇବ। ସେ ତକିଆ ଦୁଇଟିକୁ ହାତରେ ନେଇ ପରଖ କଲା। କେହି କେହି ଉଚ୍ଚ ତକିଆ ପସନ୍ଦ କରନ୍ତି। ତାର ନିଜର ସ୍ପଣ୍ଡିଲାଇଟିସ ପରେ ଡାକ୍ତର ତାକୁ କହିଥିଲେ ଅତି ପତଳା ତକିଆ ବ୍ୟବହାର କରିବା ପାଇଁ। ସ୍ୱାତୀ କିଭଳି ତକିଆ ବ୍ୟବହାର କରୁଥିବ? ସେ ମନେ ମନେ ସ୍ୱାତୀକୁ ତାର ବିଛଣା ଉପରେ ଶୋଇଥିବାର କଳ୍ପନା କରୁଥିଲା, ଯଦିଓ ତାର କୌଣସି ଦାବି ନ ଥିଲା ଏଭଳି ଦିବାସ୍ୱପ୍ନ ଦେଖିବାରେ। କେତେ ବା ସେ ଜାଣିଥିଲା ସ୍ୱାତୀକୁ ତାକୁ ନିଜ ଶୋଇବା ଘରକୁ ଆଣିବା ପାଇଁ? କିନ୍ତୁ ପୁଣି ସେ ସ୍ୱାତୀର ଚିଠିର ପଂକ୍ତିର କଥା ଭାବୁଥିଲା, ଦେଖାହେଲେ ସବୁ। ଏଇ କେତୋଟି ପଦରେ ଯେପରି ସବୁ ପ୍ରକାରର ସମ୍ଭାବନା କଥା ସୂଚାଇ ଦେଇଥିଲା ସ୍ୱାତୀ ତା ପାଇଁ।

ଏ କଥା ଭାବିବାବେଳେ କିନ୍ତୁ ତା ମନରେ ଉତ୍ତେଜନା ସହିତ ସାମାନ୍ୟ ଆଶଙ୍କା ବି ଜନ୍ମୁଥିଲା। ଦିନ ଥିଲା ଯେତେବେଳେ ତାର ନିଜର ସାମର୍ଥ୍ୟ ଉପରେ କୌଣସି ସନ୍ଦିଗ୍ଧତା ନ ଥିଲା ଭାସ୍କରର। ଆଜିକାଲି କିନ୍ତୁ କେବେ କେବେ ଦେହ ତାର ଦେହର ଇଚ୍ଛା ସହିତ ତାଳଦେଇ ନ ପାରି ତାକୁ ମୁହ୍ୟମାନ କରିଦେଉଥିଲା। ଏ କଥା ମନେପଡ଼ି ମନ ଖରାପ ହୋଇଗଲା ତାର। ସେ ଜୋରକରି ସେ ଚିନ୍ତାକୁ ଦୂର କଲା ଏବଂ ସ୍ୱାତୀ କଥା ମନେ ପକାଇଲା।

ପର ଷ୍ଟେସନରେ ଓହ୍ଲାଇ ସ୍ୱାତୀ ପାଖକୁ ଯାଇ କିଭଳି ଭାବରେ କଥାବାର୍ତ୍ତା କରି ପୁଣି ପରିସ୍ଥିତିକୁ ନିଜର ଆୟତ୍ତ କରିବ, ସେ ଯୋଜନା କଲା ଭାସ୍କର। ସେମାନଙ୍କର ଏଇ ଅଚାନକ ସାକ୍ଷାତ ଓ ସମ୍ପର୍କର ସମସ୍ତ କର୍ତ୍ତୃତ୍ୱ ନିଜ ହାତକୁ ନେଇ ନେଇଥିଲା ସ୍ୱାତୀ। ଏଥର କିନ୍ତୁ ସ୍ୱାତୀକୁ ସାମନା କଲାବେଳେ ଆଉ ଅପ୍ରତିଭ ରହିବ ନାହିଁ ସେ। ତା ପାଖକୁ ଯାଇ ଆତ୍ମପ୍ରତ୍ୟୟର ସହିତ କହିବ, ତମକୁ, ଆପଣଙ୍କୁ ନୁହେଁ, ନ ଚିହ୍ନି ପାରିବାର କାରଣ ହେଲା ଯେ ଆମମାନଙ୍କର ସମସ୍ତଙ୍କ ବୟସ ବଢ଼ି ଯାଇଥିବା ବେଳେ କେବଳ ତମେ ସେମିତି ସେତିକି ଅଛ : ଅଳ୍ପବୟସୀ ଓ ସୁନ୍ଦରୀ! ଷ୍ଟେସନରେ ଓହ୍ଲାଇବା ଆଗରୁ ସେ ହାତମୁହଁ ଧୋଇନେବ ଓ ବାଳକୁ ବି ଠିକ କରିନେବ।

ସ୍ୱାତୀ କିନ୍ତୁ ତାକୁ ଏ ସୁଯୋଗ ଦେଲା ନାହିଁ। କମ୍ପାର୍ଟମେଣ୍ଟମାନଙ୍କ ଭିତରେ ଥିବା ଦରଜା ଦେଇ ସେ ହିଁ ଆସି ଭାସ୍କର ସାମନାରେ ପହଞ୍ଚିଲା ଏବଂ କହିଲା, ଭାବିଲି, ତମକୁ କାହିଁକି କଷ୍ଟ ଦେବି! ଏତେ ମାନସିକ ପ୍ରସ୍ତୁତି ସତ୍ତ୍ୱେ ଭାସ୍କରକୁ ପୁଣି ଥରେ କିଂକର୍ତ୍ତବ୍ୟବିମୂଢ଼ କରିଦେଲା ସ୍ୱାତୀ। ତା ପାଖରେ ବସି କହିଲା, ମୋ ପାଖରେ

ଜିନିଷ ବୋଲି ଏଇ ବ୍ୟାଗଟି। ଭାବିଲି ଅନ୍ୟ ଷ୍ଟେସନ ପର୍ଯ୍ୟନ୍ତ ଅପେକ୍ଷା କରାଯିବ କାହିଁକି?

ଘଡ଼ିକୁ ଅନାଇ ଭାସ୍କର ଦେଖିଲା ଯେ ଅଫିସ ଯିବାର ବେଳ ହୋଇଗଲାଣି। ତରତର କରି ସେ ଚିଠିଟିକୁ ନେଇ ଯଥାସ୍ଥାନରେ ରଖିଦେଲା ଏବଂ ଯିବା ପାଇଁ ତିଆର ହେଲା।

ସ୍ୱାତୀ ଆସିବ ଚାରି ସପ୍ତାହ ପରେ।

ଭାସ୍କର ବର୍ତ୍ତମାନ ଲଫାପା ଭିତରେ ଗୋଟିଏ ଛୋଟ କ୍ୟାଲେଣ୍ଡର ରଖିଥିଲା। ସେ ସେଥିରେ ପ୍ରତିଟି ବିତିଯାଉଥିବା ଦିନକୁ ଛକି ଦେଇ କାଟିଦେଉଥିଲା। ଆଜି ଲଫାପା ଖୋଲି ଚିଠିଟି ପଢ଼ିବାବେଳେ ସେ ଆଠ ତାରିଖ ଉପରେ ଚିହ୍ନ ଦେଇ ବାକି ଦିନଗୁଡ଼ିକୁ ଗଣିଲା।

ଛକି ଦେବାରୁ ତାର ମନେପଡ଼ିଲା ସ୍ୱାତୀର ଚିଠିର ଚାରିଟି ଛକି କଥା। ପୂରା ନାଁ ବୋଧହୁଏ ସ୍ୱାତୀଲେଖା ଏବଂ ତାର ଚାରିଟି ଅକ୍ଷର ପାଇଁ ଚାରିଟି ଛକି। ନାଁଟି ସ୍ୱୟଂସମ୍ପୂର୍ଣ୍ଣ, ସୁନ୍ଦର ଓ ଆଭିଜାତ୍ୟପୂର୍ଣ୍ଣ; କିନ୍ତୁ ଭାରୀ ଭାରୀ। ସମସ୍ତେ ନିଶ୍ଚୟ ତାକୁ ସ୍ୱାତୀ ନାଁରେ ଡାକୁଥିବେ କିମ୍ବା ଲେଖା ବୋଲି। ହୁଏତ ତାର ଆଉ ଗୋଟିଏ ସହଜ ଡାକ ନାଁ ବି ଥିବ, ଯେମିତି ରିମଝିମ ବା ଝିଲମିଲ! ସେ ଏଥରକ ପଚାରି ବୁଝିବ ତାର ସେଇ ଛୋଟ ହାଲୁକା ନାଁଟି କଣ ଏବଂ ଚେଷ୍ଟା କରିବ ତାକୁ ସେଇ ନାଁରେ ଡାକିବା ପାଇଁ।

ଚିଠିର ଛକି ଚାରିଟିକୁ ଆଉଥରେ ଦେଖିଲା ଭାସ୍କର। ହସ୍ତାକ୍ଷରରେ ସେ ଯେପରି ସ୍ୱାତୀର ସ୍ୱୟଂକୁ ଦେଖିପାରୁଥିଲା, ମନେକଲା ଏଇଭଳି ଚାରିଟି ଛକି ଚିହ୍ନ ବି ସେଇଭଳି ସ୍ୱାତୀର ସମ୍ପୂର୍ଣ୍ଣ ବ୍ୟକ୍ତିଗତ ଅଭିଜ୍ଞାନ। ଆଉ ଅନେକ ପ୍ରକାରର ଛକ ଚିହ୍ନ ଭିତରୁ ସେ ଯେପରି ବାରିଦେଇ ପାରିବ ସ୍ୱାତୀ ହାତର ଅଙ୍କା ଦୁଇଟି ଛୋଟ ଛୋଟ ରେଖାର ପ୍ରତିଚ୍ଛେଦନକୁ। ତାର ହଠାତ୍ ମନେପଡ଼ିଲା ପାଶ୍ଚାତ୍ୟ ଦେଶରେ କୁଆଡ଼େ ଏଇ ଛକି ଚିହ୍ନଟିକୁ ବ୍ୟବହାର କରାଯାଇଥାଏ ଚୁମ୍ବନର ପ୍ରତୀକ ଭାବରେ। ଅଭିଧାନରେ କଣ ଏ କଥା ଥିବ? ଏକ୍ସ ଅକ୍ଷରକୁ ଖୋଲି ଦେଖିଲା ଭାସ୍କର। ଏଇ ଅକ୍ଷରଟି ଯେପରି ଅଜ୍ଞାତର ପରିଚାୟକ, ସେଇପରି ଚୁମ୍ବନର ମଧ୍ୟ। ଚାରିଟି ଛକି, ଚାରିଟି ଚୁମ୍ବନ। କଣ କହିବାକୁ ଚାହେଁ ସ୍ୱାତୀ? ଦେଖାହେଲେ ସବୁ?

ତା ମନ ଏକ ଅବଶ୍ୟମ୍ଭାବୀ ପୁଲକରେ ଭରିଗଲା ଏବଂ ସେ ଗ୍ଲାସରେ ପାଣି ଆଣି ଔଷଧ ବଟିକାଟି ଖାଇଲା। ତାର ଦେହମନ ଯେପରି ସଂପୂର୍ଣ୍ଣ ସୁସ୍ଥ ଥାଉ ସ୍ୱାତୀ ଆସିବା ଦିନ। ମନପ୍ରାଣ ଦେଇ ସେ ଯେପରି ସ୍ୱାତୀର ସତ୍କାର କରିପାରେ

ସେଇ ଦୁଇଟି ଘଣ୍ଟା ମହାର୍ଘ ସମୟ। କଣ ଦେବ ସେ ସ୍ୱାତୀକୁ? ସେଇଟି ଚା ପିଇବାର ସମୟ ହୋଇଥିବ। ସେ ଚାକରକୁ ବାହାରକୁ ପଠାଇ ଦେଇଥିବ ଏବଂ ନିଜ ହାତରେ ତିଆରି କରି ଚା ପିଇବାକୁ ଦେବ ସ୍ୱାତୀକୁ। ଏ ଭିତରେ ସେ କେତେଥର ଚା ତିଆରି କରି ପରଖି ନେଇଥିଲା ନିଜର ଚା କରିବାର ସାମର୍ଥ୍ୟକୁ। ମନ୍ଦ ଲାଗୁ ନ ଥିଲା ତାକୁ ନିଜ ତିଆରି ଚା କପ। ଚା ତିଆରି କରିବାର ସବୁ ସାମଗ୍ରୀ ଠିକଠାକ ଅଛି ବୋଲି ମଧ୍ୟ ସେ ହିସାବ କରିସାରିଥିଲା।

ଘର ରଙ୍ଗ କରିବାରେ ସେ ଯାହା ଭାବୁଥିଲା ଡେରି ହେବ ବୋଲି, କାହିଁ କେତେ ଦିନରୁ ସେ କାମ ସରିଯାଇଥିଲା। କୋଠରୀ ସବୁ ଜିନିଷପତ୍ର ସଜଡ଼ାସଜଡ଼ି ହୋଇ ଠିକ ଦେଖାଯାଉଥିଲେ। ତଥାପି କେମିତି କଣ ଅଭାବ ରହିଯାଉଥିଲା ବୋଲି ମନେ ହେଉଥିଲା ଭାସ୍କରର। ସେଦିନ ଯେମିତି କଲିଂବେଲ୍ ଠିକରେ ବାଜିଲା ନାହିଁ। ଭାସ୍କର ଯାଇ ବେଲ୍‌କୁ ବାରମ୍ବାର ବଜାଇଲା; ଘଣ୍ଟି ଠିକ ବାଜୁଥିଲା। ଯଦି ସ୍ୱାତୀ ଆସିବା ଦିନ ପୁଣି ଖରାପ ହୋଇଯାଏ କିମ୍ବା ଯଦି ବିଜୁଳି ଚାଲିଯାଏ ସେଦିନ? ନା, ସେ ତ ଘର କବାଟ ଖୋଲା ରଖି ଅପେକ୍ଷା କରୁଥିବ। ନ ହେଲେ ଯାଇ ଘର ବାହାରେ ଠିଆ ହୋଇଥିବ ସ୍ୱାତୀର ଆସିବାକୁ ଅନାଇ। ଅବଶ୍ୟ ସେ ପକେଟରେ ଘର ଚାବିକୁ ରଖିବାକୁ ଭୁଲିବ ନାହିଁ; ବାହାର କବାଟଟି ଯଦି ମନକୁ ମନ ବନ୍ଦ ହୋଇଯାଏ!

ଭାସ୍କରର ମନରେ ଏଇଭଳି ଅନେକ ଛୋଟ ଛୋଟ ଚିନ୍ତା; ଯେପରି ତାକୁ କଣ ଖାଇବାକୁ ଦେବ। ଚା ସହିତ କିଛି ଦେବା ସହଜ, କିନ୍ତୁ ସେ ଯଦି ସ୍ୱାତୀକୁ ଆଉ କିଛି ସମୟ ରହିବା ପାଇଁ ରାଜି କରାଇପାରେ? ଅନ୍ଧାର ହୋଇଗଲେ ସେ କଣ ତାକୁ ଡ୍ରିଙ୍କ୍ ଯାଚିବ? ସ୍ୱାତୀ କଣ ଡ୍ରିଙ୍କ କରୁଥିବ? ସେ ତ ସ୍ୱାସ୍ଥ୍ୟ ବିଷୟରେ ଏତେ ସାବଧାନ। ଟ୍ରେନରେ ସେଥର ଆଉ କପେ ଚା ପିଇବାକୁ ବି ମନା କରିଦେଲା।

ତା ପାଖରେ ଜାଗା କରି ବସି ସ୍ୱାତୀ ସେଦିନ କହିଥିଲା, ତମେ ଭାବୁଥିବ ମୁଁ କାହିଁକି ଏମିତି ହଠାତ୍ ତମ ପଛରେ ପଡ଼ିଗଲି ବୋଲି, ନା? ଭାସ୍କର କହିଲା, ନା ନା, ମୋର ବରଂ ତମପାଖକୁ ଯିବା ଉଚିତ ଥିଲା। ତେବେ ପର ଷ୍ଟେସନ ଆଗରୁ ଯେ ଦେଖା ହୋଇପାରିବା ସମ୍ଭବ, ସେ କଥା ମୋ ମୁଣ୍ଡକୁ ଆସି ନଥିଲା। ସ୍ୱାତୀ କହିଲା, ତାର କାରଣ ହେଉଛି କାହାପାଇଁ କିଏ ବେଶି ଦରକାର। ତମେ ଯଦି ମତେ ସାଙ୍ଗେ ସାଙ୍ଗେ ଦେଖା କରିବାକୁ ଜରୁରୀ ମନେ କରିଥାନ୍ତ, ତେବେ ତମ ମନକୁ ଏ କଥା ଆସିଥାନ୍ତା। ଭାସ୍କର କହିଲା, ତା ମାନେ ତମେ ଏ ଦେଖାକୁ ଜରୁରୀ ମନେକଲ। ସ୍ୱାତୀ କହିଲା, ନିଶ୍ଚୟ; ସେଥିରେ ଆଉ କଣ ସନ୍ଦେହ ଅଛି? ତମେ ଭାବୁଥିବ କାହିଁକି ଏମିତି କଣ ଥିଲା ଜରୁରୀ? ମୁଁ ମୂଳରୁ କହିଦେଇ ତମର ସବୁ ସନ୍ଦେହ ଦୂର କରିଦିଏଁ। କଲେଜରେ ପଢ଼ିବାବେଳେ ତମ ପ୍ରତି ମୋର କେମିତି ଗୋଟାଏ ଦୁର୍ବଳତା ଥିଲା।

ଭାସ୍କରର ଅସ୍ଥିମଜ୍ଜା ଦେଇ ଏକ ଅଭୂତପୂର୍ବ ପୁଲକର ଆଶ୍ଚର୍ଯ୍ୟ ଶିହରଣ ଚାଲିଗଲା। ସେ ସ୍ୱାତୀର ଆଖିକୁ ଅନାଇଲା। କିଛି ବି ସମ୍ପର୍କ ନ ଥିଲା ତାର ଏଇ ଝିଅଟି ସହିତ କଲେଜବେଳେ। ସେମାନେ ବୋଧହୁଏ ପରସ୍ପର ସହିତ କଥାବାର୍ତ୍ତା ବି କରି ନ ଥିଲେ ଦିନେହେଲେ। ସ୍ୱାତୀ ତା ଆଡ଼କୁ ଚାହିଁ ଅଳ୍ପ ଅଳ୍ପ ହସୁଥିଲା। ଏ କଣ ଗୋଟିଏ ଚପଳମତି ଝିଅର ପ୍ରମୋଦ ପରିହାସ ଥିଲା ତା ପାଇଁ? ନା ସତରେ ସ୍ୱାତୀ ପାଇଁ ତାର କିଛି ବିଶେଷତ୍ୱ ଥିଲା ସେଇ ଅତୀତ ସମୟରେ?

ସ୍ୱାତୀ ଆସିବ ଅଠରଦିନ ପରେ।

ଆସିବାର ଦିନ ଯେତିକି ନିକଟତର ହେଉଥିଲା, ଭାସ୍କରର ମନେ ହେଉଥିଲା ଯେ ଶେଷ ମୁହୂର୍ତ୍ତରେ କିଛି ନା କିଛି ପ୍ରମାଦ ଘଟିବ ଏବଂ ସ୍ୱାତୀ ଆସିବ ନାହିଁ। ହୁଏତ ଇଣ୍ଟରଭିଉର ତାରିଖ ବଦଳିଯିବ। ସ୍ୱାତୀ ସାଙ୍ଗରେ ଆଉ କିଏ ଆସିଯିବ। କିଛି ନ ହେଲେ ସେ ଦିନ ଟ୍ରେନ ଏତେ ରାତିରେ ଆସି ପହଞ୍ଚିବ ଯେ ବାହାନା କରି ଦୁଇ ଘଣ୍ଟା ତା ପାଖକୁ ଆସିବା ସମ୍ଭବ ହେବ ନାହିଁ। ତାର ଆଶଙ୍କା ହେଉଥିଲା, ସ୍ୱାତୀର ଆଉ ଗୋଟିଏ ଚିଠି ଆସିବ ତାକୁ ଜଣାଇ ଯେ, ସେ କୌଣସି କାରଣରୁ ଆସିପାରୁ ନାହିଁ। ପ୍ରତିଦିନ ସେ ଭାବୁଥିଲା, ଡାକବାଲା ଆସି ତା ହାତକୁ ସ୍ୱାତୀର ନ ଆସିପାରୁଥିବାର ଟେଲିଗ୍ରାମ ବଢ଼ାଇଦେବ। ପ୍ରତି ଟେଲିଫୋନ ଉଠାଇଲାବେଳେ ଭୟ ହେଉଥିଲା ସ୍ୱାତୀର ସ୍ୱର ତାକୁ କହିବ, ଏଥର ହୋଇପାରୁ ନାହିଁ; ପୁଣି ଥରେ କେବେ।

ସେଦିନ ସେ ପକେଟରେ ଚିଠିଟିକୁ ନେଇ ଅଫିସକୁ ଗଲା। ଅଫିସ କାମ ଭିତରେ ବି ତ ସେ ଚିଠିଟିକୁ ପଢ଼ିପାରିବ। ଆଜିକାଲି ସ୍ୱାତୀର ଆସିବା କଥା ଭାବି ସେ ଠିକରେ କାମ କରିପାରୁ ନ ଥିଲା। ତାର ସଲିସିଟର କମ୍ପାନୀରେ ଅନେକ କାମ ଥିଲା, କିନ୍ତୁ ସବୁ ପଛରେ ପଡ଼ିଯାଇଥିଲା, କାରଣ ସେ ଫାଇଲଟିକୁ ଧରି ଘଣ୍ଟା ଘଣ୍ଟା ବସି ରହୁଥିଲା; ତା ମୁଣ୍ଡ ଭିତରେ କିଛି ପଶୁ ନ ଥିଲା ସ୍ୱାତୀର ଆସିବା ଖବର ବ୍ୟତୀତ।

ତା ମନ ଭିତରେ ପ୍ରତି ମୁହୂର୍ତ୍ତରେ ସ୍ୱାତୀ ସହିତ ଏକ କାଳ୍ପନିକ କଥୋପକଥନର ଧାରାବାହିକୀ ଲାଗି ରହୁଥିଲା। ସ୍ୱାତୀ କଣ କହିବ, ସେ ତାର କି ଜବାବ ଦେବ, ତାପରେ ସେମାନଙ୍କର କଥାବାର୍ତ୍ତା କୁଆଡ଼କୁ ଯିବ ଇତ୍ୟାଦି ଇତ୍ୟାଦି। ସ୍ୱାତୀ ସହିତ ଏତେ ଦିନର ନ ଥିବା ସଂପର୍କକୁ ମାତ୍ର ଦୁଇ ଘଣ୍ଟା ଭିତରେ କିପରି ସଙ୍କୁଚିତ କରି ରଖାଯାଇପାରିବ ସେ କଳ୍ପନା କରିପାରୁ ନ ଥିଲା। ସ୍ୱାତୀ ସହିତ ତାର ନା ଥିଲା ଚିଠିର ଆଦାନପ୍ରଦାନ ନା ଟେଲିଫୋନରେ କଥାବାର୍ତ୍ତା। ଥରେ ଥରେ ସେ ଟେଲିଫୋନରେ ସ୍ୱାତୀର ନମ୍ବର ମିଳାଉଥିଲା, ସେପାଖରେ ଘଣ୍ଟି ବାଜୁଥିଲା, କିନ୍ତୁ

କେହି ଟେଲିଫୋନ ଉଠାଇ କଥା କହିବା ସାଙ୍ଗେ ସାଙ୍ଗେ ସେ ଲାଇନ କାଟିଦେଉଥିଲା। ତାକୁ ଟେଲିଫୋନ କରିବାକୁ କି ଚିଠି ଲେଖିବାକୁ ନିଶ୍ଚିତଭାବେ ମନା କରିଥିଲା ସ୍ୱାତୀ। ସେ ତାକୁ ଏକଥା ମଧ୍ୟ କହିଥିଲା ଯେ, ସେ ନିଜେ କେବେହେଲେ ଟେଲିଫୋନ ଉଠାଏ ନାହିଁ। ତଥାପି ଭାସ୍କର ତାର ନମ୍ବରକୁ ବାରମ୍ବାର ଡାଏଲ କରୁଥିଲା ଏବଂ ସ୍ୱାତୀର ଘରୁ ଟେଲିଫୋନର ଘଣ୍ଟି ଶୁଣି ସେତିକିରେ ସନ୍ତୁଷ୍ଟ ଥିଲା।

ସ୍ୱାତୀ ସହିତ ସମ୍ପର୍କ କହିଲେ ବାସ ସେଇ ଟ୍ରେନଯାତ୍ରାଟି, ଆଉ କିଛି ନୁହେଁ। ସେଦିନ କିନ୍ତୁ ମାତ୍ର କେତୋଟି ଘଣ୍ଟାର ସହଯାତ୍ରାରେ ନିଜ ବିଷୟରେ ସବୁକିଛି ତାକୁ କହିଥିଲା ସ୍ୱାତୀ। ତାର ଏମ.ଏ. ପରେ ବର୍ଷକ ପାଇଁ ଲ' ପଢ଼ିବା ସମୟରେ ବାହା ହୋଇଯିବା, ତାର ପିଲା ହେବା, କିଛି ବର୍ଷ ପରେ ଲେକଚରର ଚାକିରି କରିବା, ସ୍ୱାମୀ ସାଙ୍ଗରେ ଭଲ ପଡୁ ନ ଥିବା ଇତ୍ୟାଦି ଇତ୍ୟାଦି। ଏଇ ସମୟତକ ଭାସ୍କର ଶ୍ରୋତା ମାତ୍ର ଥିଲା ଏବଂ ସ୍ୱାତୀର ପ୍ରଶ୍ନରେ ନିଜ ବିଷୟରେ ଯତ୍‌ସାମାନ୍ୟ କହିଥିଲା। ସେମାନେ ପରସ୍ପରର ଠିକଣା ଓ ଟେଲିଫୋନ ନମ୍ବର ବିନିମୟ କରିଥିଲେ, କିନ୍ତୁ ସ୍ୱାତୀ ଜୋର ଦେଇ କହିଥିଲା, ମତେ ତମେ ଚିଠି ଲେଖିବ ନାହିଁ କି ଫୋନ କରିବ ନାହିଁ; ତମକୁ ଠିକଣା ଦଉଛି ଖାଲି ଜାଣିବା ପାଇଁ। ମନେ ରହିଲା ତ, ଚିଠି ନୁହେଁ କି ଫୋନ ନୁହେଁ। ଭାସ୍କର କିଛି ପ୍ରଶ୍ନ ନ କରି ମାନିନେଇଥିଲା ସ୍ୱାତୀର ନିଷେଧ। ସ୍ୱାମୀ ପାଖରୁ ନିଶ୍ଚୟ ସମସ୍ୟା ଥିଲା ସ୍ୱାତୀର।

ସ୍ୱାତୀ ଆସିବ ସାତଦିନ ପରେ।

ବର୍ତ୍ତମାନ କାହିଁକି କେଜାଣି ଭାସ୍କର ମନରେ ବଦ୍ଧମୂଳ ଧାରଣା ହେଉଥିଲା ଯେ ଶେଷପର୍ଯ୍ୟନ୍ତ ସ୍ୱାତୀ ଆସିବ ନାହିଁ। କଣ ବା ତାର ସ୍ୱାତୀ ସହିତ ସଂପର୍କ ଥିଲା ଯେ ସେ ଲୁଚିଛପି ତା ପାଖକୁ ଆସିବ ଦୁଇଘଣ୍ଟା କଟାଇବା ପାଇଁ। ସ୍ୱାତୀର ନ ଆସିବା କଥା ଭାବିବାବେଳେ ତା ମନ କେଜାଣି କାହିଁକି ହାଲୁକା ହୋଇଯାଉଥିଲା। ପୁଣି ସେ ତାର ଚିଠିକୁ ପଢୁଥିଲା। ସ୍ୱାତୀକୁ ସେ ଯେତିକି ବୁଝିଥିଲା, ଜାଣିଥିଲା, ତାର ବିଶ୍ୱାସ ଥିଲା ଯେ ଯଦି ସେ କୌଣସି କାରଣରୁ ନ ଆସିପାରେ, ତାକୁ ଜଣାଇବ ନିଶ୍ଚୟ।

ଷ୍ଟେସନକୁ ଫୋନ କରି ଭାସ୍କର ବୁଝିଲା ରାଜଧାନୀ ଏକ୍ସପ୍ରେସ କେତେବେଳେ ଆସେ। ସେଦିନ ଟ୍ରେନ ଦୁଇଘଣ୍ଟା ଡେରିରେ ଆସିବାର ଥିଲା। ଏତେଦିନ ଆଗରୁ ଟ୍ରେନର ଖବର ନେବାର କୌଣସି ଦରକାର ନାହିଁ ଜାଣିଥିଲା ଭାସ୍କର, ତଥାପି ସ୍ୱାତୀର ଆସିବା ଦିନର ପ୍ରସ୍ତୁତିରେ ଟ୍ରେନର ଠିକ ସମୟ ଜାଣିବାରେ ଯେପରି ଏକ ନିଜସ୍ୱ ଆନନ୍ଦ ଥିଲା।

ଘର ଚାରିଆଡ଼କୁ ଆଖି ବୁଲାଇ ସେ ମନେ ମନେ ସନ୍ତୁଷ୍ଟ ହେଲା ଯେ ସବୁ ଠିକଠାକ ଥିଲା। ତେବେ ସେଦିନ ସକାଳେ ସେ ପୁଣି ଥରେ ସବୁ ଜିନିଷକୁ ତନ୍ନତନ୍ନ କରି ଦେଖିନେବ। ଏତେଦିନ ଧରି ପ୍ରତ୍ୟେକ କଥାର ଟିକିନିଖି କରି ବ୍ୟବସ୍ଥା କରିବା ପରେ ବର୍ତ୍ତମାନ ତାକୁ ସବୁ ଜିନିଷ ଅତୀନ୍ଦ୍ରିୟ ଜଣାପଡୁଥିଲା। ଏପରିକି ସ୍ୱାତୀର ଚିଠି ଏବଂ ତାର ଆସିବା।

ଯେତେବେଳେ ତା ପାଖ ସିଟରେ ବସି ସ୍ୱାତୀ ତାକୁ ନିଜ କଥା କହିଥିଲା, ସେଦିନଟି ଭାସ୍କରର ମନେ ହୋଇଥିଲା ସେ ଯେପରି କୌଣସି ଏକ ଅବାସ୍ତବ ପୃଥିବୀରେ ଅଛି। ଦିନ ଦିପହରେ ଲୋକଭର୍ତ୍ତି ଟ୍ରେନରେ ବସି ତାକୁ ଜଣାପଡୁଥିଲା ସେ ଯେପରି ଏକା ଏକା କେଉଁ ଅଶରୀରୀ ସ୍ୱରର ରୂପକଥା ଉପରେ ଚଢ଼ି କେଉଁ ଅଜ୍ଞାତ ଲୋକ ଆଡ଼କୁ ଚାଲିଯାଉଛି। ଟ୍ରେନରୁ ଓହ୍ଲାଇ ସ୍ୱାତୀକୁ ବିଦାୟ ଦେଲାବେଳେ ସେ ପଚାରିଥିଲା, ତମର ମୋର ଏମିତି ଅକସ୍ମାତ୍ ଦେଖାହେଲା; ଆମର କିଛି ବି ସମ୍ପର୍କ ନ ଥିଲା ଆଗରୁ। କାହିଁକି ତମେ ମତେ ଏତେ କଥା ସବୁ କହିଲ? ସ୍ୱାତୀ ଗମ୍ଭୀର ହୋଇ କହିଥିଲା, ସମସ୍ତେ ନିଜର ଗୋପନୀୟ କଥା ସବୁ କାହାକୁ ନା କାହାକୁ କହିବାକୁ ଚାହିଁଥାନ୍ତି। ନ ଜାଣିବା ଲୋକକୁ ହିଁ ଏ ସବୁ କଥା କହିବା ସହଜ ଓ ନିରାପଦ, କାରଣ ସେ ଲୋକ ପାଖରୁ କୌଣସି ସମସ୍ୟା ଉପୁଜିବାର ଆଶଙ୍କା ନ ଥାଏ। ତମେ ହେଲ ମୋ ପାଇଁ ଉଭୟ ଅଜ୍ଞାତ ଓ ପରିଚିତ ଲୋକ। ସେଇଥିପାଇଁ ତମକୁ ସବୁ କଥା କହିଲି।

ଅତି ଯୁକ୍ତିସମ୍ପନ୍ନ ଥିଲା କଥାଟି। ଭାସ୍କର ଯେପରି ଥିଲା ସ୍ୱାତୀର ଗୋପନତମ କଥା ସବୁର ଶ୍ରୋତା ଭାବରେ ଉପଲକ୍ଷ୍ୟ ମାତ୍ର ଏବଂ ଏଇ ରେଳଯାତ୍ରାରେ ହିଁ ଆରମ୍ଭ ଓ ଶେଷ ହେଉଥିଲା ସେମାନଙ୍କର ପରିଚୟ ଓ ସମ୍ପର୍କ।

ସ୍ୱାତୀ ଆସିବ ତିନିଦିନ ପରେ।

ତାକୁ ରାତିରେ ନିଦ ହେଉ ନ ଥିଲା କିଛିଦିନ ହେଲା ଏବଂ ସାରା ରାତି କଟୁଥିଲା ବିଭିନ୍ନ ଚିନ୍ତାରେ। କାଲି ରାତିରେ ସେଥିପାଇଁ ଔଷଧ ଖାଇ ସେ ଭଙ୍ଗା ଭଙ୍ଗା ନିଦ ଶୋଇଥିଲା। ରାତିସାରା ସେ ଭାବୁଥିଲା ସ୍ୱାତୀକୁ କଣ କହିବ; ସ୍ୱାତୀ ସାଙ୍ଗରେ କଣ କରିବ। ଏ ଚିନ୍ତା ପ୍ରଥମେ ଆନନ୍ଦରୁ ଆରମ୍ଭ ହୋଇ କ୍ରମେ ଆଶଙ୍କାରେ ପରିଣତ ହେଉଥିଲା। ଏଇ ଭୟରୁ ରକ୍ଷା ପାଇବାକୁ ଭାସ୍କର ନିଜକୁ ଆଶ୍ୱାସନା ଦେଉଥିଲା ଯେ ଶେଷ ମୁହୂର୍ତ୍ତରେ ସ୍ୱାତୀ ଆସିବ ନାହିଁ।

ଷ୍ଟେସନରୁ ବିଦାୟ ନେବା ପରେ ଭାସ୍କର ଭାବି ନ ଥିଲା ଯେ ସ୍ୱାତୀ ପୁଣି ତା ସହିତ ଯୋଗାଯୋଗ କରିବ। ହଠାତ୍ କିନ୍ତୁ ଅପ୍ରତ୍ୟାଶିତ ଭାବରେ ତାର ଫୋନ

ଆସିଥିଲା। ସେଇ ଆଗଥର ଭଳି ଆତ୍ମୀୟ ଓ ଘନିଷ୍ଠ ଥିଲା ସ୍ୱାତୀର ସ୍ୱର। ସେ ତାକୁ ଭଲମନ୍ଦ ପଚାରିଲା, ନିଜର କଲେଜ କଥା, ପିଲାଙ୍କ କଥା, ଘର କଥା କହିଲା ଏବଂ ଆଶ୍ୱାସନା ଦେଲା ଯେ ସେ ପୁଣି ତାକୁ ଏଇଭଳି କେବେ କେବେ ଫୋନ କରିବ। ମୁଁ ହିଁ ତମକୁ ଫୋନ କରିବି, ସ୍ୱାତୀ ଫୋନ ରଖିବାବେଳେ କହିଥିଲା।

ଏବଂ ତାକୁ ଆଉ ତିନି ଚାରିଥର ଫୋନ କରିଥିଲା। ଭାସ୍କର ଭାବିଥିଲା ଯେ, ସ୍ୱାତୀ ବୋଧହୁଏ ଜଣେ ସହୃଦୟ ବନ୍ଧୁ ଚାହେଁ, ଯେଉଁଥିପାଇଁ ତାକୁ ଏମିତି ମଝିରେ ମଝିରେ ଖୁସି ହେଲେ ଫୋନ କରେ। ସେ ସ୍ୱାତୀକୁ ନେଇ କୌଣସି କଳ୍ପନା ଜଳ୍ପନା କରୁ ନ ଥିଲା ସେଥିପାଇଁ। କିନ୍ତୁ ତାର ଚିଠିଟି ହିଁ ସବୁ କିଛି ବଦଳାଇଦେଲା।

ସ୍ୱାତୀ ଆସିବ ଛବିଶ ଘଣ୍ଟା ପରେ।

ସକାଳ ଚାରିଟାରେ ନିଦ ଭାଙ୍ଗିଗଲା ଭାସ୍କରର। କାଲି ରାତିରେ ଜାଣିଶୁଣି ସେ ଔଷଧ ଖାଇ ନ ଥିଲା। ରାତିରେ ନିଦ ନ ହେବାରେ ଅନେକ ଦୁଶ୍ଚିନ୍ତା ମନ ଭିତରକୁ ଆସିଥିଲା। ନିଜକୁ ଖୁବ ଦୁର୍ବଳ ଅସହାୟ ମନେ କରିଥିଲା ସେ। ସେ ଅନୁଭବ କରୁଥିଲା ଯେପରି ସେ କେଉଁ ଏକ ଅଜ୍ଞାତ ସମୁଦ୍ର ଭିତରକୁ ଝାସ ଦେଉଛି ପହଁରିବାର ସାମାନ୍ୟ ବି ଅଭିଜ୍ଞତା ନ ଥାଇ। ରାତିର ଅଧା ପହରରେ ସ୍ୱାତୀ, ସ୍ୱାତୀର ଚିଠି, ସ୍ୱାତୀର ଆସିବା ସବୁ କିଛି ଅସମ୍ଭବ ଅଲୌକିକ ମନେ ହୋଇଥିଲା ତାକୁ। ସକାଳ ପହରରେ ସେ କଣ ଗୋଟିଏ ଅପ୍ରୀତିକର ସ୍ୱପ୍ନ ଦେଖିଲା।

ସ୍ୱପ୍ନଟି ତାର ମନେ ନ ଥିଲା, କିନ୍ତୁ ତାର ବିସ୍ୱାଦ ଏ ପର୍ଯ୍ୟନ୍ତ ତାକୁ ଉଦାସ କରି ରଖିଥିଲା।

କିଛିଦିନ ହେଲା ସେ ଆଉ ଚିଠିଟିକୁ ପଢୁ ନ ଥିଲା। ତାର ଏକମାତ୍ର ଚିନ୍ତା ଥିଲା ସ୍ୱାତୀ ଆସି ପହଞ୍ଚିଲେ ସେ କିପରି ତାର ସାମନା କରିବ। ପୁଣି ଭାବୁଥିଲା, ସ୍ୱାତୀ ନୁହେଁ ସ୍ୱାତୀର ଚିଠି ଆସି ପହଞ୍ଚିବ ସେ ଆସୁନାହିଁ ବୋଲି। ସେ ଯେପରି ଏଭଳି ଗୋଟିଏ ଚିଠି ପାଇବାର ଆଶାରେ ଅପେକ୍ଷା କରୁଥିଲା ବର୍ତ୍ତମାନ।

ସେ ଭାବିଥିଲା ସ୍ୱାତୀ ଆସିବାର ପୂର୍ବଦିନ ଛୁଟି ନେଇଯିବ। କିନ୍ତୁ ଏକା ଘରଟିରେ ବସି ରହି ସ୍ୱାତୀର ଆସିବାର ସତ୍ୟକୁ ଅପେକ୍ଷା କରିବାକୁ ତାର ସାହସ ହେଉ ନ ଥିଲା।

ସ୍ୱାତୀ ଆସିବ ବାରଘଣ୍ଟା ପରେ।

ଘଣ୍ଟାରେ ଆଲାର୍ମ ବାଜିଲା, ଯଦିଓ ତାର ନିଦ କାହିଁ କେତେ ଆଗରୁ ଭାଙ୍ଗି ଯାଇଥିଲା। ଯେଉଁ ଦିନଟି ପାଇଁ ସେ ଏତେ ଦିନ ଧରି ପ୍ରସ୍ତୁତି କରୁଥିଲା, ଶେଷରେ ସେଇ ଦିନଟି ପହଞ୍ଚିଗଲା।

ବିଛଣାରୁ ଉଠି ସେ ପ୍ରଥମେ ଚାଦରଟିକୁ ବାହାର କଲା। ଏଇଟିକୁ ବଦଳାଇବାକୁ ହେବ। ଘରସାରା ତାକୁ ଅନେକ ଛୋଟ ଛୋଟ କାମ କରିବାକୁ ଅଛି, ଯଦି ସ୍ୱାତୀର ଚିଠି ବା ଟେଲିଗ୍ରାମ ନ ଆସେ, ତାର ନ ଆସିବାର ଖବର ଆଣି। କିମ୍ବା ଟେଲିଫୋନ। କ୍ଷୀଣ ଆଶାର ସହିତ ଟେଲିଫୋନ ଆଡ଼କୁ ଅନାଇଲା ଭାସ୍କର। ସତେ ଯେପରି ତାର ଦୃଷ୍ଟିପାତରେ ଯନ୍ତ୍ରଟି ହଠାତ୍ ସଜୀବ ହୋଇ ଘଣ୍ଟିଧ୍ୱନି କରିବ ଏବଂ ସେ ତାକୁ ଉଠାଇଲେ ଆର ପାଖରୁ ସ୍ୱାତୀର ସ୍ୱର କହିବ ଯେ ସେ ଆସିପାରୁ ନାହିଁ।

ତାକୁ ଅତି ଅଳସ ଲାଗୁଥିଲା। ତଥାପି ସେ ମୁହଁହାତ ଧୋଇ ଦିନଟି ପାଇଁ ପ୍ରସ୍ତୁତ ହେଲା। ବିରକ୍ତିର ସହିତ ଔଷଧ ବଟିକାଟି ଖାଇଲା ଏବଂ ଘରସାରା ବୁଲି ତାର ଏତେ ଦିନର ପ୍ରସ୍ତୁତିକୁ ସର୍ବେକ୍ଷଣ କଲା।

ସ୍ୱାତୀ ଆସିବ ଦୁଇଘଣ୍ଟା ପରେ।

ଟେଲିଫୋନ କରି ଭାସ୍କର ବୁଝିଥିଲା ଯେ, ଟ୍ରେନ ଠିକ ସମୟରେ ଆସି ପହଞ୍ଚୁଛି। ସେ ଚାକରକୁ ଛୁଟି ଦେଇ ଦେଇଥିଲା। ଘରର ସବୁ ଜିନିଷ ସୁସଜ୍ଜିତ ଥିଲା। ବିଛଣା ଉପରେ ସଫା ଚାଦର। ରୋଷେଇ ଘରେ ଚା ସରଞ୍ଜାମ। ସବୁକିଛି ଯେ ଯାହା ଜାଗାରେ। କେବଳ ଯେପରି ପ୍ରସ୍ତୁତ ନ ଥିଲା ନିଜେ ଭାସ୍କର ହିଁ।

ଶେଷଥର ପାଇଁ ଚିଠିଟିକୁ ହାତରେ ନେଇ ସେ ଟେବୁଲ ପାଖରେ ବସିଲା। ଚିଠିଟି ଅତି ସିଧାସଳଖ ଓ ନିର୍ଦ୍ଦିଷ୍ଟ ଥିଲା। ସ୍ୱାତୀ ଷ୍ଟେସନରୁ ସିଧା ଆସିବ ତା ଘରକୁ ଦିଘଣ୍ଟା ପାଇଁ। ଦେଖା ହେଲେ ସବୁ।

ଏଥରକ କାଗଜ କଲମ ନେଇ ଭାସ୍କର ଗୋଟିଏ ଛୋଟ ଚିଠା ଲେଖିଲା : ମୁଁ ଦୁଃଖିତ ଯେ ମତେ ଜରୁରୀ କାମରେ ବାହାରକୁ ଯିବାକୁ ପଡୁଛି। ସେଥିପାଇଁ ମତେ କ୍ଷମା କରିବ। ସୁବିଧା ହେଲେ ଫୋନ କରିବ।

କାଗଜଟିକୁ ଆଣି ସେ ବାହାର କବାଟରେ ଲଗାଇଲା ଏବଂ ତାଲା ପକାଇ ଚଞ୍ଚଳ ପାଦରେ ରାସ୍ତା ଉପରକୁ ଓହ୍ଲାଇଗଲା।

—

ଶେଷ ପର୍ଯ୍ୟନ୍ତ

ତ୍ରିପାଠୀ ସାହେବ ଭାବିଥିଲେ ଜୀବନରେ କେତେ କଣ କରିବେ ବୋଲି, କିନ୍ତୁ କିଛି ବି ହେଲା ନାହିଁ। ସମୟ ସବୁ କେଜାଣି କିଭଳି ଚାଲିଗଲା ଏବଂ ସରକାରୀ ଚାକିରିର ଶଗଡ଼ ଗୁଳାରେ ତାଙ୍କର ବିଧିନିର୍ଦ୍ଦିଷ୍ଟ ସ୍ଥାନରେ ପହଞ୍ଚି ସେଠାରୁ ସେ ସେବା-ନିବୃତ୍ତ ବି ହୋଇଗଲେ। ଯେତେବେଳେ ଜୀବନର ବୃହତ୍ତର ତାତ୍ପର୍ଯ୍ୟ କଥା ଭାବିବାକୁ ସମୟ ମିଳିଲା, ମାନିନେବାକୁ ହେଲା ଯେ ପିଲାଦିନର ଅନେକ ଆକାଂକ୍ଷା ଓ ଲକ୍ଷ୍ୟକୁ ପୂରଣ କରିବା ପାଇଁ ଆଉ ଶକ୍ତିସାମର୍ଥ୍ୟ, ଏପରିକି ଇଚ୍ଛା ମଧ୍ୟ ନାହିଁ। କେବେ କେବେ ଅବଶ୍ୟ ମନେ ହେଉଥିଲା ଯେ ବେଶ୍ କିଛି ହୋଇଗଲା; ଆଉ କଣ କରାଯାଇଥାନ୍ତା ଜୀବନରେ? କେଉଁ ଅନାମଧେୟ ମଫସଲ ଗାଁର ଦରିଦ୍ର ପରିବାରରୁ ଆସି ସେ ପହଞ୍ଚିପାରିଥିଲେ ସରକାରୀ ସେବାର ଉଚ୍ଚ ସୋପାନରେ। ସବୁ ପୁଅ ଝିଅ ପାଠଶାଠ ପଢ଼ି ଭଲ ଚାକିରି କରି ବାହାସାହା ହୋଇ ବିଦେଶରେ ବସବାସ କରୁଥିଲେ। ନିଜେ ରହିବା ପାଇଁ ବର୍ତ୍ତମାନ ବିରାଟ ଘର ଥିଲା; ଜୀବନସାରା ବିଭିନ୍ନ ଜାଗାରେ ଲଗାଇଥିବା ଟଙ୍କାରୁ ମାସକୁ ମାସ ଭଲ ପଇସା ଆସୁଥିଲା। କେତେଜଣଙ୍କ ଭାଗ୍ୟରେ ମିଳିଥାଏ ଏ ସବୁ?

ପଛ କଥା ଯେତେ ଭୁଲିଯିବାକୁ ଚାହୁଁଥିଲେ ବି ଅସତର୍କ ମୁହୂର୍ତ୍ତରେ ମନେ ପଡ଼ି ଯାଉଥିଲା ଛୋଟ ଛୋଟ କଥା: ପୁରୋହିତ ବାପାଙ୍କର ଅଭାବ ଅନଟନର ସଂସାର, ଗାଁ ଚାଟଶାଳୀର ହୀନିମାନ ପରିବେଶ, ସ୍କୁଲ କଲେଜ ବେଳର ଅଧ୍ୟୟନସର୍ବସ୍ୱ ଯୁବାବସ୍ଥା। ଜୀବନର ସ୍ରୋତ ହଠାତ୍ ବଦଳିଗଲା ସେ ଯେତେବେଳେ ଗଡ଼ଜାତରେ ପ୍ରଥମ ଚାକିରି ନେଲେ। ସେଠାର ରାଜା ଯଦିଓ ବିଶେଷ ପାଠ ପଢ଼ି ନ ଥିଲେ, ଇଂରେଜୀପ୍ରେମୀ ଥିଲେ, ଇଂରେଜୀ ବହିର ଭଲ ଲାଇବ୍ରେରୀ ରଖିଥିଲେ ଏବଂ ମଝିରେ ମଝିରେ ଇଂରେଜ ଲୋକଙ୍କୁ ଡାକି ଆପ୍ୟାୟନ କରି ଖୁସି ହେଉଥିଲେ। ରମାପଦଙ୍କର ଇଂରେଜୀ ଜ୍ଞାନର ଗଭୀରତା ଏଇ ସମୟରେ ବିଶେଷ କାମରେ ଆସିଲା ଏବଂ ସେ ହୋଇଗଲେ ଇଂରେଜୀ ବିଷୟରେ ରାଜାଙ୍କର ଉପଦେଷ୍ଟା ଓ

ଇଂରେଜମାନଙ୍କ ସହିତ ତାଙ୍କର ସେତୁ। ନୂଆ ଆସି କଲେଜରେ ପଢ଼ିବା ସମୟରେ ସହରୀ ପିଲାମାନେ ତାଙ୍କର ଇଂରେଜୀକୁ ଥଟ୍ଟା କରିବା ତାଙ୍କ ପାଇଁ ପ୍ରକାରାନ୍ତରେ ଆଶୀର୍ବାଦ ହୋଇଥିଲା; ଭଲଭାବରେ ଇଂରେଜୀ ପଢ଼ିବା କହିବା ରମାପଦଙ୍କର ଏକ ନିଶା ହୋଇଯାଇଥିଲା ସେତେବେଳେ। ଚାକିରି ଆରମ୍ଭ କରି ସେ ପ୍ରଥମେ ଗୋଟିଏ ରେଡିଓ କିଣିଥିଲେ ବିବିସିରୁ ଇଂରେଜୀ ଶୁଣି ନିଜର ଉଚ୍ଚାରଣକୁ ଶୁଦ୍ଧ କରି ଇଂରେଜମାନଙ୍କର ଆହୁରି ନିକଟତର ହେବା ପାଇଁ ଏବଂ ସଫଳ ହୋଇଥିଲେ ମଧ୍ୟ।

ଇଂରେଜୀ ଉଚ୍ଚାରଣର ଉନ୍ନତି ସହିତ ତାଙ୍କର ପଦ ଓ ଦରମାର ମଧ୍ୟ ଅଭିବୃଦ୍ଧି ହେଲା ଏବଂ ଆହୁରି ଆହୁରି ଉଚ୍ଚ ଚାକିରି ନେଇ ସେ ଗଡ଼ଜାତରୁ ଗଡ଼ଜାତକୁ ବଦଳି ହେବାରେ ଲାଗିଲେ। ଏଭଳି କ୍ରମରେ ରମାପଦବାବୁରୁ ତ୍ରିପାଠୀସାହେବ ହେବାକୁ ଡେରି ହେଲା ନାହିଁ। ଇଂରେଜୀ ଭାଷା ଓ ଲୋକଙ୍କର ସମ୍ପର୍କରୁ ରମାପଦ ସତକୁ ସତ ସାହେବ ପାଲଟିଗଲେ ଅତି ସହଜରେ। ସୌଭାଗ୍ୟକୁ ତାଙ୍କର ସ୍ତ୍ରୀ ମଧ୍ୟ ତାଙ୍କର ଏ ନୂଆ ଜୀବନରେ ସହଯୋଗ କଲେ ଏବଂ ଏଇ ନୂଆ ଅବତାରରେ ସେ ନିଜର ଗାଁ, ପରିବାର, ପିଲାଦିନର ସାଙ୍ଗସାଥୀଙ୍କଠାରୁ ପୂରାପୂରି ସଂପର୍କ କାଟିଦେଲେ। ତାଙ୍କର ପୋଷାକପତ୍ର, ଚାଲିଚଳଣ, ହାବଭାବରେ ମଧ୍ୟ ପୂରା ପରିବର୍ତ୍ତନ ହୋଇଗଲା ଏବଂ ଏହାର ଚୂଡ଼ାନ୍ତ ହେଲା ସାହେବୀ ଢଙ୍ଗରେ ତାଙ୍କର ଓଡ଼ିଆ ଉଚ୍ଚାରଣ।

ଚାକିରି ଜୀବନରେ ବେଶ ମାନସମ୍ମାନ ପାଇଥିଲେ ତ୍ରିପାଠୀସାହେବ। ଭଲ ଅଫିସର ଭାବରେ ତାଙ୍କର ନାଁ ଥିଲା। ଜଣେ କଳା ସାହେବ ଭାବରେ ସେ ଯେ କେବଳ ଦେଶୀ ଲୋକଙ୍କଠାରୁ ଦୂରରେ ରହୁଥିଲେ ତା ନୁହେଁ, ସେ ନିଜର ନିମ୍ନ କର୍ମଚାରୀଙ୍କୁ ମଧ୍ୟ ଯଥାସମ୍ଭବ ଦୂରରେ ରଖୁଥିଲେ। ତାଙ୍କର ସାମାଜିକ ଚାଲିଚଳଣି ସୀମିତ ଥିଲା ନିଜର ସମାନସ୍କନ୍ଧ ଦେଶୀ ବିଦେଶୀ ଅଫିସରଙ୍କ ସହିତ; ଅବସର କଟୁଥିଲା କ୍ଲବରେ ତାସ ଓ ଟେନିସ ଖେଳି ଏବଂ କେବେ କେବେ ଶିକାରରେ ଯାଇ। ଯେତେବେଳେ ଦେଶ ସ୍ୱାଧୀନ ହେବାର କଥା ଉଠିଲା, ସେ ଆଶଙ୍କା କରିଥିଲେ ଯେ ଇଂରେଜଙ୍କ ଦୟାରେ ବଢ଼ିଥିବା ତାଙ୍କ ଭଳି ଅଫିସରମାନଙ୍କୁ ସ୍ୱଦେଶୀ ନେତାମାନେ ହେୟ ଦୃଷ୍ଟିରେ ଦେଖିବେ। କିନ୍ତୁ ଏହି ଅଫିସରମାନେ ସ୍ୱାଧୀନତା ପରେ ନୂଆ ଶାସକଙ୍କୁ ଅତି ସହଜରେ ଆପଣାର କରିନେଲେ ଏବଂ ତାଙ୍କର ପ୍ରତିପତ୍ତିରେ କୌଣସି ହ୍ରାସ ହେଲା ନାହିଁ। ଏପରିକି ତ୍ରିପାଠୀସାହେବ ଯାହା ଭାବିଥିଲେ ଯେ ତାଙ୍କର ଏତେଦିନର ଆୟାସଲବ୍ଧ ଇଂରେଜୀ ଜ୍ଞାନ ତାଙ୍କ ବିରୋଧରେ ଯିବ, ସେ କଥା ମଧ୍ୟ ଭୁଲ ପ୍ରମାଣିତ ହେଲା। ସ୍ୱାଧୀନତାର ଦଶନ୍ଧି ବିତିଯିବା ପରେ ବି ଦେଶରେ ଇଂରେଜୀର ମହତ୍ତ୍ୱ ଊଣା ହେବାର କୌଣସି ଲକ୍ଷଣ ଦେଖାଯାଉ ନ ଥିଲା।

ଚାକିରିରୁ ଅବସର ନେଇ ଯେଉଁଦିନ ତ୍ରିପାଠୀସାହେବ ସରକାରୀ ଘରୁ ନିଜ ଘରକୁ ଗଲେ, ଅନୁଭବଟି ଉଭୟ ଆନନ୍ଦ ଓ ଦୁଃଖର ଥିଲା। ସାରାଜୀବନ ଏ ପର୍ଯ୍ୟନ୍ତ କଟିଥିଲା ଗୋଟିଏ ସରକାରୀ ବଙ୍ଗଳାରୁ ଆଉ ଗୋଟିଏ ବଙ୍ଗଳାରେ। ବିଭିନ୍ନ ସ୍ଥାନରେ ଥିବା ବିଭିନ୍ନ ଆକାରର ଏଇ ବଙ୍ଗଳାମାନଙ୍କର ଏକ ନିଜସ୍ୱ ଚରିତ୍ର ଥିଲା, ଯାହା ଅତି ଅଭ୍ୟାସଗତ ହୋଇଯାଇଥିଲା ତାଙ୍କର। ବଦଳିରେ ଗଲେ ବି ତାଙ୍କୁ କେବେହେଲେ ନୂଆ ବଙ୍ଗଳାଟି ଅପରିଚିତ ଲାଗୁ ନ ଥିଲା, କାରଣ ଅତି ସ୍ୱଳ୍ପ ସମୟରେ ତାଙ୍କର ଜିନିଷପତ୍ର ନିଜ ନିଜର ନିର୍ଦ୍ଦିଷ୍ଟ ସ୍ଥାନରେ ରହିଯାଉଥିଲେ, ସାଙ୍ଗରେ ଆଣିଥିବା ଚାକର ବାକର ତାଙ୍କର ଘରକରଣା ସମ୍ଭାଳି ନେଉଥିଲେ। ସବୁ ଗତାନୁଗତିକ ଥିଲା: ସେଇ ପୁରୁଣା ଖାଇବା ଟେବୁଲ ଉପରେ ନିଜର ପ୍ରିୟ ଖାଦ୍ୟ ଓ ସକାଳେ ନିଜର ଦେହଘଷା ବିଛଣାରୁ ଉଠିଲେ ପାଖର ଛୋଟ କୋଠରୀରେ ପରିଚିତ ଫାଇଲର ଗଦା। ସହରର ଉପାନ୍ତରେ ନିଜର ଘରଟି କିନ୍ତୁ ଏହାର ବ୍ୟତିକ୍ରମ ଥିଲା। ଘରଟିର ବାସ୍ତୁଶୈଳୀ ସାଧାରଣ ସରକାରୀ ଘର ଭଳି ଇଂରେଜୀ ଔପନିବେଶିକ ନ ଥିଲା ଏବଂ ଏହାର ଡିଜାଇନ କରିଥିଲେ ଜଣେ ଆଧୁନିକ ଆର୍କିଟେକ୍ଟ। ଏଥିରେ କୋଠରୀମାନଙ୍କର ବ୍ୟବସ୍ଥା ବିନ୍ୟାସ ମଧ୍ୟ ଭିନ୍ନ ଧରଣର ଥିଲା। ପ୍ରଥମେ ପ୍ରଥମେ ଏ ଘରକୁ ଆସିବା ପରେ ଅସ୍ୱସ୍ତି ଅନୁଭବ କଲେ ତ୍ରିପାଠୀସାହେବ। ବିଶେଷ ଭାବରେ ତାଙ୍କର ସ୍ତ୍ରୀ ତାଙ୍କୁ ବହୁତ ମନେପଡ଼ିଲେ, କାରଣ ଘରଟି ଯଦିଓ ମୂଳରୁ ଶେଷ ପର୍ଯ୍ୟନ୍ତ ତିଆରି ହୋଇଥିଲା ତାଙ୍କରି ତତ୍ତ୍ୱାବଧାନରେ, ସେ ଦିନଟିଏ ବି ରହିବାର ସୁଯୋଗ ପାଇ ନ ଥିଲେ ଏଇ ଘରଟିରେ।

ଏଥରକ ଘର ବଦଳାଇବାବେଳେ ଆଖିରେ ପଡ଼ିଲା ଏତେ ବର୍ଷ ଧରି ଜମି ଯାଇଥିବା ନାନାରକମର ଆଳିମାଳିକା: କେବେବି ଖୋଲା ଯାଇନଥିବା ପୁରୁଣା ଅଫିସ ଫାଇଲ, କେବେ କେଉଁ ଲାଇବ୍ରେରୀରୁ ଧାରରେ ଆସି ଫେରା ହୋଇନଥିବା ଅପଢ଼ା ବହି, ଫ୍ରେମରେ ବନ୍ଧା ଅଭିନନ୍ଦନ ଓ ବିଦାୟ ଗୀତିକା, ବ୍ୟକ୍ତିଗତ କାଗଜପତ୍ରର ଅସୁମାରି ବିଡ଼ା ଓ ଛିଣ୍ଡା ପୁରୁଣା ଲୁଗାପଟା ଓ ଭଙ୍ଗା ଆସବାବପତ୍ରର ମେଳା। ତ୍ରିପାଠୀସାହେବ ଭାବିଲେ ନିଜ ଘରକୁ ଯିବା ଆଗରୁ ସେ ଅଦରକାରୀ ଜିନିଷ ସବୁକୁ ଫିଙ୍ଗିଦେବେ। ଯୋଉ ଜିନିଷ ବର୍ଷ ବର୍ଷ ଧରି କୌଣସି କାମରେ ଲାଗି ନାହିଁ, ସେ ଜିନିଷଟି ଥିଲେ କେତେ ନଥିଲେ କେତେ? ହାତ ପାଖରେ ଥିବା ଫାଇଲ ଗଦା ଭିତରୁ ସେ ଗୋଟିଏ ପୁରୁଣା ନଥିକୁ ଟାଣି ଆଣିଲେ। କୋଉ ଯୁଗର କାଗଜ କେଜାଣି, ଖୋଲିଲାବେଳକୁ ଖଣ୍ଡ ଖଣ୍ଡ ହୋଇ ଝଡ଼ିପଡ଼ିଲା। ଛିଣ୍ଡା କାଗଜ ଭିତରୁ ଏତିକି ଜଣା ପଡ଼ିଲା ଯେ ଏଇଟି ତାଙ୍କର ଗଡ଼ଜାତ ଚାକିରି ବେଳର ଜମିଜମା ନେଇ କିଛି ଗୋଟାଏ ଦଲିଲ। ହୁଏତ ସେ କଣ ଜମି କିଣିଥିଲେ କି ବିକିଥିଲେ, ତାରି କାଗଜପତ୍ର

ହୋଇ ପାରେ। ବର୍ତ୍ତମାନ କିନ୍ତୁ କିଛି ବି ମନେପଡୁ ନ ଥିଲା ଜୀବନରେ କେଉଁଠି କେବେ କଣ ସମ୍ପତ୍ତି, ସମ୍ପର୍କ ଆସିଥିଲା, ଯାଇଥିଲା। କାଗଜଟିକୁ ଦେଖିଲେ କୌଣସି ଜମି କଥା ମନେପଡୁ ନ ଥିଲା, ତେବେ ଅତି ସ୍ପଷ୍ଟଭାବରେ ମନେ ପଡ଼ିଯାଉଥିଲା ସେଇ ଗଡ଼ଜାତର ଯୁବକ ରାଜାଙ୍କର ଉଦ୍ଧତ ମୁହଁଟି। ଫାଇଲଟିକୁ ଫିଙ୍ଗିଦେବା ପାଇଁ ମନ ବଳିଲା ନାହିଁ। ଏଥିରେ ଜମିଜମାର ଦାବିପତ୍ର ନ ଥାଉ, ଏଥିରେ ଅନ୍ତତଃ ପୁରୁଣା ସମୟର ସ୍ମୃତି ଟିକିଏ ତ ଅଛି!

ଏଇଭଳି ଭାବରେ କୌଣସି ଜିନିଷ ଫିଙ୍ଗା ହୋଇ ପାରିଲା ନାହିଁ। ସବୁ ଜିନିଷ ଯାଇ ପହଞ୍ଚିଲା ନିଜର ନୂଆ ଘରେ। ଘର ତିଆରି କରିବାବେଳେ ଯେଉଁ କୋଠରୀଟିକୁ ତାଙ୍କ ସ୍ତ୍ରୀ ପୂଜା ଘର ଓ ସେ ନିଜେ ମନେ ମନେ ଲାଇବ୍ରେରୀ ବୋଲି ଆଖ୍ୟା ଦେଇଥିଲେ, ସେଇଟି ଭର୍ତ୍ତି ହୋଇଗଲା ପୁରୁଣା ବହି, ଫାଇଲ ଓ କାଗଜପତ୍ରର ସ୍ତୁପରେ। ସେଇ କୋଠରୀର ଗୋଟିଏ କଣରେ ଟେବୁଲ ଚଉକି ପକାଇ ସେଥିରେ ବସିବାବେଳେ ତ୍ରିପାଠୀସାହେବଙ୍କର ମନେହେଲା ସେ ଯେପରି ତାଙ୍କର ଚାକିରି ଜୀବନର ଗୋଟିଏ ଚଳନ୍ତି ପ୍ରଦର୍ଶନୀ ଭିତରେ ପହଞ୍ଚିଯାଇଛନ୍ତି। ଯେଉଁ ନଥିକୁ ଖୋଲିଲେ ସେଥିରୁ କାଗଜରେ ଲେଖା ଥିବା ବିଷୟଟି ବୁଝାପଡୁ ନ ଥିଲେ ବି ଅନ୍ୟାନ୍ୟ ଅନେକ ପୁରୁଣା କଥା ଜଳଜଳ ହୋଇ ଆଖି ଆଗକୁ ଆସି ଯାଉଥିଲା। ଏଥିପାଇଁ ସେ ସମୟ ଅସମୟରେ ଲାଇବ୍ରେରୀ ଘରକୁ ଯାଇ ବସୁଥିଲେ ନିଜ ଜୀବନର ସିଂହାବଲୋକନ କରିବା ପାଇଁ। ତାଙ୍କର ମନେହେଉଥିଲା ଯେ, ଯଦି ତାଙ୍କ ଜୀବନର ଶେଷ ଭାଗରେ ଆଉ କିଛି ଉଦ୍ଦେଶ୍ୟ, କାମ, ସାଙ୍ଗସାଥୀ କିଛି ବି ନ ରହନ୍ତି, ସେ ଏଇ କୋଠରୀ ଭିତରେ ବସି ଅତୀତର ରୋମନ୍ଥନ କରି ଅବଶିଷ୍ଟ ଦିନସବୁ କଟାଇଦେବେ। ତା ସହିତ ମନରେ ଏ ଇଚ୍ଛା ମଧ୍ୟ ହେଲା ଯେ ସେ ଏଇ କାଗଜପତ୍ର ସବୁକୁ ପଢ଼ି ନିଜର ପୁରୁଣା ଜୀବନର ଅନୁଭୂତି ବିଷୟରେ କିଛି ଲେଖିବେ।

ତେବେ ସବୁଠାରୁ ବଡ଼ ପ୍ରଶ୍ନ ଥିଲା ସମୟ କଟାଇବା। ଚାକିରିରୁ ଅବସର ନେବା ପରେ ବି ବିଭିନ୍ନ ପ୍ରକାରର ଛୋଟ ଛୋଟ କାମ ଦେଇ ସରକାର ତ୍ରିପାଠୀ ସାହେବଙ୍କୁ କର୍ମଠ ରଖିଲେ ଆହୁରି ଚାରିବର୍ଷ। ଏ ନିଯୁକ୍ତିରେ ବିଶେଷ କାମ ନ ଥିଲେ ବି ସେ ଠିକ ସମୟରେ ଅଫିସ ଯାଇ ସେଠାରେ ପୂରା ସମୟ କଟାଉଥିଲେ। କାମ ସବୁ କିନ୍ତୁ ଘଣ୍ଟାଏ ଦି ଘଣ୍ଟାରେ ଶେଷ ହୋଇଯାଉଥିଲା। ତଥାପି ନିଜକୁ ବ୍ୟସ୍ତ ରଖିବା ପାଇଁ ସେ ତାଙ୍କର ଛୋଟ ଅଫିସ ଓ ଅଳ୍ପ କର୍ମଚାରୀଙ୍କୁ ନୟାନ୍ତ କରୁଥିଲେ ଅଦରକାରୀ କାମ ସୃଷ୍ଟି କରି ଓ ବିଭିନ୍ନ ସମସ୍ୟା ଉପୁଜାଇ ତାକୁ ସମାଧାନ କରିବାରେ। ଯଦିଓ ସେ ନିଜ ସମୟର ଏପରି ଭାବରେ ପୂର୍ଣ୍ଣ ବିନିଯୋଗ କରିବାର ଉପାୟ ବାହାର କରିପାରିଥିଲେ, ତାଙ୍କର ଉପଲବ୍ଧି ହୋଇଥିଲା ଯେ ସେ ନିଜର ଚାକିରିଆ ବନ୍ଧୁମାନଙ୍କ

ପାଇଁ ଆଗର ସେଇ ତ୍ରିପାଠୀ ସାହେବ ହୋଇ ନାହାନ୍ତି। ସରକାରୀ ମହଲରେ ଅବଶ୍ୟ ତାଙ୍କୁ ସମସ୍ତେ ସମ୍ମାନ ଦେଖାଉଥିଲେ, କିନ୍ତୁ ସେ ବୁଝୁଥିଲେ ଯେ, ସେ କ୍ଷମତାର ପରିଧିରୁ ଅନେକ ଦୂରରେ। କ୍ଲବରେ ବସି ତାସ ଖେଳିବାବେଳେ ମଧ୍ୟ ସେ ଏକଥା ଅନୁଭବ କରିପାରୁଥିଲେ। ଯଦିଓ ସେ ତାଙ୍କର ସେଇ ପୁରୁଣା ଟେବୁଲରେ ବସୁଥିଲେ, ସମସ୍ତଙ୍କ ସମ୍ଭ୍ରମର କେନ୍ଦ୍ରବିନ୍ଦୁ ଥିଲା ଅନ୍ୟ ଟେବୁଲଟି, ଯେଉଁଥିରେ ତାଙ୍କର ଜଣେ ଉତ୍ତରାଧିକାରୀ ବସୁଥିଲେ।

ଏଇ ତାସଖେଳ ହିଁ ବର୍ତ୍ତମାନ ତାଙ୍କର ଏକମାତ୍ର ଅବସର ବିନୋଦନ ରହି ଯାଇଥିଲା। ଅନେକ ଦିନରୁ ତାଙ୍କର ଶିକାର କରିବା ବନ୍ଦ ହୋଇଥିଲା, କାରଣ ଜଙ୍ଗଲରେ ପଶୁଙ୍କୁ ମାରିବା ଉପରେ ଅନେକ କଟକଣା ଜାରି ହୋଇଯାଇଥିଲା। ଟେନିସ ଖେଳିବା ସେ ଛାଡ଼ିଥିଲେ ବାଧ୍ୟ ହୋଇ। ସମୟକ୍ରମେ ତାଙ୍କ ବୟସର ଆଉ ସମସ୍ତେ ଖେଳପଡ଼ିଆରୁ ଓହରିଯାଇଥିଲେ, କିନ୍ତୁ ସେ ନିୟମିତ ଖେଳିବା ପାଇଁ ଯାଉଥିଲେ। ବର୍ତ୍ତମାନ ଅନେକ ନୂଆ ଯୁବକ ଖେଳିବାକୁ ଆସୁଥିଲେ ଏବଂ ତାଙ୍କ ସହିତ ତାଲ ଦେଇ ଖେଳିବା ସମ୍ଭବ ନ ଥିଲା ତ୍ରିପାଠୀଙ୍କ ପକ୍ଷରେ। ସେ ଏ କଥା ମଧ୍ୟ ଅନୁଭବ କଲେ ଯେ ଯୁବକ ଖେଳାଳି ନିତାନ୍ତ ବାଧ୍ୟ ନ ହେଲେ ତାଙ୍କ ସହିତ ଖେଳିବାକୁ ଚାହୁଁ ନ ଥିଲେ। ସେ ଆଦୌ ସେମାନଙ୍କର ସମକକ୍ଷ ନ ଥିଲେ ଏବଂ ତାଙ୍କୁ ସେମାନେ ଦୟାକରି ଛାଡ଼ି ଦେଉଥିବା ଗୋଟିଏ ଦୁଇଟି ଗେମ ବ୍ୟତୀତ ସେ ସବୁବେଳେ ହାରିବା ଅବସ୍ଥାରେ ଥିଲେ। ଏପରି ପରିସ୍ଥିତିରେ ଦିନେ ସେ ଟେନିସ ଖେଳିବାକୁ ଯିବା ବି ବନ୍ଦ କରି ଦେଇଥିଲେ।

ଶେଷକୁ ଜରା ଭଳି ଆଖି ମଧ୍ୟ ତ୍ରିପାଠୀ ସାହେବଙ୍କ ସହିତ ଦାଉ ସାଧିଲା। ଦିନେ କ୍ଲବରେ ବସି ତାସ ଖେଳୁଛନ୍ତି, ତାଙ୍କୁ କିଏ ଆଣି କାଗଜଟିଏ ଦେଲା। ତାକୁ ଖୋଲି ପଢ଼ିବାକୁ ଯାଇ ସେ ବିଫଳ ହେଲେ। ଚଷମାକୁ ରୁମାଲରେ ପୋଛି କାଗଜଟିକୁ ସେ ପୁଣି ଥରେ ଦେଖିଲେ, ଉପରେ ଆଲୁଅକୁ ଅନାଇ ପରଖିଲେ ଉଜ୍ଜ୍ୱଳତା ଠିକ ଅଛି କି ନାହିଁ ଏବଂ ଶେଷରେ ହାର ମାନି ଆଉ ଜଣକୁ କାଗଜଟିକୁ ପଢ଼ିବାକୁ ଦେଲେ। ସେଦିନ ରାତିରେ ଘରକୁ ଫେରି ବିଭିନ୍ନ ଆକାରର ଅକ୍ଷରକୁ ପଢ଼ି ନିଜର ଦୃଷ୍ଟିଶକ୍ତିକୁ କଳିବାକୁ ଚେଷ୍ଟା କଲେ ତ୍ରିପାଠୀ ସାହେବ। ଖବରକାଗଜର ହେଡଲାଇନ ଛଡ଼ା ଆଉ କିଛି ବି ସ୍ୱଚ୍ଛନ୍ଦରେ ପଢ଼ି ହେଉ ନ ଥିଲା। କିଛିଦିନ ତଳୁ ଅବଶ୍ୟ ପଢ଼ିବାବେଳେ କଷ୍ଟ ହେଉଥିଲା, କିନ୍ତୁ ଏଭଳି ଅସହାୟ ପରିସ୍ଥିତିରେ ସେ ପଡ଼ି ନ ଥିଲେ କେବେହେଲେ। ପରଦିନ ସକାଳୁ ଆଖି ଡାକ୍ତରଙ୍କ ପାଖକୁ ଯାଇ ଜାଣିଲେ ଯେ ତାଙ୍କର ଉଭୟ ଆଖିରେ ପରଳ ମାଡ଼ିଯାଇଛି, କିନ୍ତୁ ଅପରେଶନ କରିବା ପାଇଁ ରୋଗଟି ପରିପକ୍ୱ ହେବା ପର୍ଯ୍ୟନ୍ତ ଅପେକ୍ଷା କରିବାକୁ ପଡ଼ିବ।

ନିଜର ସ୍ୱାସ୍ଥ୍ୟ ଓ ସାମର୍ଥ୍ୟ ଉପରେ ତ୍ରିପାଠୀ ସାହେବଙ୍କର ଯେଉଁ ଅବଶିଷ୍ଟ ଦମ୍ଭ ଥିଲା, ତାକୁ ସଂପୂର୍ଣ୍ଣରୂପେ ଭାଙ୍ଗିଦେଲା ନିଜ ଆଖିର ଅବସ୍ଥା। ଯଦିଓ ଚିକିତ୍ସାଟି ଅତି ସହଜ ଓ ସାଧାରଣ ଥିଲା, ଡାକ୍ତର କହୁଥିଲେ ଆହୁରି କିଛିମାସ ପରେ ଅପରେଶନ କରିବା ପାଇଁ। ଏହି ଅପେକ୍ଷାର ସମୟ ଅତି କଷ୍ଟଦାୟକ ଥିଲା, କାରଣ ଏପରି ଅବସ୍ଥାରେ ଏକା ବାହାରକୁ ଯିବା ସମ୍ଭବ ନ ଥିଲା ଏବଂ ଘରେ ବସି ରହିବାକୁ ପଡୁଥିଲା। ସକାଳର ଖବରକାଗଜକୁ ତନ୍ନତନ୍ନ କରି ପଢ଼ିବାର ଯେଉଁ ଅଭ୍ୟାସ ଥିଲା, ତା ମଧ୍ୟ ବ୍ୟାହତ ହୋଇଯାଇଥିଲା ଏବଂ ଲାଇବ୍ରେରୀ ଘରେ କାଗଜପତ୍ରକୁ ଓଲଟାଇବା ବେଳେ କିଛି ପଢ଼ି ପାରୁ ନଥିବା ଥିଲା ଏକ ବିଶେଷ ଯନ୍ତ୍ରଣା।

ଏଇ ସମୟର ତାଙ୍କର ଏକମାତ୍ର ଆଶ୍ୱାସନା ଥିଲା ବାସୁଦେବ, ଯେ କି କୋଉ କାଳରୁ ତାଙ୍କ ପାଖରେ ଥିଲା ଚାକର ହୋଇ। ତାର ଘର କୋଉଠି, ତାର ପରିବାର କଣ, ଏ ସବୁ ଜାଣିବା ପାଇଁ ତ୍ରିପାଠୀ ସାହେବ କେବେହେଲେ କୌତୂହଳୀ ହୋଇ ନ ଥିଲେ। ଛୋଟ ପିଲାଟିଏ ବେଳୁ ସେ ଆସି ବୋଲହାକ କରିବା ପାଇଁ ତାଙ୍କ ଘରେ ରହିଥିଲା ଏବଂ ତାଙ୍କ ପାଖେ ରହିବା ଭିତରେ ସେ ରୋଷାଇ ଶିଖିଥିଲା, ଅକ୍ଷର ସହିତ ପରିଚିତ ହୋଇଥିଲା ଓ ସରକାରୀ ଡ୍ରାଇଭରମାନଙ୍କ ଦୟାରୁ ଗାଡ଼ି ଚଳାଇବା ଶିଖି ନେଇଥିଲା। ତାର ସବୁଠାରୁ ବଡ଼ ଗୁଣ ଥିଲା ଯେ, ସେ କଥା କମ କହୁଥିଲା ଏବଂ ସାହେବଙ୍କ ଚାଲିଚଳଣ ସହିତ ଏତେ ପରିଚିତ ଥିଲା ଯେ, ସେ ତାକୁ କିଛି କହିବା ଆଗରୁ ସେ କାମଟି କରିଦେଉଥିଲା। କଦବା କ୍ୱଚିତ୍ ଅଳ୍ପଦିନର ଛୁଟି ନେଇ ସେ ଯେତେବେଳେ ଗାଁକୁ ଯାଉଥିଲା, ସେଇ କେତେଦିନ ଅତି ଅସୁବିଧାରେ ରହୁଥିଲେ ତ୍ରିପାଠୀ ସାହେବ। ସରକାରୀ କୋଠିରୁ ନିଜ ଘରକୁ ଆସିବା ପରେ ଚାକର ବାକରଙ୍କ ସଂଖ୍ୟା କମି କମି ଘରର ସବୁ ଦାୟିତ୍ୱ ଥିଲା ବାସୁଦେବ ଉପରେ। ତ୍ରିପାଠୀ ସାହେବଙ୍କର ଚିନ୍ତା ହେଉଥିଲା ଯେ ତାଙ୍କ ଭଳି ବାସୁଦେବ ମଧ୍ୟ ବୁଢ଼ା ହୋଇଯାଇ ଆଗଭଳି ଆଉ କାର୍ଯ୍ୟକ୍ଷମ ନାହିଁ। କେବେ କେବେ ସେ ତାକୁ ରାତିରେ ଗାଡ଼ି ଚଳାଇବାକୁ ଦେବାପାଇଁ ଭୟ କରୁଥିଲେ। ଏପରି ଅବସ୍ଥାରେ ଯଦି ଅଳ୍ପ ବୟସର ଆଉ ଗୋଟିଏ ଚାକର ମିଳନ୍ତା, ସୁବିଧା ହୁଅନ୍ତା। କିନ୍ତୁ ସରକାରୀ ଚାକିରିଟିଏ କରାଇ ନ ଦେଲେ କେହି ଘରେ କାମ କରିବାକୁ ରାଜି ହେଉ ନ ଥିଲେ ଏବଂ କାହାରିକୁ କାମ ଯୋଗାଇଦେବା ଆଉ ସମ୍ଭବ ନ ଥିଲା ତାଙ୍କ ପକ୍ଷରେ। ତେଣୁ ତ୍ରିପାଠୀ ସାହେବଙ୍କୁ ପୂରାପୂରି ନିର୍ଭର କରି ରହିବାକୁ ହେଉଥିଲା ବାସୁଦେବ ଉପରେ।

ଆଖିକୁ ଠିକ ଦେଖାଯାଉ ନ ଥିବାରୁ ଘର ଭିତରେ ବି ଯିବାଆସିବାରେ ଅସୁବିଧା ହେଲା ତ୍ରିପାଠୀ ସାହେବଙ୍କର। ଏତେବେଳେ ତାଙ୍କୁ କିଏ କିଏ ପରାମର୍ଶ ଦେଲେ ଯେ, ସେ ଏତେବଡ଼ ଘରଟିର ଉପର ମହଲାକୁ ଭଡ଼ାରେ ଦେଇଦିଅନ୍ତୁ। ସତ

କହିବାକୁ ଗଲେ ତାଙ୍କର ଚଳପ୍ରଚଳ ହେବାପାଇଁ ଚାରି ପାଞ୍ଚଟି କୋଠରୀ ହିଁ ଯଥେଷ୍ଟ ଥିଲା। ବାକି ସବୁ କୋଠରୀ ଅଦରକାରୀ ଆସବାବରେ ଭର୍ତ୍ତି ହୋଇ ରହିଥିଲା ଏବଂ ତାକୁ ଖୋଲିବା ବନ୍ଦ କରିବା ଓ ସଫା କରିବାରେ ଶ୍ରମ ଓ ସମୟ ଯାଉଥିଲା ମାତ୍ର। ଅଧା ଘର ଭଡ଼ାରେ ଦେବା କଥା ଆଗରୁ ତାଙ୍କ ମନରେ ଉଠିଥିଲା, କିନ୍ତୁ ଏଥିରେ ଯେପରି ତାଙ୍କର ମାନ ସମ୍ମାନର ପ୍ରଶ୍ନ ଉଠିଥିଲା ବୋଲି ଭାବୁଥିଲେ ସେ। ତାଙ୍କ ଘରର ଚୌହଦି ଭିତରେ ଆଉ ଗୋଟିଏ ପରିବାର ତାଙ୍କରି ସମକକ୍ଷ ହୋଇ ରହିବ, ଏ କଥା ନିଜର ପ୍ରତିଷ୍ଠାର ପ୍ରତିକୂଳ ମନେ ହୋଇଥିଲା। ବର୍ତ୍ତମାନ କିନ୍ତୁ ମନେହେଲା ଯେ, ଉପର ଅଂଶଟିକୁ ଭଡ଼ାରେ ଦେଇଦେବା ଠିକ ହେବ। ଏଥି ସହିତ ମନ ଭିତରେ ଗୋଟିଏ ପ୍ରଚ୍ଛନ୍ନ ଧାରଣା ରହିଥିଲା ଯେ, ହୁଏତ ଦରକାର ବେଳେ ଭଡ଼ାଟିଆ ପରିବାରଟି ତାଙ୍କର ସାହାଯ୍ୟରେ ମଧ୍ୟ ଆସିପାରେ। ଯଦି ପରିବାରଟିରେ କେହି ଡାକ୍ତର ଥାଏ, ତାହେଲେ ତ ଆହୁରି ଭଲ।

ଏ ନିଷ୍ପତ୍ତି ନେବା ପରେ ତାଙ୍କର ଚିହ୍ନା ପରିଚୟ ସମସ୍ତେ ଲାଗିଗଲେ ଉପର ମହଲା ପାଇଁ ଭଡ଼ାଟିଆ ଠିକ କରିବାରେ। ଘରଟି କିନ୍ତୁ ଦୋକାନ ବଜାରରୁ ଦୂରରେ ଥିବାରୁ ହଠାତ୍ କେହି ଗ୍ରାହକ ମିଳିଲେ ନାହିଁ। ଘରଟିକୁ ତିଆରି କରିବାବେଳେ ତ୍ରିପାଠୀ ସାହେବ ଭାବିଥିଲେ ଯେ ଚାକିରିରୁ ଅବସର ନେଇ ସେ ସହରରୁ ଦୂରରେ ନିରୋଳାରେ ରହିବେ। ତାଙ୍କ ସ୍ତ୍ରୀ ମଧ୍ୟ ଜାଗାଟିକୁ ପସନ୍ଦ କରିଥିଲେ ପାଖରେ ଗୋଟିଏ ମନ୍ଦିର ଥିବାର ଦେଖି। ବର୍ତ୍ତମାନ କିନ୍ତୁ ଜଣାପଡୁଥିଲା ଯେ, ଏ ନିଷ୍ପତ୍ତିଟି ଭ୍ରମାତ୍ମକ ଥିଲା। କେବଳ ଭଡ଼ାପାଇଁ ଗ୍ରାହକ ମିଳିବା କଥା ନୁହେଁ, ଏତେ ଦୂରକୁ କେହି ସାଙ୍ଗସାଥୀ ମଧ୍ୟ ଆସିବାକୁ ପ୍ରସ୍ତୁତ ନ ଥିଲେ। ଅନେକ ଖୋଜାଖୋଜି ପରେ କେବଳ ଗୋଟିଏ ଅଫିସ ଖୋଲିବା ପାଇଁ ପ୍ରସ୍ତାବ ଆସିଲା। ବିଶେଷ ଇଚ୍ଛା ନ ଥିଲେ ବି ଶେଷକୁ ତ୍ରିପାଠୀ ସାହେବ ଉପର ମହଲାଟିକୁ ଅଫିସ ପାଇଁ ଭଡ଼ାରେ ଦେଇଦେଲେ ; କେବଳ ସେ ଲାଇବ୍ରେରୀ ବୋଲି କହୁଥିବା କୋଠରୀଟିକୁ ଚାବିଦେଇ ନିଜ ପାଖରେ ରଖିଲେ। ଅଫିସବାଲା ଆସି ଯେଉଁ ପ୍ରଥମ କେତେ ଦିନ ଟେବୁଲ, ଚଉକି, ଆଲମାରି ସଜାଇବାରେ ଲାଗିଲେ, ଅତ୍ୟନ୍ତ ଅସ୍ୱସ୍ତିକର ଥିଲା ତ୍ରିପାଠୀ ସାହେବଙ୍କ ପାଇଁ। ଅଫିସ ଚାଲିବା ପରେ ବି ସେଠାକୁ ଆସୁଥିବା ଲୋକବାକ ତାଙ୍କର ଶାନ୍ତିଭଙ୍ଗ କରୁଥିଲେ। ଏତିକି ସାନ୍ତ୍ୱନା ଥିଲା ଯେ ଅଫିସ ସମୟ ବାହାରେ ସକାଳ ଓ ରାତିରେ ସେମାନଙ୍କ ଆଡୁ କୌଣସି ଉପଦ୍ରବ ନ ଥିଲା।

ଘର ଉପରେ ଅଫିସ ହେବା, ଆଖିର ସମସ୍ୟା ଓ ବାହାରକୁ ଯିବାଆସିବା ବନ୍ଦ ହୋଇଯିବା ତ୍ରିପାଠୀ ସାହେବଙ୍କ ଜୀବନ ଓ ମନ ଭିତରେ ଅନେକ ପରିବର୍ତ୍ତନ ଆଣିଦେଲା। ପ୍ରଥମଥର ପାଇଁ ନିଜ ଦେହର ଦୁର୍ବଳତା ବିଷୟରେ ସଚେତନ ହେଲେ

ସେ। ନିଜର ଶକ୍ତି ସାମର୍ଥ୍ୟ ଉପରେ ଆଉ ପୂର୍ବର ସେ ଆସ୍ଥା ରହିଲା ନାହିଁ। ସକାଳର ଖବର କାଗଜ ପଢ଼ିବାର ଯେଉଁ ସମୟତକ ବର୍ତ୍ତମାନ ଉଦ୍ବୃତ୍ତ ହୋଇଗଲା, ତାକୁ କଟାଇବା ପାଇଁ ଦିନେ ସେ ଚାଲି ଚାଲି ପାଖ ମନ୍ଦିର ପର୍ଯ୍ୟନ୍ତ ଗଲେ। ମନ୍ଦିର ଚାରିପାଖେ କେହି କୁଆଡ଼େ ନ ଥିଲେ। ଜୋତା ଖୋଲି ଭିତରକୁ ଯାଇ ସେ ବେଢ଼ା ଭିତରର ଗୋଟିଏ ପଥର ଉପରେ ବସିଲେ। ଦେହରେ ସକାଳର ଶୀତଳ ପବନ ବାଜିବାରୁ କେଜାଣି କାହିଁକି ପଛ କଥାମାନ ମନେପଡ଼ିଗଲା; ବିଶେଷରେ ତାଙ୍କ ଗାଁ ମୁଣ୍ଡର ମନ୍ଦିର କଥା। ଆଜି କିନ୍ତୁ ପିଲାଦିନର ସ୍ମୃତି ସବୁ ସୁଖଦ ଥିଲେ। ସେଦିନ ମନ୍ଦିରରୁ ଫେରି ଆସିବା ପରେ ପୂରା ଦିନଟି ମନ ଖୁସି ରହିଲା ଓ ତ୍ରିପାଠୀ ସାହେବ ଠିକ କଲେ ଯେ, ସେ ଏଥରକ ପ୍ରତିଦିନ ଯାଇ ମନ୍ଦିରରେ ଘଣ୍ଟାଏ ଘଣ୍ଟାଏ ବସିବେ।

ଏଇ ସମୟରେ ସାଙ୍ଗସାଥୀମାନଙ୍କ ସହିତ ଯୋଗାଯୋଗ ବି ଅନେକ କମ ହୋଇଗଲା। ସେ କ୍ଲବ ଯିବା ବନ୍ଦ କରିଦେବା ପରେ କିଛିଦିନ ସାଙ୍ଗମାନେ ତାଙ୍କ ଘରକୁ ସନ୍ଧ୍ୟାବେଳେ ଆସୁଥିଲେ; କ୍ରମେ କ୍ରମେ ସେମାନଙ୍କର ଆସିବା ବି କମିଗଲା। ଦିନେ ଦିନେ ତ୍ରିପାଠୀ ସାହେବଙ୍କୁ ସାରାଦିନ ଏକାକୀ କଟାଇବାକୁ ପଡ଼ିଲା। ଏତିକିବେଳେ ଏକମାତ୍ର ସହାୟ ଥିଲା ଟେଲିଫୋନ। ସେ ସକାଳବେଳା ମନ୍ଦିରରୁ ଫେରିବା ପରେ ଚିହ୍ନା ପରିଚୟ ସମସ୍ତଙ୍କୁ ଟେଲିଫୋନ କରିବାରେ ଲାଗିଲେ। ଏଇ ସମୟଟି ସମସ୍ତଙ୍କର କାମକୁ ବାହାରିବାର ବ୍ୟସ୍ତ ସମୟ ହୋଇଥିବାରୁ କେହି ତାଙ୍କୁ କଥାବାର୍ତ୍ତା କରିବା ପାଇଁ ବେଶି ସମୟ ଦେବାକୁ ପ୍ରସ୍ତୁତ ନ ଥିଲେ। ଟିକିଏ କଥା ହୋଇ ସମସ୍ତେ ପରେ କଥାବାର୍ତ୍ତା ହେବା ବୋଲି କହି ଟେଲିଫୋନ ରଖିଦେଉଥିଲେ। କେବଳ ତାଙ୍କରି ଭଳି ଅବସରପ୍ରାପ୍ତ କିଛି ଲୋକ ଏଇ ସମୟରେ କଥାବାର୍ତ୍ତା କରିବା ପାଇଁ ଆଗେଇ ଆସୁଥିଲେ; ସେମାନେ କିନ୍ତୁ ବିଶେଷରେ ନିଜ ନିଜର ବିଭିନ୍ନ ପ୍ରକାରର ବେମାରି ଓ ତାର ଚିକିତ୍ସା କଥା କହି ତାଙ୍କୁ ବିରକ୍ତ ଓ ଆହୁରି ଖିନ୍ନ କରିଦେଉଥିଲେ। ପ୍ରଥମେ ପ୍ରଥମେ ସେ ନିଜର ଆଖି କଥା କହି ନିଜର ଅସହାୟତା ପ୍ରକାଶ କରିବାକୁ ଚାହୁଁ ନ ଥିଲେ। କିନ୍ତୁ ସେ ମଧ୍ୟ କ୍ରମେ କ୍ରମେ ସେମାନଙ୍କ ସହିତ ତାଳ ଦେଇ ନିଜର ଆଖିର ରୋଗ ଓ ତାର ଚିକିତ୍ସାରେ କି କି ପ୍ରଗତି ହୋଇଛି, ସମସ୍ତଙ୍କୁ ତାର ଧାରା ବିବରଣୀ ଦେବାକୁ ଆରମ୍ଭ କଲେ।

ତା ସହିତ ସେ ଆଉ ଗୋଟିଏ କାମ ମଧ୍ୟ କଲେ, ଚିହ୍ନା ପରିଚୟ ସବୁ ଲୋକଙ୍କର ବନ୍ଧୁତ୍ୱର ଆକଳନ କରିବା। ନିଜର ଏଇ ଅବସ୍ଥିତିକୁ ସେ ଦୁଃଖର ଦିନ ମନେ କରୁଥିଲେ ଏବଂ ଭାବୁଥିଲେ ଯେ, ଏ ସମୟରେ ଯେଉଁମାନେ ତାଙ୍କ ସହିତ ଯୋଗାଯୋଗ ରଖି ତାଙ୍କ ପାଖକୁ ଆସୁଛନ୍ତି, କେବଳ ସେଇମାନେ ହିଁ ତାଙ୍କର ପ୍ରକୃତ ବନ୍ଧୁ। ଅବଶ୍ୟ ଏ ପ୍ରକାରର ମୂଲ୍ୟାଙ୍କନରେ ତାଙ୍କର ବନ୍ଧୁ ସଂଖ୍ୟା ଅତି ସୀମିତ

ହୋଇଯାଉଥିଲେ। ଯେତେବେଳେ ଡାହାଣ ଆଖିର ଅପରେଶନ ହେଲା, ତାଲିକାରୁ ସେ ନିଜର ଆଉକିଛି ବନ୍ଧୁଙ୍କୁ ବି କାଟିଦେଲେ। ପ୍ରଥମ ଅପରେଶନ ପରେ ସେ ଯେତେବେଳେ ଗୋଟିଏ ଆଖିରେ ଭଲଭାବରେ ଦେଖି ପଢ଼ି ପାରିଲେ, ତାଙ୍କର ନିରାନନ୍ଦ ଅବସ୍ଥା କିଛି ପରିମାଣରେ ଦୂର ହୋଇଗଲା। ରେଡ଼ିଓରୁ ସଂବାଦ ଶୁଣିବା ବନ୍ଦ କରି ସେ ପୁଣି ଖବରକାଗଜ ପଢ଼ିବାର ପ୍ରସନ୍ନତାକୁ ଫେରିଗଲେ ଏବଂ ନିଜର ଅବିଶ୍ୱସ୍ତ ବନ୍ଧୁମାନଙ୍କୁ କ୍ଷମା କରିଦେଇ ସେମାନଙ୍କ ଆଡ଼କୁ ସହୃଦୟତାର ହାତ ବଢ଼ାଇଲେ।

ଦିନେ ସକାଳେ ମନ୍ଦିରରୁ ଫେରି ସେ ବସି ଚା ପିଉଛନ୍ତି, ଜଣେ ଅପରିଚିତ ଯୁବକ ଆସି ତାଙ୍କ ପାଖରେ ପହଞ୍ଚିଲା ଏବଂ ନିଜର ପରିଚୟ ଦେଇ କହିଲା ଯେ, ସେ ଗଡ଼ଜାତ ଶାସନ ବିଷୟରେ ଗବେଷଣା କରୁଛି ଏବଂ ତ୍ରିପାଠୀ ସାହେବଙ୍କ ପାଖରେ ଏ ସମ୍ପର୍କରେ ଥିବା କାଗଜପତ୍ର ଦେଖିଲେ ଉପକୃତ ହେବ। ସେ ଯେ ଅନ୍ଧାରୀ ମୁଲକର କାଗଜପତ୍ରର ଏକ ଗନ୍ତାଘରକୁ ଘେରି ରଖିଛନ୍ତି, ଜନସାଧାରଣଙ୍କ ଭିତରେ ଏଭଳି ଏକ ଧାରଣା ହୋଇଥିବା ତ୍ରିପାଠୀ ସାହେବଙ୍କୁ ଖୁସି କରିଦେଲା। କିନ୍ତୁ ଏଭଳି ରତ୍ନମାନଙ୍କୁ ସେ ନିଜେ ବ୍ୟବହାର ନ କରି ଯେ ଅନ୍ୟକୁ ଦେଇଦେବେ, ଲୋକେ ଏଭଳି ଧାରଣା ପୋଷଣ କରୁଥିବାରୁ ଦୁଃଖିତ ହେଲେ। ଯୁବକଟିକୁ ସେ ଯଥାସମ୍ଭବ ଭଦ୍ରଭାବରେ ବୁଝାଇଦେଲେ ଯେ, ସେ ନିଜେ ଏ ଉପାଦାନକୁ ବ୍ୟବହାର କରି ଗୋଟିଏ ବହି ଲେଖିବାକୁ ଚାହାନ୍ତି ଏବଂ ସେଥିପାଇଁ ସେ କାଗଜସବୁ ଆଉ କାହାରିକୁ ଦେଖାଇ ପାରିବେ ନାହିଁ। ଯୁବକ ନିରାଶ ହୋଇ ଫେରିଗଲା, କିନ୍ତୁ ଏ ଘଟଣାର କିଛିଦିନ ପରେ ରାଜ୍ୟ ଅଭିଲେଖାଗାରରୁ ତାଙ୍କ ପାଖକୁ ଅନୁରୂପ ଚିଠି ଆସିଲା କାଗଜସବୁ ସାଧାରଣ ହିତ ଅର୍ଥେ ସରକାରୀ ସଂସ୍ଥାଟିକୁ ଦେଇଦେବା ପାଇଁ; ଏଥିପାଇଁ ଯଦି ସେ କୌଣସି ମୂଲ୍ୟ ଚାହାନ୍ତି, ତା ମଧ୍ୟ ଦେବାକୁ ପ୍ରସ୍ତୁତ ଥିଲେ ସେମାନେ। ଚିଠିଟି ଅପ୍ରୀତିକର ଥିଲା ଏବଂ ତ୍ରିପାଠୀ ସାହେବ ସାଙ୍ଗେ ସାଙ୍ଗେ ଜବାବ ଲେଖିଦେଲେ ଯେ, ସେମାନେ ଲେଖିଥିବା ଭଳି କୌଣସି ଦଲିଲ ଦସ୍ତାବିଜ ତାଙ୍କ ପାଖରେ ନାହିଁ। ଏଥିସହିତ ସେ ସଙ୍କଳ୍ପ ନେଇନେଲେ ଯେ, ଅନ୍ୟ ଆଖିଟି ଠିକ ହୋଇଯିବା ସଙ୍ଗେ ସଙ୍ଗେ ସେ ନିଶ୍ଚୟ ଏଇ କାଗଜପତ୍ର ପଢ଼ି ନିଜର ଆତ୍ମ ସଂସ୍କରଣ ଲେଖିବାରେ ମନୋଯୋଗୀ ହେବେ।

କିଛିଦିନ ପରେ ଡାକ୍ତର ଅନ୍ୟ ଆଖିଟିର ଅପରେଶନ ମଧ୍ୟ କରିଦେଲେ। ଯେଉଁ ଦିନ ଆବଶ୍ୟକୀୟ ବିଶ୍ରାମ ନେବାପରେ ଆଖିରୁ ପଟି ଖୋଲା ହୋଇ ତ୍ରିପାଠୀ ସାହେବ ନୂଆ ଚଷମା ଲଗାଇଲେ, ତାଙ୍କର ଜୀବନ ପୁଣି ଫେରିଗଲା ଆଗର ପୃଥିବୀକୁ। ତାଙ୍କୁ ମନେହେଲା, ଯେପରିକି ଏଇ ଆଠ ନଅ ମାସର ବିଷାଦପୂର୍ଣ୍ଣ ସମୟ

ତାଙ୍କ ଜୀବନକୁ କେବେହେଲେ ଆସି ନ ଥିଲା। ସେ ପୁଣି ପୂର୍ବ-ପରିଚିତ ସାଙ୍ଗସାଥୀ ଓ କ୍ଲବର ତାସ ଟେବୁଲକୁ ଫେରିଗଲେ। ଏଥରକ ସକାଳେ ଆରାମ କରି ଚା ପିଇବା ଓ ଖବରକାଗଜ ପଢ଼ିବା ପରେ ଆଉ ମନ୍ଦିରକୁ ଯିବାପାଇଁ ସମୟ ମଧ୍ୟ ଅଣ୍ଟିଲା ନାହିଁ। ଏପରିକି, ସେ ମଝିରେ ମଝିରେ ଯାଇ ଲାଇବ୍ରେରୀ ଘରେ ବସୁଥିଲେ ବି ଆଉ ଇଚ୍ଛା ହେଲା ନାହିଁ ପୁରୁଣା କାଗଜପତ୍ର ଘାଣ୍ଟି ତା ଭିତରୁ କୌଣସି ତଥ୍ୟ ବାହାର କରିବା ପାଇଁ।

ଜୀବନ ବର୍ତ୍ତମାନ କଟୁଥିଲା ଅତି ଅଳସ ଗତିରେ। ବାସୁଦେବ ଯୋଗୁଁ ଖାଇବାର ପର୍ବ ସବୁ ନିୟମିତ ଓ ସୁନିୟନ୍ତ୍ରିତ ଥିଲା। ବାକି ସମୟ ସବୁ କଟୁଥିଲା ସନ୍ଧ୍ୟାରେ କ୍ଲବ ଯିବା ବ୍ୟତୀତ, ଶୋଇବା ଓ ବିଶ୍ରାମ ନେବାରେ। ସକାଳେ ତନ୍ନତନ୍ନ କରି ଖବରକାଗଜ ପଢ଼ିବା, ତାପରେ ଘଣ୍ଟା ଘଣ୍ଟା ପରିଚିତ ଅଳ୍ପପରିଚିତ ଲୋକଙ୍କ ସହିତ ଟେଲିଫୋନରେ କଥା ହେବା, ଡାକ ଆସିଲେ ସେଥିରୁ ପଇସାପତ୍ର ସଂପର୍କିତ ଚିଠିର ଉତ୍ତର ଦେବା, କେବେ କେମିତି ନିଜର ପିଲାମାନଙ୍କ ପାଖକୁ ଚିଠି ଲେଖିବା ଇତ୍ୟାଦି। ତାଙ୍କ ସାଙ୍ଗମାନେ ସବୁବେଳେ ତାଙ୍କୁ କହୁଥିଲେ କିପରି ସେମାନେ ନାତିନାତୁଣୀଙ୍କ ସହିତ ଖେଳି ବା ଦୂରରେ ଥିଲେ ସେମାନଙ୍କୁ ଚିଠି ଲେଖି ଆନନ୍ଦ ପାଉଥିଲେ। ତ୍ରିପାଠୀ ସାହେବଙ୍କର କିନ୍ତୁ ଏଭଳି ସୌଭାଗ୍ୟ ନ ଥିଲା, କାରଣ ନିଜ ପିଲାମାନଙ୍କ ସହିତ ବିଶେଷ ସମ୍ପର୍କ ରଖିପାରି ନ ଥିଲେ ସେ। ତାଙ୍କର ସ୍ତ୍ରୀ ବଞ୍ଚିଥିଲାବେଳେ କେବଳ ସେ ହିଁ ପିଲାମାନଙ୍କ ସହିତ ଯୋଗାଯୋଗ ରଖିଥିଲେ; ତ୍ରିପାଠୀ ସାହେବ ଅଫିସ କାମରୁ ସମୟ ବାହାର କରିପାରୁ ନଥିଲେ ସେମାନଙ୍କ ପାଇଁ। ସ୍ତ୍ରୀ ମରିଯିବା ପରେ ସେ ଆଉ ପିଲାଙ୍କ ସହିତ ନୂଆ ସଂପର୍କ ଯୋଡ଼ିପାରିଲେ ନାହିଁ। ଏବେ ସେମାନଙ୍କ ସହିତ ତାଙ୍କର ସମ୍ବନ୍ଧ ଥିଲା ନୂଆବର୍ଷରେ କାର୍ଡ଼ ପଠାଇ ବା କେବେ କେମିତି କୌଣସି କାମ ବିଷୟରେ ଚିଠି ଲେଖି।

ବର୍ତ୍ତମାନ ଜୀବନରେ ନୂଆ କିଛି କରିବା ପାଇଁ ଆଉ ଇଚ୍ଛା ନ ଥିଲା; ପଛ ଜୀବନ ବିଷୟରେ ଲେଖିବା ତ ଦୂରର କଥା, ସେ ବିଷୟରେ ଭାବିବାକୁ ବି ମନ ହେଉ ନ ଥିଲା। କ୍ରମେ କ୍ରମେ ତାଙ୍କର ଲାଇବ୍ରେରୀ ଘରକୁ ଯାଇ ବସିବା ବି କମିଗଲା। ତ୍ରିପାଠୀ ସାହେବ ଭାବିଥିଲେ ଯେ ବାକି ଜୀବନ ଏମିତି କଟିଯିବ ସହଜ ଧୀର ମନ୍ଥର ଓ ବିନା କୌଣସି ସମସ୍ୟାରେ। ଦିନେ କିନ୍ତୁ ରାତିରେ ବାଥରୁମକୁ ଯାଇଛନ୍ତି, ମନେହେଲା ମୁଣ୍ଡ ବୁଲାଇ ତଳେ ପଡ଼ିଯିବେ। ଯେତେବେଳେ ସଂଜ୍ଞା ଆସିଲା, ଦେଖିଲେ ଯେ ସେ ବାଥରୁମରେ ତଳେ ଶୋଇଛନ୍ତି ଏବଂ ତାଙ୍କ କପାଳରୁ ରକ୍ତ ବାହାରୁଛି। ସେ ଭାବିଲେ ବାସୁଦେବକୁ ଡାକିବେ, କିନ୍ତୁ ପୁଣି ଭାବିଲେ ଯେ ସେ ବର୍ତ୍ତମାନ ଠିକ ଅଛନ୍ତି। କିଛି ସମୟ ପାଇଁ ବୋଧହୁଏ ବ୍ଲାକ ଆଉଟ ହୋଇଯାଇଥିଲା;

ଉଠି ମୁହଁ ହାତ ଧୋଇ ଟିକିଏ ବିଶ୍ରାମ ନେଇ ବାସୁଦେବକୁ ଡାକିବେ କି ନାହିଁ ସେ କଥା ଭାବିଲେ। ବାଥରୁମରୁ ଉଠିଆସି ବେସିନ ପାଖରେ ଠିଆ ହୋଇ ମୁହଁ ଧୋଇବାକୁ ଯାଉଛନ୍ତି, ପୁଣି ମୁଣ୍ଡ ବୁଲାଇଦେଲା ଏବଂ ସବୁ ଅନ୍ଧାର ଦେଖାଗଲା।

ଏଥରକ ଯେତେବେଳେ ଚେତା ହେଲା, ତ୍ରିପାଠୀ ସାହେବ ଦେଖିଲେ ଯେ, ସେ ଗୋଟିଏ ଅଜଣା କୋଠରୀରେ ଶୋଇଛନ୍ତି। ଚାରିଆଡ଼କୁ ଆଖି ବୁଲାଇବାରୁ ଜଣାଗଲା ଯେ ଏଇଟି ଗୋଟିଏ ହସପିଟାଲ। ଛାତିରେ ହଠାତ୍ ଭୟ ପଶିଗଲା। ଆଖି ବୁଜି ସେ ମନେପକାଇବାକୁ ଚେଷ୍ଟା କଲେ ଗଲା ରାତି କଥା। ମନେହେଲା ଯେପରି ସେଇଟି କାହିଁ କେତେ ଦିନ ତଳର ରାତି ଥିଲା; ହୁଏତ ସେ ହସପିଟାଲରେ ପଡ଼ି ରହିଛନ୍ତି ଅନେକଦିନ ହେଲା। କବାଟ ଖୋଲି ନର୍ସ ଭିତରକୁ ଆସିବାରୁ ସେ ତାକୁ କଣ ପଚାରିବାକୁ ଯାଉଥିଲେ, ନର୍ସ କିନ୍ତୁ କଥା କହିବାକୁ ମନାକଲା। ଏମିତି ବି ବହୁତ ଦୁର୍ବଳ, କ୍ଲାନ୍ତ ଓ ନିଦ୍ରାଛନ୍ନ ଲାଗୁଥିଲା; ପୁଣି ଆଖି ବୁଜି ଶୋଇଗଲେ ତ୍ରିପାଠୀ ସାହେବ।

ଇଣ୍ଟେନସିଭ କେୟାରରୁ ଆଣି ତାଙ୍କୁ ଯେତେବେଳେ ଅନ୍ୟ ଗୋଟିଏ କୋଠରୀରେ ରଖାଗଲା, ସେ ନିଜର ପରିସ୍ଥିତିକୁ ଠିକ ବୁଝିପାରିଲେ, ତାଙ୍କର ହାର୍ଟ ଆଟାକ ହୋଇଥିଲା। ବର୍ତ୍ତମାନ ତାଙ୍କ ଖଟ ପାଖରେ ବାସୁଦେବ ଠିଆ ହୋଇଥିଲା ଏବଂ ତା ପାଖରେ ଠିଆ ହୋଇଥିଲା ଉମାପଦ। ଗାଁରେ ରହୁଥିବା ଏଇ ଭାଇଟି ସହିତ ଏତେବର୍ଷ ଧରି କୌଣସି ବି ସମ୍ପର୍କ ନ ଥିଲା ତ୍ରିପାଠୀ ସାହେବଙ୍କର। ସେ ଗାଁରେ କୌଳିକ ପୁରୋହିତ ବୃତ୍ତି କରୁଥିଲା ଏବଂ ଚାଷବାସ କାମ ବୁଝୁଥିଲା। ଜାଣିଶୁଣି ଦୂର କରିଦେଇଥିବା ଏଇ ମଳିମୁଣ୍ଡିଆ ଲୋକଟି ତାଙ୍କ ପାଖରେ ଠିଆହୋଇ ସମ୍ପର୍କର ଦାବି କରୁଥିବା ତାଙ୍କୁ ଭଲ ଲାଗିଲା ନାହିଁ। କିନ୍ତୁ ଉମାପଦ ଯେତେବେଳେ ତାଙ୍କ କପାଳରେ ହାତ ରଖି 'ଭାଇନା, କେମିତି ଲାଗୁଛି' ବୋଲି ପଚାରିଲା, ତ୍ରିପାଠୀ ସାହେବଙ୍କ ଛାତି ଭିତରର କେଉଁ ନିଭୃତ କୋଣରେ ଯେପରି କଣ ହଲଚଲ ହେଲା। ସେ ଯାହା ଭାବିଥିଲେ ଯେ ମୁହଁରେ ସାମାନ୍ୟ ହସ ଆଣି ଏ ପ୍ରଶ୍ନର ନିଃଶବ୍ଦ ଉତ୍ତର ଦେବେ, ତା ହେଲା ନାହିଁ; ତା ବଦଳରେ ତାଙ୍କ ଆଖିରେ ଦୁଇବିନ୍ଦୁ ଲୁହ ଜମିଗଲା।

ପନ୍ଦରଦିନ ପରେ ଡାକ୍ତରଖାନାର ଆମ୍ବୁଲାନସ ଆଣି ତାଙ୍କୁ ଘରେ ଛାଡ଼ିଦେଇ ଗଲା। ଡାକ୍ତରମାନେ ଅନେକ ପ୍ରକାରର କଟକଣା ଜାରି କରିଦେଇଥିଲେ ତାଙ୍କ ଉପରେ। ବିନା ତେଲ ମସଲାର ଖାଇବା, ସକାଳ ସଞ୍ଜରେ ଚାଲିବା ଏବଂ ପିଇବା ପୂରାପୂରି ମନା। ତ୍ରିପାଠୀ ସାହେବ ମନେ ମନେ ଭାବିଲେ, ଏଭଳି ଜୀବନ ଆଉ ବଞ୍ଚିହେବ ନାହିଁ। କିନ୍ତୁ ଦେଖୁ ଦେଖୁ ଅଳ୍ପଦିନ ଭିତରେ ହିଁ ସବୁ ଅଭ୍ୟାସରେ ପଡ଼ିଗଲା। ନିଜର ଦୈନନ୍ଦିନୀ ସଂପୂର୍ଣ୍ଣଭାବେ ବଦଳିଗଲା। ଦେହ ଖରାପ ଯୋଗୁଁ ଘରୁ

ନ ବାହାରିବାର ଏତେ ଦିନ ପରେ ଏଭଳି ହେଲା ଯେ ଆଉ କ୍ଲବ ଯିବାକୁ ଇଚ୍ଛା ବି ହେଲା ନାହିଁ। ସକାଳେ ସଞ୍ଜବେଳେ ସ୍ୱାସ୍ଥ୍ୟରକ୍ଷା ପାଇଁ ବାଧ୍ୟ ହୋଇ ୱାକ୍ କରିବା କ୍ରମେ କ୍ରମେ ପ୍ରୀତିକର ଲାଗିଲା। ଅତି ସକାଳୁ ଲୋକମାନେ ଚଳପ୍ରଚଳ ହେବା ଆଗରୁ ଖୋଲା ରାସ୍ତାରେ ଥଣ୍ଡା ପବନରେ ଏକା ଏକା ଚାଲିବାରେ ଯେପରି ଏକ ଅପାର ଆନନ୍ଦ ଥିଲା। ମନ୍ଦିରଟି ବର୍ତ୍ତମାନ କେବଳ ପାଦଚଲାର ଦୂରତ୍ୱ ମାପିବାର ଚିହ୍ନ ନ ଥିଲା, ଏଇଟି ଥିଲା ଗୋଟିଏ ଲକ୍ଷ୍ୟସ୍ଥଳ ମଧ୍ୟ।

ନିଜର ବ୍ୟାବହାରିକ ଜୀବନରେ ମଧ୍ୟ ପରିବର୍ତ୍ତନ ଆସିଲା ତ୍ରିପାଠୀ ସାହେବଙ୍କର। ସେ ବାହାରକୁ ଯାଉ ନ ଥିବାରୁ ତାଙ୍କର ଚିହ୍ନା ପରିଚୟ ଲୋକ ସୀମିତ ହୋଇଗଲେ ତାଙ୍କ ପାଖକୁ ଆସି ତାଙ୍କୁ ଭେଟୁଥିବା ଲୋକଙ୍କ ଭିତରେ। ଉମାପଦ ମଝିରେ ମଝିରେ ଆସି ତାଙ୍କୁ ଦେଖା କରି ଯାଉଥିଲା ଏବଂ ଏଇ ସୂତ୍ରରେ ଗାଁର କିଛି ପୁରୁଣା ଲୋକ ମଧ୍ୟ ତ୍ରିପାଠୀ ସାହେବଙ୍କ କୋଠିରେ ପହଞ୍ଚିଯାଉଥିଲେ। ଉମାପଦଙ୍କ ପୁଅ, ଯେ କି ଗାଁରେ ଗୋଟିଏ ଔଷଧ ଦୋକାନ କରିଥିଲା, କେବେ କେବେ ଆସି ତାଙ୍କ ପାଖରେ ଦିନେ ଅଧେ ରହିଯାଉଥିଲା। ତ୍ରିପାଠୀ ସାହେବଙ୍କର ମନେପଡ଼ିଲା ଯେ ଅନେକ ବର୍ଷ ତଳେ ଏଇ ପୁଅ ପାଇଁ ଗୋଟିଏ ଚାକିରି କରାଇଦେବାକୁ ଉମାପଦ ଆସି ତାଙ୍କୁ କହିଥିଲା, କିନ୍ତୁ ସେ ଏ କଥାକୁ ଟାଳି ଦେଇଥିଲେ। ଶ୍ରୀପଦ ଶାନ୍ତଶିଷ୍ଟ ସ୍ୱଭାବର ଥିଲା, ତାଙ୍କ ଘରେ ରହିଲାବେଳେ ତାଙ୍କୁ ବ୍ୟସ୍ତ ନ କରି ଚୁପଚାପ ରହୁଥିଲା ଏବଂ ବାସୁଦେବ ସାଙ୍ଗରେ ସମୟ କଟାଉଥିଲା। ଥରେ ଯେତେବେଳେ ବାସୁଦେବ ବେମାର ପଡ଼ିଲା, ତ୍ରିପାଠୀସାହେବ ବିବ୍ରତ ହୋଇଯାଇଥିଲେ। କିନ୍ତୁ ଶ୍ରୀପଦ ଏଇ ସମୟରେ ଆସି ତାର ଦେଖାଶୁଣା କରିଥିଲା ଏବଂ ତାଙ୍କର ମନରେ ଆସିଥିଲା ଯେ, ତାଙ୍କ ପାଖରେ ସବୁବେଳେ ଏଭଳି ଗୋଟିଏ କିଏ ଯୁବକ ରହୁଥାନ୍ତା କି!

ଦିନେ ସକାଳବେଳା ଆମେରିକାରେ ରହୁଥିବା ବଡ଼ପୁଅ ଆସି ପହଞ୍ଚିଲା। ସେ ତାଙ୍କର ବେମାରିବେଳେ ଆସିପାରି ନ ଥିଲା। ବର୍ତ୍ତମାନ ସେ ସପରିବାର ଆସିଥିଲା ଏବଂ ବାପାଙ୍କ ପାଖରେ ରହିଲେ ସମସ୍ତଙ୍କୁ ଅସୁବିଧା ହେବ ବୋଲି ସେମାନେ ହୋଟେଲରେ ରହୁଥିଲେ। ସକାଳୁ ତାର ଆମେରିକାନ ସ୍ତ୍ରୀ ଓ ପିଲା ଦୁହେଁ ପୁରୀ, କୋଣାର୍କ ଦେଖିବା ପାଇଁ ବାହାରି ଯାଇଥିଲେ ଏବଂ ଏକା ସେ ଆସିଥିଲା ବାପାଙ୍କୁ ଦେଖାକରିବା ପାଇଁ। ତା ହାତରେ ସମୟ ବହୁତ କମ ଥିଲା ଏବଂ ତ୍ରିପାଠୀ ସାହେବ ଚାହୁଁଥିଲେ ଏଇ ସମୟ ଭିତରେ ସବୁ ଜରୁରୀ କଥାବାର୍ତ୍ତା କରିଦେବା ପାଇଁ। ଏଥିପାଇଁ ସେ ଗୋଟିଏ କାଗଜରେ ଟିପି ରଖିଥିଲେ କଣ କଣ କାମ ଅଛି। ତାଙ୍କର ମୁଖ୍ୟ ସମସ୍ୟା ଥିଲା ଟଙ୍କା ପଇସା, ସମ୍ପତ୍ତିର ଭବିଷ୍ୟତ ବିଷୟରେ। ସେ ଯେତେବେଳେ ପୁଅ ସହିତ ତାଙ୍କର ଘରବାଡ଼ି, ଜମିଜମା ଓ ଶେୟାର ବିଷୟରେ

ଆଲୋଚନା କରିବାକୁ ଚାହିଁଲେ, ସେ ଏଥିରେ ମନୋଯୋଗୀ ଜଣାଗଲା ନାହିଁ। ତ୍ରିପାଠୀ ସାହେବ ନିଜର ଯେଉଁ ସମ୍ପତ୍ତିକୁ ଅନେକ ବଡ଼ ବୋଲି ଭାବୁଥିଲେ, ସେଇଟି ଆମେରିକାରେ ଭଲ ରୋଜଗାର କରୁଥିବା ପୁଅ ପାଇଁ ତୁଚ୍ଛ ଥିଲା ନିଶ୍ଚୟ। ସେ ଏ ବିଷୟରେ କୌଣସି ଆଗ୍ରହ ଦେଖାଇଲା ନାହିଁ ଏବଂ କଥା ଶୁଣିସାରି କହିଲା, ମୋର ଏସବୁ ଦରକାର ନାହିଁ; ଆପଣ ଅନ୍ୟମାନଙ୍କୁ ପଚାରି ଯାହା ବ୍ୟବସ୍ଥା କରିବାର କରନ୍ତୁ। ବିରକ୍ତ ହୋଇ ତ୍ରିପାଠୀ ସାହେବ ଭାବିଲେ, ସେ କୋଉ ଅନାଥାଶ୍ରମ ନାଁରେ ସବୁ ସମ୍ପତ୍ତି ଲେଖିଦେବେ। ତାଙ୍କର ନିରାଶ ମୁହଁକୁ ଦେଖି ପୁଅ କହିଲା, ମୁଁ ତ ଏତେ ଦୂରରେ ରହୁଛି; ଏ ବୟସରେ ମୁଁ ଆଉ ଅଧିକ ଜଞ୍ଜାଳରେ ପଶିବାକୁ ଚାହୁଁ ନାହିଁ।

ଏ ବୟସରେ? ତ୍ରିପାଠୀ ସାହେବ ପୁଅ ଆଡ଼କୁ ଅନାଇଲେ। ସତକୁ ସତ ବୁଢ଼ା ଦେଖାଯାଉଥିଲା ସେ। କେତେ ଶୀଘ୍ର ସମୟ ସବୁ ଚାଲିଗଲା! ଏଇଭଳି ମନେପଡୁଚି ସେ ଯେତେବେଳେ ଜନ୍ମ ହୋଇଥିଲା। ସମୟ ବିଷୟରେ ଆହୁରି ସଚେତନ ହୋଇଗଲେ ତ୍ରିପାଠୀ ସାହେବ ଯେତେବେଳେ ତାଙ୍କର ବୋହୂ ଓ ପିଲାଦୁହେଁ ସହର ଛାଡ଼ିବା ଆଗରୁ ତାଙ୍କୁ ଭେଟିବାକୁ ଆସିଲେ। ତାଙ୍କ ନାତିନାତୁଣୀ ବର୍ତ୍ତମାନ ପଚିଶ ଛବିଶ ବର୍ଷର ଯୁବାବସ୍ଥାରେ ଥିଲେ। ସେମାନେ ବି ଏଥର ବାହାସାହା ହୋଇ ତାଙ୍କର ବି ପିଲାପିଲି ହେବେ ଏବଂ ସେ ଗ୍ରେଟ ଗ୍ରାଣ୍ଡଫାଦର ପର୍ଯ୍ୟାୟକୁ ଉତ୍ତୀର୍ଣ୍ଣ ହୋଇଯିବେ। ସେ ଭାବିଥିଲେ ପିଲାମାନଙ୍କ ସହିତ ଯେଉଁ ଅଳ୍ପ ସମୟ ଦେଖାହେଲା ହସଖୁସିରେ କଟାଇବେ, କିନ୍ତୁ ବୟସର ଚିନ୍ତାଟି ତାଙ୍କୁ ମୁହ୍ୟମାନ କରିଦେଲା।

ତ୍ରିପାଠୀ ସାହେବଙ୍କର ଆଉ ଗୋଟିଏ ଉପଲବ୍ଧି ହେଲା ଏଇ ପିଲାଙ୍କୁ ଭେଟିବା ପରେ। ପିଲା ଦୁହେଁ ପୂରା ଆମେରିକାନ ଭଳି କଥାବାର୍ତ୍ତା କରୁଥିଲେ। ତାଙ୍କ ସହିତ କଥାବାର୍ତ୍ତା କରିବାବେଳେ ତ୍ରିପାଠୀ ସାହେବଙ୍କୁ ନିଜର ବହୁ ଆୟାସଲବ୍ଧ ଶୁଦ୍ଧ ଇଂରେଜୀ ଉଚ୍ଚାରଣ ଅତି କୃତ୍ରିମ ଓ ନିମ୍ନସ୍ତରର ଜଣାପଡ଼ିଲା। କିଛି ସମୟ ପରେ ସେ ଆବିଷ୍କାର କଲେ ଯେ, ସେ ସେମାନଙ୍କ ସହିତ ନିଜର ପୁରୁଣା ଉଚ୍ଚାରଣରେ ଇଂରେଜୀ କହୁଛନ୍ତି, ଯେଉଁଟି ସମ୍ପୂର୍ଣ୍ଣରୂପେ ଦେଶୀ ଏବଂ ଯେଉଁଥିରେ ବିବିସିର ଲେଶମାତ୍ର ନାହିଁ। ପିଲାମାନେ ଚାଲିଯିବା ପରେ ସେ ଗୋଟିଏ ଇଂରେଜୀ ବହି ଆଣି ସେଥିରୁ କିଛି ଅଂଶ ଉଚ୍ଚ ସ୍ୱରରେ ପଢ଼ିଲେ। ବର୍ତ୍ତମାନ କିନ୍ତୁ ଯେତେ ଚେଷ୍ଟା କଲେ ବି ପାଟିରୁ ଆଉ ବିଲାତୀ ଉଚ୍ଚାରଣ ବାହାରିଲା ନାହିଁ। କ୍ରମେ କ୍ରମେ ସେ ଏ କଥା ମଧ୍ୟ ଲକ୍ଷ୍ୟ କଲେ ଯେ ତାଙ୍କର ଓଡ଼ିଆ କଥାବାର୍ତ୍ତା ମଧ୍ୟ ଆଉ ସାହେବୀ ଉଚ୍ଚାରଣର ବଶବର୍ତ୍ତୀ ନୁହେଁ। ଉମାପଦ, ଶ୍ରୀପଦ ଓ ବାସୁଦେବ ସହିତ କଥାବାର୍ତ୍ତା କଲାବେଳେ ସେ ଆଜିକାଲି, ସେଇ ପିଲାଦିନର ଗାଉଁଲି ଭାଷା ଓ ଉଚ୍ଚାରଣ ବ୍ୟବହାର କରୁଥିଲେ। ଅନ୍ୟ କେହି

ହୁଏତ ତାଙ୍କର କଥାବାର୍ତ୍ତାର ଏ ପରିବର୍ତ୍ତନ ଲକ୍ଷ୍ୟ କରିଥିଲେ, କିନ୍ତୁ ତ୍ରିପାଠୀ ସାହେବ ନିଜେ ବର୍ତ୍ତମାନ ଭୁଲିଯାଇଥିଲେ ସେ କେବେ ଉଭୟ ଇଂରାଜୀ ଓ ଓଡ଼ିଆ ଭାଷାକୁ ଏକ ସାହେବୀ ଭଙ୍ଗୀରେ ଉଚ୍ଚାରଣ କରୁଥିଲେ ବୋଲି।

ବଡ଼ପୁଅ ତାଙ୍କର ବିଷୟ ସମ୍ପତ୍ତିକୁ ଏଭଳି ଅତି ସହଜରେ ପ୍ରତ୍ୟାଖ୍ୟାନ କରିଦେବା ପରେ ତ୍ରିପାଠୀ ସାହେବଙ୍କର ନିଜର ମଧ୍ୟ ବିତୃଷ୍ଣା ଆସିଲା ଏ ସବୁ ପ୍ରତି। ସେ ଭାବିଲେ ଚିଠି ଲେଖି ଅନ୍ୟ ପିଲାମାନଙ୍କୁ ପଚାରିବେ ସେମାନେ ଏ ବିଷୟରେ କଣ କହୁଛନ୍ତି। କିନ୍ତୁ ସେମାନେ ସେଇ ଏକା କଥା କହିବେ ବୋଲି ମନେହେଲା। ସେ ଚିହ୍ନା ପରିଚୟ ଲୋକଙ୍କ ସହିତ କଥାବାର୍ତ୍ତା କଲେ ତାଙ୍କର ସମ୍ପତ୍ତି ଦାତବ୍ୟ ସଂସ୍ଥାକୁ ଦେଇହେବ କି ନାହିଁ, ସେ ବିଷୟରେ। ସେମାନେ ହୁଏତ ନିଜେ ନିଜେ ସମ୍ପୃକ୍ତ ଥିବା ଅନୁଷ୍ଠାନର ନାଁ କହିଲେ କିମ୍ବା ଯେଉଁ ଅନ୍ୟ ଅନୁଷ୍ଠାନ କଥା ଉଠିଲା, ତାଙ୍କୁ ଦାନ ଦେଲେ ସେ ଟଙ୍କା ପାଣିରେ ଫିଙ୍ଗିବା ଭଳି ହେବ ବୋଲି ମତ ଦେଲେ। ବିରକ୍ତ ହୋଇ ତ୍ରିପାଠୀ ସାହେବ ଏ ବିଷୟରେ କୌଣସି ନିର୍ଣ୍ଣୟ ନେବାକୁ ସ୍ଥଗିତ ରଖିଲେ।

ଉପର ମହଲା ଭଡ଼ା ନେଇଥିବା ଅଫିସବାଲା ସେମାନଙ୍କର ଆହୁରି ଜାଗା ଦରକାର ବୋଲି ବାରମ୍ବାର ଆସି କହୁଥିଲେ, କିନ୍ତୁ ତ୍ରିପାଠୀ ସାହେବ ତାଙ୍କ ଅନୁରୋଧକୁ ଟାଳିଦେଉଥିଲେ। ଏଥରକ ଅଫିସର କର୍ତ୍ତା ଆସି ତାଙ୍କ ପାଖରେ ପୁଣି ସେ କଥା ଉଠାଇବାରୁ ତ୍ରିପାଠୀ ସାହେବ ରାଜି ହୋଇଗଲେ ଲାଇବ୍ରେରୀ କୋଠରୀଟି ତାଙ୍କୁ ଦେଇଦେବା ପାଇଁ, କାରଣ ବେମାରି ପରେ ତାଙ୍କୁ ସିଡ଼ି ଚଢ଼ିବା ମନା ଥିଲା। ଯେତେବେଳେ ସେ ଘରର ଆଲମାରିମାନଙ୍କରେ ଥିବା କାଗଜପତ୍ର କଥା ଉଠିଲା, ତ୍ରିପାଠୀ ସାହେବ କର୍ତ୍ତାଙ୍କୁ ଜଣାଇଦେଲେ ଯେ ତାଙ୍କର ଆଉ ସେ କାଗଜସବୁ ଦରକାର ନାହିଁ, ଅଫିସବାଲା ତାକୁ ଯାହା କରିବେ କରନ୍ତୁ। ସେ ସେମାନଙ୍କୁ କୋଠରୀ ଓ ଆଲମାରି ସବୁର ଚାବି ଦେଇଦେଲେ ଏବଂ କିଛିଦିନ ପରେ ଯେତେବେଳେ ସେମାନେ ଖାଲି ଆଲମାରି ତଳକୁ ପଠାଇଦେଲେ, ତ୍ରିପାଠୀ ସାହେବ ଏ କଥା ମଧ୍ୟ ପଚାରିବାକୁ ଇଚ୍ଛା କଲେ ନାହିଁ ଯେ କାଗଜ ସବୁ କଣ ହେଲା।

ଆଗରୁ ଦିନ ସବୁ ଧୀର ଓ ମନ୍ଥର ଭାବରେ କଟୁଥିଲା ବୋଲି ଜଣାପଡୁଥିଲା, କିନ୍ତୁ ବର୍ତ୍ତମାନ ମନେହେଲା ସମୟ ଯେପରି ଅତି ଦ୍ରୁତଗତିରେ ଧାଇଁ ଚାଲିଛି। ସକାଳର ଔଷଧ ଖାଇସାରି ବିଶ୍ରାମ ନେଇଛନ୍ତି କି ନାହିଁ ସଞ୍ଜର ଔଷଧ ଖାଇବା ବେଳ ହୋଇଯାଉଥିଲା। ମାସିକ ବିଲ ସବୁ ଏବେ ଦିଆହୋଇଛି ଭାବିବା ବେଳକୁ ପୁଣି ନୂଆ ବିଲ ଆସି ପହଞ୍ଚୁଥିଲା। ଉପର ମହଲା ଭଡ଼ାର ସମୟ ଗୋଟିଏ ଗୋଟିଏ ବର୍ଷ ପାଇଁ ନିର୍ଦ୍ଧାରିତ ଥିଲା; କିନ୍ତୁ ଥରେ ଏଗ୍ରୀମେଣ୍ଟ ଦସ୍ତଖତ କରିବା ପରେ ଦେଖୁ ଦେଖୁ ଅଫିସବାଲା ଆଉ ଗୋଟିଏ ବର୍ଷ ପାଇଁ ନୂଆ କାଗଜପତ୍ର ନେଇ

ଆସିଯାଉଥିଲେ। ଶୋଇବା ଚେଇଁବାର କୌଣସି ନିର୍ଦ୍ଦିଷ୍ଟ ସମୟ ନ ଥିଲା ଆଜିକାଲି। କିଛି ସମୟ ଶୋଇ ପୁଣି ଉଠି ପୁଣି ଶୋଇଯିବା ଅଭ୍ୟାସରେ ପଡ଼ିଯାଇଥିଲା। ତ୍ରିପାଠୀ ସାହେବଙ୍କର ଅନେକ ସମୟ ମନେ ହେଉଥିଲା ଯେପରିକି ସେ ଗୋଟିଏ ଅବାସ୍ତବ ସମୟରେ ବଞ୍ଚୁଛନ୍ତି।

ତାଙ୍କର ଶାରୀରିକ ଅସାମର୍ଥ୍ୟ ବଢ଼ିବା ସଙ୍ଗେ ସଙ୍ଗେ ସହରର ସାଙ୍ଗସାଥୀ କମିଯାଇଥିଲେ। ବର୍ତ୍ତମାନ ତାଙ୍କ ପାଖକୁ ଗାଁରୁ କେବଳ ଉମାପଦ ନୁହେଁ, ଆଉ କେହି କେହି ପୁରୁଣା ବନ୍ଧୁବାନ୍ଧବ ବି ପହଞ୍ଚିଯାଉଥିଲେ। ଶ୍ରୀପଦ ତା ନିଜ କାମରେ ଆସି ଦିନେ ଦି ଦିନ ତାଙ୍କ ଘରେ ରହିଯାଉଥିଲା। ଥରେ ଜଣେ ଅତି ବୁଢ଼ାଲୋକ ଯେତେବେଳେ 'ରମୁ' 'ରମୁ' ବୋଲି ଡାକି ତାଙ୍କ ଘର ଫାଟକ ଖୋଲି ଭିତରକୁ ପଶିଲା, ତ୍ରିପାଠୀ ସାହେବ ହଠାତ୍ ଫେରିଗଲେ ଜୀବନର ଏକ ସୁଦୂର ଅତୀତକୁ, ଯେଉଁଠାକୁ ସେ ଏତେବର୍ଷ ଧରି ପଶିବାକୁ ସାହସ କରି ନ ଥିଲେ। ବୁଢ଼ାର ଏଇ ଡାକଟି ତାଙ୍କୁ ପିଲାଦିନର ଗାଁ, ନଈ, ଆମ୍ବତୋଟା, ବୁଢ଼ୀଠାକୁରାଣୀ, କୁଆଁରପୂନେଇଁ, ମୁହଁ ସଞ୍ଜ, ସୁଲୁସୁଲିଆ ପବନ, ଡାହାଣିଆ ଖରାର ରାଜ୍ୟକୁ ଫେରାଇ ନେଇଥିଲା। ଏଥରକ ତାଙ୍କ ପିଲାଦିନର କଥା ସବୁ ଗୋଟି ଗୋଟି କରି ଅତି ସ୍ପଷ୍ଟ ଭାବରେ ମନେପଡ଼ିଲା, ଯଦିଓ ଅତି ନିକଟରେ ଘଟିଥିବା ଘଟଣାମାନ ସହଜରେ ମନକୁ ଆସୁ ନ ଥିଲେ।

ଏ ଭିତରେ ଦୈନନ୍ଦିନ ଜୀବନଯାପନରେ ବି ଅନେକ ପରିବର୍ତ୍ତନ ଆସି ଯାଇଥିଲା। ବେକ ଓ ଅଣ୍ଟା ଧରିବା ସମସ୍ୟା ଯୋଗୁଁ କାହିଁ କେତେ ବର୍ଷରୁ ସେ ଖଟରେ ଗଦି ପକାଇବା ଛାଡ଼ିଦେଇଥିଲେ ଏବଂ ବିନା ତକିଆରେ ଶୋଉଥିଲେ। ଦିନେ ରାତିରେ ସେ ଖଟ ଉପରୁ ତଳକୁ ଖସିପଡ଼ିଲେ; ସମସ୍ତେ ଉପଦେଶ ଦେଲେ ଯେ ଏ ବୟସରେ ତଳେ ଶୋଇବା ହିଁ ଭଲ। ସେଇଦିନଠାରୁ ସେ ତଳେ ଶୋଉଥିଲେ। ଖରାଦିନେ ଏୟାର କଣ୍ଡିସନର ବ୍ୟବହାର କରିବା ତାଙ୍କର ଅଭ୍ୟାସ ହୋଇଯାଇଥିଲା, କିନ୍ତୁ ଆଜିକାଲି ତା ଯୋଗୁଁ ତାଙ୍କୁ ଅଣ୍ଟା ଧରୁଥିଲା। ସେଥିପାଇଁ ସେ ଏଇଟିକୁ ମଧ୍ୟ ଶୋଇବା ଘରୁ ବାହାର କରିଦେଇ ଖରାଦିନେ ଚଟାଣରେ ଖାଲି ସପ ପକାଇ ଶୋଉଥିଲେ। ଡାକ୍ତରଙ୍କ ଆକଟ ଓ ବାସୁଦେବର ଅକର୍ମଣ୍ୟତା ଯୋଗୁଁ ଖାଇବା ପିଇବା ମଧ୍ୟ ଅତି ସରଳ ଓ ସାଧାରଣ ହୋଇଯାଇଥିଲା। ନିଜର ବିଭିନ୍ନ ବେମାରି ପାଇଁ ଡାକ୍ତରୀ ଔଷଧ କାମ ନ କରିବାରୁ ତ୍ରିପାଠୀ ସାହେବ ଜଣେ ଆୟୁର୍ବେଦ ବିଶେଷଜ୍ଞଙ୍କର ପରାମର୍ଶ ନେଉଥିଲେ ଏବଂ ସେ ତାଙ୍କୁ ପଖାଳଭାତ ଖାଇବା ପାଇଁ ପରାମର୍ଶ ଦେଇଥିଲେ। ତାଙ୍କର ପୁରୁଣା ଡାକ୍ତର ମଧ୍ୟ ଏକମତ ହୋଇଥିଲେ ଯେ ପଖାଳ ହିଁ ତାଙ୍କ ବୟସ ଓ ସ୍ୱାସ୍ଥ୍ୟର ଲୋକଙ୍କ ପାଇଁ ପ୍ରକୃଷ୍ଟ ଖାଦ୍ୟ।

ଘରର ବ୍ୟବସ୍ଥାରେ ମଧ୍ୟ ପରିବର୍ତ୍ତନ ହୋଇଥିଲା। ଦେହର ଅବସ୍ଥା ଯୋଗୁଁ ତାଙ୍କର ଚଳପ୍ରଚଳ ଏତେ ବଡ଼ ଘରର ଦୁଇ ତିନିଟି କୋଠରିରେ ସୀମାବଦ୍ଧ ଥିଲା। ଅଫିସବାଲା ମଧ୍ୟ ତାଙ୍କୁ ବାରମ୍ବାର ଜାଗା ମାଗୁଥିଲେ। ସେଥିପାଇଁ ଶେଷକୁ ତ୍ରିପାଠୀ ସାହେବ ରାଜି ହୋଇଗଲେ ନିଜ ପାଖରେ ଅଳ୍ପ କେତୋଟି କୋଠରୀ ରଖି ବାକିସବୁ ଅଫିସକୁ ଭଡ଼ାରେ ଦେଇଦେବା ପାଇଁ। ବାହାରେ ଭିତରେ ସାଇନବୋର୍ଡ ଲାଗି ପୂରା କୋଠାଟି ବର୍ତ୍ତମାନ ଗୋଟିଏ ଅଫିସଘର ଭଳି ଦିଶୁଥିଲା ଏବଂ ଏହାର ଗୋଟିଏ ପଛ ପାଖ କଣରେ ତ୍ରିପାଠୀ ସାହେବ ବାସୁଦେବକୁ ନେଇ ରହୁଥିଲେ। ତାଙ୍କର ଯେଉଁ ଗାଡ଼ିଟି ଅନେକଦିନୁ ବ୍ୟବହାର ନ ହୋଇ ଗ୍ୟାରେଜରେ ପଡ଼ି ପଡ଼ି ଖରାପ ହେବାରେ ଲାଗିଥିଲା, ତାକୁ ମଧ୍ୟ ଅଫିସବାଲା ଶସ୍ତାଦାମରେ କିଣି ନେଇଥିଲେ।

ନିଜେ ଏପରି ଅସହାୟ ଅବସ୍ଥାରେ ରହିଥିବାବେଳେ ତାଙ୍କର ସମ୍ଭ୍ରାନ୍ତ ସୁସ୍ଥ ସାହେବୀ ବନ୍ଧୁମାନେ ତାଙ୍କୁ ଦେଖା କରିବାକୁ ଆସିବା ଆଉ ତ୍ରିପାଠୀ ସାହେବଙ୍କୁ ଭଲ ଲାଗିଲା ନାହିଁ। ସେ କ୍ରମେ କ୍ରମେ ସେମାନଙ୍କ ସହିତ ସମ୍ପର୍କ କାଟିଦେଲେ। ଆଜିକାଲି ଉମାପଦ କେବେ କେବେ ଆସି ତାଙ୍କୁ ଦେଖାକଲେ ସେ ଖୁସି ହେଉଥିଲେ। ବାସୁଦେବ ସାଙ୍ଗରେ ସେ ମଝିର ମଝିରେ ନାନା ବିଷୟରେ କଥା ହେଉଥିଲେ। ରେଡିଓରୁ ଦେଶ ବିଦେଶର ଖବର ଶୁଣିବା ଆଉ ଭଲ ଲାଗୁ ନଥିଲା। ବାହାର ଲୋକଙ୍କ ସହିତ କଥାବାର୍ତ୍ତା କଲାବେଳେ ବିରକ୍ତି ଲାଗୁଥିଲା ଏବଂ ସେ ନିଜେ ଜାଣିପାରୁଥିଲେ ଯେ ତାଙ୍କର କଥାରେ ଅନେକ ସମୟରେ କୌଣସି ସଙ୍ଗତି ରହୁ ନ ଥିଲା। ନିଜର ଶାରୀରିକ ଅସହାୟତା ସହିତ ଏକ ମାନସିକ ଭୟ ମଧ୍ୟ ତାଙ୍କୁ ସବୁ ସମୟରେ ଗ୍ରାସ କରି ରହୁଥିଲା। ଶ୍ରୀପଦ ଯେଉଁ କେତେ ଦିନ ତାଙ୍କ ପାଖରେ ରହୁଥିଲା, ସେ ନିଜକୁ ଅଧିକ ନିଶ୍ଚିନ୍ତ ଅନୁଭବ କରୁଥିଲେ।

କେବଳ ସୌଭାଗ୍ୟର ବିଷୟ ଥିଲା ଯେ, ଦିନସବୁ ଶୀଘ୍ର କଟିଯାଉଥିଲା। ସେ ଅନେକ ସମୟରେ ଜାଣିପାରୁ ନ ଥିଲେ ସେ ଏଇମାତ୍ର ନିଦରୁ ଉଠିଛନ୍ତି ନା ଶୋଇବାକୁ ଯାଉଛନ୍ତି। ମଝିରେ ମଝିରେ ଅସଂଲଗ୍ନ ସ୍ୱପ୍ନ ଆସି ବାସ୍ତବତା ସହିତ ମିଳିମିଶି ଯାଉଥିଲା। ସେ ସ୍ୱପ୍ନରେ ଶ୍ରୀପଦକୁ ଦେଖି ଆଖି ଖୋଲିଲା ବେଳକୁ ହାତରେ ଔଷଧ ଓ ପାଣି ଧରି ଶ୍ରୀପଦ ତାଙ୍କ ପାଖରେ ଠିଆ ହୋଇଥିବାର ଦେଖୁଥିଲେ। ସ୍ୱପ୍ନରେ ସେ ଗାଁର ମନ୍ଦିର ପାଖଦେଇ ଚାଲିଗଲାବେଳକୁ ଆଖି ଖୋଲିଗଲେ ପାଖରେ ଥିବା ସତ ମନ୍ଦିରର ଘଣ୍ଟି ଶୁଭୁଥିଲା। ଜୀବନ ଛାଇ ଆଲୁଅର କ୍ରମ ହୋଇଯାଇଥିଲା, ଯେଉଁଥିରେ ଅତୀତ ବର୍ତ୍ତମାନ ସବୁ ମିଳିମିଶି ଜଣାପଡୁଥିଲା ଗୋଟିଏ ଧୂମାଭ ଅମୂର୍ତ୍ତ ଚିତ୍ର ଭଳି।

ଖରାବେଳେ ତ୍ରିପାଠୀ ସାହେବ ଛାଇନିଦରେ ଶୋଇଥିଲେ। ଅନେକଦିନରୁ ସେ ଭଲ ପୋଷାକ ପିନ୍ଧିବା ଛାଡ଼ିଦେଇଥିଲେ; ଏପରିକି ଧୋତିକୁ ପିନ୍ଧିବା ବି ଜଟିଳ ଥିଲା ତାଙ୍କ ପାଇଁ। ତାଙ୍କ ଦେହରେ ଗୋଟିଏ ନାଲି ଗାମୁଛା ଗୁଡ଼ା ହୋଇଥିଲା। ମୁଣ୍ଡ ପାଖରେ ସେ ଖାଇ ସାରିଥିବା ଅଇଁଠା ପଖାଳ କଂସା ପଡ଼ିଥିଲା। ଆଜିକାଲି ଦାଢ଼ି କାଟିବାବେଳେ କଷ୍ଟ ହେଉଥିବାରୁ ସେ ଅନେକଦିନରୁ ଖିଅର ହୋଇ ନ ଥିଲେ ଏବଂ ଅନେକଟା ତାଙ୍କ ପୁରୋହିତ ନନାଙ୍କ ଭଳି ଦିଶୁଥିଲେ। ବର୍ତ୍ତମାନ ନିଦରେ ଯେଉଁ ସ୍ୱପ୍ନମାନ ଆସୁଥିଲା, ସେଗୁଡ଼ିକ ଗାଁର ପିଲାଦିନର ଥିଲା। ସେ କିଆ ଗୋହିରୀରେ ଧାଇଁ ଯାଉ ଯାଉ ତଳେ କାଦୁଅରେ ପଡ଼ିଯାଇଛନ୍ତି; ତାଙ୍କୁ ଦୂରରୁ କିଏ ରମୁ, ରମୁ ବୋଲି ପାଟିକରି ଡାକୁଛି। ଏ ଡାକରେ ନିଦ ଭାଙ୍ଗିଗଲା। ଆଖି ଖୋଲି ଚାରିଆଡ଼କୁ ଅନାଇଲେ ସେ, କିନ୍ତୁ ବନ୍ଦ ଘର ଭିତରେ କିଛି ଭଲ ଭାବରେ ଦେଖାଯାଉ ନାହିଁ। ଗାଁ ମନ୍ଦିରର ଘଣ୍ଟିଟି କିନ୍ତୁ ସେ ଶୁଣିପାରୁଛନ୍ତି ଅତି ସ୍ୱଷ୍ଟ ଭାବରେ।

—

ମନ୍ତ୍ର

ସଂଧ୍ୟାବେଳେ ଘରକୁ ଫେରିଲେ ପ୍ରଭାକର ସାଧାରଣତଃ ଅଫିସ କଥା କହିଥାଏ, କିନ୍ତୁ ସେଦିନ ଆସି କହିଲା, ବୁଝିଲ, ସ୍ୱାମୀଜୀ ଶେଷକୁ ଆସି ଆମ ଚିଫ ଇଞ୍ଜିନିୟରଙ୍କ ଘରେ ରହିଲେ। ସୁହାସିନୀ ସକାଳର ଖବରକାଗଜରେ 'ରାଜଧାନୀରେ ସ୍ୱାମୀଜୀଙ୍କ ପଦାର୍ପଣ' ଶୀର୍ଷକ ସମ୍ବାଦଟି ପଢ଼ିଥିଲା, କିନ୍ତୁ ପଚାରିଲା, କୋଉ ସ୍ୱାମୀଜୀ? ପ୍ରଭାକର କହିଲା, ତମେ ଘରେ ବସି ବସି ବାହାରର କିଛି ବି ଖବର ରଖୁ ନାହଁ। ଅନେକ ବର୍ଷ ପରେ ସ୍ୱାମୀଜୀ ଓଡ଼ିଶା ଫେରିଛନ୍ତି ତାଙ୍କର ହିମାଳୟ ଆଶ୍ରମରୁ। ଖୋଦ ମୁଖ୍ୟମନ୍ତ୍ରୀ ଯାଇଥିଲେ ତାଙ୍କୁ ଏୟାରପୋର୍ଟରୁ ଆଣିବା ପାଇଁ। ଏ ବିଷୟରେ ଅଧିକ ଜାଣିବା ପାଇଁ ସୁହାସିନୀର କୌତୂହଳ ଥିଲା, ତେବେ ତାର ଘରେ ବସି ରହୁଥିବା ଉପରେ ପ୍ରଭାକର ମନ୍ତବ୍ୟ କରିଥିବା ତାକୁ ଭଲ ଲାଗିଲା ନାହିଁ ଏବଂ ସେ ଆଉ କିଛି ନ ପଚାରି ଖାଲି କହିଲା, ଓ! ପ୍ରଭାକର କିନ୍ତୁ ଚୁପ ରହିଲା ନାହିଁ। କହିଲା, ଚିଫ ଇଞ୍ଜିନିୟରଙ୍କର ସବୁ ସମସ୍ୟା ଏଥର ସମାଧାନ ହୋଇଯିବ। ସେ କଣ କମ ଚେଷ୍ଟା କରିଛନ୍ତି ସ୍ୱାମୀଜୀଙ୍କୁ ହାତ କରିବାକୁ?

ସୁହାସିନୀର ସବୁ ଆଗ୍ରହ ଥଣ୍ଡା ପଡ଼ିଗଲା। ପୁଣି ସେଇ ଅଫିସ କଥା। କିଏ କାହାର ପ୍ରିୟ ଅପ୍ରିୟ; କିଏ ଚୋର, କିଏ ସଚ୍ଚୋଟ ଏବଂ କାହାକୁ ଧରି କିଏ କି ଭାବରେ ଲାଗିଛି ନିଜର ଉନ୍ନତି ବା ଅନ୍ୟର କ୍ଷତି କରିବା ପାଇଁ। ଖାଇସାରି ଶୋଇବାକୁ ଗଲାବେଳେ ବି ପ୍ରଭାକର ନିଜ କଥାର ସୂତ୍ର ଧରି କହିଲା, ଚିଫ ଇଞ୍ଜିନିୟରଙ୍କର ଯଦି ବଦଳି ବନ୍ଦ ହୋଇଯିବ, ଜଣାଯିବ ଯେ ସତରେ ସ୍ୱାମୀଜୀଙ୍କର କରାମତି ଅଛି। ସୁହାସିନୀ ମନେ ମନେ ବିରକ୍ତ ହେଲା ଏବଂ ପ୍ରଭାକରକୁ ଅସ୍ୱସ୍ତି ପହଞ୍ଚାଇବା ପାଇଁ ପୁରୁଣା କଥା ଉଠାଇ କହିଲା, ତମର କଣ ଭିଜିଲାନ୍ସ କେସ ଏତେ ବର୍ଷ ହେଲା ପଡ଼ିରହିଛି, ତମେ ଯାଇ ସ୍ୱାମୀଜୀଙ୍କୁ ଧରୁନା? ଯଦିଓ ପିଲାଦୁହେଁ ଅନ୍ୟ ଘରେ ଶୋଇଯାଇଥିଲେ ଏବଂ ସେମାନେ ଏକା ଥିଲେ, ପ୍ରଭାକର କହିଲା, ଏ ସବୁ କଥା ବଡ଼ ପାଟିରେ କହିବ ନାହିଁ। ନିଜେ ସ୍ୱରକୁ ଆହୁରି ଧୀର କରି କହିଲା, ଶଳା କିଏ

କେତେ ଟଙ୍କା ଖାଇ ମଜା କରି ବୁଲୁଛନ୍ତି; ମୋରି ବେଳକୁ ୟାଙ୍କର କେସ କରିବାକୁ ଥିଲା। କେସ ତ କୋଉକାଳୁ ଛିଣ୍ଡି ଯାଆନ୍ତାଣି; କିନ୍ତୁ ତାକୁ ଧରି ରଖିଛନ୍ତି ଖାଲି ମଝିରେ ମଝିରେ ମତେ ଡର ଦେଖାଇ ମୋ ପାଖରୁ ଟଙ୍କା ଆଦାୟ କରିବାକୁ। କେସ ବୋଲି କଣ ନା ଷ୍ଟୋରରେ ଜିନିଷ ନ ଥିଲା। ସାତ ଦିନ ଭିତରେ ତ ...।

ଅଫିସ କାଗଜପତ୍ରରେ ପ୍ରଭାକର ଯାହା ସବୁ କୈଫିୟତ ଦେଇଥିଲା, ବାରମ୍ବାର ସ୍ତ୍ରୀ ଆଗରେ ତାର ପୁନରାବୃତ୍ତି କରି ସେ ସୁହାସିନୀକୁ ଏବଂ ବିଶେଷରେ ନିଜକୁ ସାନ୍ତ୍ୱନା ଦେଉଥିଲା ଯେ ତାର କିଛି ବି ଭୁଲ ନାହିଁ ଏବଂ ଅନ୍ୟାନ୍ୟ ଦୁର୍ନୀତିଗ୍ରସ୍ତ ଅଫିସରଙ୍କ ଭଳି ସେ ମଧ୍ୟ ଖସିଯିବ ଏ କେସରୁ। ତାର ଦୁଃଖ ଥିଲା ଯେ ତାର ଅସତ୍ କାମମାନଙ୍କରେ ତାର ସହକର୍ମୀଙ୍କ ସ୍ତ୍ରୀମାନଙ୍କ ଭଳି ସୁହାସିନୀ ସହଯୋଗ କରୁ ନ ଥିଲା। ତାର ଦୁର୍ଦ୍ଦଶାରେ ଭାଗୀ ହେବା ତ ଦୂରର କଥା, ବର୍ତ୍ତମାନ ତାର କେସର ଯେଉଁ ଦୀର୍ଘ ବିବରଣୀ ଦେଉଥିଲା, ସୁହାସିନୀ ସେଥିରେ ଆଦୌ ଆଗ୍ରହୀ ଜଣା ପଡୁନଥିଲା। କଥା ବନ୍ଦ କରି ପ୍ରଭାକର ପଚାରିଲା, କଣ ଶୋଇଗଲଣି ନା କଣ? ଅନ୍ୟ ପାଖକୁ ମୁହଁ ବୁଲାଇ ନେଇ ସୁହାସିନୀ କହିଲା, ହାଁ।

ସୁହାସିନୀକୁ କିନ୍ତୁ ନିଦ ଲାଗୁ ନ ଥିଲା। ପ୍ରଭାକର ତାକୁ ସହଜରେ କହିଦେଲା ଯେ ସେ ବାହାରର କିଛି ଖବର ରଖୁ ନାହିଁ। ତା ପୁଣି କି ଖବର ନା କୋଉ ଭଣ୍ଡ ସାଧୁ ଆସି କୋଉ ଭ୍ରଷ୍ଟ ଚିଫ ଇଞ୍ଜିନିୟରଙ୍କ ଘରେ ଡେରା ପକାଇବେ। ପାଠ ପଢ଼ିବାବେଳେ ସୁହାସିନୀ କେବଳ ରାଜନୀତି ବିଜ୍ଞାନର ବହି ପଢୁ ନ ଥିଲା, ଦେଶ ବିଦେଶର ଖବର ରଖିବାରେ ବି ଅଗ୍ରଣୀ ଥିଲା। ମେଧାବିନୀ ଛାତ୍ରୀ ଓ ନେତ୍ରୀ ଭାବରେ କଲେଜରେ ତାର ସମ୍ମାନ ଥିଲା। ସ୍ପୋର୍ଟସରୁ ଆରମ୍ଭ କରି କଲେଜର ନାଟକ ପର୍ଯ୍ୟନ୍ତ ସବୁଥିରେ ଭାଗ ନେଉଥିଲା ସୁହାସିନୀ। କଲେଜ ବେଳର ଅନେକ ଛୋଟ ଛୋଟ ଘଟଣା ମନକୁ ଆସୁଥିଲା ବର୍ତ୍ତମାନ: ସାଙ୍ଗମାନେ ଏକାଠି ହୋଇ ସିଗାରେଟ ପିଇ ଧରା ପଡ଼ିଥିବା, କ୍ଲାସରେ ନୂଆ ଲେକଚରରଙ୍କୁ ହଇରାଣ କରିବା, ରାତିରେ ସିନେମାରୁ ଫେରି ଫାଟକ ଡେଇଁ ହଷ୍ଟେଲ ଭିତରକୁ ପଶିବା। ଅନେକ ଦିନ ଧରି ସେ ପୁରୁଣା ଦିନ ବିଷୟରେ ଭାବିବା ଛାଡ଼ି ଦେଇଥିଲା, କିନ୍ତୁ ଆଜି ଅନାୟାସ ତାର ମନେପଡୁଥିଲେ ଅତି ଅକିଞ୍ଚିତ୍କର କଥା ଓ ଦୃଶ୍ୟ ସବୁ; ଡିବେଟ୍ରେ ପ୍ରାଇଜ ନେଇ ଫେରିବା ବେଳେ ସେମାନେ ଟ୍ରେନରେ ଗାଇଥିବା ଗୀତ, ତାକୁ ଭଲ ଲାଗିଥିବା ପିଲାଟି ପାଇଁ ସେ ଲେଖିଥିବା ଦୁଇଧାଡ଼ି କବିତାର ଶବ୍ଦମାନ, ସିନେମା ହଲର ଅନ୍ଧାର ଭିତରେ କାହାର ହାତ ଆସି ତାର ଛାତିକୁ ଛୁଇଁ ଦେଇଥିବାର ଏକାଧାରରେ ପୁଲକ ଓ ଅସ୍ୱସ୍ତି। ନା, ଏସବୁ ମନେପକାଇ କିଛି ଲାଭ ନାହିଁ ଆଉ। କେତେ କଣ ଆଶା ଆକାଂକ୍ଷା ଥିଲା ତାର, କିନ୍ତୁ ପିଏଚ୍.ଡି. କରୁଥିବା ବେଳେ ବାହାଘର ହୋଇଗଲା।

ତାଠାରୁ ଅଳ୍ପ ଯୋଗ୍ୟ ତାର ସାଙ୍ଗମାନେ ଚାକିରିର ପାହାଚରୁ ପାହାଚ ଉପରକୁ ଉଠୁଥିବାବେଳେ ସେ ତାର ସ୍ୱାମୀ ସହିତ ଗୋଟିଏ ମଫସଲରୁ ଆଉ ଗୋଟିଏ ମଫସଲକୁ ଘର ସଂସାର ବଦଳାଇବାରେ ବ୍ୟସ୍ତ ରହିଲା। ତାର ସ୍ୱାମୀ ଜୁନିୟର ଆସିଷ୍ଟାଣ୍ଟରୁ ଏକ୍ଜିକ୍ୟୁଟିଭ ଇଞ୍ଜିନିୟର ହେବା ଭିତରେ ତାର ଉନ୍ନତି ହେଲା ଦିଓଟି ସନ୍ତାନ, ଘରେ ଆଉ କିଛି ଜିନିଷପତ୍ର ଓ ଅଧିକା ଚାକର ବାକର। ପ୍ରଥମେ ପ୍ରଥମେ ମନ ଭିତରେ ଅପ୍ରାପ୍ତିର ଯେଉଁ କ୍ଷୋଭ ଉପୁଜୁଥିଲା, ତାକୁ ସେ ଚେଷ୍ଟା କରି ଦୂର କରିଦେଲା ଏଇ କଥା ଭାବି ଯେ ତାର ପ୍ରଥମ କର୍ତ୍ତବ୍ୟ ହେଉଛି ପିଲା ଦୁହିଁଙ୍କୁ ମଣିଷ କରିବା। ଏଇଥିରେ କଟିଗଲା ତାର ଜୀବନର କୋଡ଼ିଏଟି ବର୍ଷ।

ପ୍ରଭାକର ସହିତ କେବେ ବି ତାର ଗୁରୁତର ଅପଡ଼ ହୋଇ ନ ଥିଲା, କିନ୍ତୁ କେବେ ବି ତା ସହିତ ଭଲରେ ମନ ମିଳି ନ ଥିଲା ସୁହାସିନୀର। ପ୍ରଭାକର ବିଷୟସର୍ବସ୍ୱ ଥିଲା ଏବଂ ସବୁବେଳେ ଲାଗିଥିଲା କିପରି ଆହୁରି ସଂପତ୍ତି ଏକାଠି କରିବ। କର୍ମଠ ଅଫିସର ଭାବରେ ତାର ନାଁ ଥିଲା ଏବଂ ସେ ତାର ସହକର୍ମୀମାନଙ୍କ ଅପେକ୍ଷା ଅଧିକ ଦୁର୍ନୀତିଗ୍ରସ୍ତ ନ ଥିଲା। ନିଜର ସବୁ ସମୟ ସେ କାମରେ ଲଗାଉଥିଲା ଏବଂ ଘରକୁ ଫେରିଲେ ଯୋଜନା କରୁଥିଲା କୋଉଠି ନୂଆ ଘର କରିବ, କଣ ନୂଆ ଜିନିଷ କିଣିବ ଏବଂ ଚୋରା ଟଙ୍କାକୁ କିଭଳି ବିନିଯୋଗ କରିବ। ଏ ସବୁ ବିଷୟରେ କିନ୍ତୁ ସୁହାସିନୀର ଟିକିଏ ବି ଆଗ୍ରହ ନ ଥିଲା ଏବଂ ପ୍ରଭାକର ଯେତେବେଳେ ଘର ତିଆରି କରିବାର ନକ୍ସା ଆଣି ଦେଖାଉଥିଲା ଏବଂ ତାକୁ ଆହୁରି ସୁନ୍ଦର କରିବାର ପ୍ରସ୍ତାବ ଦେଉଥିଲା, ସୁହାସିନୀ ସେଥିରେ ମୁଣ୍ଡ ନ ଖେଳାଇ ତା କଥାରେ ହଁ ଭରୁଥିଲା। ପ୍ରଭାକରର ଦୁଃଖ ଥିଲା ଯେ ସେ ଯେତେବେଳେ ସୁହାସିନୀର ହାତକୁ ଅଳଙ୍କାର ପୁଡ଼ିଆ କିମ୍ବା ଟଙ୍କା ବିନିଯୋଗର କାଗଜପତ୍ର ଦେଉଥିଲା, ସୁହାସିନୀ କୃତଜ୍ଞତା ଓ ଆନନ୍ଦରେ ଗଦ୍ଗଦ ନ ହୋଇ ତାକୁ ନିର୍ବିକାରରେ ନେଇ ଆଲମାରିରେ ରଖି ଦେଉଥିଲା। ପ୍ରଭାକରର ଏତିକି ସାନ୍ତ୍ୱନା ଥିଲା ଯେ ସ୍ତ୍ରୀର ବିମୁଖତା ସତ୍ତ୍ୱେ ତାର ସଂସାର ଓ ସଂପତ୍ତିର ଉତ୍ତରୋତ୍ତର ଉନ୍ନତି ହେଉଥିଲା।

ସେ ଭାବିଥିଲା ଯେ ରାଜଧାନୀକୁ ଆସିବା ପରେ ସୁହାସିନୀର ମନ ବଦଳିଯିବ ଏବଂ ସେ ତାର ଚାକିରି ଓ ଘରବାଡ଼ିର ଯୋଜନାରେ କିଛି ରୁଚି ରଖିବ, କିନ୍ତୁ ଏପରି କିଛି ହେଲା ନାହିଁ। ଝିଅ ବର୍ତ୍ତମାନ କଲେଜରେ ପଢୁଥିଲା ଏବଂ ପୁଅ ସ୍କୁଲର ଶେଷ କ୍ଲାସରେ। ସେମାନଙ୍କ ପାଇଁ ସୁହାସିନୀର ଆଉ ବେଶି କିଛି ଦାୟିତ୍ୱ ନ ଥିଲା। ସେ କିନ୍ତୁ ତାର ପୂରା ସମୟ କଟାଉଥିଲା ତାର କିଛି ପୁରୁଣା ସାଙ୍ଗଙ୍କୁ ଭେଟି, ପିଲାଙ୍କ ପଢ଼ାପଢ଼ି କଥା ବୁଝି ଏବଂ ତାଙ୍କର ଛୋଟ ବଗିଚାର ଯତ୍ନ ନେବାରେ। ପ୍ରଭାକର ବୁଝି ପାରୁନଥିଲା ସେ ଅନେକ ପଇସାପତ୍ର କରି ପରିବାରକୁ ଏତେ

ସୁଖସ୍ୱାଚ୍ଛନ୍ଦ୍ୟରେ ରଖି ସେମାନଙ୍କର ଭବିଷ୍ୟତ ପାଇଁ ସଂପତ୍ତି ଖଞ୍ଜି ଦେଇଥିବା କଥା କାହିଁକି ସୁହାସିନୀକୁ ପ୍ରଭାବିତ କରି ପାରୁନଥିଲା ଏବଂ କିପରି ସେ ଏ ବିଷୟରେ ନିଃସ୍ପୃହ ରହୁଥିଲା। ତଥାପି ସେ ନିୟମିତ ଭାବରେ ନିଜର ସବୁ କଥା ଆସି ନିକିନିଖି କରି କହୁଥିଲା, ସୁହାସିନୀ ତାର କଥାକୁ ଅଶୁଣା କରି ଦେଉଥିବା ସତ୍ତ୍ୱେ।

ଦି ଦିନ ପରେ ରାତିରେ ଡେରିରେ ଘରକୁ ଫେରି ପ୍ରଭାକର ତାକୁ କହିଲା, ଆଜି ଅଫିସରୁ ସିଧା ଚାଲିଗଲି ସ୍ୱାମୀଜୀଙ୍କ ପାଖକୁ। କି ସୁନ୍ଦର ପ୍ରବଚନ ଦେଲେ ସତେ! ଆଜି ଗୀତାର ଗୋଟାଏ ଅଧ୍ୟାୟ ବୁଝାଇଲେ ସ୍ୱାମୀଜୀ। ସେ କୁଆଡ଼େ ଗୀତା ଉପରେ ଗୋଟାଏ ଭାଷ୍ୟ ଲେଖିଛନ୍ତି। ସୁହାସିନୀ କହିଲା, ଗୀତା ଉପରେ ହଜାର ବହି ଲେଖା ହୋଇଛି। ତଥାପି ସବୁ ସ୍ୱାମୀଜୀ ତା ଉପରେ ନିଶ୍ଚେ ଆଉ ଗୋଟିଏ ଟୀକା ଲେଖିବେ।

ତାଙ୍କ ବହିରେ କଣ ଥିବ କେଜାଣି, କିନ୍ତୁ ତାଙ୍କ କଥା ଯେମିତି ଅମୃତ। ଥରେ ଶୁଣିଲେ ଉଠି ଆସିବାକୁ ଇଚ୍ଛା ହେବନି। ସ୍ୱାମୀଜୀ କୁଆଡ଼େ ଖାଲି ଗୀତା ଭାଗବତ ନୁହେଁ, ବାଇବେଲ, କୋରାନ ଉପରେ ବି ଏମିତି ପ୍ରବଚନ ଦେଉଛନ୍ତି। ମୁଁ ଭାବୁଛି ପ୍ରତିଦିନ ଅଫିସ ଫେରନ୍ତା ସେଇବାଟ ଦେଇ ଆସିବି।

ସ୍ୱାମୀଜୀ କୁଆଡ଼େ ପରା ଅସମ୍ଭବକୁ ସମ୍ଭବ କରି ଦେଖାଉଛନ୍ତି? ସୁବିଧା ଦେଖି ତମ ଭିଜିଲାନ୍ସ କେସ କଥା କହିଲ ନାହିଁ?

ତାଙ୍କୁ ଏକୁଟିଆ ପାଇ ସବୁ କଥା କହିବା କଣ ଏତେ ସହଜ? ତମେ ତାଙ୍କ ସଭାକୁ ଗଲେ ଦେଖନ୍ତ କେତେ ଲୋକ ଆସି ଜମା ହେଉଛନ୍ତି। ଯାହା ଉପରେ ତାଙ୍କର କୃପା ହେଉଛି, ତାକୁ ଡାକୁଛନ୍ତି ମନ୍ତ୍ର ଦେବା ପାଇଁ।

କି ମନ୍ତ୍ର?

କିଏ ଜାଣିଚି କି ମନ୍ତ୍ର? ଆଜି ସେ ପ୍ରବଚନ ପରେ ଡାକିଲେ ରାଓବାବୁଙ୍କୁ। ଏତେ ଲୋକ ବସିଥିଲେ, ଏମିତି ବି ଆଜି ସେଠି ଜଣେ ମନ୍ତ୍ରୀ ବି ଥିଲେ, କିନ୍ତୁ ସ୍ୱାମୀଜୀଙ୍କ ଆଖିରେ ପଡ଼ିଲେ ଏଇ କଣ୍ଟ୍ରାକ୍ଟର।

ତମ ପାଳି ପୁଣି କେବେ ପଡ଼ିବ ବୋଲି ଭାବୁଚ? ସୁହାସିନୀ ପଚାରିଲା।

ଦିନ ସାରା ତ ସ୍ୱାମୀଜୀ ଲୋକଙ୍କୁ ଭେଟୁଛନ୍ତି! ଚିଫ ଇଞ୍ଜିନିୟରଙ୍କ ଘରେ ଏବେ ଲୋକଙ୍କ ମେଳା। ତାଙ୍କ ଡ୍ରଇଂରୁମ କଣ ଆଉ ବୈଠକଖାନା ହୋଇ ଅଛି? ସ୍ୱାମୀଜୀ ସାରାଦିନ ସେଇଠି କଟାଉଛନ୍ତି। କେତେବେଳେ ପ୍ରବଚନ ଦଉଛନ୍ତି ତ କେତେବେଳେ ପ୍ରଶ୍ନର ଉତ୍ତର ଦଉଛନ୍ତି। ପୁଣି କେତେବେଳେ କାହାକୁ ଭିତରକୁ ଡାକି ନଉଛନ୍ତି ମନ୍ତ୍ର ଦବାପାଇଁ।

ଯାହାହଉ, ସହରର ଲୋକଙ୍କ ପାଇଁ ଭଲ କାମ ମିଳିଗଲା। ଏଠି ତ ଅଫିସ ଛଡ଼ା ଆଉ କାହାରି କିଛି କାମ ନ ଥାଏ, ଏବେ ମନୋରଞ୍ଜନ ପାଇଁ ଅନ୍ତତଃ ସ୍ୱାମୀଜୀଙ୍କ ମୁହଁ ଦେଖିବାକୁ ମିଳିବ।

କଣ ଏମିତି କଥା ସବୁ କହୁଚ, ପ୍ରଭାକର କହିଲା; ତମେ ନିଜେ ଥରେ ଗଲେ ଜାଣିବ ସ୍ୱାମୀଜୀ କି ଜ୍ଞାନୀ ଲୋକ।

ଏଥରକ ପ୍ରତିଦିନ ସଂଧ୍ୟାରେ ପ୍ରଭାକର ସ୍ୱାମୀଜୀଙ୍କ ପାଖକୁ ଯିବାରେ ଲାଗିଲା ଏବଂ ସୁହାସିନୀକୁ ରାତିରେ ଶୁଣିବାକୁ ହେଲା ତାର ଧାରା ବିବରଣୀ। ସ୍ୱାମୀଜୀଙ୍କ ପାଖକୁ ଆଜିକାଲି ବେଶି ବେଶି ଲୋକ ଆସିବାରେ ଲାଗିଥିଲେ ଏବଂ ସେ ଚିଫ ଇଞ୍ଜିନିୟରଙ୍କ ଘରୁ ଯାଇ ଗୋଟିଏ ବଡ଼ ଭଡ଼ାଘରେ ରହୁଥିଲେ। ତାଙ୍କର କୁଆଡ଼େ ରାଜଧାନୀକୁ ଆସିବାର ବିଶେଷ ଉଦ୍ଦେଶ୍ୟ ଥିଲା ଯେ ଆଶ୍ରମରେ ଯୋଉ ଡାକ୍ତରଖାନା କରୁଥିଲେ, ତା ପାଇଁ ଟଙ୍କା ସଂଗ୍ରହ କରିବା। ଏ ଭିତରେ ସହରର ଅଫିସର, ବ୍ୟବସାୟୀ, ନେତାମାନେ ତାଙ୍କୁ ଏଥିପାଇଁ ଲକ୍ଷ ଲକ୍ଷ ଟଙ୍କା ଦେଇସାରିଥିଲେ। ସ୍ୱାମୀଜୀ କହୁଥିଲେ, ଡାକ୍ତରଖାନା ପାଇଁ ପୂରା ଟଙ୍କା ହୋଇଗଲେ ସେ ପୁଣି ନିଜ ଆଶ୍ରମକୁ ଫେରିଯିବେ।

ଦିନେ ପ୍ରଭାକର ଆସି ଘରେ ପଶୁ ପଶୁ ଉତ୍ତେଜିତ ସ୍ୱରରେ କହିଲା, ବୁଝିଲ ଚିଫ ଇଞ୍ଜିନିୟରଙ୍କର ବଦଳି ବନ୍ଦ ହୋଇଗଲା। ସୁହାସିନୀ କିଛି ନ କହିବାରୁ ପ୍ରଭାକର ପୁଣି କହିଲା, କେହି ବି ଭାବି ନ ଥିଲେ ଏ ଅସାଧ କାମ ସାଧ ହେବ ବୋଲି। ନିରୁତ୍ତାପ ସ୍ୱରରେ ସୁହାସିନୀ କହିଲା, ସ୍ୱାମୀଜୀଙ୍କର କରାମତି ଅଛି ତାହେଲେ। ପ୍ରଭାକର ଯେ ଭାବିଥିଲା ଏ ବିଷୟରେ ସୁହାସିନୀ ଆହୁରି ଟିକିନିଖି ଜାଣିବାକୁ ଚାହିଁବ, ଏପରି କିଛି ହେଲା ନାହିଁ। ତେବେ ଦି ଦିନ ପରେ ପ୍ରଭାକର ଯେତେବେଳେ ଆସି କହିଲା, ସ୍ୱାମୀଜୀ ମତେ ଆଜି ମନ୍ତ୍ର ଦେବାପାଇଁ ଡାକିଲେ, ସୁହାସିନୀ ଚୁପ ରହିପାରିଲା ନାହିଁ। ପଚାରିଲା, କେମିତି କଣ ମନ୍ତ୍ର ଦେଲେ? ଏତେ ଦିନ ଧରି ସୁହାସିନୀ ତାର କଥାରେ କୌଣସି ଆଗ୍ରହ ଦେଖାଉ ନ ଥିବାରୁ ପ୍ରଭାକର କ୍ଷୁବ୍ଧ ଥିଲା। କହିଲା, ପରେ କହିବି।

ରାତିରେ ଶୋଇବା ବେଳେ ବି ଯେତେବେଳେ ପ୍ରଭାକର ନିଜ ଆଡୁ ସେ କଥା ଉଠାଇଲା ନାହିଁ, ସୁହାସିନୀ ଭାବିଲା, ସେ ଏ ବିଷୟରେ ତାକୁ ପଚାରିବ ନାହିଁ। ଶେଷରେ କିନ୍ତୁ ସେ ତାର କୌତୂହଳ ଚାପି ରଖିପାରିଲା ନାହିଁ ; କହିଲା, କଣ କହୁଥିଲ ପରା ସ୍ୱାମୀଜୀ ତମକୁ ଆଜି ମନ୍ତ୍ର ଦେଲେ ବୋଲି; କି ମନ୍ତ୍ର? ଏଥରକ ପ୍ରଭାକର ସେଦିନ ସଂଧ୍ୟାର ଏକ ବିଶଦ ବିବରଣୀ ଦେଲା। ସ୍ୱାମୀଜୀ କଠୋପନିଷଦର ବ୍ୟାଖ୍ୟା

କରି ସାରିବା ପରେ ସେ ବିଷୟରେ ଦି ଚାରିଟି ପ୍ରଶ୍ନର ଉତ୍ତର ଦେଲେ। ତା ପରେ ସେ ସଭାରେ ବସିଥିବା ଲୋକମାନଙ୍କୁ ଅନାଇ ଯେତେବେଳେ ତାଙ୍କର ଆଖି ପ୍ରଭାକର ଉପରେ ପଡ଼ିଲା, ଉଠି ଠିଆହେଲେ ଆଉ ତାକୁ ସାଙ୍ଗରେ ଭିତରକୁ ଯିବାକୁ ଡାକିଲେ। ଭିତରେ ଗୋଟିଏ କୋଠରୀର ପୂଜାଘରେ ତାକୁ ବସାଇ କହିଲେ, ତମର ଯୋଉ ସମସ୍ୟା ଅଛି, ଏଇ ଅଳ୍ପଦିନ ଭିତରେ ଠିକ ହୋଇଯିବ।

ସୁହାସିନୀ କଣ କହିବାକୁ ଯାଉଥିଲା, ପ୍ରଭାକର କହିଲା, ତମେ ଭାବୁଥିବ ଏ କଣ ବଡ଼ କଥା! ଏଭଳି କଥା ତ ସମସ୍ତଙ୍କୁ କୁହାଯାଇପାରେ, କାରଣ ସମସ୍ତଙ୍କର କିଛି ନା କିଛି ସମସ୍ୟା ନିଶ୍ଚେ ଥିବ। କିନ୍ତୁ ତା ପରେ ମତେ ସେ କେସ ବିଷୟରେ ଏମିତି କେତେ କଥା ପଚାରିଲେ, ଯୋଉଥିରୁ ମୁଁ ଜାଣିଲି ଯେ ତାଙ୍କୁ ସବୁ ଜଣା।

ତମ ବିଷୟରେ ସେ କେମିତି କଣ ଜାଣିବେ? ତାଙ୍କୁ ଭେଟିବାକୁ ଯେତେ ଲୋକ ଯାଉଛନ୍ତି, ସେ କଣ ସମସ୍ତଙ୍କ ବିଷୟରେ ସବୁ କଥା ଜାଣିଥିବେ? ଯଦି ତୁମ ବିଷୟରେ ସେ ଆଗରୁ କୋଉଠି ଖବର ସଂଗ୍ରହ କରିଥିବେ, ସେ ଅଲଗା କଥା।

ଅବଶ୍ୟ ତାଙ୍କ ପାଖରେ ଚିଫ ଇଞ୍ଜିନିୟରଙ୍କ ସ୍ତ୍ରୀ ପିଲାମାନେ ଏବେ ବି ଚଳପ୍ରଚଳ ହଉଛନ୍ତି, କିନ୍ତୁ ସେମାନେ କାହିଁକି ମୋ ବିଷୟରେ ଏତେ ଖବର ଦେବେ ତାଙ୍କୁ? ସେ ଯାହାହେଉ, ସ୍ୱାମୀଜୀ ମୋର ସମସ୍ୟା କଥା ବୁଝିବେ ବୋଲି କହିଲେ।

ତମଙ୍କୁ ମନ୍ତ୍ର କେତେବେଳେ ଦେଲେ?

ନା, ମତେ ପୂରା ମନ୍ତ୍ର ଦେଇଛନ୍ତି କୋଉଠି? ମତେ ଗୋଟିଏ କାଗଜ ଦେଇଛନ୍ତି; ସେଥିରେ ଏବେ କିଛି ଲେଖା ନାହିଁ। କହିଛନ୍ତି ଆଉ ଥରେ ମତେ ଡକାଇ ସେଥିରେ ମୋ ପାଇଁ ମନ୍ତ୍ର ଲେଖିଦେବେ।

ଓଃ, ଏତିକି କଥା! ସୁହାସିନୀ ନିରାଶ ହୋଇଥବା ଭଳି ଜଣାପଡ଼ିଲା। ପ୍ରଭାକର କହିଲା, ମୋଠୁ ଏମିତି ଶୁଣିଲେ ତମେ କଣ ବୁଝିବ ସ୍ୱାମୀଜୀ କିଭଳି ଲୋକ। ତମେ ଯଦି ତାଙ୍କ ପ୍ରବଚନକୁ ଯାଆନ୍ତ, ଜାଣିପାରନ୍ତ ତାଙ୍କର କେତେ ଜ୍ଞାନ।

ମୋର ଏଭଳି ବାବାଜୀଙ୍କ ପାଖକୁ ଯିବା ଦରକାର ନାହିଁ। ଯଦି ମୋର ଧର୍ମ ବିଷୟରେ ଜାଣିବାକୁ ଇଚ୍ଛା ହେବ, ମୁଁ ବହି ପଢ଼ିବି ନାହିଁ କାହିଁକି? ସୁହାସିନୀ ଏ କଥା କହିଲା ସିନା, ଟିକିଏ ପରେ ପଚାରିଲା, ସେଠିକି କଣ ସ୍ତ୍ରୀଲୋକମାନେ ଯାଉଛନ୍ତି?

ତାଙ୍କୁ ଭେଟିବାକୁ ଯାଉଥିବା ଅଧାରୁ ବେଶି ତ ସ୍ତ୍ରୀଲୋକ। ଆଉ ଅଫିସ ସମୟରେ ସେ ଯେତେବେଳେ ଦର୍ଶନ ଦଉଛନ୍ତି, ସେତେବେଳେ କୁଆଡ଼େ ଖାଲି ସ୍ତ୍ରୀଲୋକ ସେଠାରେ। ଥରେ ଯାଇକରି ତ ଦେଖ।

ନା, ମୋର ଯିବା ଦରକାର ନାହିଁ। ସୁହାସିନୀ ଏ କଥା କହିଲା, କିନ୍ତୁ ପ୍ରଭାକର ଅଧା ମନ୍ତ୍ର ପାଇବା କଥା ଶୁଣିବା ପରେ ତାର ମଧ୍ୟ କୌତୂହଳ ହୋଇଥିଲା

ଯାଇ ଦେଖିବ ଏତେ ଲୋକ କାହିଁକି କୋଉ ସାଧୁ ପାଖରେ ପ୍ରତି ସଂଧ୍ୟାରେ ଯାଇ ଅଧିଆ ପଡୁଛନ୍ତି। କିଛି ଦିନ ପରେ ଦିନେ ସଂଧ୍ୟାବେଳେ ପିଲାଦୁହେଁ କାହାଘରକୁ ଚାଲିଯିବାରୁ ସୁହାସିନୀ ପ୍ରଭାକର ସାଙ୍ଗରେ ବାହାରିଲା ସ୍ୱାମୀଜୀଙ୍କ ପାଖକୁ।

ନିଜର ସମସ୍ତ ପ୍ରତିକୂଳ ମନୋଭାବ ସତ୍ତ୍ୱେ ପ୍ରଥମ ଦର୍ଶନରେ ହିଁ ସୁହାସିନୀକୁ ମାନିବାକୁ ପଡ଼ିଲା ଯେ ସ୍ୱାମୀଜୀ ପ୍ରକୃତରେ ଜଣେ ପ୍ରଭାବ ପକାଇବା ଭଳି ବ୍ୟକ୍ତିତ୍ୱ। କୋଠରୀଟି ଭର୍ତ୍ତି ହୋଇ ଲୋକ ବସିଥିଲେ; ସାମନାରେ ସାମାନ୍ୟ ଉଚ୍ଚ ଆସନରେ ବସିଥିଲେ ସ୍ୱାମୀଜୀ। ତାରି ବୟସର, କି ତାଠାରୁ ଟିକିଏ କମ ବୟସର ହେବେ, ଭଦ୍ରବ୍ୟକ୍ତି ନିଜକୁ ପୂରାପୂରି ସଜାଇଥିଲେ ଏଇ ଚରିତ୍ର ପାଇଁ। ଏଇ ଫାଇଭ୍ଷ୍ଟାର ସ୍ୱାମୀଜୀଙ୍କର ବାଳ, ତାଙ୍କର ଦାଢ଼ି, ତାଙ୍କର ଗେରୁଆ ପୋଷାକ ସବୁ ଯେମିତି ଡିଜାଇନର ତିଆରି ଥିଲା ଏବଂ ସେ ଦିଶୁଥିଲେ କୌଣସି ସୌମ୍ୟଦର୍ଶନ ଚିତ୍ରତାରକା ଜଣେ ସ୍ୱାମୀଜୀଙ୍କ ଭୂମିକାରେ ଅବତୀର୍ଣ୍ଣ ହେବାପାଇଁ ବେଶଭୂଷା ହେବାଭଳି। ତାଙ୍କର ମୁହଁର ସବୁଠାରୁ ଦର୍ଶନୀୟ ବସ୍ତୁ ଥିଲା ତାଙ୍କର ଆଖି ଦୁଇଟି, ଯାହା ଥର ଥର କରି ସମସ୍ତଙ୍କ ଆଖିରେ ଯାଇ ମିଶୁଥିଲା; ଅନ୍ୟ କାହାରି ହୋଇଥିଲେ ହୁଏତ ତାକୁ ଲୋଲୁପ ବା ଲମ୍ପଟ କୁହାଯାଇଥାନ୍ତା, କିନ୍ତୁ ଜଣେ ସ୍ୱାମୀଜୀଙ୍କର ମୁହଁରେ ଥିବାରୁ ତାକୁ ମର୍ମଭେଦୀ ଓ ସମ୍ମୋହକ ବୋଲି ମାନିବାକୁ ହେଉଥିଲା।

ସୁହାସିନୀ ଆହୁରି ପ୍ରଭାବିତ ହେଲା ସ୍ୱାମୀଜୀ ଯେତେବେଳେ ତାଙ୍କର ବକ୍ତବ୍ୟ ଦେଲେ। ଆଜି ସେ କହୁଥିଲେ ରାମକୃଷ୍ଣ ପରମହଂସଙ୍କ ବିଷୟରେ। ମଫସଲରୁ ଆସିଥିବା ଅଶିକ୍ଷିତ ଯୁବକଟି କିପରି କଲିକତାର ମଧ୍ୟବିତ୍ତ ସମାଜରେ ଚହଲ ପକାଇ ଦେଇଥିଲା ସେ ବିଷୟରେ କହିଲେ ସ୍ୱାମୀଜୀ। ଅନେକ ପ୍ରକାରର ବ୍ୟକ୍ତିଗତ ବିବରଣୀ, କାହାଣୀ ଓ ଦେଶୀ ବିଦେଶୀ ଲେଖକଙ୍କର ଉଦାହରଣ ଦେଇ ସେ ଯେତେବେଳେ ପରମହଂସଙ୍କର ଜୀବନଦର୍ଶନର ବ୍ୟାଖ୍ୟାନ ଶେଷ କଲେ, ସୁହାସିନୀ ମାନିଲା ଯେ ଲୋକଟିର ଭଲ ବିଦ୍ୟାବୁଦ୍ଧି ଅଛି। ସେଦିନ ମନ୍ତ୍ର ଦେବା ପାଇଁ ସ୍ୱାମୀଜୀ ଯାହାକୁ ବାଛିଲେ, ସେ ଥିଲେ ଜଣେ ବରିଷ୍ଠ ଅଫିସରଙ୍କ ସହଧର୍ମିଣୀ। ଘରକୁ ଫେରିବାବେଳେ ପ୍ରଭାକର କହିଲା, କଣ ଏଥର ମୋ କଥାରେ ବିଶ୍ୱାସ ହେଲା ତ? ମୁଁ କହୁ ନ ଥିଲି ସ୍ୱାମୀଜୀଙ୍କର କିଛି ଗୋଟାଏ ଶକ୍ତି ଅଛି ବୋଲି? ସୁହାସିନୀ କହିଲା, ଭଲ ବକ୍ତୃତା ଦେଲେ ସ୍ୱାମୀଜୀ। ସେ ଆଗରୁ ଯୋଉ ସବୁ ବକ୍ତୃତା ଦେଇଥିଲେ ତାର ଟେପ ଯଦି କିଏ ରଖିଥିବ ବୁଝିବ ତ।

ସେହିଦିନଠାରୁ ଯେତେବେଳେ ସୁବିଧା ପାଇଲା ସୁହାସିନୀ ଯାଇ ସ୍ୱାମୀଜୀଙ୍କ ସଭାରେ ଯୋଗ ଦେଲା। ପ୍ରତି ବୈଠକରେ ସେ ଗୋଟିଏ ଅତି ଅପ୍ରତ୍ୟାଶିତ ନୂଆ ବିଷୟ ଉପରେ କହୁଥିଲେ, କିନ୍ତୁ ତାଙ୍କର ପ୍ରତିଟି ବକ୍ତୃତା ଥିଲା

ସାରଗର୍ଭକ ଓ ସ୍ମରଣୀୟ। ଦିନବେଳେ ସ୍ୱାମୀଜୀ ଯେଉଁ ସମୟତକ ଆସି ବସୁଥିଲେ, ସେତେବେଳେ ପୁରୁଷମାନେ ପ୍ରାୟ ନିଜ ନିଜ କାମରେ ବ୍ୟସ୍ତ ଥିବାରୁ ତାଙ୍କର ଦର୍ଶନାର୍ଥୀ ଥିଲେ କେବଳ ସ୍ତ୍ରୀଲୋକ। ସୁହାସିନୀ ଏଇ ସଭାମାନଙ୍କୁ ମଧ୍ୟ ଯିବାରେ ଲାଗିଲା। ତାକୁ ବକ୍ତୃତା ସବୁ ଚମତ୍କାର ଲାଗୁଥିଲା, କିନ୍ତୁ ସ୍ୱାମୀଜୀ ଜଣେ ଜଣେ ସ୍ତ୍ରୀଲୋକକୁ ଭିତରକୁ ଡାକିନେଇ ମନ୍ତ୍ରଦେବା କଥା ତାକୁ କିପରି ଅଶ୍ଳୀଳ ବୋଧ ହେଉଥିଲା। ବୋଧହୁଏ ଅନ୍ୟମାନେ ମଧ୍ୟ ଠିକ ସେପରି ଭାବୁଥିଲେ, କାରଣ ସ୍ୱାମୀଜୀ ଚାଲିଯାଇଥିବା ସମୟତକ ଦର୍ଶନାର୍ଥୀମାନଙ୍କ ଭିତରେ ଏକ ମୃଦୁ ଗୁଞ୍ଜରଣ ଏବଂ ଚାପାହସ ସୃଷ୍ଟି ହେଉଥିଲା। ଏତିକି ଆଶ୍ୱାସନା ଥିଲା ଯେ, ସେ ଘର ଭିତରେ ଚିଫ ଇଞ୍ଜିନିୟରଙ୍କ ସଂପର୍କୀୟମାନେ ପ୍ରାୟ ସବୁ ସମୟରେ ଦେଖାଯାଉଥିଲେ ଏବଂ ଚାରିଆଡ଼େ ଏକ ଖୋଲା ଖୋଲା ଭାବ ଥିଲା।

ଏଇଭଳି କିଛିଦିନ ସେଠାକୁ ଯିବାପରେ ସୁହାସିନୀ ହଠାତ୍ ନିଜକୁ ପ୍ରଶ୍ନ କଲା, ସ୍ୱାମୀଜୀ ତାକୁ କାହିଁକି ମନ୍ତ୍ର ଦେବାକୁ ଡାକୁ ନାହାନ୍ତି! ସେ ନିଜେ ଏଇ ମନ୍ତ୍ରଦାନ ପଦ୍ଧତିକୁ ଅଶିଷ୍ଟ ଓ ଅଶୋଭନ ବୋଲି ଭାବୁଥିଲା ଏବଂ ତାର ମନେ ହେଉଥିଲା ଏଥିରେ ଯେପରି କେଉଁଠି କିପରି ଏକ ପ୍ରଚ୍ଛନ୍ନ ଯୌନଭାବ ରହିଛି। ତେବେ ସ୍ୱାମୀଜୀ ଯେ କେବଳ ସୁନ୍ଦରୀ ଓ ତରୁଣୀମାନଙ୍କୁ ମନ୍ତ୍ର ଦେବାପାଇଁ ଡାକୁଥିଲେ, ତା ନୁହେଁ। ହୁଏତ ସ୍ୱାମୀଜୀ ଏଭଳି ଖରାପ ଚିନ୍ତାରୁ ଊର୍ଦ୍ଧ୍ୱରେ ଥିଲେ। ତଥାପି ସୁହାସିନୀ ନିଜ ମନ ଭିତରର ସଂଶୟକୁ ଦୂର କରିପାରୁ ନଥିଲା।

ତାର ଏଥରକ ଇଚ୍ଛା ହେଲା କିପରି ନିଜେ ଯାଇ ଦେଖିବ ସ୍ୱାମୀଜୀ କିଭଳି ମନ୍ତ୍ର ଦେଉଛନ୍ତି। ପ୍ରଭାକର ଅବଶ୍ୟ ତାକୁ ତାର ଅଭିଜ୍ଞତା କଥା ବିଶଦ ଭାବରେ ଶୁଣାଇଥିଲା। ଏ ଭିତରେ ସେ ପୁଣି ଥରେ ସ୍ୱାମୀଜୀଙ୍କ ପାଖକୁ ଯାଇ ତାଙ୍କ ପାଖରୁ ମନ୍ତ୍ର ଆଣିଥିଲା। ସ୍ୱାମୀଜୀ ତାକୁ ଯେଉଁ କାଗଜଟି ଦେଇଥିଲେ ସେଇଟିକୁ ଚଉତି ତାଙ୍କ ପାଖରେ ଥିବା ଖାଲି ମୁଣି ଭିତରେ ପକାଇବାକୁ କହିଥିଲେ। ସେଇଟିକୁ ବାହାର କରି ପ୍ରଭାକରକୁ ଦେଇ ସ୍ୱାମୀଜୀ କହିଥିଲେ ଘରେ ଯାଇ ଖୋଲିବାକୁ। ପ୍ରଭାକର ଘରେ ପହଞ୍ଚିଲା ବେଳକୁ କାଗଜରେ ମନ୍ତ୍ରଟି ଲେଖା ହୋଇ ରହିଥିଲା। ମନ୍ତ୍ରଟି କାହାରିକି କହିବାକୁ ସ୍ୱାମୀଜୀ ବାରଣ କରିଥିଲେ ଏବଂ ସେଥିପାଇଁ ସୁହାସିନୀର ଆଗ୍ରହ ସତ୍ତ୍ୱେ ପ୍ରଭାକର ତାକୁ କହି ନଥିଲା ମନ୍ତ୍ରଟି କଣ ଥିଲା।

ଯୋଉଦିନ ତାର ପାଖରେ ବସିଥିବା ବୟସ୍କା ପୃଥୁଳା ଭଦ୍ରମହିଳାଙ୍କର ମନ୍ତ୍ର ନେବାର ପାଳି ପଡ଼ିଲା, ସୁହାସିନୀ ନିଶ୍ଚୟ କଲା ଯେ ତାକୁ ଏ ବିଷୟରେ କିଛି କରିବାକୁ ପଡ଼ିବ। ସେ ନିଜ କଥା ଭାବିଲା। ବୟସ ବଢ଼ିଚାଲିଥିଲେ ବି ସେ ଏ ପର୍ଯ୍ୟନ୍ତ ନିଜର ଚେହେରା ବିଷୟରେ ସଚେତନ ରହି ଦେହର ଯତ୍ନ ନେଉଥିଲା ଏବଂ

ଭାବୁଥିଲା ଯେ ଲୋକେ ତାକୁ ସୁନ୍ଦରୀ ହିଁ କହୁଥିବେ। ପରଦିନ ଯେତେବେଳେ ସ୍ୱାମୀଜୀଙ୍କ ପାଖକୁ ଯିବାକୁ ବାହାରିଲା, ସୁହାସିନୀ ନିଜକୁ ଆଉ ଟିକିଏ ସଜାଇଲା ଏବଂ ଆଖିକୁ ଆକର୍ଷଣ କରିବା ଭଳି ଶାଢ଼ିଟିଏ ପିନ୍ଧିଲା। ତଥାପି ସ୍ୱାମୀଜୀଙ୍କର ଆଖି ସେଦିନ ତା ଉପରେ ନ ଅଟକିବାରୁ ସେ ମନେ ମନେ ତାଙ୍କୁ ଗାଳି ଦେଲା ଏବଂ ଭାବିଲା ଯେ ଭଲ ହୋଇଛି; ମନ୍ତ୍ର ନେବାର ଏଭଳି ଅଶ୍ଳୀଳ ବିଧି ତାର ଦରକାର ନାହିଁ। ନିଜକୁ ଏ କଥା କହିବା ସତ୍ତ୍ୱେ ପରଦିନମାନଙ୍କରେ ସେ ଆହୁରି ଭଲ ଭାବରେ ନିଜକୁ ସଜାଇ ଯାଇ ସାମନା ଧାଡ଼ିରେ ବସିଲା। ସ୍ୱାମୀଜୀଙ୍କର ଆଖିକୁ ନିଜ ଉପରେ ଅଟକାଇବା ବର୍ତ୍ତମାନ ଯେପରି ଏକ ସ୍ପର୍ଦ୍ଧାର ବିଷୟ ହୋଇଯାଇଥିଲା ତା ପାଇଁ। ସେ ମନକୁ ମନ ସ୍ୱାମୀଜୀଙ୍କୁ ସମ୍ବୋଧନ କରି କହୁଥିଲା, ଦେଖିବା କେତେଦିନ ଏଡ଼ାଇ ଯାଇପାରିବ ମୋର ଆଖିକୁ।

ଶେଷକୁ ଯେପରି ସ୍ୱାମୀଜୀ ହାର ମାନିଲେ ଏବଂ ଦିନେ ଖରାବେଳେ ମନ୍ତ୍ର ଦେବାପାଇଁ ସୁହାସିନୀକୁ ଡାକ ମିଳିଲା। ସଭାରୁ ଉଠି ସ୍ୱାମୀଜୀଙ୍କ ପଛେ ପଛେ ଯିବାବେଳକୁ ସେ ଯେତିକି ଖୁସି ଥିଲା, ସେତିକି ଚିନ୍ତିତ ଥିଲା ତା ପଛରେ ଯେଉଁ ମଧୁର ଗୁଞ୍ଜନ ହେବ ସେଥିପାଇଁ। ତେବେ ସେ ମନ ସ୍ଥିର କରି ନେଇଥିଲା ସ୍ୱାମୀଜୀଙ୍କ ସହିତ ଏକାକୀ ଭେଟ ହେଲାବେଳେ କଣ କରିବ। ବସିବା ଘରୁ ଯାଇ ସ୍ୱାମୀଜୀ ପଛ ପାଖର ଯେଉଁ ଅନ୍ଧାରୁଆ କୋଠରୀରେ ପଶିଲେ, ତା ଭିତରକୁ ଯାଇ ସୁହାସିନୀ ଦେଖିଲା ଯେ ସେଇଟି ପ୍ରଭାକର ବର୍ଣ୍ଣନା କରିଥିବାର ଅନୁରୂପ ଥିଲା। ତାର ଗୋଟିଏ ପାଖରେ ଠାକୁରମାନଙ୍କର ମୂର୍ତ୍ତିମାନ ରଖା ହୋଇ ପୂଜା ବ୍ୟବସ୍ଥା ଥିଲା ଏବଂ ଅନ୍ୟ ପାଖରେ ହରିଣ ଛାଲ ପଡ଼ିଥିବା ଗୋଟିଏ ଦିବାନ ଥିଲା। ସେମାନେ ଭିତରକୁ ଗଲାବେଳକୁ ଝିଅଟିଏ ସେଠାରେ ପୂଜାର ଜିନିଷକୁ ଠିକଠାକ କରୁଥିଲା। ସୁହାସିନୀ ତାକୁ ଚିହ୍ନିଲା ଚିଫ ଇଞ୍ଜିନିୟରଙ୍କ ଶାଳୀ ବୋଲି। ଟିକିଏ ସମୟ ପରେ ପୂଜା ଜାଗାକୁ ସଜାଡ଼ି ସାରି ସେ ବାହାରକୁ ଯାଇ କବାଟକୁ ଆଉଜାଇ ଦେବା ପରେ ସ୍ୱାମୀଜୀ ହରିଣ ଛାଲ ଉପରେ ବସିଲେ ଏବଂ ନିଜ ପାଦ ପାଖରେ ସୁହାସିନୀକୁ ବସାଇବାର ଜାଗା ଦେଖାଇଦେଲେ।

ବୈଠକଖାନାରେ ସ୍ୱାମୀଜୀ ଉଚ୍ଚ ଆସନରେ ବସିଥିବା ବେଳେ ଲୋକଙ୍କ ଗହଳିରେ ତାଙ୍କ ସାମନାରେ ତଳେ ବସିବା ଅଲଗା କଥା ଥିଲା। କିନ୍ତୁ ଗୋଟିଏ କୋଠରୀରେ କେବଳ ଦୁଇଜଣ ଲୋକ ଥିବାବେଳେ ଜଣେ ଆଉ ଜଣକ ପାଦତଳେ ବସିବା ଅତ୍ୟନ୍ତ ଅପମାନଜନକ ମନେହେଲା ସୁହାସିନୀକୁ। ସେ କହିଲା, ଆପଣ ଉପରେ ବସିଥିବା ବେଳେ ମୁଁ ତଳେ ବସିପାରିବି ନାହିଁ। ତା ଆଡ଼କୁ ଅନାଇ ସ୍ୱାମୀଜୀ ହସିଲେ। କହିଲେ, ମତେ ଏ କଥା ଆଜିଯାଏ କେହି କହି ନ ଥିଲା। ଏପରିକି

ମୁଖ୍ୟମନ୍ତ୍ରୀ ଆସିଲେ ସେ ମଧ୍ୟ ମୋ ପାଦ ତଳେ ବସନ୍ତି। ଏତିକି କହି ନିଜ ବସିବା ଜାଗାରୁ ଟିକିଏ ଘୁଞ୍ଚିଯାଇ ସେ ସୁହାସିନୀ ପାଇଁ ଜାଗା କରିଦେଲେ। ସେଠାରେ ବସି ସୁହାସିନୀ ଜାଣିଲା ଯେ ଏଇ ଛୋଟ ଆସନଟି ଉପରେ ସ୍ୱାମୀଜୀଙ୍କର ଏତେ ପାଖରେ ଲାଗିହୋଇ ବସିବା ତଳେ ବସିବାଠାରୁ ବିଶେଷ ସୁଖଦ ନଥିଲା।

ଏଥରକ ତା ମୁହଁକୁ ସପ୍ରଶଂସ ଦୃଷ୍ଟିରେ ଅନାଇ ସ୍ୱାମୀଜୀ କହିଲେ, ତୋର ନାଁ କଣ ମା? ନା, ସେ ତାକୁ ଅସମ୍ମାନଜନକ ଭାବରେ ଡାକିଥିବାର କହି ଆପତ୍ତି କରିହେବ ନାହିଁ, ସୁହାସିନୀ ଠିକ କଲା। ସ୍ୱାମୀଜୀମାନଙ୍କର ଏପରି ଏକ ଅଧିକାର ଥାଏ। ତା ବ୍ୟତୀତ ମା' ମାନଙ୍କୁ ତୁ କହିବାର ପ୍ରଚଳନ ଅଛି। ସେଥିପାଇଁ ସେ ଆଉ କୌଣସି ପ୍ରତିବାଦ ନ କରି ନିଜର ନାଁ କହିଲା। ସ୍ୱାମୀଜୀ କହିଲେ, ସୁନ୍ଦର ନାଁ। ମୁଁ କିନ୍ତୁ ତତେ ଗୋଟିଏ ନୂଆ ନାଁ ଦେବି। ତୁ ହେଉଛୁ ସ୍ୱାହା। ସ୍ୱାହା ହେଉଛି ଅଗ୍ନି ଦେବତାଙ୍କର ପତ୍ନୀ ଏବଂ ଷୋଡ଼ଶ ମାତୃକାରୁ ଜଣେ। ସୁହାସିନୀ ମନେ ମନେ ଭାବିଲା, ଠିକ କଥା। ମୁଁ ତତେ ଜାଳିପୋଡ଼ି ଦେବି।

ମୁଁ ତୋ ମୁହଁକୁ ଦେଖି ତୋ ବିଷୟରେ ସବୁ ଜାଣିପାରୁଛି, ସ୍ୱାମୀଜୀ କହିଲେ। ତୁ ବିବାହିତ ଜୀବନରେ ଏତେ ଅସୁଖୀ କାହିଁକି ମା?

ଜୀବନରେ କିଏ ଅସୁଖୀ ନୁହେଁ? ଯାହାର ମୁହଁକୁ ଦେଖିଲେ ବି ଏ କଥା କହିହବ।

କିନ୍ତୁ ଖାଲି କାହାର ମୁହଁକୁ ଦେଖିଲେ କଣ କହିହେବ ତାର ସ୍ୱାମୀର ନାଁ ପ୍ରଭାକର ବୋଲି?

ହାର ମାନିଲା ସୁହାସିନୀ। ସ୍ୱାମୀଜୀଙ୍କୁ ଯେତିକି ଚାଲାକ ଚତୁର ବୋଲି ଭାବିଥିଲା ସୁହାସିନୀ, ତାଠାରୁ ଆହୁରି ଗଭୀର ଥିଲେ ସେ। ନିଶ୍ଚୟ ସେ ଜାଣନ୍ତି ତା ବିଷୟରେ ବେଶ୍ କିଛି। ଏଥର ତାକୁ କଥାବାର୍ତ୍ତାରେ ସତର୍କ ହେବାକୁ ପଡ଼ିବ। ସେ ସ୍ୱାମୀଜୀଙ୍କ ମୁହଁକୁ ଚାହିଁ ଦେଖିଲା ଯେ ସେ ସେଇଭଳି ପରମ ଆତ୍ମବିଶ୍ୱାସର ସହିତ ତା ଆଡ଼କୁ ଅନାଇଥିଲେ ଏବଂ ତାଙ୍କ ଆଖିରେ ସାମାନ୍ୟ ବ୍ୟଙ୍ଗର ବି ଆଭାସ ଥିଲା ବର୍ତ୍ତମାନ। ସ୍ୱାମୀଜୀ ତାର ମୁଣ୍ଡ ଉପରେ ହାତ ରଖିଲେ; କହିଲେ, ମୁଁ ତୋର ଦୁଃଖକୁ ଦୂର କରିଦେବି। ନିଜ ଆଙ୍ଗୁଳିରେ ସେ ସୁହାସିନୀର ଆଖି ପତାକୁ ବନ୍ଦ କରିଦେଲେ।

ଅଳ୍ପ ଆଲୁଅ ଓ ଧୂପ ଚନ୍ଦନର ବାସନାରେ କୋଠରୀ ଭିତରେ ଏକ ଭାରହୀନ ମୃଦୁ ବାତାବରଣ ଥିଲା। ବର୍ତ୍ତମାନ ଆଖି ବନ୍ଦ କରିନେବା ପରେ ନିଜକୁ ଆହୁରି ସ୍ୱଚ୍ଛନ୍ଦ ଅନୁଭବ କଲା ସୁହାସିନୀ। ତାର ବାଳ ଉପରେ ସ୍ୱାମୀଜୀଙ୍କର ହାତର ଚାପ ପ୍ରୀତିକର ଥିଲା। ଯେତେବେଳେ ଦୁଇ ପାପୁଲିରେ ସେ ତାର ଗାଲକୁ ଛୁଇଁଲେ, ସୁହାସିନୀ ଆଖି ଖୋଲି ତାଙ୍କ ଆଡ଼କୁ ଚାହିଁଲା। ସ୍ୱାମୀଜୀ କିନ୍ତୁ ତାର ମୁହଁରୁ ହାତ

ବାହାର କରିନେଲେ ନାହିଁ। ନିଜ ବୟସ୍କ ଜୀବନରେ ପ୍ରଭାକର ବ୍ୟତୀତ ଆଉ କେହି ତାକୁ ଏତେ ଘନିଷ୍ଠ ଭାବରେ ଛୁଇଁଥିବାର ସୁହାସିନୀକୁ ମନେପଡ଼ିଲା ନାହିଁ। ତାକୁ ହୁଏତ କେହି ଲୁଚାଛପାରେ, ଅନ୍ୟମନସ୍କ ଭଳି ବା ଆକସ୍ମିତାର ଛଳନା କରି ଛୁଇଁଥିଲେ କେବେ କେବେ, କିନ୍ତୁ ସ୍ୱାମୀଜୀ ତାର ମୁହଁକୁ ହାତରେ ଧରିଥିଲେ ସଂପୂର୍ଣ୍ଣ ସସ୍ୱାହସ ଓ ଆତ୍ମପ୍ରତ୍ୟୟର ସହିତ। ପରିସ୍ଥିତି କିପରି ନିଜର ନିୟନ୍ତ୍ରଣରୁ ବାହାରି ଯାଉଥିବା ଦେଖି ସୁହାସିନୀ କହିଲା, ଆପଣ ମତେ ମନ୍ତ୍ର ଦେବେ। ସ୍ୱାମୀଜୀ ତାକୁ ଛାଡ଼ି ଉଠିଲେ ଓ ପୂଜା ଜାଗାରୁ କାଗଜଟିଏ ଆଣି ନିଜ ସ୍ଥାନରେ ବସିଲେ। କାଗଜଟିକୁ ସେ ସୁହାସିନୀର ହାତ ଉପରେ ରଖିଲେ, କିନ୍ତୁ ସୁହାସିନୀର ହାତ ଉପରୁ ହାତ ଉଠାଇ ନେଲେ ନାହିଁ। ଏଥରକ ସୁହାସିନୀ ନିଜର ଅନ୍ୟ ହାତଟିକୁ ଆଣି ତାଙ୍କ ହାତ ଉପରେ ରଖିଲା।

ମୁଁ ତତେ ଗୋଟିଏ ବିଶେଷ ମନ୍ତ୍ର ଦେବି, ସ୍ୱାମୀଜୀ କହିଲେ; ତା ପୂର୍ବରୁ କିନ୍ତୁ ପୂଜା କରିବାକୁ ହେବ। ସେ ପୂଜା ଜାଗାକୁ ଉଠିଗଲେ ଏବଂ ସୁହାସିନୀ ତାଙ୍କ ପଛେ ପଛେ ଯାଇ ତାଙ୍କ ପାଖରେ ବସିଲା। ସ୍ୱାମୀଜୀ କହିଲେ, ପୂଜା ଆଗରୁ ସବୁ ଆଭରଣ ଖୋଲି ରଖିବାକୁ ହେବ। ସୁହାସିନୀ ଆଙ୍ଗୁଳିରୁ ମୁଦି ଖୋଲିଲା, ହାତରୁ ଚୁଡ଼ି ଓହ୍ଲାଇଲା, କାନରୁ କାନଫୁଲ ବାହାର କଲା। ତାର ଦେହ ମୁହଁ ବର୍ତ୍ତମାନ ଯେପରି ନିଆଁର ଉତ୍ତାପରେ ଜଳୁଥିଲା। ସେ ସ୍ୱାମୀଜୀଙ୍କ ଆଡ଼କୁ ଅନାଇଲା ଏବଂ ସେଥିରେ ମଧ୍ୟ ସେ ତାର ଧାସ ଦେଖିବାକୁ ପାଇଲା। ଗମ୍ଭୀର ହୋଇ ସ୍ୱାମୀଜୀ କହିଲେ, ସବୁ ଆଭରଣ। ସୁହାସିନୀ ଭାବିଲା ସେ ଉଠିପଡ଼ି ଘର ଭିତରୁ ବାହାରିଯିବ, କିନ୍ତୁ ସେ କଥା ନ କରି ସେ ଅସହାୟ ଆଖିରେ ଆଉଜା ହୋଇଥିବା କବାଟ ଆଡ଼କୁ ଅନାଇଲା। ସ୍ୱାମୀଜୀ ଉଠି ଯାଇ କବାଟଟିକୁ ବନ୍ଦ କରିଦେଲେ।

ସୁହାସିନୀ ଲକ୍ଷ୍ୟ କରି ନ ଥିଲା ଯେ କେତେବେଳୁ ସ୍ୱାମୀଜୀ ଆବୃତ୍ତି କରିଥିବା ଶ୍ଳୋକର ଟେପ ବାଜୁଥିଲା। ସେ ଆଗଭଳି ଦିବାନ ଉପରେ ବସିଥିଲା ଏବଂ ସ୍ୱାମୀଜୀ ତା ପାଖରେ ବସିଥିଲେ। ଦେହରୁ ସବୁ ଉତ୍ତାପ ଓହ୍ଲାଇ ଯାଇଥିଲା ଏବଂ ଚାରିଆଡ଼ ଶାନ୍ତ ଓ ସମନ୍ୱିତ ଜଣା ପଡୁଥିଲା। ତା ହାତରେ ଏ ପର୍ଯ୍ୟନ୍ତ କାଗଜର ଟୁକୁଡ଼ାଟି ଥିଲା। ତାକୁ ସ୍ୱାମୀଜୀଙ୍କୁ ଦେଖାଇ ସୁହାସିନୀ କହିଲା, ଆପଣ କଣ ସମସ୍ତଙ୍କୁ ଏଭଳି ବିଶେଷ ମନ୍ତ୍ର ଦିଅନ୍ତି? ସ୍ୱାମୀଜୀ ହସିଲେ; କହିଲେ, ଯେଉଁମାନେ ମତେ ଭଲ ଲାଗିନ୍ତି, କେବଳ ସେଇମାନଙ୍କୁ। ସୁହାସିନୀ କହିଲା, ତମେ ଜଣେ ଠକ। ସ୍ୱାମୀଜୀ କହିଲେ, ତୁ ଆଜି ଦୁଇଟା ଜିନିଷ କରି ଦେଖାଇଲୁ, ଯାହା ଏ ପର୍ଯ୍ୟନ୍ତ କେହି କରି ନ ଥିଲେ। କେହି ଆଜିଯାଏ ମୋ ପାଦ ପାଖରେ ବସିବାକୁ ମନା କରି ନ ଥିଲା ଏବଂ କେହି ମତେ ତମେ ବୋଲି କହିବାର ସାହସ କରି ନ ଥିଲା।

ମୁଁ ଭୁଲ କହିଥିଲି, ସୁହାସିନୀ କହିଲା ଏବଂ ସ୍ୱାମୀଜୀଙ୍କର ଆହୁରି ପାଖକୁ ଘୁଞ୍ଚି ବସିଲା। ହାତରେ ତାଙ୍କ ଗାଲରେ ମୃଦୁ ଆଘାତ କରି କହିଲା, ମୋର କହିବା ଉଚିତ ଥିଲା, ତୁ ଗୋଟିଏ ଅସଲ ଠକ, ବୁଝିଲୁ?

ଠିକ କହିଚୁ। ପୁଣି କେତେବେଳେ ଠକ ପାଖକୁ ଠକିଯିବାକୁ ଆସିବୁ?

ଆଉ ନ ଆସି ବି ପାରେ। ତେବେ ତୋ ସଭାକୁ ନିଶ୍ଚେ ଆସିବି। ତୁ ଆଉ ଯାହା ହୋଇଥା ପଛେ, ଭାଷଣ ଭଲ ଦଉଚୁ; ମନେରଖିବା ଭଳି।

ତାହେଲେ ମୁଁ ତୋ ପାଇଁ ଗୋଟାଏ କାମ ବି ଠିକ କରିଦଉଛି। ମୋର ଭାଷଣର ଟେପକୁ କାଗଜରେ ଲେଖି ତାକୁ ବହି ଛପାଇବାକୁ କହୁଛନ୍ତି। ତୁ ଯଦି ଏ କାମଟା କରିଦିଅନ୍ତୁ, ଭଲ ହୁଅନ୍ତା। ଏଇ ଆଳରେ ଦେଖା କରିବାକୁ ବି ଅସୁବିଧା ହୁଅନ୍ତା ନାହିଁ।

ତୁ ସତରେ ଗୋଟିଏ ଠକ; ଠକ ଆଉ ଲମ୍ପଟ। ସୁହାସିନୀ ଉଠି ଠିଆହେଲା, ପର୍ସରେ କାଗଜଟିକୁ ରଖିଲା ଏବଂ ଯିବାକୁ ବାହାରିଲା। ସ୍ୱାମୀଜୀ ତାକୁ ଜଡ଼ାଇ ଧରି କହିଲେ, ପୁଣି ଶୀଘ୍ର ଆସିବୁ। ସୁହାସିନୀ କହିଲା, ଦେଖିବା।

ବାହାରକୁ ବାହାରି ତାର ଭେଟ ହେଲା ଚିଫ ଇଞ୍ଜିନିୟରଙ୍କ ଶାଳୀ ସହିତ। ମନକୁ କିପରି ସଂକୋଚ ଓ ଲଜ୍ଜା ଆସିଲା ତାର। କିନ୍ତୁ ସେ ସହଜରେ ମନରୁ ସେସବୁ କଥା ଦୂର କରିଦେଲା ଏବଂ ଠିକ କଲା ଯେ ଘରେ ପହଞ୍ଚି ଦିନଟି କଥା ଭାବିବ।

ଘରେ ପହଞ୍ଚି କିନ୍ତୁ ପିଲାଙ୍କ କଥା ବୁଝିବାରେ, ଅତିଥି ସତ୍କାର କରିବାରେ ଓ ଅନ୍ୟ ଛୋଟ ଛୋଟ କଥାରେ ସେ ପୂରାପୂରି ବ୍ୟସ୍ତ ରହିଲା। ସଂଧ୍ୟା ନ ହେଉଣୁ ପ୍ରଭାକର ଆସି ଘରେ ପହଞ୍ଚିଲା; କହିଲା, ଆଜି ମୋ ଫାଇଲରେ ଅର୍ଡ଼ର ହୋଇଗଲା। ମୋ ନାଁରେ ଯାହାସବୁ ଆପତ୍ତି ଅଭିଯୋଗ ଥିଲା, ସବୁ ବାତିଲ। ସୁହାସିନୀ ପଚାରିଲା, କେମିତି ହେଲା ଏ କାମଟା? ପ୍ରଭାକର କହିଲା, ସ୍ୱାମୀଜୀ ନିଶ୍ଚୟ କିଛି କରିଥିବେ। ନ ହେଲେ ଏତେ ବର୍ଷ ଧରି ପଡ଼ିଥିବା ଫାଇଲ ମୁକୁଳିଲା କେମିତି? ମୁଁ ଯାଉଛି ସ୍ୱାମୀଜୀଙ୍କୁ କିଛି ଟଙ୍କା ଦେଇଆସିବି। ତମେ ଚାଲ ମୋ ସାଙ୍ଗରେ।

ତାର ଯିବାକୁ ମନ ହେଉଥିଲା, କିନ୍ତୁ କହିଲା, ମୁଁ ଖରାବେଳେ ଯାଇଥିଲି। ଆଉ ଇଚ୍ଛା ହେଉ ନାହିଁ ଯିବାପାଇଁ।

ସାଧୁସନ୍ଥଙ୍କ ପାଖକୁ କଣ ଦିନରେ ଦି ଥର ଯିବା ମନା? ତମର ତ ଆଜିଯାଏ ବି ସ୍ୱାମୀଜୀଙ୍କ ଉପରେ ବିଶ୍ୱାସ ଆସିଲା ନାହିଁ। ତମକୁ ଯଦି କିଛି ଚମତ୍କାର କରି ଦେଖାନ୍ତି, ତାହେଲେ ହୁଏତ ତମେ ମାନିବ। ପାରିବାର ଲୋକ କିନ୍ତୁ ସ୍ୱାମୀଜୀ। ଦେଖୁନାହଁ କେମିତି ଅସାଧ କାମ କରି ଦେଖାଉଛନ୍ତି?

ସୁହାସିନୀ ପ୍ରଭାକରକୁ ଜଣାଇଲା କିପରି ସେ ମଧ୍ୟ ସ୍ୱାମୀଜୀଙ୍କ ପାଖରୁ ଅଧାମନ୍ତ୍ର ପାଇଛି ଏବଂ ପୂରା ମନ୍ତ୍ରଟି ପାଇଁ ତାକୁ ପୁଣି ଯିବାକୁ ହେବ। ସ୍ୱାମୀଜୀଙ୍କ ଭାଷଣକୁ ଟେପରୁ ଲେଖିବା କଥା ମଧ୍ୟ ସେ ତାକୁ ଜଣାଇଲା। ପ୍ରଭାକର ଖୁସି ହେଲା ଏ ସବୁ ଶୁଣି। ଯାହାହଉ, ସ୍ୱାମୀଜୀଙ୍କ ପାଖରେ ଟିକିଏ ତ ମନ ଲାଗୁଛି ସୁହାସିନୀର। ସୁହାସିନୀ କିନ୍ତୁ ସେଦିନ ସନ୍ଧ୍ୟାରେ ଆଉ ପ୍ରଭାକର ସହିତ ଗଲା ନାହିଁ। ତା ଆରଦିନ ଖରାବେଳେ ସ୍ୱାମୀଜୀଙ୍କ ପାଖକୁ ଯିବ କି ନାହିଁ ଭାବୁଛି, ତା ପାଖରେ ସ୍ୱାମୀଜୀ ପଠାଇଥିବା ଟେପ ସବୁ ଆସି ପହଞ୍ଚିଲା। ସୁହାସିନୀ ଘରେ ବସି ସେ ଟେପ ସବୁକୁ ଶୁଣିଲା ଏବଂ କାଗଜ ଆଣି ତା ଦେହରୁ ଲେଖିବାକୁ ଚେଷ୍ଟା କଲା।

ଏଥରକ ସେ ଆଉ ସ୍ୱାମୀଜୀଙ୍କ ସଭାକୁ ନ ଯାଇ ଟେପରୁ ଯାହା ସବୁ ଲେଖୁଥିଲା ତାକୁ ସାଙ୍ଗରେ ନେଇ ଅଲଗାରେ ସ୍ୱାମୀଜୀଙ୍କ ସହିତ ଆଲୋଚନା କରୁଥିଲା। ସ୍ୱାମୀଜୀ ମଧ୍ୟ ତାଙ୍କ ଭାଷଣର ନିର୍ଘଣ୍ଟ ବଦଳାଇ ବେଶ୍ ସମୟ ଦେଉଥିଲେ ବହିଟି ପାଇଁ। ସ୍ୱାମୀଜୀଙ୍କ ସହିତ ନିରୋଳାରେ ବସି କଥାବାର୍ତ୍ତା କରିବାରେ ତାର କୌଣସି ସମସ୍ୟା ନ ଥିଲା ବର୍ତ୍ତମାନ। ପ୍ରଭାକର ମଧ୍ୟ ଖୁସି ହେଉଥିଲା ସୁହାସିନୀ ସ୍ୱାମୀଜୀଙ୍କର ଏଭଳି ଭକ୍ତ ହୋଇଯାଇଥିବାରୁ। ଆଜିକାଲି ଏକା ଥିଲାବେଳେ ସ୍ୱାମୀଜୀ ନିଜ କଥା ଶୁଣାଉଥିଲେ ସୁହାସିନୀକୁ। ଦିନେ ସୁହାସିନୀ ପର୍ସରୁ ମନ୍ତ୍ର କାଗଜଟି ଖୋଲି ସ୍ୱାମୀଜୀଙ୍କୁ ଦେଇ କହିଲା, ତୁ ପରା କହୁଥିଲୁ ଏଥିରୁ ଲେଖା ବାହାର କରିବୁ? ଏଥର ତୋର ଚମତ୍କାର ଦେଖା। ସ୍ୱାମୀଜୀ ଉଠିଯାଇ ପୂଜା ପାଖରୁ ଥଳିଟିଏ ଆଣି ସୁହାସିନୀର ହାତକୁ ନେଇ ତା ଭିତରେ ପୂରାଇଲେ। ଥଳି ଭିତରେ ଆଉ ଗୋଟିଏ ଗୁପ୍ତ ପକେଟ ଥିଲା ଏବଂ ସେଥିରେ ଏକା ଭଳି ଆଉ ଗୋଟିଏ କାଗଜ ଥିଲା। ତାକୁ ଆଣି ଖୋଲି ସୁହାସିନୀ ପଢ଼ିଲା; ଏଥିରେ ଖାଲି ଓଁ ଶ୍ରୀ ଲେଖା ହୋଇଥିଲା। ସୁହାସିନୀ କହିଲା, ଏମିତି କେତେଦିନ ଆଉ ଲୋକଙ୍କୁ ଠକିବୁ? ଦିନେ ନା ଦିନେ ଧରାପଡ଼ିବୁ।

ସ୍ୱାମୀଜୀ କହିଲେ, କାଗଜରେ ଯେ ମନକୁ ମନ କିଛି ଲେଖାହେବା ଅସମ୍ଭବ, ଏ କଥା କିଏ ନ ଜାଣେ? କିନ୍ତୁ ସେମାନେ ବିଶ୍ୱାସ କରିବାକୁ ଚାହାନ୍ତି ଚମତ୍କାରରେ। ଯଦି ଏଭଳି ଠକାମିରେ କିଛି ଲୋକ ଉପକୃତ ହେଉଛନ୍ତି, କ୍ଷତି କଣ। ଡାକ୍ତରମାନେ ରୋଗୀଙ୍କ ମନ ବୁଝାଇବାକୁ ମିଛ ଔଷଧ ଦେଇ ରୋଗ ଭଲ କରି ଦେବାର ଉଦାହରଣ ଅଛି।

କିନ୍ତୁ ତୁ ଲୋକଙ୍କର କାମ ବି ତ କରାଇ ଦେଉଛୁ। ଚିଫ ଇଞ୍ଜିନିୟରଙ୍କ ବଦଳି ବନ୍ଦ କରାଇଦେଲୁ; ମୋର ସ୍ୱାମୀଙ୍କର ଫାଇଲ ବାହାର କରି ଆଣିଲୁ।

ଏ ତ ଆହୁରି ସହଜ କଥା। ଏତେ ବଡ଼ ବଡ଼ ଲୋକ ଯେତେବେଳେ ମୋ ପାଖକୁ ଭକ୍ତ ହୋଇ ଆସୁଛନ୍ତି, ତାଙ୍କ ପାଖରେ ଏଇ ଛୋଟ ଛୋଟ କାମ କରାଇ ହବନି?

ଆଉ ଡାକ୍ତରଖାନା ନାଁରେ ଏଇ ଯୋଉ ଟଙ୍କାପଇସା ସଂଗ୍ରହ କରୁଚୁ?

ତୁ ବିଶ୍ୱାସ କର, ମୋର ଜୀବନରେ ବୋଧହୁଏ ଏଇଟା ହିଁ ସବୁଠାରୁ ବେଶି ନିଷ୍କପଟ କାମ। ସବୁ ଟଙ୍କା ସତରେ ଯିବ ହସପିଟାଲ ପାଇଁ। ମୋର ତ ନିଜ ପାଇଁ କିଛି ଅସୁବିଧା ନାହିଁ ଭକ୍ତଙ୍କ ଦୟାରୁ। ଭାବିଲି ଅନ୍ତତଃ କିଛି ଭଲ କାମ କରାଯାଉ।

ସ୍ୱାମୀଜୀ ଉଠିଯାଇ ଗୋଟିଏ ବାକ୍ସ ଆଣି ଦେଖାଇଲେ। ସେଥିରେ ଟଙ୍କା ଓ ଅଳଙ୍କାର ଭର୍ତ୍ତି ହୋଇଥିଲା। ସୁହାସିନୀ ନିଜ ହାତରୁ ପଟେ ଚୁଡ଼ି ଖୋଲି ସେଥିରେ ପକାଇଲା। କହିଲା, ହେଲା, ମୁଁ ତୋ କଥା ବିଶ୍ୱାସ କଲି। ଏଇଟା ହେଲା ତୋ ହସପିଟାଲ ପାଇଁ ମୋର ଦାନ। କଣ ହସପିଟାଲ ଖୋଲିଲେ ମତେ ଡାକିବୁ କି ନାଇଁ?

ସ୍ୱାମୀଜୀ ଗମ୍ଭୀର ହୋଇଗଲେ। କହିଲେ, ସବୁ ଠିକ ଚାଲିଥିଲା; କିନ୍ତୁ ଏବେ ମୁଁ ଗୋଟାଏ ସମସ୍ୟା ଭିତରେ ପଡ଼ିଯାଇଛି। ଜାଣେନା କଣ ହବ। ପୁଣି କେବେ ସୁବିଧା ହେଲେ ତତେ କହିବି।

ଏହାପରେ କିନ୍ତୁ ସ୍ୱାମୀଜୀ ତାକୁ ଦେଖା କରିବା ପାଇଁ ଆଉ ବିଶେଷ ସମୟ ଦେଲେ ନାହିଁ ଏବଂ ଯେତେବେଳେ ତାଙ୍କ ସାଙ୍ଗରେ ଦେଖା ହେଉଥିଲା, ସେଠାରେ ବହିର ପ୍ରକାଶକ ନ ହେଲେ ଆଉ କେହି ରହୁଥିଲେ। ପ୍ରଥମେ କିଛିଦିନ ସୁହାସିନୀ ଅସ୍ଥିର ହେଲା, ସ୍ୱାମୀଜୀଙ୍କୁ ମନେ ମନେ ଗାଳିଦେଲା, କିନ୍ତୁ ପୁଣି ଭାବିଲା ଯେ ନିଶ୍ଚୟ କିଛି ସମସ୍ୟା ଉପୁଜିଛି। ଏଇଭଳି କେତେଦିନ ପରେ ଦିନେ ଅଫିସରୁ ଫେରି ପ୍ରଭାକର ସଂବାଦ ଦେଲା ଯେ କାହାକୁ କିଛି ନ କହି ସ୍ୱାମୀଜୀ ସହର ଛାଡ଼ି ଚାଲି ଯାଇଛନ୍ତି।

ମୁଁ ଜାଣିଥିଲି ଏମିତି ଗୋଟାଏ କିଛି ନିଶ୍ଚୟ ହେବ ବୋଲି, ପ୍ରଭାକର ମନ୍ତବ୍ୟ କଲା।

ସୁହାସିନୀ ଏ କଥା ଶୁଣି ବିରକ୍ତ ହୋଇ କହିଲା, କାହିଁ ଆଗରୁ ତ କିଛି କହୁ ନ ଥିଲ ଏମିତି ହବ ବୋଲି?

ଏ ସାଧୁ ସନ୍ନ୍ୟାସୀମାନେ ସମସ୍ତେ ଏମିତି। ଉପରେ ଯେତେ ଯାହା ଭଲ କଥା କହନ୍ତୁ ପଛେ, ଭିତରେ ଟଙ୍କାପଇସା, ସ୍ତ୍ରୀ କାରବାର।

ପ୍ରଭାକର ଭାବିଥିଲା ଏ କଥା ଉପରେ ସୁହାସିନୀ ସ୍ୱାମୀଜୀଙ୍କ ପକ୍ଷ ନେଇ ଯୁକ୍ତି କରିବ। ତାକୁ ଚୁପ ରହିବା ଦେଖି କହିଲା, କାହିଁକି, ତମେ ତ ପ୍ରଥମେ ପ୍ରଥମେ

ଯିବାକୁ ଅମଙ୍ଗ ହେଉଥିଲ ତାଙ୍କୁ ଠକ ବୋଲି କହି। ପରେ କେମିତି ପୁଣି ତାଙ୍କ ଆଡ଼କୁ ଢଳିଲ?

ପ୍ରଭାକର ତାକୁ ବାଦବିସଂବାଦ ଭିତରକୁ ଟାଣିବାକୁ ଚେଷ୍ଟା କରୁଥିଲା, କିନ୍ତୁ ସୁହାସିନୀ ଚାହୁଁ ନ ଥିଲା ବର୍ତ୍ତମାନ ତା ଭିତରେ ପଶିବା ପାଇଁ। ସେ କହିଲା, ମୁଁ ତାଙ୍କର ପ୍ରବଚନ ଶୁଣି ଜାଣିଲି ଯେ ତାଙ୍କର ଅନେକ ଜ୍ଞାନ ଅଛି। ତାଙ୍କ ସାଙ୍ଗରେ ଯେତେବେଳେ କଥାବାର୍ତ୍ତା କଲି, ବୁଝିଲି ଯେ ସେ ସଚ୍ଚୋଟ ଲୋକ।

ପ୍ରଭାକର ଯେତେବେଳେ କହିଲା ସ୍ୱାମୀଜୀ ସ୍ତ୍ରୀଲୋକମାନଙ୍କୁ ମନ୍ତ୍ର ଦେବା ବିଷୟରେ ଲୋକେ ନାନା କଥା କହୁଛନ୍ତି, ସୁହାସିନୀ ସେଠାରୁ ଉଠି ଚାଲିଗଲା।

ପରଦିନ ସକାଳର ଖବରକାଗଜରେ ଏ ବିଷୟରେ ପ୍ରଥମ ପୃଷ୍ଠାରେ ସଂବାଦ ବାହାରିଲା 'ଟଙ୍କା ସୁନା ନେଇ ବାବାଜୀ ଚମ୍ପଟ' ଶିରୋନାମାରେ। ଏଥିରେ ସ୍ୱାମୀଜୀଙ୍କ କ୍ରିୟାକଳାପର କଟୁ ସମାଲୋଚନା କରାହୋଇଥିଲା ଏବଂ ସେ ରାଜନୈତିକ ନେତା ମାନଙ୍କର ବାହୁଚ୍ଛାୟାତଳେ ରହି ଲୋକମାନଙ୍କୁ ଠକିଥିବାର ବିବରଣୀ ଥିଲା। ଏକ କାଳ୍ପନିକ ଡାକ୍ତରଖାନା ତିଆରି କରିବା ପାଇଁ ବ୍ୟବସାୟୀମାନେ ସ୍ୱାମୀଜୀଙ୍କୁ ଟଙ୍କା ଦେଇଥିଲେ ଏବଂ ଅନେକ ସ୍ତ୍ରୀଲୋକ ମଧ୍ୟ ଏଥିପାଇଁ ନିଜର ଅଳଙ୍କାର ଦେଇଥିଲେ; ପୋଲିସ କୁଆଡ଼େ ତାର ବିଶଦ ବିବରଣ ସଂଗ୍ରହ କରୁଥିଲେ। ଶେଷରେ ଏ କଥା ଲେଖା ଥିଲା ଯେ ସ୍ୱାମୀଜୀଙ୍କ ଫେରାର ହୋଇଯିବା ସଙ୍ଗେ ସଙ୍ଗେ ସହରର ଗୋଟିଏ ସମ୍ଭ୍ରାନ୍ତ ପରିବାରର ଜଣେ ମହିଳା ମଧ୍ୟ ନିଖୋଜ ହୋଇଯାଇଛନ୍ତି।

ସେଦିନ ଅଫିସରୁ ଫୋନ କରି ପ୍ରଭାକର ସୁହାସିନୀକୁ କହିଲା, ତମକୁ ଯଦି ପୋଲିସ ଆସି ପଚାରନ୍ତି, ତମେ କହିଦବ କିଛି ଜାଣ ନାହିଁ ବୋଲି। ସୁହାସିନୀ କହିଲା, କୋଉ ବିଷୟରେ? ପ୍ରଭାକର ବିରକ୍ତ ହୋଇ ଜବାବ ଦେଲା, ସେଇ ବାବାଜୀ କଥା, ଆଉ କୋଉ ବିଷୟରେ? ମୁଁ ସଞ୍ଜବେଳେ ଆସି ସବୁ କଥା କହିବି। ପୋଲିସ ଅବଶ୍ୟ ତା ଘରକୁ ଆସିଲେ ନାହିଁ କିନ୍ତୁ ସେଦିନ ଅଫିସରୁ ଫେରି ଚା ପିଉ ପିଉ ପ୍ରଭାକର ଅନେକ ତଥ୍ୟ ଦେଲା। ଡାକ୍ତରଖାନା ପାଇଁ ସଂଗ୍ରହ କରିଥିବା ଟଙ୍କାପଇସା, ଅଳଙ୍କାର ସହିତ ଚିଫ ଇଞ୍ଜିନିୟରଙ୍କ ଶାଳୀକୁ ନେଇ ସ୍ୱାମୀଜୀ ପଳାଇ ଯାଇଛନ୍ତି। ଅଫିସର ଓ ବ୍ୟବସାୟୀମାନେ ନିଜର କଳାଧନ ଦେଇଥିବାରୁ ପୋଲିସରେ ସେ କଥା କହିପାରୁନାହାନ୍ତି, କିନ୍ତୁ କେତେ ସ୍ତ୍ରୀଲୋକ କୁଆଡ଼େ ବୟାନ ଦେଲେଣି ଯେ ସ୍ୱାମୀଜୀ ମନ୍ତ୍ରକରି ତାଙ୍କ ଦେହରୁ ଅଳଙ୍କାର ବାହାର କରି ନେଇଛନ୍ତି। ଏତିକି କହି ପ୍ରଭାକର ସୁହାସିନୀ କାନରେ ଓ ହାତରେ ଲଗାଇଥିବା ଅଳଙ୍କାର ଆଡ଼କୁ ଚାହିଁଲା। ପଚାରିଲା ତମ ପାଖରୁ ସେ କିଛି ନେଇ ଯାଇନାହିଁ ତ? ସୁହାସିନୀ କହିଲା, ମୁଁ ତାଙ୍କୁ ପଟେ ସୁନାଚୁଡ଼ି ଦେଇଥିଲି। ପ୍ରଭାକର ଆଉ କଣ କହିବାକୁ ଯାଉଥିଲା, ଏଇ ସମୟରେ

ପିଲାମାନେ ପହଞ୍ଚିଯିବାରୁ କଥାବାର୍ତ୍ତା ବନ୍ଦ ରହିଲା। କିନ୍ତୁ ଶୋଇଲାବେଳେ ପୁଣି ସେ କଥା ଉଠାଇ ପ୍ରଭାକର ପଚାରିଲା, ଲୋକଟା କଣ ମନ୍ତ୍ର କରି ଚୁଡ଼ି ନେଇଗଲା? ସୁହାସିନୀ କହିଲା, ନା, ମୁଁ ନିଜ ଇଚ୍ଛାରେ ତାଙ୍କୁ ସେଇଟି ଦେଇଥିଲି। ବିରକ୍ତ ହୋଇ ପ୍ରଭାକର କହିଲା, ତମ ଭଳି ବୋକା କେହି ନାହାନ୍ତି। ଅନ୍ୟମାନେ ସିନା ମନ୍ତ୍ର ଯୋଗୁ ବାଧ୍ୟ ହୋଇ ଟଙ୍କା ସୁନା ଦେଲେ, ତମେ କଣ ନା ନିଜେ ତା ହାତକୁ ଅଳଙ୍କାରଟା ବଢ଼ାଇଦେଲ। ସୁହାସିନୀ କହିଲା, ସେ ଚୁଡ଼ି ମୁଁ ବାପଘରୁ ଆଣିଥିଲି।

ସ୍ୱାମୀଜୀଙ୍କ ବିଷୟରେ ପ୍ରଭାକର ପ୍ରତିଦିନ ନୂଆ ନୂଆ ଖବର ଆଣୁଥିଲା। ତାର କିଏ ପୋଲିସ ଅଫିସର ସାଙ୍ଗ ତାକୁ ଏ ଭିତରେ ସ୍ୱାମୀଜୀଙ୍କର କୋଉ କୋଉ ସ୍ତ୍ରୀ ଲୋକଙ୍କ ସହିତ ସମ୍ବନ୍ଧ ଥିଲା ତାର ତାଲିକା ଦେଇଥିଲା। ପ୍ରଭାକର ଖୁସି ହୋଇଥିଲା ଯେ ଏଥିରେ ସୁହାସିନୀର ନାଁ ନଥିଲା, ଯଦିଓ ସମସ୍ତେ ଜାଣିଥିଲେ ସେ ସ୍ୱାମୀଜୀଙ୍କ ସହିତ ମିଶି ତାଙ୍କର ବହିର କାମ କରୁଥିଲା। ତାର ଅବଶ୍ୟ ସନ୍ଦେହ ହେଉଥିଲା ଯେ ପୋଲିସ ଅଫିସର ହୁଏତ ସଙ୍କୋଚବଶତଃ ବନ୍ଧୁପତ୍ନୀର ନାଁଟି ତାକୁ କହି ନାହିଁ। ତେବେ ସୁହାସିନୀ ଉପରେ ପ୍ରଭାକରର ସଂପୂର୍ଣ୍ଣ ଆସ୍ଥା ଥିଲା, ଯଦିଓ ବାବାଜୀକୁ ଚୁଡ଼ିପଟେ ଦେଇଥିବା କଥାକୁ ସେ କ୍ଷମା କରିପାରୁ ନଥିଲା।

ଶେଷରେ ଦିନେ ପୋଲିସ ସ୍ୱାମୀଜୀଙ୍କୁ ଧରି ଆଣିଲେ, ଟଙ୍କା ସୁନା ଜବତ ହେଲା ଏବଂ ଚିଫ ଇଞ୍ଜିନିୟରଙ୍କ ଶାଳୀ ଘରକୁ ଫେରି ଆସିଲା। ଶାଳୀ ପୋଲିସକୁ ବୟାନ ଦେଲା ଯେ ମନ୍ତୁରା ଔଷଧ ଖୁଆଇ ସ୍ୱାମୀଜୀ ତାକୁ ବଶୀଭୂତ କରି ନେଇଯାଇଥିଲେ। ଏ ପର୍ଯ୍ୟନ୍ତ ଯେଉଁ ସ୍ତ୍ରୀଲୋକମାନେ ଲୋକନିନ୍ଦା ଭୟରେ ଚୁପ ରହିଥିଲେ, ସେମାନେ ମଧ୍ୟ ନିଜ ନିଜର ଅଳଙ୍କାର ଫେରିପାଇବାକୁ ଥାନାରେ ଯାଇ ପହଞ୍ଚିଲେ ଏବଂ ସ୍ୱାମୀଜୀ ସେମାନଙ୍କୁ ମନ୍ତ୍ର କରିଥିବାର ଦାବି ଦେଲେ। ପ୍ରଭାକର ଯେତେବେଳେ ସୁହାସିନୀକୁ ଚୁଡ଼ି ଫେରାଇ ଆଣିବା କଥା କହିଲା, ସୁହାସିନୀ କହିଲା, ମୁଁ ଦାନ କରିଥିବା ଜିନିଷ ଫେରାଇନେବି କାହିଁକି? ପ୍ରଭାକର କିନ୍ତୁ ସୁନାଚୁଡ଼ିର ଲୋଭ ଛାଡ଼ି ପାରିଲା ନାହିଁ ଏବଂ ତାର ପୋଲିସ ସାଙ୍ଗକୁ ପଚାରିଲା କୋଉ ଅଳଙ୍କାର ସନାକ୍ତ ନ ହୋଇ ପଡ଼ି ରହିଚି କି ବୋଲି। ସେ କିନ୍ତୁ ଆସି ଖବର ଦେଲା ଯେ ସବୁ ଅଳଙ୍କାରର ମାଲିକାଣୀ ମିଳି ସାରିଲେଣି।

ପୋଲିସ ତଦାରଖ ସହିତ କିଛିଦିନ ପର୍ଯ୍ୟନ୍ତ ସହରରେ ସ୍ୱାମୀଜୀଙ୍କ ଅପକୀର୍ତ୍ତି ଓ ବିଶେଷରେ ଯୌନ ବ୍ୟଭିଚାରର ଚର୍ଚ୍ଚା ଚାଲିଲା। ହୁଏତ ଜିନିଷଟି ଆପେ ଆପେ ଥଣ୍ଡା ପଡ଼ିଯାଇଥାନ୍ତା କିନ୍ତୁ ଏଇ ସମୟରେ ପ୍ରକାଶକ ସ୍ୱାମୀଜୀଙ୍କ ପ୍ରବଚନ ବହିଟି ବାହାର କରିଦେଲେ। ଏଥିରେ ମୁଖବନ୍ଧରେ ସ୍ୱାମୀଜୀ ସୁହାସିନୀକୁ ଧନ୍ୟବାଦ ଦେଇଥିଲେ ତାଙ୍କୁ ସାହାଯ୍ୟ କରିଥିବା ପାଇଁ। ପ୍ରଭାକର ଯୋଉଦିନ ଜଣେ ସାଙ୍ଗ

ପାଖରେ ଏ ବହିଟି ଦେଖିଲା, ତାର ମୁହଁ ଲାଲ ପଡ଼ିଗଲା। ଲୋକେ ଭିତରେ ଭିତରେ ସ୍ୱାମୀଜୀଙ୍କ ସାଙ୍ଗରେ କୋଉ ସ୍ତ୍ରୀର କଣ ସଂପର୍କ ସେ ବିଷୟରେ ଚୁପଚାପ କଥା ହେଉଥିବା ଅଲଗା କଥା ଥିଲା। ଏବେ କିନ୍ତୁ ଛପା ବହିରେ ସ୍ୱାମୀଜୀଙ୍କ ନାଁ ସାଙ୍ଗରେ ତାର ସ୍ତ୍ରୀର ନାଁ ଯୋଡ଼ା ହୋଇ କଥା ବଜାରରେ।

ସେଦିନ ଘରକୁ ଫେରି ସୁହାସିନୀ ଆଡ଼କୁ ବହିଟି ଫିଙ୍ଗିଦେଇ ପ୍ରଭାକର କହିଲା, ଆମ ନାଁ ଏବେ ଦାଣ୍ଡରେ ପଡ଼ି ହାଟରେ ଗଡ଼ିବ।

ସୁହାସିନୀ ବହିଟିକୁ ଓଲଟାଇ ଦେଖିଲା। କହିଲା, ସୁନ୍ଦର ହୋଇଚି ବହିଟି।

ତମ ନାଁ ସେଥିରେ ଲେଖାହୋଇଚି, ଦେଖିଲ ତ?

ହଁ , ମତେ ଏ ମୁଖବନ୍ଧ ବି ସ୍ୱାମୀଜୀ ଦେଖାଇଥିଲେ ପ୍ରେସକୁ ପଠାଇବା ପୂର୍ବରୁ। ଠିକ ଲେଖା ହୋଇଚି ଏଥିରେ। ମୁଁ ତ ସାହାଯ୍ୟ କରିଥିଲି ଏ ପ୍ରବଚନ ସବୁକୁ ଟେପରୁ ଉତାରିବାରେ। ତମେ ତ ସେତେବେଳେ କହୁଥିଲ ଏ ଗୋଟିଏ ଭଲ କାମ କରୁଚି ବୋଲି।

ସେତେବେଳ ଆଉ ଏତେବେଳ କଥା ଅଲଗା। ସେତେବେଳେ କିଏ ଜାଣିଥିଲା ବାବାଜୀ ବେଶଭୂଷା ଭିତରେ ଏମିତି ଗୋଟିଏ ବଦମାସ ଲୋକ ଅଛି ବୋଲି? ଏବେ ସମସ୍ତେ ବୁଝିଗଲେଣି ସ୍ୱାମୀଜୀ ପ୍ରକୃତରେ କଣ।

ତା ବୋଲି କଣ ଏଇ ପ୍ରବଚନ ସବୁ ଭୁଲ ହୋଇଯିବ? ଅନେକ ଭଲ କଥା ଅଛି ଏଥିରେ। ମୁଁ ଭାବୁଚି ସମସ୍ତେ ଏ ବହିଟିକୁ ପଢ଼ିବା ଉଚିତ।

ତମେ ଆଜିକାଲି କଥା କଥାକେ ସ୍ୱାମୀଜୀଙ୍କର ପକ୍ଷ ନଉଚ। ଅନ୍ୟ ମାଇକିନାଙ୍କ ଭଳି ତମର ବି କଣ ତା ସାଙ୍ଗରେ ସଂପର୍କ ଥିଲା ନା କଣ?

ହଁ, ସହଜ ଭାବରେ ସୁହାସିନୀ ଉତ୍ତର ଦେଲା।

ତମେ ମତେ ଏ କଥା ଆଗରୁ କହି ନ ଥିଲ, ସାମାନ୍ୟ ଚଢ଼ାଗଳାରେ କହିଲା ପ୍ରଭାକର।

ତମେ କେବେ ଏ କଥା ପଚାରି ନ ଥିଲ, ସେଥିପାଇଁ।

ସେ ବାବାଜୀ ତମକୁ ନିଶ୍ଚୟ ମନ୍ତ୍ର କରି ଦେଇଥିଲା।

ନା, ମତେ କେହି ମନ୍ତ୍ର କରି ନ ଥିଲା। ମୁଁ ଯାହା କଲି ଭାବିଚିନ୍ତି ସ୍ୱଇଚ୍ଛାରେ କଲି। ସୁହାସିନୀ ବେଶ୍ ଜୋରରେ କହିଲା ଏଇ କେତେପଦ।

ପ୍ରଭାକର ହଠାତ୍ ସେଠାରୁ ଉଠି ଚାଲିଗଲା ଏବଂ ସେଦିନ ଅଫିସରୁ ଫେରିଲା ଅନେକ ଡେରିରେ। ତା ପରେ ଗୋଟିଏ ପୂରା ଦିନ ସେ ସୁହାସିନୀ ସହିତ କଥାବାର୍ତ୍ତା ବନ୍ଦ କରିଦେଲା। ତା ଆରଦିନ ଯେତେବେଳେ ପ୍ରଭାକର ଅଫିସରୁ ଫେରିଲା, ପିଲାମାନେ ଘରେ ନ ଥିଲେ। ସୁହାସିନୀ ହାତରୁ ଚା କପ୍ ନେଇ ପିଉ ପିଉ

ପ୍ରଭାକର କହିଲା, ତମେ ସିନା ଜାଣିପାରୁନାହଁ, ତମକୁ ନିଶ୍ଚୟ ବାବାଜୀ କଣ ମନ୍ତ୍ର କରି ଦେଇଥିଲା। ଏତେ ସ୍ତ୍ରୀଲୋକଙ୍କୁ ଯେତେବେଳେ ମନ୍ତ୍ର କଲା, ତମକୁ କଣ ଛାଡ଼ି ଦେଇଥିବ? ସୁହାସିନୀ କିଛି ଜବାବ ନ ଦେଇ ଚୁପ ରହିଲା।

ପ୍ରଭାକର କହିଲା, ଶଳା ବାବାଜୀକୁ ତନ୍ତ୍ର ମନ୍ତ୍ର ଗୁଣିଗୋରେଡ଼ି ସବୁ ଭଲ ଭାବେ ଜଣା। ହଁ, ମନେପଡ଼ିଲା। ତମେ ତ ନିଜେ କହୁଥିଲ ତମକୁ ସେ କଣ ମନ୍ତ୍ର ଲେଖି ଦେଇଥିଲା ବୋଲି। ଶଳା ମତେ ବି ଖଣ୍ଡେ କାଗଜରେ ମନ୍ତ୍ର ବୋଲି କଣ ଲେଖି ଦେଇଥିଲା। କହିଥିଲା କଣ ନା ମନ୍ତ୍ରକୁ ଗୁପ୍ତ ରଖିବ; କାହାକୁ କହିଲେ କ୍ଷତି ହେବ। ପ୍ରଭାକର ଉଠିଯାଇ ଆଲମାରି ଭିତରୁ ଛୋଟ କାଗଜଟିକୁ ଆଣି ସୁହାସିନୀ ଆଗରେ ଖୋଲି ଧରିଲା। କହିଲା, ମୁଁ ସମସ୍ତଙ୍କୁ ଏଇ କାଗଜ ନେଇ ଦେଖାଇବି। ଦେଖିବି ଶଳା ମୋର କଣ କ୍ଷତି ହବ। ସୁହାସିନୀ କିଛି ନ କହି ଚୁପ ରହିଲା।

ପ୍ରଭାକର କହିଲା କାଇଁ, ତମକୁ କଣ ମନ୍ତ୍ର ଲେଖି ଦେଇଥିଲା ପରା, ଦେଖି। ତମକୁ ବି କହିଥିବ କାହାକୁ ନ ଦେଖାଇବାକୁ। କିଛି ମାନିବା ଦରକାର ନାହିଁ ତା କଥାକୁ। ଆଣ ଦେଖିବା ସେ କାଗଜ। ଚୁପଚାପ ଉଠିଯାଇ ସୁହାସିନୀ ସେଇ କିଛି ବି ଲେଖା ନ ଥିବା ସାଦା କାଗଜ ଟୁକୁଡ଼ାଟିକୁ ଆଣି ପ୍ରଭାକର ହାତକୁ ବଢ଼ାଇଦେଲା।

—

ବଂଶାନୁଚରିତ

ମୋହନ ଦାସ ସନ୍ତୁଷ୍ଟ ସ୍ୱଭାବର ଲୋକ ଥିଲେ ଏବଂ ଜୀବନରେ ଯେତେବେଳେ ଯାହା ଆସୁଥିଲା, ତାକୁ ଖୁସିରେ ଗ୍ରହଣ କରି ନେଉଥିଲେ। ଥରେ ଯେତେବେଳେ କେତେଜଣ କନିଷ୍ଠ ନେତାଙ୍କୁ ମନ୍ତ୍ରୀପଦ ଦିଆଯାଇ ତାଙ୍କୁ କେବଳ ଉପମନ୍ତ୍ରୀ କରାଯାଇଥିଲା, ସେ କୌଣସି ଆପତ୍ତି ନ କରି ତାକୁ ଗ୍ରହଣ କରିଥିଲେ। ଏହି କାରଣରୁ ସେ ମୁଖ୍ୟମନ୍ତ୍ରୀଙ୍କ ପ୍ରତି ନିଜର ଭକ୍ତିକୁ ଊଣା ହେବାକୁ ଦେଇ ନ ଥିଲେ ଏବଂ କିଛିଦିନ ପରେ ଯେତେବେଳେ ମୁଖ୍ୟମନ୍ତ୍ରୀ ନିଜେ ତାଙ୍କୁ ମନ୍ତ୍ରୀପଦ ଯାଚିଲେ, ସେଥିରେ ଆଶ୍ଚର୍ଯ୍ୟ ହୋଇ ନ ଥିଲେ ମୋହନ ଦାସ। ସେ ବିଶ୍ୱାସ କରୁଥିଲେ ଯେ ଭାଗ୍ୟରେ ଥିଲେ ବଳେ ବଳେ ସବୁ ମିଳିବ; ଏଥିପାଇଁ ଅଧୈର୍ଯ୍ୟ ହେବାର କୌଣସି ଆବଶ୍ୟକତା ନାହିଁ। ତାଙ୍କର ଏଇ ପ୍ରକୃତି ଯୋଗୁଁ ସମସ୍ତେ ତାଙ୍କର ଧୈର୍ଯ୍ୟଶୀଳତା, ଶାନ୍ତ ସ୍ୱଭାବ ଓ ଉଦାରତାର ପ୍ରଶଂସା କରୁଥିଲେ।

କେବେ କେମିତି ଏକୁଟିଆ ଥିବାବେଳେ ଶୂନ୍ୟ ମୁହୂର୍ତ୍ତରେ ଜୀବନର ପଛ କଥା ଭାବୁଥିଲେ ମୋହନ ଦାସ। ପୁରୁଣା ଦିନର ଅପ୍ରୀତିକର ସ୍ମୃତି ସବୁକୁ ମନ ଭିତରୁ ଅଲଗା କରିଦେଇ ସେ କେବଳ ସୁଖଦ ଅନୁଭବମାନଙ୍କୁ ମନେ ପକାଉଥିଲେ। ହସ ଖେଳର ପିଲାଦିନ, ସ୍କୁଲ ଓ କିଛିଦିନ କଲେଜରେ ପାଠ ଓ ଦାୟିତ୍ୱଶୂନ୍ୟ ଯୁବାବସ୍ଥା, ରାଜନୀତିର ଛକାପଞ୍ଝା ଓ ଦଳବଦଳରେ ବିଭିନ୍ନ ପ୍ରକାରର ଉତ୍ତରୋତ୍ତର ଉନ୍ନତି, ସାମାଜିକ ସ୍ତରରେ ସ୍ୱଚ୍ଛଳତା, ପ୍ରତିଷ୍ଠା ଓ ପ୍ରତିପତ୍ତି ଏବଂ ପାରିବାରିକ ଜୀବନରେ ଥାଇ ନ ଥିଲା ଭଳି ସ୍ତ୍ରୀ ଓ ଏକମାତ୍ର ସନ୍ତାନ। ପୁଅର ପାଠଶାଠ ନ ପଢ଼ିବା, ଦାୟିତ୍ୱହୀନତା ଓ ଅପରାଧପ୍ରବଣତା ଅନ୍ୟ କାହାକୁ ବ୍ୟସ୍ତ ବିବ୍ରତ କରିଥାନ୍ତା, କିନ୍ତୁ ମୋହନ ଦାସ ଜାଣିଥିଲେ ଯେ ଏ ସବୁ କୌଣସି ସମସ୍ୟା ସୃଷ୍ଟି କରିବ ନାହିଁ ଏବଂ ଯଥାସମୟରେ ସେ ପୁଅର ଭାବମୂର୍ତ୍ତିକୁ ବଦଳାଇ ତାକୁ ନିଜର ରାଜନୀତିକ ଦାୟାଦ

ଭାବରେ ଛିଡ଼ା କରାଇଦେଇପାରିବେ। ଏ ବିଷୟରେ ନିଜ ଉପରେ ସମ୍ପୂର୍ଣ୍ଣ ଆସ୍ଥା ଥିଲା ତାଙ୍କର।

ମୋହନ ଦାସ ନିଜ ଜୀବନରେ ଦେଖିଥିଲେ କିପରି ସହଜରେ ମଣିଷର ଭାବମୂର୍ତ୍ତିକୁ ଶ୍ରେୟତର କରାଯାଇପାରେ। ଏହାର ଏକ ସଫଳ ଉଦାହରଣ ଥିଲା ନିଜର ନାଁ ଓ ସଂଜ୍ଞା। ସର୍ବସାଧାରଣ ଏବଂ ବିଶେଷତଃ ରାଜନୀତିକ କ୍ଷେତ୍ରରେ ନାଁର ଏକ ବିଶେଷ ତାତ୍ପର୍ଯ୍ୟ ଅଛି। କିଏ କହିଥିଲା ଯେ ଯଦି ହିଟଲରର ନାଁ ଏଭଳି ଏକ ସହଜରେ ଉଚ୍ଚାରଣ କରିବା ଭଳି ଶବ୍ଦ ନ ହୋଇ ଏକ ଦୀର୍ଘ ଜଟିଳ ଓ ଦାନ୍ତଭଙ୍ଗା ଶବ୍ଦ ହୋଇଥାନ୍ତା, ତେବେ ତାଙ୍କ ପାଇଁ ଜଣେ ଏକଛତ୍ରପତି ହେବା ଏତେ ସହଜ ହୋଇ ନ ଥାନ୍ତା। ଲୋକମାନେ ତାଙ୍କୁ ଅନାୟାସରେ ହାଇଲ୍ ହିଟଲର ବୋଲି ସମ୍ବୋଧନ କରି ଆଦରି ନେଇଥିଲେ; ସେମାନେ ତାଙ୍କୁ ଗୋଟେ ଅସ୍ୱଚ୍ଛନ୍ଦ ନାଁରେ ନିଜର କରପାରି ନ ଥାନ୍ତେ। ସାଧାରଣ ଜୀବନରେ ପ୍ରବେଶ କରିବାର ଅଳ୍ପଦିନ ଭିତରେ ମୋହନ ଦାସ ଦେଖିଲେ ଯେ ତାଙ୍କର ନୀଚ ଜାତିର ସଂଜ୍ଞାଟି ତାଙ୍କ ପାଇଁ ସୁବିଧାର ହେଉ ନାହିଁ। ଏଇଟି ଯୋଗୁଁ ସେ ଯଦିଓ ନିଜ ଜାତିର ଲୋକଙ୍କର ସମର୍ଥନ ପାଉଥିଲେ, ଉଚ୍ଚବର୍ଗର ଲୋକମାନେ ତାଙ୍କ ନାଁ ଦେଖି ହିଁ ତାଙ୍କୁ ଅସମ୍ମାନଜନକ ଦୃଷ୍ଟିରେ ଦେଖୁଥିଲେ। ମୋହନ ସେଥିପାଇଁ ନାଁରୁ ନିଜର ସଂଜ୍ଞାଟିକୁ କାଟି ଦେଇ ଆଫିଡେବିଟ କରି ସେଥିରେ ଅତି ସାଧାରଣ ଓ ବୈଚିତ୍ର୍ୟହୀନ ଦାସ ଶବ୍ଦ ଯୋଡ଼ିଦେଇଥିଲେ। ସେ, ଏକଥା ମଧ୍ୟ ନିଶ୍ଚିତ କରି ରଖିଥିଲେ ଯେ ସମୟକ୍ରମେ ସେ ନିଜର ପୁଅର ନାଁକୁ ମଧ୍ୟ ଶପଥପାଠ ଜରିଆରେ ବଦଳାଇଦେବେ। ଏଥିପାଇଁ ସେ କିଛି ନାଁ ମଧ୍ୟ ଠିକ କରି ରଖିଥିଲେ, ଯେପରିକି ଆଜାଦ ଭାରତ!

ବର୍ତ୍ତମାନ ଓ ଭବିଷ୍ୟତକୁ ଏଭଳି ହେରଫେର କରି ବଦଳାଇବା ସମ୍ଭବ, କିନ୍ତୁ ସମସ୍ୟା ହେଉଛି ଅତୀତ। ଅତୀତ ସହିତ କିପରି କୂଟକୌଶଳ କରିହେବ? ଏଇଟି ସବୁବେଳେ ଥିଲା ମୋହନ ଦାସଙ୍କର ଦୁଃଖ। କଚେରିରେ ଯାଇ ନିଜର ନାଁ ପୁଅ ନାଁକୁ ନୂଆ କରିଦେଇ ହେବ। କିନ୍ତୁ ବାପର ନାଁକୁ? ମଣିଷର ନିଜ ନାଁ ଉପରେ କେବେହେଲେ କର୍ତ୍ତୃତ୍ୱ ନ ଥାଏ; ତାକୁ ମାନିନେବାକୁ ପଡ଼ିଥାଏ ପିତୃଦତ୍ତ ଏଇ ଭାରଟିକୁ ବାଧହୋଇ। ମଫସଲ ଗାଁରେ ସେଇ ନାଁଟି ପୁଣି ଆହୁରି ବିକୃତ ହୋଇଯାଏ ଲୋକମୁଖରେ। ତାଙ୍କ ନାଁ ହୁଏତ ବୁଧନାଥ ବି ହୋଇପାରିଥାନ୍ତା, କିନ୍ତୁ ଗାଁରେ ସମସ୍ତେ ମୋହନ ଦାସଙ୍କ ବାପାଙ୍କୁ ଡାକୁଥିଲେ ବୁଧିଆ ଭାଇ ବା ବୁଧିଆ ମଉସା ବୋଲି ; ଜମିବାଡ଼ିର କାଗଜପତ୍ରରେ ବି ତାଙ୍କର ଏଇ ନାଁ ଥିଲା। ଯେତେବେଳେ କେଉଁଠି ମୋହନ ଦାସଙ୍କୁ ନିଜର ପିତାଙ୍କ ନାମ ଲେଖିବାକୁ ପଡୁଥିଲା, ଅତି ସଙ୍କୋଚରେ ସେ ନାଁଟି ଲେଖୁଥିଲେ।

ବାପାଙ୍କୁ ନେଇ ଆହୁରି ଏକ ଗୁରୁତର ସଙ୍କୋଚ ଥିଲା ମୋହନ ଦାସଙ୍କର। ନିଜର ପିଲାଦିନେ କିଛିବର୍ଷ ଧରି ସେ ବାପାଙ୍କୁ ଦେଖି ନ ଥିଲେ। ଗାଁ ଓ ସ୍କୁଲରେ ଅନ୍ୟ ସାଙ୍ଗସାଥୀଙ୍କ ମେଳରେ ସମସ୍ତେ ନିଜନିଜର ବାପାମାନଙ୍କ ବିଷୟରେ କଥାବାର୍ତ୍ତା କଲାବେଳେ ନିଜକୁ ବଞ୍ଚିତ ମନେକରୁଥିଲେ ସେ। ଘରେ ତାଙ୍କୁ କୁହା ହୋଇଥିଲା ଯେ ବାପା ଯାଇ ଶଶୁର ଘରେ ରହି ତାଙ୍କର ଚାଷବାସ କଥା ବୁଝୁଛନ୍ତି। ସାଙ୍ଗମାନଙ୍କୁ ଏକଥା କହିଲେ ସେମାନେ କହୁଥିଲେ ଯେ ତାର ବାପା ଶଶୁର ନୁହେଁ, ମାମୁଁ ଘରକୁ ଯାଇଛନ୍ତି। ପିଲାଦିନେ ସେ ଏକଥାର ତାତ୍ପର୍ଯ୍ୟ ବୁଝିପାରୁ ନ ଥିଲେ। ଯଦିଓ ଏକଥା ତାଙ୍କୁ କେହି ଠିକ କହି ନ ଥିଲେ, ସେ ବଡ଼ ହେବାପରେ ଜାଣିଥିଲେ ଯେ ବାପା କଣ ଜମିଜମା ଗଣ୍ଡଗୋଳରେ ମକଦ୍ଦମା ହୋଇ ଜେଲ ଯାଇଥିଲେ।

ମୋହନ ଦାସଙ୍କ ସମସାମୟିକ ରାଜନୀତିକ ସହକର୍ମୀମାନେ ନିଜର ଦେଶପ୍ରେମ ଓ ତ୍ୟାଗର ଉଦାହରଣ ଦେବାକୁ ଯାଇ ନିଶ୍ଚୟ ନିଜର ପୂର୍ବପୁରୁଷଙ୍କ ନାଁ ନେଉଥିଲେ। ଏ ବିଷୟରେ ଅଗ୍ନିପରୀକ୍ଷା ଥିଲା ଭାରତଛାଡ଼ ଆନ୍ଦୋଳନ ବେଳେ କାହା ପରିବାରର କିଏ ଜେଲ ଯାଇଥିଲା। ଜଣାପଡୁଥିଲା ଯେ ଅଧିକାଂଶ ନେତାଙ୍କର ବାପ, ମଉସା, ମାମୁ, ଶଶୁର ଇତ୍ୟାଦି ଏଇ ସମୟରେ ବନ୍ଦୀ ହୋଇଥିଲେ। ମୋହନ ଦାସଙ୍କର ବାପା ମା ତ ଦୂରର କଥା, ତାଙ୍କର ଦୂର ସଂପର୍କୀୟ, ଏପରିକି ତାଙ୍କ ଗାଁର କେହି ରାଜନୀତିରେ ଭାଗ ନେଇ ନ ଥିଲେ, ଜେଲ ଯିବା ତ ଦୂରର କଥା। ସମଗ୍ର କଂଗ୍ରେସ ଆନ୍ଦୋଳନ ଯେପରି କେବଳ ତାଙ୍କର ଗାଁଟିକୁ ନ ଛୁଇଁ ଚାରିଆଡ଼କୁ ସଞ୍ଚରି ଯାଇଥିଲା ଏବଂ ଏ ବିଷୟରେ ମୋହନ ଦାସଙ୍କ ମନ ଭିତରେ ସବୁବେଳେ ଏକ ହୀନମନ୍ୟ ଭାବ ରହୁଥିଲା। ସେ ଯେତେବେଳେ ରାଜନୀତିକ ପାହାଚରେ ଉପରକୁ ଉଠି ଚାଲିଥିଲେ, ତାଙ୍କର ବାପା କଂଗ୍ରେସ ଏକଘରିକିଆ କରିଦେଇଥିବା ମଫସଲ ଗାଁର ସେଇ ପୁରୁଣା ଅନ୍ଧାରିଆ ଦରିଦ୍ର ପରିବେଶ ଭିତରେ ରହିଥିଲେ। ଏଭଳି ବିଷଣ୍ଣତା ଉପୁଜାଉଥିବା ନିଜର ପରିବାର ଓ ଗାଁରୁ ସବୁ ସମ୍ପର୍କ କାଟିଦେଲେ ମୋହନ ଦାସ ହୁଏତ ଖୁସି ହୋଇଥାନ୍ତେ, କିନ୍ତୁ ଏ କଥା ସମ୍ଭବ ନ ଥିଲା, କାରଣ ଏଇଟି ହିଁ ଥିଲା ତାଙ୍କର ନିର୍ବାଚନ ମଣ୍ଡଳୀ। ଶେଷରେ ବାପା ମରିଯାଇ ମୋହନ ଦାସଙ୍କୁ ତାଙ୍କର ସଙ୍କୋଚରୁ ମୁକ୍ତ କଲେ।

ଏମରଜେନ୍ସି ବେଳେ ଦୈବକ୍ରମେ ବିରୋଧୀ ଦଳରେ ଥିବାରୁ ମୋହନ ଦାସଙ୍କୁ ଜେଲ ଯିବାକୁ ପଡ଼ିଲା ଏବଂ ଏଥି ଯୋଗୁଁ ତାତ୍କାଳିକ ଦୁଃଖ ସହିତ ତାଙ୍କ ମନରେ ଏକ ଆନନ୍ଦ ବି ଉପୁଜିଥିଲା ଯେ, ଏଥରକ ଆଉ କେହି ତାଙ୍କର ଦେଶପ୍ରେମ ଓ ତ୍ୟାଗକୁ ପ୍ରଶ୍ନ କରିପାରିବେ ନାହିଁ। କ୍ଷମାପତ୍ର ଲେଖି, ଦଳ ବଦଳାଇ ଅତି ଶୀଘ୍ର ସେ ଜେଲରୁ ବାହାରି ଆସିଲେ ଏବଂ ନିଜର ଜେଲ ଅନୁଭୂତି କଥା କହି ପ୍ରମାଣ କରିବାକୁ

ଚେଷ୍ଟା କଲେ ଯେ ତାଙ୍କର ପୂର୍ବପୁରୁଷ ଜେଲ ଯାଇ ନ ଥିବାର ନ୍ୟୁନତାକୁ ସେ ପୂରଣ କରିଦେଇଛନ୍ତି। ଏ ଦାବିଟି କିନ୍ତୁ ବିଶେଷ ଫଳପ୍ରଦ ହେଲା ନାହିଁ, କାରଣ ଅତି ଶୀଘ୍ର ବାରମ୍ବାର ଦଳବଦଳ ଫଳରେ ସତ୍ତାଧାରୀ ଓ ବିରୋଧୀଦଳର ନେତାମାନେ ମିଳିମିଶି ଗଲେ ଏବଂ ଏମରଜେନ୍ସିରେ ଜେଲ ଦିଆଇଥିବା ଓ ଜେଲ ଯାଇଥିବା ଲୋକଙ୍କର ମାନସମ୍ମାନ ପୁଣି ସମାନ ହୋଇଗଲା। ବରଂ ନେହେରୁ-ଗାନ୍ଧୀ ରାଜବଂଶର ଅନୁପ୍ରେରଣାରେ ନେତାମାନେ ନିଜ ନିଜର କେତେ ପୁରୁଷ ଧରି ଦେଶସେବା ଉପରେ ସ୍ୱତ୍ୱାଧିକାର ଅଛି, ତାର ଦାବିମାନ କରିବାରେ ଲାଗିଲେ। ମୋହନ ଦାସଙ୍କର ଏ ବିଷୟରେ କୌଣସି ପ୍ରତ୍ୟାଶା ନ ଥିବାରୁ ସେ କେବଳ ଏକ ଅସମ୍ଭବ କଳ୍ପନାରେ ନିଜ ମନୋଭାବକୁ ସୀମିତ ରଖୁଥଲେ, ଏକ ଆଫିଡେବିଟ ବଳରେ ନିଜର ନାଁ ଭଳି ପୂର୍ବପୁରୁଷଙ୍କ ଇତିହାସକୁ ବଦଳାଇଦେଇ ହୁଅନ୍ତା କି!

କଥାଟି ନିଶ୍ଚୟ ଅସମ୍ଭବ ଥିଲା, କିନ୍ତୁ ମୋହନ ଦାସ ସେତେବେଳକୁ ପଣ୍ଡିତ ଗଦାଧରଙ୍କୁ ଜାଣି ନ ଥିଲେ। ଗଦାଧର ଗୋଟିଏ ଅନାମଧେୟ କଲେଜରେ ଅଧ୍ୟାପନା କରୁଥିଲେ, କିନ୍ତୁ ସେଇଟି ତାଙ୍କର ସଂପୂର୍ଣ୍ଣ ପରିଚୟ ନ ଥିଲା। ତାଙ୍କର ପ୍ରକୃତ ପରିଚୟ ଥିଲା ତାଙ୍କର ଗବେଷଣାପ୍ରସୂତ ଲେଖାମାନ। ତାଙ୍କର ସମସ୍ତ ଗବେଷଣାର ଦୁଇଟି ଅଭିମୁଖ ଥିଲା, ପ୍ରଥମ, ଓଡ଼ିଶାର ସବୁ କୀର୍ତ୍ତି ଯେତିକି ପ୍ରାଚୀନ ସେଗୁଡ଼ିକୁ ଆହୁରି ପ୍ରାଚୀନ ବୋଲି ଦେଖାଇବା ଏବଂ ଦ୍ୱିତୀୟ, ଦେଶର ଅନେକ ଯଶସ୍ୱୀ ଲୋକଙ୍କୁ ଓଡ଼ିଶାର ବା ଓଡ଼ିଆ ବା ଅନ୍ତତଃ କିଛିକାଳ ଓଡ଼ିଶାରେ ଆସି ରହିଥିଲେ ବୋଲି ପ୍ରମାଣିତ କରିବା। କହିବା ବାହୁଲ୍ୟ, ଗଦାଧର ଅତି ଲୋକପ୍ରିୟ ଥିଲେ ଏବଂ ଅବ୍ରାହ୍ମଣମାନଙ୍କୁ ସଚରାଚର ପଣ୍ଡିତ କୁହାଯାଉ ନ ଥିବାବେଳେ ସେ ନିଜକୁ ପଣ୍ଡିତ ଉପାଧି ଦେଇଥିବାରେ କେହି ଆପତ୍ତି ଉଠାଉ ନ ଥିଲେ। ବର୍ତ୍ତମାନ ସେ ଏକ ଗୂଢ଼ ଗବେଷଣାରେ ଲିପ୍ତ ଥିଲେ। ଅନେକ ଦିନ ତଳେ ଜୟଦେବଙ୍କୁ ଓଡ଼ିଆ ବୋଲି ପ୍ରମାଣିତ କରିବା ପରେ ସେ ପ୍ରମାଣ କରିବାକୁ ଯାଉଥିଲେ ଯେ କବିଙ୍କର ଜନ୍ମସ୍ଥାନ ପ୍ରାଚୀ ତଟରେ ନୁହେଁ, ପଣ୍ଡିତ ଗଦାଧରଙ୍କ ଗାଁ ପାଖରେ ଥିବା କନ୍ଦାବାଲି ଗାଁରେ। ଏ ଗବେଷଣା ପାଇଁ ଦୁଇଟି ଜିନିଷ ଯୋଗାଡ଼ କରିବାର ଥିଲା: ସେଠାରେ ଥିବା ଭଙ୍ଗା ମନ୍ଦିରରେ ସ୍ଥାପନା କରିବା ପାଇଁ ଗୋଟିଏ ପ୍ରାଚୀନ ରାଧାମୂର୍ତ୍ତି ଓ ମନ୍ଦିର ଗାତ୍ରରେ ଜୟ ଜୟ ଦେବ ହରେ ଲେଖାଥିବା ଶିଳାଲିପି। ପଣ୍ଡିତ ଗଦାଧର ଅନେକଦିନ ଧରି ଏହି ଆୟୋଜନରେ ଲାଗିଥିଲେ |

ଏଇ ସମୟରେ ହଠାତ୍ ଗଦାଧରଙ୍କର ଚାକିରିକାଳ ସରିଗଲା। ଏତେ ବର୍ଷର ଗବେଷଣାରେ ଗଦାଧରଙ୍କର ଅନେକ ନାଁ ହୋଇଥିଲା, କିନ୍ତୁ ପଇସାଟିକର ଲାଭ ହୋଇ ନ ଥିଲା। ସେ ଲେଖିଥିବା ବହିସବୁ ବାହାର କରିବା ପାଇଁ ପ୍ରକାଶକ ମିଳୁ

ନ ଥିଲେ ଏବଂ ଶେଷରେ ନିଜ ହାତରୁ ଖର୍ଚ୍ଚ କରି ତାକୁ ଛାପିବାକୁ ହେଉଥିଲା। ତା ବ୍ୟତୀତ, ଅନେକ ସମୟରେ ଐତିହାସିକ ଦଲିଲପତ୍ର ତିଆରି କରିବା, ପଥର ଖୋଳାଇବା ଇତ୍ୟାଦି କାମ ପାଇଁ ମଧ୍ୟ ହାତରୁ ପଇସା ଯାଉଥିଲା। ଏଥିରେ ଆର୍ଥିକ ସହାୟତା ପାଇଁ ଅନେକଦିନ ତଳେ ସେ ଗୋଟିଏ ଗବେଷଣା ସଂସ୍ଥା ଗଢ଼ି ସେଥିପାଇଁ ଲୋକଙ୍କ ପାଖରୁ ଚାନ୍ଦା ମାଗିଥିଲେ, କିନ୍ତୁ ତାଙ୍କୁ ଯେତିକି ଟଙ୍କା ମିଳିଲା, ସେଥିରେ ଚାନ୍ଦା ମାଗିବା ପାଇଁ ତିଆରି ହୋଇଥିବା ଚିଠିର ଛପା ଖର୍ଚ୍ଚ ମଧ୍ୟ ପୂରା ହେଲା ନାହିଁ। କୃତଘ୍ନ ଓଡ଼ିଆ ଜାତି ଉପରେ ବିରକ୍ତ ହୋଇ ସେ ଗବେଷଣା ସଂସ୍ଥାଟିକୁ ବନ୍ଦ କରିଦେଇଥିଲେ। ବର୍ତ୍ତମାନ ନିଜର ଭବିଷ୍ୟତର ଅନ୍ନସଂସ୍ଥାନ ପାଇଁ ସେ ଠିକ କଲେ ଯେ, ସଂସ୍କୃତି ବିଭାଗକୁ ଧରିବାକୁ ପଡ଼ିବ। ଏ ବିଷୟରେ ଅନେକ ଭାବିଚିନ୍ତି, ସବୁ ଆବଶ୍ୟକୀୟ ଜିନିଷ ସାଙ୍ଗରେ ଧରି, ରାଜଧାନୀରେ ଦଶଦିନ ରହିବାର ଯୋଜନା କରି ବାହାରିଲେ ପଣ୍ଡିତ ଗଦାଧର।

ରାଜଧାନୀରେ ପହଞ୍ଚି ଗଦାଧର ନିଜର ଜଣେ ବାନ୍ଧବଙ୍କ ଘରେ ରହିଲେ ଏବଂ ସେଦିନ ରାତିରେ ବସି ସେ ସାଙ୍ଗରେ ଆଣିଥିବା ନିଜର ସବୁ ବହିର ଗୋଟିଏ ଅଲଗା ସେଟ ତିଆରି କଲେ। ଏ ବହିଗୁଡ଼ିକର ମୁଖପୃଷ୍ଠମାନଙ୍କରେ ସେ ଗୋଲ ଗୋଲ ଅକ୍ଷରରେ ସଂସ୍କୃତି ବିଭାଗର ମନ୍ତ୍ରୀଙ୍କ ପାଇଁ ପ୍ରଶସ୍ତି ଲେଖି ତା ପରେ ଯାଇ ଶୋଇବାକୁ ଗଲେ। ପରଦିନ ସକାଳୁ ବହି ସେଟଟି କାଖରେ ଜାକି ସେ ବାହାରିଲେ ମନ୍ତ୍ରୀଙ୍କୁ ଦେଖା କରିବାକୁ। ଦିନସାରା ବିଭିନ୍ନ ପ୍ରକାର ଚେଷ୍ଟା କରି ଶେଷରେ ସେ ମନ୍ତ୍ରୀଙ୍କ ପିଏ ପର୍ଯ୍ୟନ୍ତ ପହଞ୍ଚିପାରିଲେ ଏବଂ ତା ହାତରେ ନିଜର ବହି ସେଟଟି ଦେବାରେ ସମର୍ଥ ହେଲେ। ତେବେ ପିଏ ତାଙ୍କୁ ମନ୍ତ୍ରୀଙ୍କ ସହିତ ଭେଟ କରାଇଦେବା ବିଷୟରେ କୌଣସି ଆଶ୍ୱାସନା ଦେଲା ନାହିଁ। ସେଦିନ ସନ୍ଧ୍ୟାରେ ଘରକୁ ଫେରି ଗଦାଧର ବହିର ଆଉ ଗୋଟିଏ ସେଟ ତିଆରି କରି ତାର ମୁଖପୃଷ୍ଠମାନଙ୍କରେ ପିଏର ପ୍ରଶସ୍ତି ଲେଖିଲେ ଏବଂ ପରଦିନ ସକାଳେ ବହିଗୁଡ଼ିକ ନେଇ ତା ଘରେ ପହଞ୍ଚିଲେ। ବହିକୁ ଖୋଲି ତାର ଆରମ୍ଭରେ ସ୍ୱୟଂ ପଣ୍ଡିତଙ୍କ ହସ୍ତାକ୍ଷରରେ ନିଜର ପ୍ରଶଂସା କରାଯାଇଥିବା ଉତ୍ସର୍ଗପତ୍ର ଦେଖି ପିଏ ଖୁସି ହେଲା ଏବଂ ଗଦାଧରଙ୍କୁ ଚା ପିଇବାକୁ ଦେଲା। ଚା ପିଉ ପିଉ, ପିଏର ଛୋଟଝିଅ ସେ ଦେଇଥିବା ବହିର ପୃଷ୍ଠାକୁ ଛିଣ୍ଡାଉଥିବାର ଦୃଶ୍ୟକୁ ଉପେକ୍ଷା କରି, ଗଦାଧର ତାକୁ ନିଜର ଗବେଷଣା ବିଷୟରେ କହିଲେ। ପିଏର କିନ୍ତୁ ଓଡ଼ିଶାର କୃତି ବା କୃତୀ ସନ୍ତାନମାନଙ୍କ ବିଷୟରେ ଆଗ୍ରହ ନ ଥିଲା ଏବଂ ଗଦାଧରଙ୍କ କଥା ଅଧାରୁ ବନ୍ଦ କରି କହିଲା, ଆପଣ ମନ୍ତ୍ରୀଙ୍କୁ ଏସବୁ କହିବେ। ତେବେ ସେ ଏ ବିଭାଗକୁ ନୂଆ ଆସିଛନ୍ତି; ଏ ସବୁ କଥା ବୁଝିପାରିବେ କି ନାହିଁ କେଜାଣି? ତା ପରେ ସେ ମନ୍ତ୍ରୀଙ୍କୁ ଦେଖା କରିବାର ସମୟ ଦେଲା ଏବଂ

ଗଦାଧର ତା ଘର ଛାଡ଼ିବାବେଳକୁ କହିଲା, ଆପଣ କାଲି ଯୋଉ ବହି ଦେଇଥିଲେ, ଆମ ପିଅନ ତାକୁ ପଢ଼ିବାକୁ ନେଇଗଲା। ଆପଣ ମନ୍ତ୍ରୀଙ୍କ ପାଇଁ ଆଉ ଗୋଟିଏ ସେଟ ବହି ନେଇ ଆସିବେ।

ଗଦାଧର ସେଦିନ ରାତିରେ ଆସି ପୁଣି ଗୋଟିଏ ସେଟ ବହିରେ ପ୍ରଶସ୍ତି ଲେଖିବାରେ ଲାଗିଗଲେ ଆହୁରି ପ୍ରଶଂସାପୂର୍ଣ୍ଣ ଓ ସ୍ତାବକ ଭାଷାରେ। ସକାଳେ ମନ୍ତ୍ରୀଙ୍କ ଅଫିସରେ ପହଞ୍ଚି ବୁଝିଲେ ଯେ ପିଏ କାମିକା ଲୋକ ଥିଲା, କାରଣ ସାଙ୍ଗେ ସାଙ୍ଗେ ତାଙ୍କୁ ନେଇ ମନ୍ତ୍ରୀଙ୍କ କୋଠରୀ ଭିତରେ ପହଞ୍ଚାଇଦେଲା। ଏଇ ସାକ୍ଷାତ୍କାର ପାଇଁ ଗଦାଧର ନିଜକୁ ସାରା ରାତି ପ୍ରସ୍ତୁତ କରିଥିଲେ, କିନ୍ତୁ ଭିତରେ ପହଞ୍ଚି ହଠାତ୍ ନିରାଶ ହୋଇଗଲେ। କୋଠରୀରେ କେବଳ ମନ୍ତ୍ରୀ ନ ଥିଲେ, ତା ଭିତରେ ଲୋକ ଭର୍ତ୍ତି ହୋଇଥିଲେ ଏବଂ ଏତେ ବସିବା ଜାଗା ନ ଥିବାରୁ କିଛି ଲୋକ ଠିଆ ହୋଇଥିଲେ। ସେମାନେ ସମସ୍ତେ ରାଜନୀତିକ ଲୋକ ବୋଲି ଜଣାପଡୁଥିଲେ ଏବଂ ଦଳର କୌଣସି ଏକ ଜଟିଳ ସମସ୍ୟା ବିଷୟରେ ଆଲୋଚନା କରୁଥିଲେ। କିଛି ସମୟ ପରେ ମୋହନ ଦାସ ଗଦାଧରଙ୍କୁ ଦେଖି ହାତଠାରି ପାଖକୁ ଡାକିଲେ, କହିଲେ, କାଗଜ କାହିଁ? ଗଦାଧର ତାଙ୍କ ହାତକୁ ବହି ଥାକଟି ବଢ଼ାଇଦେଲେ ଏବଂ କାଳେ ଆଉ କହିବାକୁ ସୁଯୋଗ ନ ମିଳିବ, ସେଥିପାଇଁ ତୁରନ୍ତ କହିଲେ, ମୁଁ ଆପଣଙ୍କର ଗୋଟିଏ ଜୀବନୀ ଲେଖିବାକୁ ଚାହୁଁଛି। ମୋହନ ଦାସ ତାଙ୍କ ଦଳର ଲୋକଙ୍କ କଥାଆଡ଼କୁ କାନ ଡେରି ଗଦାଧରଙ୍କୁ କହିଲେ, ହଁ, ହେଲା ଯେ, ଦରଖାସ୍ତ କାହିଁ? କାଲି ଦରଖାସ୍ତ ଲେଖିଆଣନ୍ତୁ; ମୁଁ ତାକୁ ଆମ ସେକ୍ରେଟାରୀଙ୍କ ପାଖକୁ ପଠାଇଦେବି। ଏତିକି କହିବା ପରେ ମନ୍ତ୍ରୀ ପୁଣି ତାଙ୍କ ଦଳର ଲୋକଙ୍କ ସହିତ ଆଲୋଚନାକୁ ଫେରିଗଲେ।

ଗଦାଧର ପିଏ ସାଙ୍ଗରେ ବାହାରକୁ ଆସିଛନ୍ତି, ପିଏ ତାଙ୍କ ଉପରେ ରାଗିବା ଭଳି ସ୍ୱରରେ କହିଲା, ମତେ ଆପଣ ଅସୁବିଧାରେ ପକାଇଦେଲେ। ତା ପରେ ତାଙ୍କୁ ଉପଦେଶ ଦେବାଭଳି କହିଲା, ଗୋଟିଏ କଥା ସବୁବେଳେ ମନେ ରଖିଥିବେ। ବଡ଼ବଡ଼ିଆଙ୍କୁ ଦେଖା କରିବାକୁ ଗଲାବେଳେ ସାଙ୍ଗରେ ଦରଖାସ୍ତଟାଏ ନିଶ୍ଚେ ନେଇ ଯାଇଥିବେ। ନ ହେଲେ ଏତେ କାମ ଭିତରେ କିଏ କାହାର ତୁଣ୍ଡର କଥା ମନେରଖୁଚି? ପିଏ ତାଙ୍କୁ ନିଜ କୋଠରୀରେ ବସାଇ ଚା ପିଇବାକୁ ଦେଲା ଏବଂ କହିଲା, ଏତେ ପରିଶ୍ରମ ଆପଣଙ୍କର ବୃଥା ଗଲା। ଆପଣଙ୍କର ସେଇ ବହିଗୁଡ଼ାକ ବି କିଛି କାମରେ ଲାଗିଲା ନାହିଁ। ଅବଶ୍ୟ ଆପଣ ଆସି ଭୁଲ ସମୟରେ ପହଞ୍ଚିଛନ୍ତି। ମନ୍ତ୍ରୀ ଆଗରୁ ଉଠା ଜଳସେଚନ ବିଭାଗରେ ଥିଲେ, ତାଙ୍କୁ ସେଥିରୁ ଖସାଇ ସଂସ୍କୃତି ବିଭାଗ ଦେଇ ଥିବାରୁ ତାଙ୍କର ମନ ଖରାପ। ତେବେ ଆପଣ ଯଦି ଚାହାନ୍ତି, ମୁଁ ଆପଣଙ୍କୁ ସଂସ୍କୃତି ବିଭାଗର ସଚିବଙ୍କ ସାଙ୍ଗରେ ପରିଚୟ କରାଇଦେବି।

ସେଦିନ ଘରକୁ ଫେରି ଗଦାଧର ବୁଝିଲେ ଯେ ଏଥିପାଇଁ ତାଙ୍କୁ ଅନ୍ୟ କୌଣସି ପନ୍ଥା ଅବଲମ୍ବନ କରିବାକୁ ପଡ଼ିବ। ସେ ପରଦିନଟି ବିଭିନ୍ନ ପରିଚିତ ଲୋକଙ୍କୁ ଭେଟି ମନ୍ତ୍ରୀ, ତାଙ୍କର ସଚିବ ଓ ସଂସ୍କୃତି ବିଭାଗ ବିଷୟରେ ଖବର ସଂଗ୍ରହ କଲେ। ପିଏ ଠିକ କହିଥିଲା; ମନ୍ତ୍ରୀଙ୍କର ସତରେ ମନ ଖରାପ। ସେଇଭଳି ମନ ଖରାପ ସଚିବଙ୍କର, କାରଣ ତାଙ୍କୁ ପଶୁପାଳନ ବିଭାଗରୁ ଏଠାକୁ ପଠାଇ ଦିଆହୋଇଥିଲା ଦଣ୍ଡବିଧାନ ସ୍ୱରୂପ। ଗଦାଧର ଯେଉଁ ଯୋଜନା କରିଥିଲେ, ଜାଣିଲେ ଯେ ସେଥିରେ ବିଭାଗୀୟ କର୍ତ୍ତାମାନେ କୌଣସି କାମରେ ଆସିବେ ନାହିଁ, ଖାଲି ଯାହା ତାଙ୍କର ବହି ବଣ୍ଟା ସାର ହେବ। ଏଥିପାଇଁ ସାହାଯ୍ୟ ନେବାକୁ ହେବ ମନ୍ତ୍ରୀଙ୍କର କୌଣସି ରାଜନୀତିକ ବନ୍ଧୁଙ୍କର। ବୁଝାବୁଝି ପରେ ଗଦାଧର ନିଶ୍ଚୟ କଲେ ଯେ, ସେ ରାହାସ ଜରିଆରେ ଏ କାମଟି କରାଇବେ।

ରାହାସକୁ ଲୋକେ ଜାଣିଥିଲେ ମନ୍ତ୍ରୀଙ୍କର ଡାହାଣ ହାତ ବୋଲି ଏବଂ କାହାର କିଛି କାମ କରାଇବାକୁ ଥିଲେ ସେ ହିଁ ଟଙ୍କା ନେଇ ଏ ବିଷୟର ମଧ୍ୟସ୍ଥି କରୁଥିଲା। ତାର ପ୍ରଧାନ କାମ ଥିଲା ମୋହନ ଦାସଙ୍କ ସଭାମାନଙ୍କରେ ଗୁଣ୍ଡା ଯୋଗାଣ କରି ତାଙ୍କର ବିରୋଧୀମାନଙ୍କୁ ଜବତ କରିବା। ଗଦାଧର ତା ପାଖକୁ ପହଞ୍ଚିବାକୁ ମଧ୍ୟ ଚିହ୍ନା ଲୋକ ବାହାର କଲେ ଏବଂ ରାତାରାତି ବହିମାନଙ୍କରେ ରାହାସର ପ୍ରଶସ୍ତି ଲେଖି ତାକୁ ଧରି ତା ଘରେ ପହଞ୍ଚିଗଲେ। ଘର ବାରଣ୍ଡାରେ ଚଉକି ଉପରେ ବସିଥିବା ନିଶୁଆ କଳା ଚଷମା ପିନ୍ଧା ଲୋକଟି ଆଡ଼କୁ ବହି ପ୍ୟାକେଟଟି ବଢ଼ାଇଦେଇ ଗଦାଧର ଠିଆହୋଇ ରହିଲେ ତାର ପ୍ରତିକ୍ରିୟା ଦେଖିବା ପାଇଁ। ପ୍ୟାକେଟ ଖୋଲି ତା ଭିତରେ ବହି ଦେଖି ରାହାସ ଆଶ୍ଚର୍ଯ୍ୟ ହେଲା ନିଶ୍ଚୟ, କାରଣ ଏଭଳି ବିଡ଼ାରେ ସେ ଶହେଟଙ୍କିଆ ନୋଟ ଅଥବା ଦେଶୀ ରିଭଲଭର ଦେଖିବାରେ ଅଭ୍ୟସ୍ତ ଥିଲା। ତଥାପି ସେ ଏକାସାଙ୍ଗରେ ଏତେଗୁଡ଼ିଏ ବହି ହାତରେ ଧରି ଖୁସି ହେଲା, କାରଣ ତାକୁ ଅନ୍ତତଃ ଜଣେ କେହି ଶିକ୍ଷିତ ଲୋକ ବୋଲି ମଣିଲା! ପ୍ରଶସ୍ତିର ଲେଖାସବୁ ସେ ଠିକରେ ବୁଝିପାରୁ ନଥିଲେ ବି ଜାଣିଲା ଯେ ଏଗୁଡ଼ିକ ତା ପାଇଁ ପ୍ରଶଂସାର ଶବ୍ଦ ଏବଂ ସେ ଗଦାଧରଙ୍କୁ ବସିବାକୁ ହାତ ଦେଖାଇଲା। କହିଲା, ଏଥର କହନ୍ତୁ, କାମ କଣ। ଗଦାଧର ଜାଣିଲେ ଲୋକଟି କାମର ଏବଂ ରୋକଠୋକ ସ୍ୱଭାବର; ସେଥିପାଇଁ କୌଣସି ଗୌରଚନ୍ଦ୍ରିକା ନ କରି କହିଲେ ମତେ ମନ୍ତ୍ରୀଙ୍କ ସାଙ୍ଗରେ ଦଶ ମିନିଟ ନିରୋଳାରେ ଭେଟ କରାଇଦିଅନ୍ତୁ। ଅନ୍ୟ କେହି ହୋଇଥିଲେ ରାହାସ ବିଶେଷ ବିବରଣୀ ମାଗିଥାନ୍ତା, କିନ୍ତୁ ସେ ଜାଣୁଥିଲା ଯେ ଏଭଳି ମାଷ୍ଟରିଆ ଲୋକ ପାଖରୁ କିଛି ପଇସାପତ୍ରର ଆଶା ନାହିଁ। ତେଣୁ ସେ ବିନା ବାକ୍ୟ ବ୍ୟୟରେ

ଗଦାଧରଙ୍କୁ ତା ଆରଦିନ ଆସି ତା ସାଙ୍ଗରେ ମନ୍ତ୍ରୀଙ୍କ ପାଖକୁ ଯିବାର ସମୟ ଦେଇଦେଲା।

ସେଦିନ ରାତିରେ ଆଉ ମୁଖପୃଷ୍ଠରେ ପ୍ରଶସ୍ତି ନ ଲେଖି ଅନ୍ୟ ଗୋଟିଏ ଚିଠା ଲେଖିବାରେ ଲାଗିଗଲେ ଗଦାଧର। ଅନେକ ଭାବିଚିନ୍ତି, ନାନା ପ୍ରକାରର ହିସାବ କରି ସେ ଯେଉଁ ଲେଖାଟି ଲେଖିଥିଲେ, ସେଇଟି ଅତି ଦୀର୍ଘ ମନେହେଲା ତାଙ୍କୁ। ମନ୍ତ୍ରୀମାନଙ୍କର ଧୈର୍ଯ୍ୟ ନ ଥାଏ ଏତେ ଲମ୍ବା ଲେଖା ପଢ଼ିବା ପାଇଁ। ସେଥିପାଇଁ ତାକୁ ଆହୁରି ଛୋଟ କରିବାକୁ ହେବ। ମଝିରେ ଆସି ତାଙ୍କର ଆତ୍ମୀୟ ଏତେ ରାତିରେ ଆଲୁଅ ଜଳୁଥିବା ଦେଖି ତାଙ୍କୁ ନିଜର ବିଜୁଳି ବିଲ କଥା ନ କହି କହିଲା, ଏ ବୟସରେ ଏତେ ରାତିଯାଏ କାମ କଲେ ଦେହ ଖରାପ ହୋଇଯିବ; ଶୋଇଯାନ୍ତୁ। ତା କଥାକୁ ଉପେକ୍ଷା କରି ଗଦାଧର ଆହୁରି ଘଣ୍ଟାଏ କାଳ ବସି ଲେଖାଟିକୁ ଛୋଟ କଲେ ଏବଂ ଗୋଲ ଗୋଲ ଅକ୍ଷରରେ ତାକୁ ଉତାରି ଶୋଇବାକୁ ଗଲେ।

ରାହାସ କୃପାରୁ ମନ୍ତ୍ରୀଙ୍କୁ ଏକା ଭେଟିବାର ସୁଯୋଗ ମିଳିଲା ଗଦାଧରଙ୍କୁ। ଏଇ ଦଶ ମିନିଟ ସମୟକୁ ପୂରାପୂରି ଉପଯୋଗ କରିବାକୁ ହେବ। ତେଣୁ ସେ ମନ୍ତ୍ରୀଙ୍କୁ କାଗଜଟି ବଢ଼ାଇଦେଇ କହିଲେ, ସାର୍, ଏଇଟିକୁ ଆପଣ ପଢ଼ିସାରିଲେ ମୁଁ ମୋ କଥା କହିବି। ବିରକ୍ତିର ସହିତ ମୋହନ ଦାସ ଆଖିରେ ଚଷମା ଲଗାଇ କାଗଜଟି ଖୋଲିଲେ। ଲୋକଟି ଯେତେବେଳେ ରାହାସ ସାଙ୍ଗରେ ଆସିଛି, ସମୟ ତ ଦେବାକୁ ପଡ଼ିବ! ତେବେ ଲେଖାଟି ଅତି ଅଦ୍ଭୁତ ଥିଲା :

ତୁଳସୀ ଦୁଇ ପତ୍ରରୁ ବାସେ

ଅନ୍ୟ ପିଲାମାନେ ଯେତେବେଳେ ଛୋଟ ବୟସରେ ଖେଳକୁଦରେ ମାତିଥାନ୍ତି, ଏଇ ପିଲାଟି ତାର ସମୟ କଟାଉଥିଲା ନିଜର ବହିପତ୍ରକୁ ନେଇ। ପିଲାଟିର ପାଠରେ ଏପରି ଆଗ୍ରହ ଦେଖି ତାର ବାପା ଥରେ ତାକୁ ନେଇ କଟକ ସହର ବୁଲାଇ ଦେଖାଇବେ ବୋଲି ଠିକ କଲେ। ଚଣ୍ଡୀ ମନ୍ଦିର ପାଖରେ ପୁଅକୁ ବହି ଧରି ବସାଇଦେଇ ସେ ପାଞ୍ଚମିନିଟ ପରେ ଫେରିଆସି ଦେଖିଲେ ଯେ ପିଲାଟି ସେଠାରେ ନାହିଁ। ସେତେବେଳକୁ ପିଲାଟି ବହିଟି ପଢ଼ିସାରି ବୁଲୁବଲୁ ରାସ୍ତା ପାଖରେ ଗୋଟିଏ ଘୋଡ଼ା ଚରୁଥିବାର ଦେଖି ତା ଉପରେ ଯାଇ ବସିଥିଲା। ସେ ଆଗରୁ କେବେହେଲେ ଘୋଡ଼ା ଚଢ଼ି ନ ଥିଲା, କିନ୍ତୁ ତା ମନରେ କୌଣସି ଡର ଭୟ ନ ଥିଲା। ସହିସ ଆସି ଯେତେବେଳେ ତାକୁ ଘୋଡ଼ା ଉପରୁ ଓହ୍ଲାଇବାକୁ କହିଲା, ସେ ମନା କଲା। ଏଭଳି ପାଟିଗୋଳ ହେବାରୁ ପାଖ କୋଠି ଭିତରୁ ଜଣେ ଅତି ବୁଢ଼ା ଦାଢ଼ିଆ ଲୋକ ବାହାରି ଆସି ସେଠାରେ ପହଞ୍ଚିଲେ। ସେ ମଧ୍ୟ ପିଲାଟିକୁ ବୁଝାଇଲେ, ତାକୁ ହାତରେ ଧରି ଓହ୍ଲାଇବାକୁ ଚେଷ୍ଟା କଲେ। ପିଲାଟି କିନ୍ତୁ ନ ମାନି ତାଙ୍କ ସହିତ

ଧସ୍ତାଧସ୍ତି କଲା ଏବଂ ଓହ୍ଲାଇବାକୁ ମନା କଲା। ବୁଢ଼ାଲୋକ ଜଣକ ବଙ୍ଗଳାରେ ତାକୁ କହିଲେ, ଆଜିଯାଏ କେହି ମୋ ସାଙ୍ଗରେ ଏମିତି ଲଢ଼ିବାକୁ ସାହସ କରି ନ ଥିଲା। ସେ କୋଠି ଭିତରକୁ ଚାଲିଗଲେ ଏବଂ କିଛି ସମୟ ପରେ ନିଜର ମନବୋଧ ହେବାରୁ ପିଲାଟି ଘୋଡ଼ା ଉପରୁ ତଳକୁ ଓହ୍ଲାଇ ପଡ଼ିଲା।

କାଗଜ ଉପରୁ ଆଖି ଉଠାଇ ମନ୍ତ୍ରୀ ଗଦାଧରଙ୍କ ଆଡ଼କୁ ପ୍ରଶ୍ନବାଚୀ ଦୃଷ୍ଟିରେ ଅନାଇଲେ, କାରଣ ସେ ବୁଝିପାରୁ ନ ଥିଲେ ଏ ଜିନିଷଟି କଣ ଏବଂ ତାଙ୍କୁ କାହିଁକି ପଢ଼ିବାକୁ ଦିଆହୋଇଛି। ଗଦାଧର କହିଲେ, ଆର ପୃଷ୍ଠାରେ ଆଉ ଦି ଧାଡ଼ି ଲେଖା ଅଛି, ପଢ଼ନ୍ତୁ।

ଓଡ଼ିଶାରେ ସବୁ ପିଲାଏ ଗୀତ ଗାଇଥାନ୍ତି : ପାଠ ପଢ଼ିବି, ଘୋଡ଼ା ଚଢ଼ିବି, ମଧୁବାବୁ ସାଙ୍ଗେ ଲଢ଼ିବି। ଏ କଥା କିନ୍ତୁ ସତ ହୋଇଥିଲା କେବଳ ଗୋଟିଏ ପିଲାର ଜୀବନରେ ଏବଂ ସେ ହେଉଛନ୍ତି ମୋହନ ଦାସ।

ତଥାପି ମନ୍ତ୍ରୀ କିଛି ବୁଝିପାରିଲେ ନାହିଁ। ପଚାରିଲେ, ଏଇଟା କଣ ଗାନ୍ଧିଜୀଙ୍କ କଥା? ଗଦାଧର କହିଲେ, ଗାନ୍ଧିଜୀ କାହିଁକି ହେବେ? ସେ ହେଉଛନ୍ତି ଆପଣ ନିଜେ। ମୁଁ ଆପଣଙ୍କ ଜୀବନୀ ଲେଖିବି ବୋଲି କହୁଥିଲି; ଏଇ ଘଟଣାରୁ ବହିଟି ଆରମ୍ଭ ହେବ।

ହଠାତ୍ ସବୁ ହୃଦ୍ବୋଧ ହୋଇଗଲା ମୋହନ ଦାସଙ୍କର। ତାଙ୍କର ଜୀବନକୁ ଯେ ଏପରି ସରସ ସୁନ୍ଦର ଭାବରେ ଲେଖାଯାଇପାରେ, ସେ କଳ୍ପନା କରିପାରି ନ ଥିଲେ। ପଚାରିଲେ, ତମେ କେମିତି ଏ ଘଟଣାଟି ଜାଣିଲ? ଗଦାଧର କହିଲେ, ମୁଁ ଆପଣଙ୍କ ଜନ୍ମ ତାରିଖ ସଂଗ୍ରହ କରିଥିଲି। ଆପଣଙ୍କ ପିଲାବେଳକୁ ମଧୁବାବୁଙ୍କର ଶେଷ ସମୟ। ବାକି କଥା ସବୁ ଗବେଷଣାରୁ ବାହାରିଲା।

ଆଉ କି କି କଥା ଗବେଷଣାରୁ ବାହାରିଲା? ପଚାରିଲେ ମୋହନ ଦାସ। ନିଜର ପିଲାଦିନର ଏଇ ରୋଚକ ଘଟଣାଟି ଶୁଣିବା ପରେ ତାଙ୍କର କୌତୂହଳ ବର୍ତ୍ତମାନ ଚରମ ସୀମାରେ ପହଞ୍ଚି ସାରିଥିଲା।

ଗଦାଧର ପ୍ରସ୍ତୁତ ହୋଇ ଆସିଥିଲେ ଏଭଳି ପ୍ରଶ୍ନ ପାଇଁ। ସେ କହିଲେ, ଆପଣଙ୍କର ନାଁ କିପରି ମୋହନ ଦାସ ହେଲା, ସେ ବିଷୟଟି ମଧ୍ୟ ବିଶେଷ ତାତ୍ପର୍ଯ୍ୟପୂର୍ଣ୍ଣ। ଗଦାଧର ଜାଣୁଥିଲେ ଯେ ମନ୍ତ୍ରୀ ବର୍ତ୍ତମାନ ତାଙ୍କ ହାତମୁଠାରେ। ତେଣୁ କିଛି ଉତ୍କଣ୍ଠା ତିଆରି କରିବା ଏବଂ ଚା'ର ବରାଦ ହେବା ଉଦ୍ଦେଶ୍ୟରେ ସେ କିଛିକ୍ଷଣ ଚୁପ ରହିଲେ। ମନ୍ତ୍ରୀ ଘଣ୍ଟି ବଜାଇ ପିଅନକୁ ଡାକି ଚା ମଗାଇଲେ ଏବଂ ଟେଲିଫୋନରେ ପିଏକୁ ଜଣାଇଦେଲେ ଯେ ଅଧଘଣ୍ଟାଏ ସମୟ ତାଙ୍କୁ ଯେପରି କେହି ବିରକ୍ତ ନ କରନ୍ତି।

ଗଦାଧର ଏଥରକ ଆହୁରି ଟିକିଏ ଆରାମ କରି ଚଉକି ଉପରେ ବସିଲେ, ଯେତେବେଳେ ପିଏ କଣ ଗୋଟିଏ କାଗଜ ନେଇ ଭିତରକୁ ଆସିଲା, ତାକୁ ଅବଜ୍ଞାର ସହିତ ଅନାଇଲେ ଏବଂ ମୁଣି ଭିତରୁ ନିଜର ଗୋଟିଏ ବହି ବାହାର କରି ସେଥିରେ ମନ୍ତ୍ରୀଙ୍କ ପାଇଁ ଗୋଟିଏ ଉତ୍ସର୍ଗପତ୍ର ଲେଖି ତାଙ୍କ ହାତକୁ ବଢ଼ାଇଦେଲେ। ମନ୍ତ୍ରୀ ତା ଉପରେ ଆଖି ବୁଲାଇ ନେଇ ବହିଟିକୁ ଆଡ଼େଇ ରଖିଦେଲେ ଏବଂ ଗଦାଧରଙ୍କ ମୁହଁକୁ ଅନାଇଲେ ଯେପରିକି ସେ ତାଙ୍କର ଅଧା ରହିଥିବା କଥାକୁ ଆରମ୍ଭ କରିବେ। ଗଦାଧର କିନ୍ତୁ ସେ ବିଷୟରେ ନ କହି ନିଜ ବହିର ଗୋଟିଏ ପୃଷ୍ଠା ଖୋଲି ମନ୍ତ୍ରୀଙ୍କ ହାତକୁ ଦେଇ କହିଲେ, ସାର୍, ଟିକିଏ ଏଇଟାକୁ ପଢ଼ିନିଅନ୍ତୁ; ତାହେଲେ ସବୁ କଥା ଜାଣିପାରିବେ। ବହିର ଏହି ଅଂଶଟିରେ ଗଦାଧରଙ୍କର ଲେଖକ ପରିଚିତି ଥିଲା। ଏଇଟିକୁ ସେ ଅନେକ ଚିନ୍ତା ଓ ଶ୍ରମର ସହିତ ଲେଖିଥିଲେ ଯେପରିକି ଏହାକୁ ପଢ଼ିଲେ ଜଣେ ଜାଣିପାରିବ ଗଦାଧର କିପରି ଥିଲେ ଏକାଧାରରେ ଜଣେ କବି, ଲେଖକ, ବାଗ୍ମୀ, ସମାଜସଂସ୍କାରକ, ଗବେଷକ ଇତ୍ୟାଦି ଇତ୍ୟାଦି। ବାଧହୋଇ ମୋହନ ଦାସ ସେତକ ପଢ଼ିଲେ ଏବଂ ଗଦାଧର ତଥାପି ପୁରୁଣା ବିଷୟବସ୍ତୁକୁ ନ ଆସିବାରୁ କହିଲେ, ଆପଣ ମୋର ପିଲାଦିନ କଥା କହୁଥିଲେ।

ମନ୍ତ୍ରୀ ଥୋପ ଗିଳିଥିବା ବିଷୟରେ ଏପରି ଭାବରେ ନିଃସନ୍ଦେହ ହୋଇ ଗଦାଧର ଏଥରକ ଚା ପିଉ ପିଉ ଯଥାସମ୍ଭବ ଉତ୍ସୁକତା ତିଆରି କରି କହିଲେ, ଗାନ୍ଧିଜୀ ଓଡ଼ିଶାକୁ ଆସିଥିଲେ ୧୯୨୭ ମସିହା ଡିସେମ୍ବର ମାସରେ। ତାଙ୍କ ସାଙ୍ଗରେ ଏଥରକ ଆସିଥିଲେ ମୀରାବେନ, କାକା ସାହେବ କାଲେକକାର, ମହାଦେବ ଦେଶାଇ। ଗାନ୍ଧିଜୀ ଅନେକ ଜାଗାରେ ସଭା କଲେ, ଯଥା ବ୍ରହ୍ମପୁର, ଛତ୍ରପୁର, ଆସ୍କା, ରସୁଲକୋଣ୍ଡା, ବେଲଗୁଣ୍ଠା, ପୁରୁଷୋତ୍ତମପୁର, କୋଦଳା, ଖଲ୍ଲିକୋଟ, ରମ୍ଭା, ବାଣପୁର, ବୋଲଗଡ଼ ...। ମୋହନ ଦାସଙ୍କର ଧୈର୍ଯ୍ୟ ଭଙ୍ଗ ହେଲା। ସେ କହିଲେ, ତା ସହିତ ମୋର ନାଁର କଣ ସମ୍ବନ୍ଧ? ତାଙ୍କ କଥାକୁ ଅଶୁଣା କରିଦେଇ ଗଦାଧର କହି ଚାଲିଲେ, ଖୋର୍ଦ୍ଧା, ଜଟଣୀ, ସାକ୍ଷୀଗୋପାଳ, ପୁରୀ, ଜଳେଶ୍ୱର, ବାଲେଶ୍ୱର, ବାଲିଆପାଳ ଓ ଚାରବାଟିଆ ହୋଇ ଗାନ୍ଧିଜୀ ଶେଷକୁ କଟକରେ ପହଞ୍ଚିଲେ। ଆପଣଙ୍କର ବାପା ମା ଦି ଦିନ ଆଗରୁ ଆସି କଟକରେ ଜଗି ବସିଥିଲେ ମହାତ୍ମାଙ୍କୁ ଭେଟିବେ ବୋଲି। ଆପଣଙ୍କର ମା ଯେମିତି ଗାନ୍ଧିଜୀଙ୍କ ପାଦତଳେ ପଡ଼ିଛନ୍ତି, ସେ ତାଙ୍କୁ ଉଠାଇ ତାଙ୍କ ମୁଣ୍ଡ ଉପରେ ହାତ ରଖି କହିଲେ, ଖଦୀ ପିନ୍ଧିଲେ ତୁ ଯାହା ଚାହୁଁଛୁ, ସବୁ ମିଳିବ। ଆପଣଙ୍କ ବାପା ତ ଆଗରୁ କଂଗ୍ରେସ କର୍ମୀ ଭାବରେ ଖଦୀ ପିନ୍ଧୁଥିଲେ; ବାସ, ସେଇ ଦିନଠାରୁ ଆପଣଙ୍କ ମା ମଧ୍ୟ ଖଦୀ ପିନ୍ଧିବା ଆରମ୍ଭ କରିଦେଲେ। ଏ ଘଟଣାର ଦଶମାସ ପରେ ଆପଣଙ୍କର ଜନ୍ମ ହେଲା।

ଏତିକି କହି ଗଦାଧର ଚୁପ ରହିଲେ। ମୋହନ ଦାସଙ୍କ ଭଳି ଅଳ୍ପ ବୁଦ୍ଧି ଲୋକ ମଧ୍ୟ ଏଥରକ ବୁଝିପାରିଲେ ତାଙ୍କ ନାଁ କାହିଁକି ଏପରି ହୋଇଛି ଏବଂ ଏ ବିଷୟରେ ଗଦାଧରଙ୍କୁ ଆଉ ପ୍ରଶ୍ନ ପଚାରିଲେ ନାହିଁ। ପ୍ରକୃତରେ ବିଦ୍ୱାନ ଲୋକ ପଣ୍ଡିତ ଗଦାଧର। ମୋହନ ଦାସ ପୁଣି ଥରେ ବହିଟି ଖୋଲି ଗଦାଧରଙ୍କ ଲେଖକ ପରିଚିତି ପଢ଼ିଲେ; କହିଲେ, ନା, ଆପଣ ମୋର ଜୀବନୀ ଲେଖିବେ ନାହିଁ। ଅସମଞ୍ଜସରେ ପଡ଼ିଗଲେ ଗଦାଧର; ବୋଧହୁଏ ତାଙ୍କର କୋଉଠି ଗୋଟାଏ ଭୁଲ ହୋଇଗଲା। ଯାହାହେଉ, ତାଙ୍କୁ ଶୋଚନାରୁ ମୁକ୍ତ କରି ମନ୍ତ୍ରୀ କହିଲେ, ଆପଣ ପ୍ରଥମେ ମୋର ବାପାଙ୍କ ଜୀବନୀ ଲେଖିବେ।

ଗଦାଧର ଆଶ୍ୱସ୍ତିର ନିଶ୍ୱାସ ନେଲେ ଏବଂ ଜାଣିଲେ ଯେ ନିଜର ସମସ୍ୟାକୁ ଉପସ୍ଥାପିତ କରିବାର ଏଇଟି ପ୍ରକୃଷ୍ଟ ସମୟ। ସେ କହିଲେ, ମୁଁ ଏ ବିଷୟରେ କାଲିଠାରୁ କାମ ଆରମ୍ଭ କରିଦେଇଥାନ୍ତି। କିନ୍ତୁ ମୁଁ ଏଇ ମାସରେ ରିଟାୟାର କଲି ତ, ପରିବାରର ଅନେକ କାମ ଅଛି ମୁଣ୍ଡ ଉପରେ। ସେ ସବୁ ସରିଲେ ଯାଇ ମୁଁ ଆସି ଆପଣଙ୍କୁ ଦେଖା କରି ମୋର ଗବେଷଣା ଆରମ୍ଭ କରିଦେବି। ମୋହନ ଦାସ ଏ ଭିତରେ ମନେ ମନେ ଅନେକ କଥା ଭାବି ନେଇଥିଲେ। ତାଙ୍କର ଏତେ ଦିନର ଏତେ ବଡ଼ ଗୋଟିଏ ଅନୁଶୋଚନାର ସମାଧାନ ହେବାକୁ ଯାଉଥିଲା। ଏ କଥା ହାତରୁ ଛାଡ଼ିଦେବାର ନୁହେଁ। ପଣ୍ଡିତ ଗଦାଧର ଚାଲାକ ଚତୁର ଲୋକ। ଏତେ ଅଳ୍ପ ସମୟ ଭିତରେ ସେ ତାଙ୍କର ବଂଶ ସହିତ ଉଭୟ ଗାନ୍ଧିଜୀ ଓ ମଧୁବାବୁଙ୍କର ସଂପର୍କ ସ୍ଥାପିତ କରିଦେଇଥିଲେ। ତାଙ୍କ ଗବେଷଣାରୁ ଆହୁରି ଅନେକ ରତ୍ନ ବାହାରିବାର ସମ୍ଭାବନା ଥିଲା ଏବଂ ଏହାର ଫଳ ନିଶ୍ଚୟ ତାଙ୍କର ରାଜନୀତିକ କାମରେ ଲାଗିବ। ସେ କହିଲେ, ଆପଣଙ୍କର ଯାହା ଯାହା ସମସ୍ୟା ଅଛି, ମୋର ପିଏକୁ ସବୁ ବୁଝାଇ ଦିଅନ୍ତୁ। ମୁଁ ଆପଣଙ୍କ ପାଇଁ ଏଠାରେ କିଛି ନା କିଛି ଗୋଟାଏ ବନ୍ଦୋବସ୍ତ କରିଦେବି ଯେପରିକି ସୁବିଧାରେ ଆପଣଙ୍କର ଗବେଷଣା କାମ ହୋଇପାରିବ।

ପିଏ ଗଦାଧରକୁ ଡାକିନେଇ ନିଜ କୋଠରୀରେ ବସାଇ ଚା ମଗାଇଲା। କହିଲା, ଦେଖିଲେ ସାର୍, କେମିତି ସୁବିଧାରେ ମନ୍ତ୍ରୀଙ୍କ ସାଙ୍ଗରେ ଦେଖା କରିବାର ବ୍ୟବସ୍ଥା କରିଦେଲି। ଏଥର କହନ୍ତୁ ଆପଣଙ୍କ ପାଇଁ ଏଠି କଣ କଣ ଦରକାର। ଗଦାଧର ତା କଥାକୁ ନ ଶୁଣିଲାଭଳି କରିଦେଇ କହିଲେ, ମୁଁ ଯୋଉଠି ରହୁଛି, ସେ ଭଦ୍ରବ୍ୟକ୍ତି ଆଜି ବାହାରକୁ ଚାଲିଯିବେ; ମୋର ଆଉ କୋଉଠି ରହିବାର ଜାଗା ଦରକାର। ପିଏ ତତ୍କ୍ଷଣାତ୍ ବିଭିନ୍ନ ଜାଗାକୁ ଟେଲିଫୋନ କରି ତାଙ୍କ ପାଇଁ ଗେଷ୍ଟହାଉସରେ ସାତଦିନ ରହିବାର ବ୍ୟବସ୍ଥା କରିଦେଲା। ତା ପରେ ଗଦାଧର କହିଲେ ଯେ ତାଙ୍କର ଏପରି ଗୋଟିଏ ଚାକିରି କରାଇଦେବାକୁ ହେବ ଯେଉଁଥିରେ

ସେ ଅବସର ହେବା ଆଗରୁ ଯେତିକି ଦରମା ଇତ୍ୟାଦି ପାଉଥିଲେ ଅନ୍ତତଃ ସେତିକି ମିଳିବ। ପିଏ ଏ କଥାକୁ ମଧ୍ୟ ନୋଟ କରି ରଖିଲା। ଏଥରକ ଗଦାଧରଙ୍କ ପାଇଁ ଗାଡ଼ି ଠିକ କରାଗଲା ଯୋଉଥିରେ ଯାଇ ସେ ବନ୍ଧୁଙ୍କ ଘରୁ ଜିନିଷପତ୍ର ନେଇ ଗେଷ୍ଟ ହାଉସକୁ ଯିବେ। ଗଲାବେଳେ ଗଦାଧର କହିଲେ, ବାକି ଗବେଷଣା ପାଇଁ ଯାହା ଖର୍ଚ୍ଚ ହେବ, ସେ କଥା ପରେ ଦେଖାଯିବ। ଆଉ ମନ୍ତ୍ରୀଙ୍କୁ କହିଦେବେ ଯେମିତି ଦିନେ ଦି ଦିନ ଭିତରେ ସବୁ ଠିକଠାକ ହୋଇଯାଏ।

ଦି ଦିନ ପରେ ଗଦାଧର ଯେତେବେଳେ ମନ୍ତ୍ରୀଙ୍କୁ ଭେଟିଲେ, ବିନା କୌଣସି ଦରଖାସ୍ତରେ ଏଥରକ ତାଙ୍କୁ ଗୋଟିଏ ଚାକିରି ମିଳିଥିଲା ସଂସ୍କୃତି ବିଭାଗର ଉପଦେଷ୍ଟା ଭାବରେ। ହିସାବ କରି ଗଦାଧର ଦେଖିଲେ ଯେ ତାଙ୍କର ଯେଉଁ ପାରିତୋଷିକ ଠିକଣା ହୋଇଥିଲା, ତା ତାଙ୍କର ଶେଷ ଦରମାରୁ ବେଶି ବରଂ ଥିଲା, କମ ନୁହେଁ। ଏ ବ୍ୟବସ୍ଥାରେ ଖୁସି ହୋଇ ସେ ମନ୍ତ୍ରୀଙ୍କୁ କହିଲେ, ଏଥର ସାର୍ ମୁଁ ଆପଣଙ୍କ କାମରେ ଲାଗିଯିବି, ମୁଁ ଏମିତି ଗୋଟିଏ ଜୀବନୀ ଲେଖିଦେବି ଆପଣଙ୍କ ବାପାଙ୍କର, ଯେ ପଢ଼ିବ ଜଳକା ହୋଇ ରହିଯିବ। ତେବେ ଏ କାମରେ ମୁଁ ଆପଣଙ୍କୁ ମଝିରେ ମଝିରେ ବିରକ୍ତ କରୁଥିବି। କେତେବେଳେ କୋଉଠିକି ଯିବାକୁ କି କାହାକୁ ଟଙ୍କାପଇସା ଦେବାକୁ ଦରକାର ପଡ଼ିପାରେ। ସେ କଥା ପରେ ଦେଖାଯିବ। ମୋହନ ଦାସ କହିଲେ, ଆପଣ ସେଥିପାଇଁ ବ୍ୟସ୍ତ ହୁଅନ୍ତୁ ନାହିଁ; ସବୁ ଜିନିଷ ଆପଣଙ୍କୁ ଯୋଗାଇ ଦିଆଯିବ। ଆଉ ମୁଁ ଭାବୁଥିଲି ରାଜୁକୁ ଆପଣଙ୍କ ସାଙ୍ଗରେ ଲଗାଇଦେବି। ସେ ଆପଣଙ୍କୁ ଆମ ଘର ବିଷୟରେ ସବୁ ଖବର ଦେବ ଆଉ ଆପଣଙ୍କ ଗବେଷଣାରେ ସାହାଯ୍ୟ କରିବ। ପୁଅ ରାଜେନ୍ଦ୍ରକୁ ଡକାଇ ସେ ତାକୁ ଗଦାଧରଙ୍କ ସହିତ ପରିଚୟ କରାଇଦେଲେ। ଗୁଣ୍ଡା ଭଳି ଦେଖାଯାଉଥିବା ଯୁବକଟିକୁ ଦେଖି ଗଦାଧର ହଠାତ୍ ଭୟ ପାଇଗଲେ। ତାଙ୍କ ମନ ଭିତରେ ଆହୁରି ଆଶଙ୍କା ପଶିଗଲା ଯେତେବେଳେ ସେ ଭାବିଲେ ହୁଏତ ତାଙ୍କ କାମ ଉପରେ ନଜର ରଖିବା ପାଇଁ ମନ୍ତ୍ରୀ ଏ ବ୍ୟବସ୍ଥାଟି କରିଛନ୍ତି।

ଅତି ଅଳ୍ପଦିନ ଭିତରେ ଗଦାଧର ନିଜର ପୁରୁଣା ଜାଗା ଛାଡ଼ି ରାଜଧାନୀକୁ ଚାଲି ଆସିଲେ ଏବଂ ମନ୍ତ୍ରୀଙ୍କ କୃପାରୁ ତାଙ୍କୁ ସରକାରୀ ଘର ବି ମିଳିଗଲା ରହିବା ପାଇଁ। ତେବେ ସମସ୍ୟା ହେଉଥିଲା ଗବେଷଣାକୁ ନେଇ। ମନ୍ତ୍ରୀ ଚାହୁଁଥିଲେ ସାଙ୍ଗେ ସାଙ୍ଗେ ସେ ବାପାଙ୍କ ବିଷୟରେ କିଛି ନୂଆ କଥା ସଂଗ୍ରହ କରି ତାଙ୍କୁ କହନ୍ତୁ। ଏଥିପାଇଁ ମଝିରେ ମଝିରେ ତାଙ୍କ ପାଖରୁ ଡକରା ଆସୁଥିଲା ଏବଂ ଗଦାଧରଙ୍କୁ ଅନେକ ଗବେଷଣା କରିବାକୁ ପଡୁଥିଲା। ଅନେକ ସମୟରେ ତାଙ୍କର କଷ୍ଟପ୍ରସୂତ ଗବେଷଣାମାନ କାମରେ ଆସୁ ନ ଥିଲା। ସେଥର ଯେପରି ସେ ମନ୍ତ୍ରୀଙ୍କୁ

ଜଣାଇଥିଲେ ଗାନ୍ଧିଜୀ ୧୯୩୮ରେ ପୁରୀ ଆସିଥିବାବେଳେ କିପରି ତାଙ୍କର ମା କସ୍ତୁରବାଙ୍କ ସହିତ ମନ୍ଦିର ଭିତରକୁ ଯାଇଥିଲେ ଏବଂ ସେଥିପାଇଁ ତାଙ୍କୁ ମହାତ୍ମାଙ୍କ ଆଗରେ କ୍ଷମାପ୍ରାର୍ଥନା କରିବାକୁ ପଡ଼ିଥିଲା। ଗଦାଧର ଭାବିଥିଲେ ଏ କଥା ଶୁଣି ମନ୍ତ୍ରୀ ଖୁସି ହୋଇଯିବେ, କିନ୍ତୁ ସେ ହଠାତ୍ ଅସ୍ୱାଭାବିକ ଭାବରେ ଗମ୍ଭୀର ହୋଇଗଲେ। ନୀଚ ଜାତିର ହୋଇଥିବାରୁ ତାଙ୍କୁ ମନ୍ଦିର ପ୍ରବେଶ ନିଷେଧ ଥିଲା। ପୁରୀ ମନ୍ଦିର ଭିତରକୁ ଯାଇ ଦେଖିବାକୁ ଇଚ୍ଛା ଥିଲେ ବି ପଣ୍ଡାମାନେ ସମସ୍ୟା ସୃଷ୍ଟି କରିବା ଭୟରେ ସେ କେବେହେଲେ ସେ ଚେଷ୍ଟା କରି ନ ଥିଲେ। ବର୍ତ୍ତମାନ ଯଦି ଏଭଳି ଗୋଟିଏ କଥା ବହିରେ ଲେଖାହୁଏ, ତା ହେଲେ ପଣ୍ଡାମାନେ ତାଙ୍କ ବିରୋଧରେ ସ୍ୱର ଉତ୍ତୋଳନ କରିପାରନ୍ତି। ତେବେ ଗଦାଧରଙ୍କୁ ଏତେ କଥା ନ କହି ମୋହନ ଦାସ କହିଲେ, ନା, ମୋର ସ୍ପଷ୍ଟ ମନେଅଛି ସେଥର ଏପରି କିଛି ଘଟଣା ଘଟି ନଥିଲା। ଗଦାଧର ତାଙ୍କର ଗବେଷଣାର ଦ୍ୱାହି ଦେଇଥାନ୍ତେ, କିନ୍ତୁ ମନ୍ତ୍ରୀଙ୍କର ମୁହଁ ଦେଖି ଚୁପ ରହିଲେ।

ଅନ୍ୟ ପ୍ରକାରର ସମସ୍ୟା ଉପୁଜୁଥିଲା ରାଜେନ୍ଦ୍ରକୁ ନେଇ। ଥରେ ଗଦାଧର ତାକୁ କହୁ କହୁ କହିଲେ ଯେ ସେ ଖବର ସଂଗ୍ରହ କରୁଛନ୍ତି ଭାରତଛାଡ଼ ବେଳେ ତାର ଜେଜେବାପା କିପରି ଜେଲ ଯାଇଥିଲେ ସେ ବିଷୟରେ। ଏ ସମ୍ପର୍କିତ କଚେରିର କାଗଜପତ୍ର ତାଙ୍କୁ ଦେଖିବାକୁ ହେବ; ଅବଶ୍ୟ ଯଦି କାଗଜ ସବୁ ହଜିଯାଇଥାଏ ବା ଜଳିପୋଡ଼ି ଯାଇଥାଏ ତେବେ ତାଙ୍କୁ ଏ କଥା ନିଜ କଳ୍ପନାରୁ ତିଆରି କରିବାକୁ ପଡ଼ିବ। ରାଜେନ୍ଦ୍ର ତାଙ୍କୁ କାଗଜପତ୍ର ଦେଖାଇବାର ବ୍ୟବସ୍ଥା କରିଦେବ ବୋଲି କହିଲା, କିନ୍ତୁ ଏଇ କଥାବାର୍ତ୍ତାର ମାତ୍ର କେତେଦିନ ଭିତରେ କଚେରିର ରେକର୍ଡ ରୁମରେ ନିଆଁ ଲାଗି ପୁରୁଣା ନଥି ସବୁ ଜଳିଗଲା। ସେଇଦିନଠାରୁ ଗଦାଧର ରାଜେନ୍ଦ୍ର ସହିତ କଥାବାର୍ତ୍ତା କଲାବେଳେ ସତର୍କ ରହିଲେ।

ଗବେଷଣା କାମରେ ଥରେ ମୋହନ ଦାସଙ୍କୁ ଗାଁକୁ ଯାଇଥିବାବେଳେ ଗଦାଧର ଆବିଷ୍କାର କଲେ ଯେ ମନ୍ତ୍ରୀଙ୍କର ବାପାଙ୍କ ଦେଶସେବାର ଯେଉଁସବୁ ତଥ୍ୟ ତିଆରି କରିଥିଲେ, ଗାଁବାଲାମାନେ ସେ ସବୁକୁ ଆନ୍ତରିକତାର ସହିତ ସମର୍ଥନ କରୁଥିଲେ। ସେ ଗାଁର ସବୁଠାରୁ ବୁଢ଼ାଲୋକଟିର ସାକ୍ଷାତ୍କାର ଲିପିବଦ୍ଧ କରିବାକୁ ଯାଇ ତାକୁ ଭେଟିଲେ ଏବଂ ଖୁସି ହେଲେ ଯେ ବୁଢ଼ା ତାଙ୍କର ସବୁ କଥାରେ ହଁ ଭରିଲା। ସେ ଯେତେବେଳେ ସ୍ୱାଧୀନତା ସଂଗ୍ରାମ କଥା ଉଠାଇଲେ, ବୁଢ଼ା ତାଙ୍କୁ କହିଲା ମୋହନ ଦାସଙ୍କ ବାପା କିପରି ସବୁ କଂଗ୍ରେସ କାମରେ ଆଗଭର ହୋଇ ବାହାରି ପଡୁଥିଲେ। ଏ ସବୁ ଲେଖିସାରି ଗଦାଧର ଯେତେବେଳେ କାଗଜ ଉପରେ ତାର ଦସ୍ତଖତ ନେବାକୁ ଗଲେ, ବୁଢ଼ା ଓଲଟା ତାଙ୍କ ହାତକୁ ଗୋଟିଏ କାଗଜ ବଢ଼ାଇଦେଇ କହିଲା, ମୋର ଗୋଟିଏ ମାମଲା ତିନିବର୍ଷ ହେଲା ରାଜଧାନୀରେ

ପଡ଼ିଛି; ସେଇଟିକୁ କରାଇଦିଅ, ମୁଁ ତମ କାଗଜରେ ଦସ୍ତଖତ କରିଦେବି। ଗାଁ ଲୋକଙ୍କର ମଧ୍ୟ ସେହିପରି ଗାଁ ସ୍କୁଲକୁ କଲେଜ କରିବା ଭଳି ଅନେକ ସର୍ତ୍ତ ଥିଲା ଗଦାଧରଙ୍କ ଗବେଷଣା ପଛରେ। ଏ ସବୁ ବିଶେଷ ପ୍ରୀତିକର ନ ଥିଲା ଗଦାଧରଙ୍କ ପାଇଁ।

ଗଦାଧରଙ୍କୁ ପ୍ରଥମ ଦଫାରେ ଦିଆଯାଇଥିବା ଛ'ମାସ ସମୟ ସରି ଆସୁଥିଲା। ଏଣେ ବିଧାନସଭାର କାର୍ଯ୍ୟକାଳ ମଧ୍ୟ ଆଉ ବେଶି ଦିନ ନ ଥିଲା ଏବଂ ମୋହନ ଦାସଙ୍କର ଭବିଷ୍ୟତ କଣ ହେବ, ତାର କୌଣସି ଠିକ ଠିକଣା ନ ଥିଲା। ଗଦାଧର ଜାଣିଥିଲେ ଯେ ସେ ଜୀବନ ଚରିତଟି ଲେଖିଦେଲେ ତାଙ୍କର ପ୍ରୟୋଜନୀୟତା ଶେଷ ହୋଇଯିବ, କିନ୍ତୁ କିଛି ଲେଖି ନ ଦେଲେ ମନ୍ତ୍ରୀଙ୍କର ତାଙ୍କ ଉପରେ ଆସ୍ଥା ବି ରହିବ ନାହିଁ। ଏଥିପାଇଁ ସେ ଭାବିଚିନ୍ତି ଆଉ ଗୋଟିଏ ପନ୍ଥା ବାହାର କଲେ। ମନ୍ତ୍ରୀଙ୍କୁ ଭେଟି ତାଙ୍କୁ ସେ ଗୋଟିଏ ନୂଆ ଯୋଜନା ଦେଲେ: ବୁଦ୍ଧଦେବ ଜନ୍ମ ଶତବାର୍ଷିକୀର ଆୟୋଜନ। ମୋହନ ଦାସ ହଠାତ୍ କଥାଟା ବୁଝିପାରିଲେ ନାହିଁ। ବିନା ଆଫିଡେବିଟରେ ଗଦାଧର ଅନେକ ଦିନରୁ ତାଙ୍କର ବାପାଙ୍କ ନାଁକୁ ବଦଳାଇ ଦେଇଥିଲେ, କିନ୍ତୁ କଥାଟା ମୋହନ ଦାସଙ୍କର ସବୁବେଳେ ମନେ ରହୁନଥିଲା। ସେ ଗଦାଧରଙ୍କ ପ୍ରସ୍ତାବ ଶୁଣି ଖୁସି ହେଲେ। ଆଗକୁ ନିର୍ବାଚନ ଆସୁଛି; ଏପରି ଗୋଟାଏ କିଛି ଆୟୋଜନ ନିଶ୍ଚୟ ଭଲ। ତେବେ ଆହୁରି କିଛି ଯୋଜନା କରିବାକୁ ହେବ ନିର୍ବାଚନକୁ ଆଖି ଆଗରେ ରଖି, ଯଥା ସଂଗ୍ରାମୀ ବୁଦ୍ଧଦେବଙ୍କ ନାଁରେ ଗୋଟିଏ ଗ୍ରାମ ଉନ୍ନୟନ ଟ୍ରଷ୍ଟ। ତେବେ ଏ ବିଷୟରେ ଗଦାଧର ନୁହେଁ, ଅନ୍ୟ ଲୋକଙ୍କର ସାହାଯ୍ୟ ନେବାକୁ ହେବ।

ନିର୍ବାଚନ ଯେତିକି ପାଖେଇ ଆସିଲା, ମନ୍ତ୍ରୀ ସେତିକି ସେତିକି ବ୍ୟସ୍ତ ହୋଇପଡ଼ିଲେ ଏବଂ ଗଦାଧର ଦେଖିଲେ ଯେ ଯେତେଶୀଘ୍ର ସେ ନିଜର ଚାକିରି ବିଷୟରେ ଆଦେଶ କରାଇଦେଇ ପାରିବେ, ଭଲ। ସେ ଭାବିଚିନ୍ତି ଯାଇ ମନ୍ତ୍ରୀଙ୍କୁ ଭେଟିଲେ। ମୋହନ ଦାସ ସେଦିନ ବିଶେଷ ଚିନ୍ତିତ ଥିଲେ କାରଣ ତାଙ୍କର ଗୋଟିଏ ରାଜନୀତିକ ସମସ୍ୟା ହୋଇଯାଇଥିଲା। ତଥାପି ସେ ଗଦାଧରଙ୍କୁ ଭଲରେ ଭେଟିଲେ ଏବଂ ଜଣାଇଦେଲେ ଯେ ତାଙ୍କର ଚାକିରିକୁ ଆହୁରି ଛ' ମାସ ବଢ଼ାଇଦେବା ପାଇଁ ସେ ସଚିବଙ୍କ ପାଖକୁ ନୋଟ ପଠାଇ ଦେଇଛନ୍ତି। ଗଦାଧର କହିଲେ ମୋର ଚାକିରି ଥାଉ କି ନ ଥାଉ, ଯେତେବେଳେ ଆପଣଙ୍କ ପରିବାରର ଇତିହାସ ଲେଖିବାର ଦାୟିତ୍ୱ ନେଇଛି, ସେ କାମଟା ତ ମୁଁ କରିବି ହିଁ କରିବି। ମନ୍ତ୍ରୀଙ୍କୁ ବିଡ଼ାଏ କାଗଜ ଦେଖାଇ କହିଲେ, ଆପଣଙ୍କ ବାପାଙ୍କ ଜୀବନୀ ତ ଲେଖା ସରିଗଲାଣି, ଏଥରକ ଆପଣଙ୍କ ଜୀବନୀ ଲେଖା ଆରମ୍ଭ କରିବି ବୋଲି ଭାବୁଛି। ମୋହନ ଦାସ ଅନ୍ୟ ଚିନ୍ତାରେ ମଗ୍ନ

ଥିଲେ। ସେ ଭାବୁଥିଲେ ଯଦି ଜୀବନରେ ଏତେ ପରିଶ୍ରମ କରିବାକୁ ପଡୁ ନ ଥାନ୍ତା ଏବଂ ଖାଲି ଆଫିଡେଭିଟ କରି କିମ୍ବା ଇତିହାସକାର ଲଗାଇ ନିଜ ଜୀବନକୁ ଚଳାଇ ହେଉଥାନ୍ତା କି! ମୋହନ ଦାସ କିଛି ନ କହି ଚୁପ ରହିଲେ। ଗଦାଧର କହିଲେ, ଅନେକ ଦିନରୁ ଆପଣଙ୍କୁ ଗୋଟିଏ କଥା କହିବି କହିବି ବୋଲି ଭାବୁଛି। ଆପଣ ଏ କଥା ଭାବି ଦେଖିବେ। ଆପଣଙ୍କ ପୁଅଙ୍କ ନାଁ ବଦଳାଇ ଆପଣ ରାଜୀବ କରି ଦିଅନ୍ତୁ। ମୋହନ ଦାସ କହିଲେ, କାହିଁକି? ଗଦାଧର କହିଲେ, ଅନେକ ନେତା ଅଛନ୍ତି, ଯେଉଁମାନେ ପୁରୁଷ ପୁରୁଷ ଧରି ଦେଶସେବା ସହିତ ସଂପୃକ୍ତ। କିନ୍ତୁ ଏ ଦେଶରେ ଏମିତି କେତେ ଲୋକ ବାହାରିବେ ଯାହାଙ୍କର ବଂଶର ତିନି ପୁରୁଷଙ୍କ ନାଁ ଭାରତର ତିନି ଯୁଗଜନ୍ମା ମହାତ୍ମାଙ୍କ ନାଁରେ?

ମୋହନ ଦାସଙ୍କ ବିଷଣ୍ଣ ମୁହଁରେ ସାମାନ୍ୟ ହସ ଦେଖାଗଲା। ସେ ପିଏକୁ କହିଲେ ସଂସ୍କୃତି ବିଭାଗର ସଚିବଙ୍କୁ ଫୋନରେ ମିଳାଇବା ପାଇଁ ଏବଂ ଚା ମଗାଇଲେ। ଯେତେବେଳେ ଫୋନ ଆସିଲା, ସେ ସଚିବଙ୍କୁ କହିଲେ, ମୁଁ ଆପଣଙ୍କୁ କହିଥିଲି ପଣ୍ଡିତ ଗଦାଧରଙ୍କର ଚାକିରି ଛ' ମାସ ବଢ଼ାଇଦେବା ପାଇଁ; ତାକୁ ଛ' ମାସ ନୁହେଁ, ପୂରା ବର୍ଷେ ବଢ଼ାଇଦେବେ।

—

BLACK EAGLE BOOKS

www.blackeaglebooks.org
info@blackeaglebooks.org

Black Eagle Books, an independent publisher, was founded as a nonprofit organization in April, 2019. It is our mission to connect and engage the Indian diaspora and the world at large with the best of works of world literature published on a collaborative platform, with special emphasis on foregrounding Contemporary Classics and New Writing.

www.ingramcontent.com/pod-product-compliance
Lightning Source LLC
LaVergne TN
LVHW101923220826
846093LV00009B/341

* 9 7 8 1 6 4 5 6 0 5 1 3 3 *